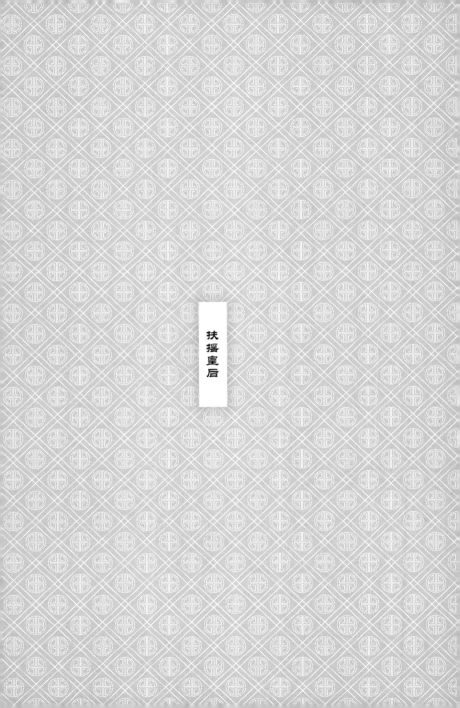

扶摇皇后

# 부요황후 4

| | |
|---|---|
| 초판1쇄 인쇄 | 2020년 6월 26일 |
| 초판1쇄 발행 | 2020년 7월 14일 |

| | |
|---|---|
| 지은이 | 천하귀원 天下歸元 |
| 옮긴이 | 김지혜 |

| | |
|---|---|
| 펴낸이 | 박대일 |
| 편집 | 이문영 · 박지해 · 임유리 · 신지연 · 곽현주 |
| 마케팅 | 임유미 · 손태석 |
| 일러스트 | 리마 |
| 디자인 | 박현주 |

| | |
|---|---|
| 펴낸곳 | 파란미디어 |
| 출판등록 | 2004년 9월 14일 제313-2004-00214호 |

| | |
|---|---|
| 주소 | 03992 서울시 마포구 동교로23길 14 국제빌딩 6층 |
| 전화 | 02.3141.5589 영업부 070.4616.2012 편집부 |
| 팩스 | 02.3141.5590 |
| 전자우편 | paranbook@gmail.com |
| 카페 | http://cafe.naver.com/paranmedia |
| 페이스북 | http://www.facebook.com/paranbook |

| | |
|---|---|
| ISBN | 978-89-6371-774-6(04820) |
| | 978-89-6371-770-8(전13권) |

扶搖皇后

4

# 부요황후

천하귀원天下歸元 지음 | 김지혜 옮김

파란

# 차례

# 밀림을 헤치고 도망치다

비 내리는 밤, 산속 밀림.

근처 산봉우리에서 끝도 없이 쏟아져 내려오는 적군의 숫자는 어림잡아도 만 단위는 되어 보였다. 천살국 황제가 이번에는 단단히 작심한 모양으로, 시작한 이상 반드시 끝장을 보겠다는 의지가 엿보였다.

근방 산맥 전체가 포위당한 상태였다. 맹부요는 산길마다 빽빽하게 들어찬 병사들을 내다보며 감탄을 금치 못했다.

"그쪽 나라는 산아 제한 좀 해야 하는 거 아니에요? 뭐 대단한 일이라고 저렇게 떼로 몰려다녀!"

미간을 찌푸리고서 그녀를 쳐다보던 전북야가 잠시 후 못 당하겠다는 양 웃어 버렸다.

"이 상황에도 농담이라니."

"농담 없는 인생에는 활력도 없답니다."

맹부요가 어깨를 으쓱했다.

"자, 그럼 왕야께서 세우신 탈출 계획이나 들어 볼까요?"

전북야가 고개를 들었다.

"산중에서 목표물을 포위하기란 본래 쉬운 일이 아니다. 하물며 그 목표물이 나일 때는 말할 것도 없지."

의문으로 가득한 맹부요의 눈을 보며 우쭐하게 웃음 지은 그가 끝없이 펼쳐진 산맥을 가리켰다.

"일곱 살 때부터 외조부의 가르침하에 천살국 지형도를 익혔다. 외조부께 있던 지도는 명산대천을 돌아보길 즐기던 어느 문객이 20년에 걸쳐 직접 그린 것이었지. 크게는 산맥과 강줄기에서부터 작게는 촌마을에 숨겨진 샛길까지, 무엇 하나 빠짐없이 기록되어 있었다. 큰형님이 황궁에 모셔 놓은 지도보다도 백배는 상세했어. 내가 전장에서 백전백승을 거둘 수 있었던 건 다 그 지도 덕분이었다. 전쟁의 승패는 자고로 천시天時, 지리地利, 인화人和에 달렸다 하였으니, 지리의 중요함이야 말해 무엇할까? 어딜 가든 지형을 완벽하게 숙지하고 있다는 사실은 군대를 이끄는 자에게 상상 이상의 득이 되는 법이다. 내가 알기로 이곳 장한長瀚산맥에는 우회로가 하나, 산악 지대를 관통해 산맥 북쪽 반도로 곧장 이어지는 길이 하나 있다."

"그럼 뭘 망설여요?"

맹부요가 눈을 빛냈다.

"산맥을 가로질러 가야죠!"

암벽을 기어오르겠다고 밧줄을 던져 올리는 병사들을 내려다보던 그녀가 돌멩이를 총알처럼 쏘아 개중 몇몇을 처리했다.

"갈 거면 빨리 가자고요. 전부 다 이쪽으로 몰려오고 나면 그때는 빠져나가고 싶어도 못 나가요."

그러나 전북야는 쉬이 결단을 내리지 못하는 모습이었다. 잠시 뜸을 들이던 그가 입을 열었다.

"부요, 기우에게 부하들을 데리고 돌아와 널 보살피라 전갈을 보낼 테니, 그들과 함께 우회로를 통해 빠져나가라."

"본인은요?"

맹부요가 미심쩍다는 표정으로 전북야를 쳐다봤다.

"나는 다른 길로 가겠다."

그가 숨을 깊게 들이마셨다.

"부요, 미안하다. 너는 내가 직접 지켜야 마땅하겠지만, 지금은 한시라도 빨리 반도에 가 봐야 해. 큰형님이 날 죽일 마음을 먹었다면 어머니도 위험할 터, 그쪽 길에 동행할 수는 없다."

"당신이 가겠다는 그 길 말이에요, 출구만 나가면 반도까지는 금방이어도 길 자체가 엄청나게 위험한 거 맞죠?"

맹부요가 그를 바라보았다.

"당신이 기우하고 같이 그 길로 가요. 나는 내가 알아서 책임질 테니까."

"아니!"

전북야가 말꼬리를 잘랐다.

"기우 밑에 있는 녀석들은 거길 무사히 통과하리라는 보장이 없다. 데려가 봐야 아까운 인력만 잃을 뿐이야. 기우는 최대한 빠른 시일 안에 반도에 도착하는 걸 목표로 기마대를 이끌고 이미 우회로를 탔어. 나와 흑풍기 사이의 약속이었다. 만약 내가 습격을 당하면 날 살리는 데 힘을 허비할 게 아니라 즉각 반도로 가서 어머니를 구하기로 한. 기우가 남겨 두고 간 지원 인력은 결코 많지 않을 거다. 우회로를 통해 이동하는 동안 널 호위하기에도 빠듯한 숫자일 테지."

"전북야!"

맹부요가 웃음을 터뜨렸다.

"내가 당신 부하들한테 빌붙어야 할 정도로 어수룩해 보여요? 그것도 당신 혼자 위험을 무릅쓰게 두고서?"

그녀가 전북야를 끌어당겼다.

"같이 두 번째 길로 갑시다! 뭐가 튀어나오든 해치워 버리자고요!"

쪼르르 위쪽으로 기어오르는 그녀를 보며, 전북야가 체념한 투로 말했다.

"어이, 그쪽 아니야!"

그러자 암벽에 붙어 있던 맹부요가 돌아보며 싱긋 웃었다.

"출발하기 전에 쥐 새끼 좀 챙기러 가요."

❖

쥐 새끼 챙기러 가기. 말이야 쉬울지 몰라도 그 실제는 피와

살이 튀는 사투였다.

절벽을 기어오르다가 위에서 밧줄을 타고 내려오는 병사와 딱 맞닥뜨린 맹부요는 망설임 없이 상대의 줄을 끊었다. 밑으로 곤두박질친 병사를 기다리고 있던 것은 전북야의 칼끝이었다.

꼭대기에 당도하자 미리 대기 중이던 적들이 달려들었다. 저만치 멀리서는 누군가 목청껏 소리를 내지르고 있었다.

"주상께서 저자의 머리를 가져오는 군사에게는 효기장군驍騎將軍의 직함과 은 1만 냥을 내린다 하셨다!"

"본 왕의 목숨값이 고작 그것밖에 안 된다더냐?"

전북야가 웃어 젖혔다.

"큰형님 능에 붙은 백옥문 하나도 3만 냥은 나가거늘. 누구든 이 몸에 생채기라도 낸다면 조만간 그 문을 뜯어다가 상으로 주마!"

전북야가 검을 뽑자 칼자루에 박힌 새빨간 보석이 야수의 눈처럼 빛났다. 검광이 번뜩이자 잘린 목이 사방을 날아다녔다. 고꾸라진 몸통들이 비탈길을 구르며 뿌린 피가 풀밭을 온통 붉게 물들였다가 이내 쏟아지는 빗줄기에 씻겨 나갔다.

표정 한 번 바꾸지 않고 전방을 향해 돌진하는 전북야의 발밑에서는 이따금씩 적의 뼈가 박살 났고, 그 뒤를 따르는 맹부요는 시체를 폴짝폴짝 뛰어넘으며 달렸다. 그녀는 시종일관 전북야의 등과 한 장 이내의 거리를 유지하며 뒤에서부터 날아드는 기습을 물샐틈없이 막아 내고 있었다.

초가에 도착했을 즈음 둘은 피로 목욕을 한 꼴이었다. 맹부요가 나무 문을 걷어차자마자 원보 대인이 하얀 섬광처럼 그녀를 덮쳐 왔다.

이에 맹부요가 소리쳤다.

"쥐 새끼, 나야!"

전력을 다해 몸을 날리던 원보 대인이 푸슈슉 맥 빠진 소리를 내며 그대로 바닥에 떨어졌다. 맹부요가 얼른 손을 뻗어 그를 받아 냈다.

원보 대인은 그녀의 손가락을 끌어안고서 찍찍 울음을 터뜨리고 말았다. 오지 않는 맹부요를 기다리다가 원보의 속은 새카맣게 타 버렸다. 엎친 데 덮친 격으로 밖에서는 싸우는 소리까지 들리고, 맹부요가 무슨 일을 당했을지 알 수 없는 상황이었다.

여자한테 변고라도 생겼어 봐라. 자신은 이 첩첩산중에 홀로 남는 게 아닌가? 그렇게 되면 짧은 다리로 중주까지 달려가 기별을 전해야 하나?

생각하면 생각할수록 공황이었다. 그 멍청한 여자는 자신을 백 년에 한 마리 태어나는 천기신서가 아니라 그저 그런 쥐 새끼로 보고 있을 가능성이 농후했다.

세상에 어떤 인간이 위기 상황에서 쥐 새끼 챙기겠다고 돌아오랴?

그런데 천만다행하게도…… 빌어먹을 여자가 돌아온 것이다! 긴장이 탁 풀리는 동시에 눈물이 콸콸 쏟아졌다.

비통함에 젖은 원보 대인의 모습은 맹부요의 눈에도 퍽 짠해 보였다. 번번이 홀로 뒤에 남겨지는 녀석의 팔자도 참 기구하구나 싶은지라, 그녀는 얼른 품속에서 아까 주워 둔 잣송이를 꺼내 원보 대인에게 내밀었다.

빗물과 진흙에 피까지 꾀죄죄하니 시커멓게 묻은 잣송이는 전혀 유혹적이지 못할뿐더러 손대기조차 꺼려지는 꼬락서니를 하고 있었다. 그런데 평소 자신의 새하얀 털에 거의 병적이다시피 집착하던 원보 대인이 조용히 잣송이를 쳐다보다 말고 앞발을 뻗어 품에 꼭 껴안길 않겠는가.

그간 원보 대인이 어떤 심경 변화의 단계를 거쳤는지, 이 순간 얼마나 비장한 희생정신을 발휘하고 있는지 알 턱이 없는 맹부요가 씩 웃으면서 원보 대인을 품 안에 챙겨 넣었다.

"쥐 새끼, 우리 도망쳐야 될 것 같다!"

❀

"이 산을 지나면 일단 밀림에 진입하게 된다."

전북야와 맹부요는 오두막 창문에 붙어 있었다. 전북야가 재빠른 손놀림으로 향후 진행 방향을 가리켰다.

"밀림에는 맹수가 득시글거린다. 언제든 소리도 기척도 없이 다가와 네 살갗에 이빨을 박아 넣을 친구들도 꽤 있지. 밀림 다음에는 늪이 나오는데, 늪의 위치는 숲 안이라는 이야기도 있고 밖이라는 이야기도 있다. 구체적인 지점이 알려지지 않아 매 순간 조심하는 수밖에는 없어. 추격병을 만나지 않는다 치면 곧바로 덩굴 뒤편에 숨겨져 있는 동굴로 들어갈 거다. 그 석회 동굴 지하로 쭉 내려가다 보면…… 뭐가 있을지 모르겠군."

"엥?"

맹부요의 표정이 일그러졌다.

너무 무책임한 거 아니세요?

"그 문객은 본래 천살국 서남부에 살던 곤족鮌族 족장의 후예로, 가세가 기울면서 외조부께 신세를 지게 된 처지였다. 그가 남긴 기록에 장한산맥은 '죽음의 산'이라고 표현되어 있더군. 방금 이야기한 길에 도사리고 있는 위험을 두고 한 말이겠지. 그도 직접 가 본 게 아니라 부족에 전해 내려오는 문헌의 내용 중 일부만을 옮겨다가 기록했을 뿐이었다. 석회 동굴 이후에는 '모든 영혼이 본원으로 돌아가는' 장소가 나온다던데, 아마도 고대 곤국의 지도자가 영면을 취하고 있는 곳이 아닐까 싶다. 한 사람 혹은 한 집단의 무덤일 가능성이 높아."

"오!"

맹부요가 상당히 들뜬 기색으로 두 주먹을 불끈 쥐었다.

"드디어 《귀취등》에서 배운 걸 써먹을 기회가 온 건가!"

"무슨 헛소리냐."

전북야가 복장이 터진다는 눈으로 간덩이만 부은 멍청이를 쳐다봤다.

"곤족은 우리 천살국에서도 가장 주술적인 부족이다. 평소 생활에도 온갖 금기가 따라붙는 이들이니 무덤에 관한 금기야 자연히 더 많겠지. 내 뒤를 잘 따라다니고, 매사 경계를 늦추지 말아라."

앞쪽에서 서서히 포위망을 좁혀 오는 황색 옷의 천살국 병사들을 지켜보며, 전북야가 눈을 싸늘하게 빛냈다. 곧이어 벽에 붙어 있던 짐승 가죽 몇 장을 챙긴 그가 낡은 솥을 하나 가져다가 맹부요가 피워 놓은 모닥불 바닥의 숯을 그러담더니, 출입문을 한 방에 걷어차서 여는 동시에 불타는 숯이 담긴 솥을 밖으로 내던졌다.

병사 하나가 솥에 정통으로 맞아 '으아악' 하고 비명을 내질렀다. 군사들이 사방으로 튀어 나가는 숯을 피하느라 포위망에 구멍이 뚫리자 전북야가 그 틈을 놓치지 않고 맹부요를 잡아당겼다.

"지금이야!"

매처럼 날아오른 두 그림자가 병사들의 정수리를 밟으며 산중턱 밀림으로 향했다.

추격병의 숫자는 점점 늘어났지만, 진흙에 미끄러져 넘어지는 자들이 대부분이었다. 그사이 누가 지휘를 맡고 있는지 모를 산 위쪽에서는 나무줄기와 바위 뒤에 숨어 있던 병사들이 속속 모습을 드러내더니 활시위에 살을 먹였다. 화살 비가 새카맣게 쏟아져 내리기 시작했다.

전북야는 짐승 가죽을 맹부요에게 덮어씌운 뒤 그녀를 끌고 바람을 헤치며 내달렸다. 질기고 매끄러운 짐승 가죽에는 살촉이 박히기가 쉽지 않았다. 적의 화살은 흑색 회오리가 되어 질주하는 두 사람을 따라잡지 못하고 우수수 물웅덩이에 처박혔다.

달리는 동안 잡아챈 화살이 어느덧 손아귀에 가득 차자 맹부요가 그것을 대충 사방으로 집어 던졌다.

맹부요의 내공이 어디 한낱 병사들과 같은 수준이랴. 그녀가 한 번씩 팔을 휘두를 때마다 적군이 무리 지어 나자빠지더니, 나중에는 빈손으로 시늉만 해도 병사들이 줄행랑을 치기에 이르렀다.

맹부요가 깔깔거리면서 말했다.

"누님이 흩뿌린 건 화살이 아니라 고독이란다!"

품속에서 고개를 내민 원보 대인이 꼴같잖다는 눈으로 그녀를 올려다봤을 때였다.

"조심해!"

전북야가 낮은 외침과 함께 팔을 뻗어 그녀를 밑으로 힘껏 내리눌렀다. 그 덕분에 휘청한 맹부요가 세 걸음 정도를 비틀거리는 사이, 화살촉이 공기를 가르는 소리가 들려왔다. 지극히 사납고도 묵직한 파공음에 이어, 휘청하지만 않았어도 지금쯤 발을 내디뎠을 바로 그 자리에, 화살이 내리꽂혔다.

눈썹을 꿈틀한 맹부요가 고개를 옆쪽으로 홱 돌렸다. 측면 산봉우리에 황금색 옷을 입은 남자가 활을 들고 서 있었다. 어마어마한 거리가 가로놓여 있음에도 남자가 보내는 냉소가 똑똑히 느껴졌다.

그의 뒤편으로 꿇어앉은 병사들이 한 줄, 직립 자세인 병사들이 한 줄 보였다. 손에는 다들 금빛 장궁을 들었고, 등에는 기묘하게 생긴 무기 보따리를 메고 있었다. 차림새로 보나, 표정과 자세로 보나, 조금 전까지 상대하던 일반 사병과는 차원을 달리하는 자들이었다. 흔들림 없이 냉정한 태도와 날 선 눈빛이 인상적이었다.

맹부요의 눈빛이 차갑게 식었다.

"매의 눈이로군. 한 수 앞을 내다보는 재주도 있고."

화살에 실린 완력만도 보통이 아니거니와 그녀의 이동 속도를 계산해 곧 당도할 지점에 한발 앞서 공격을 날리다니. 전북야가 눈치를 채지 않았더라면 설사 운 좋게 피했다 쳐도 작은 부상 정도는 감수해야만 했으리라.

"천살지금天煞之金."

전북야의 목소리가 낮게 가라앉았다.

"큰형님을 보위하는 어림군 중에서도 최정예다. 추격과 암살이 주특기고 일대일 대결에 강하지. 진무대회 본선까지 올랐던 자들만으로 구성되며 대장들은 모두 역대 대회 5위부터 10위를 차지한 고수지. 현재 저들을 이끄는 인물은 고능풍古凌風이다."

그가 입을 삐죽 내밀어 맹부요에게 화살을 날렸던 금빛 옷의 남자를 가리켰다.

"지난 진무대회에서 7위를 기록했지."

맹부요가 피식 웃으며 대꾸했다.

"저 자식이 용케 올해 진무대회까지 목숨을 부지하거든 옥수수 탈탈 털리는 게 어떤 기분인지 내가 좀 알려 줘야겠어요."

쐐액!

무수히 많은 황금빛 화살이 빗줄기를 뚫고 금실 같은 직선을 그리며 쇄도해 두 사람의 발뒤축 지척에 '파바밧' 한 줄로 꽃혔다.

산등성이에 선 고능풍이 위풍당당하게 활을 들어 올리며 '당장 뒈지게 해 주마.'라고 입 모양을 해 보였다. 이에 픽 웃음을 흘린 전북야가 다리를 뒤쪽으로 차자 땅에 박혀 있던 화살이 뽑혀 나와 흡사 황금빛 구름처럼 떼를 지어 건너편 산등성이로 쏟아져 나갔다.

활을 든 고능풍이 공격을 쳐 내려는 찰나 느닷없이 방향을 바꾼 화살이 근처 과실수 한 그루를 강타했고, 그 충격에 나뭇잎과 열매가 와르르 고능풍의 머리 위로 쏟아져 내렸다.

그 틈에 전북야는 호탕하게 웃어 젖히며 맹부요를 챙겨 전방으로 몸을 날렸다.

밀림을 향해.

❀

숲은 빈틈이란 걸 찾아볼 수 없을 만치 울창했다. 나무마다 셀 수 없이 많은 나이테가 새겨져 있었고, 하늘은 진초록 잎사귀에 겹겹이 가려 올려다보이지도 않았다.

동이 터 오는 중이었지만 숲속은 여전히 어둑어둑했다. 공기 중에는 오랜 세월 차곡차곡 쌓인 낙엽과 동물의 사체가 뒤섞여 썩는 냄새가 진동하고 있었다. 숲 입구에서부터 느껴지는 음산한 기운과 소름 끼치는 정적, 소리 없는 압박감이 두 사람을 짓

눌러 왔다.

　전북야는 앞서가면서 가시나무를 베어 내는 중이었다. 그의 손에 들린 검은 어두운 숲속에서도 번뜩이는 광채를 발했다. 특히 칼자루에서 신비롭게 빛나는 붉은색 보석은 흡사 천신의 눈동자를 보는 듯했다.

　이때 맹부요의 발밑에서 '빠각' 하고 뭔가 부러지는 소리가 났다. 순간 기겁을 했던 그녀는 발을 들어 보고서야 다 썩어 가는 뼛조각을 발견하고 실소를 흘렸다.

　"귀신 나온 줄 알았······."

　갑자기 말을 딱 끊었던 맹부요가 뼈다귀를 자세히 살펴보고 나서 다시 입을 열었다.

　"뭐야, 진짜 귀신이잖아."

　전북야가 흘깃 뼈를 쳐다보고는 말했다.

　"숲에 사냥꾼들이 드나들던 시절도 있었다더군, 대부분은 비명횡사했지만. 그들의 유해일 거다. 짐승을 잡으려고 파 둔 함정이 남아 있을 수도 있으니 조심해라."

　다음 순간, 가시넝쿨을 향해 칼을 휘두르던 그가 느닷없이 일갈했다.

　"웬 놈이냐!"

　앞쪽에서 사람 형체가 어른거리고 있었다. 전북야가 맹부요를 자기 등 뒤로 끌어당긴 직후, 멀찍이서 상대의 목소리가 들려왔다.

　"전하!"

"누군가 했더니."

안도의 한숨을 내쉰 전북야가 흑풍기 대장, 기우를 응시하며 미간에 주름을 잡았다.

"아래 녀석들과 함께 즉각 반도로 가라지 않았더냐? 네가 없으면 흑풍기는 누가⋯⋯."

"전하, 부지휘관 소칠小七도 이제 그 정도는 할 수 있습니다."

기우가 비장하게 말했다.

"저와 여기 열 명의 부대원들이 전하와 함께할 수 있도록 허락해 주십시오."

아무런 말이 없던 전북야가 잠시 후 조용히 탄식을 뱉더니 맹부요를 가리켰다.

"맹 소저를 잘 지켜 내겠다면야 허락해 주마."

"존명!"

옆에서 팔짱을 끼고 웃음 짓던 맹부요가 하늘을 올려다봤다.

에효, 누가 누굴 지켜 줄지야 모르는 일이다만, 지금은 그냥 아무 소리 말자꾸나.

"우리가 여기 들어온 이상 일반 병사들은 추격해 오지 못할 테지만, 고능풍이라면 분명 포기하지 않을 거다."

전북야가 싸늘한 웃음을 흘렸다.

"그간 나 보기가 퍽 아니꼬웠을 터인데 이번 기회에 특별한 선물이나 해 줘야겠구나."

그가 이내 바닥에 웅크리고 앉아 구덩이를 파기 시작했다. 신발 앞코 정도만 묻힐 깊이의 구덩이를 앞뒤로 여러 개 파 놓은 다음, 그 위에 넝쿨 식물을 엮어서 올가미를 만들고, 끝을 좌우에 있는 나무에 고정했다.

전북야가 기우에게 명해 얕은 구덩이 뒤편에 깊은 구멍을 몇 개 더 파도록 했다. 깊은 구덩이 밑바닥에는 뾰족한 나무 말뚝을 설치했고, 즉석에서 나무를 쪼개 만든 판자를 위에 덧씌운 다음 흙을 뿌렸다. 마지막으로 판자에 긴 덩굴을 연결해 멀리서도 당길 수 있도록 해 두는 것도 잊지 않았다.

전북야와 흑풍기가 한창 분주한 동안 맹부요는 종월에게서 빼앗아 온 작은 약병들을 꺼내 덩굴 주변에 이런저런 가루들을 대충 뿌려 놨다.

준비를 마친 일행은 나무로 올라가 적의 출현을 기다렸다. 검을 든 전북야 한 사람만을 아래에 남겨 둔 채.

얼마 지나지 않아 금색 군복이 시야에 들어왔다. 예상대로 고능풍이 수하들과 함께 숲속까지 쫓아온 것이다. 천살지금 소속 정예병들은 연신 앞쪽으로 돌멩이를 던져 함정을 확인하면서 신중하게 전진하고 있었다.

그런 그들과 별개로 고능풍은 심후한 내공에 기대 땅을 전혀 밟지 않으면서 홀로 앞서가는 중이었다. 날 듯이 숲을 헤치고 들어가던 그의 눈앞에 검을 짚고 서서 오만하게 고개를 쳐든 전북야가 나타났다. 고능풍은 흠칫하더니 전북야가 도망은 안 가고 저기에 왜 저러고 있나 이상하게 여겼다.

쩌렁쩌렁한 기합을 내지른 전북야가 다짜고짜 검을 휘두르며 몸을 날렸다. 산을 쪼갤 기세로 내리친 검이었다. 화려한 초식은 아니었으나 그 위력만큼은 가공할 수준이었다. 강력한 검풍이 잔가지와 나뭇잎을 휩쓸어 올리는 사이, 검에서 어렴풋한 붉은빛 광채가 일었다.

전북야의 검신과 고능풍 사이의 거리는 아직 한 장 이상이었지만, 붉은색 광채는 이미 고능풍의 미간까지 뻗쳐 와 그의 이목구비 위로 뚜렷한 살기를 드리웠다.

고능풍은 죽음의 신으로부터 날아든 일격을 마주한 기분이었다. 저 무지막지한 공격을 무턱대고 힘으로 받아칠 엄두가 안 났다. 그는 반사적으로 몸을 뒤로 눕혀 땅을 짚으면서 발 위치만 잽싸게 옮겼다. 가능한 후퇴하지 않고 그 자리에서 검을 피해 보겠다는 심산이었다.

그런데 발의 위치가 반보 옆으로 밀려난 순간.

휘릭!

지극히 희미한 소리였지만, 그걸 들은 고능풍의 가슴이 철렁 내려앉았다. 동시에 뭔가가 발을 꽉 움켜잡는 느낌에 고개를 돌리자 신발에 휘감겨 있는 덩굴이 눈에 들어왔다.

흠칫한 그가 얼른 반보를 더 뒤로 물러났다. 그러나 이번에 옮긴 발도 치밀하게 계산된 위치에 파인 구덩이에 빠져 버렸다.

고능풍은 당황스러울 법한 상황에서도 침착함을 잃지 않았다. 칼을 휘둘러 덩굴을 끊어 낸 그가 코웃음을 쳤다.

"이까짓 잔재주로 날 묶어 두려고……."

돌연 고능풍이 입을 딱 다물고 무언가를 노려보았다. 그것은 눈앞에 자욱하게 떠다니는 분말. 그가 격분해 올가미를 끊어

내는 틈에 덩굴에 붙어 있던 분말이 사방으로 날아오른 것이었다. 벌써 그의 갑옷에도 온통 가루가 내려앉은 뒤였다.

눈에 시뻘겋게 핏발이 선 고능풍이 당장에 숨을 멈추고 후방으로 도약했다. 뒤쪽에 있던 수하들은 지휘관이 위험에 처한 것을 보고 무작정 그가 있는 곳을 향해 달려들었다.

뒤로 물러나는 자와 앞으로 나아가는 자들이 서로 맞닥뜨리게 될 중간 지점.

"당겨!"

또렷한 외침이 울리자 지면에서 '촤촤촫' 소리가 났다. 기우와 수하들이 덩굴을 잡아당겨 함정을 덮고 있던 판자가 들리는 소리였다.

판자가 낙엽이며 뼛조각을 몰고 번개처럼 뒤로 빠지자 시커멓게 입을 벌린 함정이 모습을 드러냈고, 중간에서 서로 충돌한 고능풍과 천살지금 병사들은 모조리 구덩이 속으로 추락했다.

"끄아악!"

참혹한 비명이 울렸다. 추락 직후 절명한 인원만도 족히 네다섯이나 되었다.

하하 웃던 전북야가 검을 끌면서 돌아서던 때, 함정 속에서 느닷없이 솟구쳐 오른 사람이 아무런 기척도, 소리도 없이 전북야의 등을 향해 금빛 칼날을 내질렀다. 갑옷을 벗어 던진 고능풍이 부하 하나를 함정 밑바닥으로 짓밟아 처박고 그 시체를 디딤판 삼아 몸을 날린 것이었다.

전북야는 뒤를 거들떠보지도 않고 검을 눕혀 허공을 후려쳤다. 보통 검보다 훨씬 폭이 넓은 전북야의 대검은 땅에 쌓여 있던 낙엽이 우수수 날아오를 정도로 거센 바람을 일으켰다.

부옇게 흩날리는 흙먼지에 시야가 흐려진 데다 숨까지 턱 막힌 고능풍은 주춤 뒤로 물러설 수밖에 없었다. 그는 전북야가 일으킨 바람 사이를 뚫고 은밀하되 민첩하게 자신을 향해 쇄도해 오는 기운을 감지했다.

노련한 전사답게 고능풍은 즉시 위험을 예감하고 재빨리 뒤로 드러누우면서 때마침 달려오던 수하를 끌어다가 방패막이로 삼았다. 곧이어 '좌앗' 하는 소리가 들리더니 얼굴에 뜨뜻하고 비릿한 액체가 튀었다.

인간 방패가 제 역할을 톡톡히 해냈다. 안도의 한숨을 내쉰 고능풍의 귓가에 희미한 웃음소리가 들려왔다. 빙옥이 저들끼리 부딪치며 만들어 낸 울림인 양 맑은 소리. 은근한 경멸이 담긴 웃음소리는 금방 그에게서 멀어져 갔다.

감았던 눈을 번쩍 뜬 고능풍이 수하의 시체를 땅바닥에 내던졌다. 조금 전 웃음소리에서 느껴지던 경멸을 떠올리자 얼굴이 뜨겁게 달아오르면서 부아가 치밀었다.

그가 돌처럼 굳어 자신을 쳐다보고 있는 수하들에게 불호령을 내렸다.

"뭘 구경하고 있어! 당장 추격하지 않고!"

그러나 어림군 병사들은 묵묵히 서서 그저 묘한 눈으로 그를 보고 있을 뿐이었다.

한마디 더 퍼부어 주려던 고능풍은 문득 어깨에 감각이 없음을 깨달았다. 어깨를 만져 보려고 뻗은 손에 살점이 덩어리째 묻어 나왔다.

하얗게 질려 고개를 돌린 그가 어느새 새카맣게 타들어 간 자신의 어깨를 발견했다. 철렁. 심장이 내려앉았다. 적의 간계에 당한 것이다.

하지만 고능풍도 독하기로는 어디 가서 빠지지 않는 인물이었다. 칼집을 나온 그의 검이 번쩍 섬광을 뿌리더니, 곧 그의 어깨에서 살점이 뭉텅이로 잘려 나갔다.

"절반은 추격을 이어 가고 나머지는 치료를 위해 나를 반도까지 수행한다!"

어깨를 부여잡은 채 고개를 홱 돌린 그가 바짝 독기 오른 눈으로 어둠이 꿈틀거리는 밀림 안쪽을 노려봤다.

"네 목소리는 잊지 않겠다! 이 빚은 언젠가 배로 갚아 주마!"

❁

"아오, 젠장맞을 생선 새끼들. 왜 이렇게 안 잡혀?"

바지 끝단을 걷어 올리고 맨발로 연못가에 선 맹부요는 나뭇가지를 깎아 만든 작살로 물고기를 잡는 중이었다.

"이 몸의 환상적인 작살질 백팔십 번이 모조리 허사로 돌아가다니!"

종일 행군을 이어 가던 일행은 황혼 녘이 되어서야 지대가 비교적 높은 이곳 연못가를 휴식처로 낙점했다. 기우를 비롯한 병사들이 사냥을 나가자 앉아서 받아먹기만 하는 데는 취미가 없는 맹부요도 나름 의기충천해 물고기 잡이에 나섰으나, 소기의 성과는 아직도 요원한 상황이었다.

원보 대인은 돌 위에 팔짱을 끼고 앉아서 좋은 구경났다는 표정으로 181회 차 도전의 결과를 기다리고 있었다.

한편, 바위에 비스듬히 등을 기대고 누운 전북야는 달콤한 풀뿌리를 씹으면서 맹부요의 하얗고 가녀린 종아리와 섬세한 복사뼈를 힐끔거리는 중이었다. 꼬리가 길면 잡힌다고, 얼마 안 가 눈길을 눈치챈 맹부요가 작살을 격하게 휘둘러 전북야에게 요란한 물보라를 뒤집어씌웠다.

눈썹을 까딱 치켜세운 전북야가 풀뿌리를 뱉고 성큼성큼 연못 쪽으로 걸어왔다. 맹부요는 바짝 긴장해 격투 자세를 잡았지만, 예상 밖으로 전북야의 다음 행동은 그녀의 손에서 작살을 넘겨받는 것이었다.

"천살국의 깊은 산속에서만 사는 녀석들이다. 워낙 미끌미끌해서 네가 잡기는 힘들어."

그가 덧붙여 말했다.

"올라가서 신발부터 신어라. 산속은 아침저녁으로 싸늘해서 풍한 얻기에 십상이니까."

감기 걸릴까 봐 걱정해 준 거였어?

얼떨떨하게 서 있던 맹부요가 이내 머쓱한 표정으로 신발을 꿰신었다.

그사이 전북야는 작살로 무심하게 물속을 휘젓고 있었다. 연못이 금세 뿌연 흙탕물로 변했고, 헐떡거리며 수면 위로 올라온 물고기들은 머리를 내미는 족족 대기 중이던 전북야에게 덜미를 잡혔다.

개중 몇 마리가 바위 위로 뛰어 올라오자 급기야는 원보 대인까지 출동해 하나를 턱 붙들었다. 아예 온몸으로 물고기를 옴짝달싹 못 하게 덮친 뒤, 녀석은 맹부요를 쳐다보며 건방지게 찍찍 웃어 젖혔다.

약이 오른 맹부요가 구시렁거렸다.

"물 흐려서 고기 잡는다는 혼수막어[1]라는 고사성어가 여기서 나온 거였구먼. 일개 왕야 주제에 생존 기술에는 왜 이렇게 빠삭해요?"

"마라족과의 전투 중에 그들 영역 한복판까지 들어가 추격전을 펼친 일이 있었지. 군사 3천을 이끌고 첩첩산중에서 끈질기게 뒤를 쫓다 보니 마라족 대장군은 결국 자결하더군."

전북야가 반짝이는 이를 드러내고 웃었다.

"보급도 없고 챙겨 간 식량도 없었다. 최악으로 배가 고팠을 때는 뱀 한 마리를 잡아서 껍질까지 나눠 먹기도 했어. 그 덕분에 새알 훔치기, 토끼 사냥, 열매 채집, 물고기 잡이는 두루두루 다 해 봤지. 다들 힘들기는 마찬가지인데 병사들이 시중들어 주기만 기대할 수는 없으니까."

"천살지금 우두머리가 왜 그간 쭉 왕야보다 한 수 아래로 평

---

1 渾水摸魚. 혼란을 틈타 이득을 챙긴다는 의미로 쓰인다.

가받았는지 알겠네요."

맹부요가 방금 피워 놓은 불에 마른 가지를 던져 넣으며 웃음 지었다.

"자기 부하를 함정 밑바닥에 처박질 않나, 인간 방패로 쓰질 않나. 그런 작자가 어떻게 인망 높은 성군의 경지를 따라잡겠어요."

"고능풍은 평생 나를 경쟁자로 생각해 왔다. 애석하게도 내 눈에 그놈은 개똥만도 못하지만."

전북야가 소리 내 웃었다.

"으, 구린내!"

같이 깔깔거리던 맹부요가 얼마 안 가 웃음을 그치더니 주위에서 낙엽이며 나뭇가지를 주워 모아 느릿느릿 불에 던져 넣었다. 묵묵히 모닥불을 응시하는 눈동자가 물기 어린 반짝임을 발하고 있었다. 무수히도 많은 시름을 제 안에 꼭꼭 감춘 수정 구슬처럼.

"위험해!"

그녀가 집어 올리려던 '나뭇가지'를 빠르게 낚아챈 전북야가 손마디를 비틀자 적막 속에 '까득' 하고 뼈 부러지는 소리가 울렸다.

그제야 정신이 든 맹부요가 휘둥그레진 눈으로 전북야의 손아귀를 쳐다봤다. 그가 들고 있는 것은 납작한 머리의 독사. 회갈색 바탕에 연한 초록색 얼룩무늬가 들어간 몸통은 잔가지와 낙엽 사이에 숨어들어 위장하기에 완벽한 조건이었다.

죽은 뱀을 내던진 전북야가 허겁지겁 그녀의 손을 끌어당겨 살폈다.

"다친 데는 없나? 조심했어야지!"

나무라는 말투로 그녀의 손을 이리 뒤집어 보고 저리 뒤집어 보는 전북야는 피가 마르는 표정이었다. 불빛에 비친 그의 이마에는 자잘하게 식은땀이 맺혀, 밤의 어둠 속에서 투명한 광채를 내고 있었다.

전쟁터를 제집 삼아 일상처럼 군대를 부리고, 천군만마를 예사로 아는 전북야가 고작 그녀가 뱀 한 마리 잘못 건드릴 뻔했다고 식은땀까지 흘리다니.

가슴이 뭉클해짐과 동시에 어쩐지 미안한 마음이 든 맹부요가 무의식적으로 손을 빼내고는, 어색한 웃음을 지어 보였다.

"괜찮아요, 아무렇지도 않아요."

"부요."

그녀가 침묵하자 덩달아 아무 말 없이 그녀를 바라보던 전북야가 잠시 후 입을 열었다.

"요성을 지나오면서 철성이 널 따라나섰다고 들었는데 왜 지금은 곁에 없는 거지?"

"중요한 일을 하나 맡겼거든요."

맹부요가 굼뜨게 답했다.

"임무를 마치면 합류하러 올 거예요."

"널 지키는 것보다 중요한 임무가 뭐길래?"

그가 계속해서 캐물었다.

"너만 두고 어디 갈 녀석이 아닐 텐데."

"내가 억지로 등 떠밀었어요, 됐죠?"

간단명료하게 대꾸한 그녀가 고개를 반대편으로 돌렸다.

"왜?"

그러나 전북야는 뿌리까지 탈탈 털어야 직성이 풀릴 모양이었다.

"왜가 어디 있어요!"

참다못한 맹부요가 씩씩거리며 소리쳤다.

"내가 좋아서 한 일이라고요!"

전북야는 받아치지도, 화를 내지도 않고 그저 물끄러미 그녀를 바라봤을 뿐이었다. 괜히 소리는 왜 질렀나 곧장 후회되기 시작한 맹부요가 그를 흘깃 곁눈질하고는 코를 훌쩍이며 말했다.

"어음, 미안해요. 좀 피곤해서."

"좋아서 한 일이 아닐 거다."

전북야가 말을 자르고 끼어들었다.

"절벽에서부터 한눈에 뭔가 이상하다는 생각이 들더군. 대관절 무슨 일이 있었지?"

맹부요가 머뭇머뭇 입술을 달싹였다.

무슨 일이 있었느냐고? 일은 무슨, 단지 누구 하나를 만났을 뿐. 세상에 존재하는 이상 언젠가는 만나게 됐을 사람이니 일찌감치 마주친 것도 나쁜 일은 아니지.

그녀의 입술 사이로 한숨이 새어 나왔다. 매우 호탕하신 분이 왜 이럴 때는 또 한없이 세심한 건지, 야속할 따름이었다.

30

그러나 맹부요는 미처 알지 못했으니, 사실 전북야의 세심함은 어디까지나 특정 대상 한정이었다. 이를테면 아란주 같은 경우는 평생 그 세심의 '세' 자도 느껴 보지 못할 것이었다.

지금 맹부요가 마음속에 있는 질문을 입 밖으로 꺼내는 건 전북야한테 속내를 고대로 내보이는 짓인데, 상처가 될 걸 뻔히 알면서 굳이 그럴 필요가 있나.

"장손무극과 관련 있는 일인가?"

그녀는 가만히 있는데 전북야가 먼저 입을 열었다. 말투에서 서운함이 느껴지는데도 표정은 여전히 웃으면서.

"지금껏 네가 본격적으로 이상하게 굴 때는 백발백중 장손무극 탓이었으니까."

가슴이 뜨끔한 맹부요가 고개를 들자 열심히 물고기를 굽고 있던 전북야가 그녀를 향해 또 웃어 보였다.

"뭘 봐? 상처받았을 것 같아서? 하, 내 생각을 다 해 주다니, 격하게 위로가 되는군."

"아니거든요!"

맹부요가 딱 잘라 말했다.

"이미 말했듯이 난 당신들 놓고 허튼 생각 품어 본 적 없어요. 내가 바라 마지않는 결말은 당신들은 당신들대로, 나는 나대로, 각자 제 갈 길 가는 거라고요."

"허튼 생각은 우리가 너한테 품었다고 해 두지."

전북야가 소리 내 웃었다.

"장손무극이나 나나 같은 신세라고 생각하니 마음이 한결 낫군. 어이, 부요. 거절할 거면 둘 다 거절해라, 끝까지 꿋꿋하게. 중간에 말 바꾸면 가만 안 둘 테니까."

"됐네요!"

못 당하겠다는 양 웃어 버린 맹부요가 짧은 고민을 거쳐 운을 뗐다.

"불련 공주를 중주까지 호송하라고 보냈어요. 길에서 강도에게 당할 뻔한 걸 우연히 구해 줬거든요."

"불련?"

전북야가 인상을 썼다.

"봉정범鳳淨梵? 선기국주의 막내딸, 십사황녀 말인가? 연꽃을 머금고 태어났다는?"

"아는 사이예요?"

그러고 보니 전북야도 자기 나라 황족인데, 불련이 장손무극의 약혼녀라면 아는 사이일 수도 있지 않은가.

"들어만 봤다."

전북야가 심드렁하게 말했다.

"중주에는 왜 간다는데?"

입술을 잘근잘근 깨물던 맹부요가 주저하던 끝에 답했다.

"자기가 장손무극의 정혼자라며 얼굴 보러 간다더라고요."

"정혼자?"

움찔, 전북야가 하마터면 물고기를 모닥불 속으로 떨어뜨릴 뻔했다.

"왜 나는 금시초문이지? 아, 아니다!"

"왜요?"

긴장한 맹부요가 그를 빤히 쳐다봤다.

"듣고 보니 기억이 나는군. 장손무극이 열 살 조금 넘었을 때 정혼을 하긴 했던 것 같다. 상대방한테 병법이 담긴 선기도를 선물했다던가. 그런데 그 이후로는 아무 이야기가 없었어. 그때 정혼을 했다면 벌써 혼인하고도 남았어야 할 세월인데, 왜 지금껏 진행이 안 됐지?"

전북야가 말을 하다 말고 벌컥 성을 냈다.

"하, 마누라도 있는 놈이 영원히 너만 보겠다는 둥 하는 소리를 잘도 지껄여 댔단 말이지?"

맹부요가 입을 꾹 닫고 있는 사이 두 사람 중간으로 후다닥 뛰어 들어온 원보 대인이 가슴팍을 팡팡 치고 볼기를 찰싹찰싹 두드려 댔다. 녀석은 하늘을 두고 맹세한다는 시늉까지 해 보이며 결사적으로 찍찍거렸지만, 전북야와 맹부요는 그저 눈썹을 찌푸린 채로 쳐다보고 있을 뿐이었다. 그들은 녀석이 애타게 전달하려는 내용이 무엇인지 전혀 감을 못 잡았다.

뒤늦게야 쇠귀에 경 읽기임을 깨닫고 하늘을 향해 '찌익' 하고 처절하게 울부짖은 원보 대인은 가서 간식 상자를 가져오려고 했다. 하지만 글자가 있는 복령병은 이미 다 먹었고 새 과자는 아직 채워지기 전이라는 사실이 퍼뜩 떠올랐다.

다급한 김에 녀석의 짧은 앞다리가 향한 곳은 자기 엉덩이. 원보 대인은 글자를 만들어 맹부요에게 보여 주겠다는 일념으로 털을 바락바락 기를 쓰며 뽑은 뒤 어렵사리 '아니.'를 조합해 냈다.

그즈음 맹부요가 한자리에 앉아 있느라 쥐가 난 궁둥이를 옮기며 말하기를.

"쥐 새끼, 말 다 만들기 기다리다가는 날 새겠다. 네 엉덩이도 홀딱 벗겨질 테고. 나의 숙면과 너의 소중한 털을 위해서라도 그쯤 해."

맹부요는 모닥불 옆에 누워 잠을 청했고, 호흡이 평온해지자 전북야가 외투를 벗어 조심스럽게 그녀의 위에 덮어 줬다.

원보 대인은 아까운 털을 하나하나 주워 앞발에 모아 들고서 서글프고 쓸쓸하기 짝이 없는 자세로 바위에 주저앉았다. 하늘가에 걸린 조각달을 바라보길 한참, 작은 입에서 소통의 장벽 앞에 좌절한 자의 장탄식이 흘러나왔다.

"찌익……."

밤이 깊어 만물이 잠들어 가는 시각, 기우와 흑풍기 정예 열 명은 밀림을 보고 반원 형태로 누워 있었다. 중앙의 전북야와 맹부요를 보호하기 위한 대형이었다.

맹부요가 자리를 잡은 곳은 커다란 바위 위였다. 뒤로는 연못이었고, 못 건너에는 깎아지른 암벽이 솟아 있었다. 병풍처럼 둘러쳐진 암벽 덕에 삼면의 방어를 걱정할 필요가 없는 이곳은 전북야가 안전을 고려해 신중하게 고른 야영지였다.

종일 밀림을 헤치고 이동하느라 지칠 대로 지친 일행은 세상모르고 곯아떨어져 있었다. 갈고리 같은 달이 연못을 푸르스름하게 비추는 가운데, 못 중앙에서 어렴풋하게 일기 시작한 잔

물결이 원을 그리며 주위로 퍼져 나갔다.

　점점 더 격렬하게 일렁이는 파문이 수면에 비치던 달을 부스러뜨린 직후, 아직 형체를 분간할 수 없는 무언가가 물속에서 서서히 솟아올랐다.

# 산중의 밤

창백한 달빛 아래, 암벽과 바로 맞붙은 물속에서 기묘한 그림자가 솟아올랐다. 멀찍이서 보면 그림자는 머리와 몸통, 팔다리까지 대충 구색을 갖춰 가만히 서서 그저 위로 올라오는 중이건만, 그 전체적인 윤곽선은 쉬지 않고 꿈틀대고 있었다.

달빛을 받으며 절벽에 그림자를 던지던 형체가 갑자기 두 쪽으로 갈라지기 시작했다. 흐느적거리는 팔을 기괴한 박자에 따라 늘였다가 줄이기를 반복하면서.

이때 바위에 누워 뒤척이다 말고 반짝 눈을 뜬 원보 대인이 코를 킁킁거리면서 후닥닥 일어나 앉았다. 뒤쪽을 힐끔 돌아본 원보 대인은 즉시 바위를 박차고 올라 맹부요의 품속으로 파고들었다.

꿈속에서 한창 장손무극 뺨따귀를 올려붙이다가 원보 대인

때문에 반쯤 잠이 깬 맹부요가 본능적으로 감각을 곤두세웠으나 주변은 쥐 죽은 듯이 조용하기만 할 뿐, 살기 같은 건 느껴지지 않았다.

마음을 놓은 그녀가 비몽사몽간에 원보 대인을 밀어내며 타박을 줬다.

"엉기지 말고 얌전히 가서 자라. 너랑 나랑은 남녀가 유별하거든?"

발끈한 원보 대인이 팔딱팔딱 뛰면서 찍찍거리는 통에 주위 일행까지 잠에서 깼다. 맞은편에서 눈을 뜬 전북야가 베고 자던 검을 집어 들어 벌떡 도약해 주위를 살피고는 표정을 찌푸렸다.

"쥐 새끼, 시끄럽게 뭐냐?"

다급하게 암벽 쪽을 가리키는 원보 대인의 앞발을 따라 다들 고개를 돌렸으나, 그곳에는 잔잔한 연못 물과 특별할 것도 없는 절벽이 전부였다.

"무서운 꿈 꿨냐?"

맹부요가 원보 대인을 흘겨봤다.

"같이 자고 싶으면 그냥 그렇다고 할 것이지, 아주 생쇼를 하네."

울화통이 터지는지 원보 대인이 또다시 하늘에 맹세한다는 시늉을 하며 찍찍거렸다. 맹부요와 전북야도 입으로는 빈정거렸지만, 실은 녀석이 보통 쥐가 아니라는 사실을 잘 알고 있었다. 단순히 맹부요한테 안겨서 자고 싶다고 한밤중에 이 난리를 피웠을 리는 절대로 없었다.

기우를 비롯한 흑풍기는 검을 세워 들고 숲속을, 전북야와 맹부요는 근처를 한 바퀴 돌아보며 아무 이상이 없음을 확인한 후 각자 제자리로 돌아왔다.

맹부요가 풀이 잔뜩 죽은 원보 대인을 잡아다가 자기 배 위에 올려놓고는 말했다.

"돌이 자꾸 배겨서 악몽 꿨지? 내가 큰마음 먹고 인간 소파 한번 되어 준다."

그녀가 원보 대인을 손바닥으로 덮어 억지로 눕혔다.

"떠들지 말고 자라. 내일부터 고단한 여정이 될 테니까."

전북야는 모닥불에 장작을 던져 넣어 불을 더 키운 뒤 주변 지형을 꼼꼼히 살피고서야 맹부요의 뒤쪽에 몸을 눕혔다.

기진맥진한 일행은 금세 다시 곯아떨어졌고, 숲은 고요로 되돌아갔다. 원보 대인은 이제 전북야의 바람막이를 한 겹 덮어 쓰고 있는 데다가 맹부요의 손에까지 깔려 꼼짝 못 하는 신세였지만, 얌전히 잠을 청하는 대신 초롱초롱한 눈으로 귀를 쫑긋 세우고 있었다.

달빛이 쏟아지는 연못 한복판, 암벽 바로 앞쪽에서 기괴한 그림자가 다시금 서서히 솟아올랐다. 시커먼 암벽에 비친 그림자가 꿈틀거리는 사이, 머리카락 비슷하면서도 그보다는 훨씬 굵은 말단 부위가 벽면을 따라 슬금슬금 뻗쳐 나갔다.

그림자가 일행 쪽으로 이동하기 시작한 찰나, 입을 앙 벌렸다가 맹부요의 허리띠를 덥석 문 원보 대인이 고개를 흔들어 젖히자 '찌익' 하고 허리띠가 찢겨 나갔다.

당장에 맹부요가 펄쩍 뛰었다.

"쥐 새끼, 너 뭐야!"

그 소리에 일행 모두가 또 잠에서 깼다. 허둥지둥 허리띠를 묶으면서 주변을 두리번거리던 맹부요는 이번에도 아무 문제를 발견하지 못하자 분통을 터뜨렸다.

"그놈의 글자 좀 못 만들게 했다고 복수하는 거냐?"

눈에 눈물이 글썽글썽 차오른 원보 대인은 비통하게 바위에 털썩 엎어지더니, 암벽에다 대고 욕에 욕을 해 댔다.

전북야가 일어나 앉으며 말했다.

"저 녀석 왜 저러지? 슬슬 불안해지는군. 부요, 너는 눈 붙여라. 내가 깨서 지켜보고 있을 테니."

맹부요가 하품을 참으려 혀를 깨물었다.

"내가 보초 설게요. 어차피 이 녀석 나 안 재우려고 작정을 한 것 같은데."

이때 기우가 앞으로 나섰다.

"전하, 보초는 흑풍기가 밤새 서고 있었으나 수상한 점은 포착되지 않았습니다. 그래도 이곳 숲은 경계를 늦출 수 없는 곳이니 제가 형제들과 함께 주변을 지키겠습니다. 두 분은 마저 주무십시오."

전북야는 잠시 고민에 빠졌다. 자신이 밤을 새우겠다고 하면 맹부요도 분명 자려고 들지 않을 터. 그러기에는 둘 다 며칠간의 장거리 이동에 전투까지 치르느라 완전히 녹초가 된 상태였다. 게다가 지금 푹 쉬어 주지 않으면 앞으로의 험난한 여정을 헤쳐 나가기 어려울 게 자명한지라 그는 하는 수 없이 기우의 제안을 받아들였다.

"다들 조심하도록."

"예!"

전북야가 몸을 누인 후, 맹부요는 원보 대인이 또 무슨 되바라진 짓을 할지 모른다는 생각에 녀석을 옆에 있는 나무 구멍에 꾹꾹 밀어 넣었다.

"내일 아침에 꺼내 줄게."

졸지에 양치기 소년 신세로 전락한 원보 대인이 비통하게 달을 올려다보며 구멍 입구를 박박 긁었다. 그러나 풍채 좋은 원보 대인이 비집고 나가기에는 구멍이 너무 좁았다.

그 탓에 원보 대인은 안에 얌전히 들어앉아서 예의 그림자가 느릿느릿 수면 위로 솟아올라 아까보다 더 가까이 접근하는 광경을 빤히 구경하고 있을 수밖에 없었다.

흑풍기 절반은 숲을 향해 앉아 있고, 나머지 반은 전북야와 맹부요의 곁에 앉은 상황. 다들 매의 눈으로 주변을 살피고 있었지만, 연못을 등진 채였다.

연못을 의심하는 사람은 아무도 없었다. 그도 그럴 것이, 뒤에 있는 아담한 연못은 삼면이 절벽으로 둘러싸인 데다가 암벽에는 의심이 갈 만한 풀 한 포기조차 돋아 있지 않았다. 물은 밑바닥이 고스란히 들여다보일 정도로 맑아 다들 거기서 세수도 하고, 물고기도 잡고 했으니 설마 위험이 도사리고 있으리라는 생각은 못 할밖에.

다들 숲에 문제가 있을 가능성이 제일 크다 보고 그쪽에만 신경을 곤두세우고 있는 동안, 은밀하게 접근해 온 그림자는 벌써 맹부요가 잠든 바위 바로 아래까지 와 있었다.

그림자의 키가 점점 커지자 맹부요와의 거리가 좁혀져 갔다. 비스듬하게 쏟아져 내린 달빛이 대지를 밝히는데도 그림자는 그저 한 덩어리의 그림자일 뿐, 도저히 어떤 실체로는 보이지 않았다.

이때였다. 나무 구멍에 쪼그리고 앉아 새카만 보석 같은 눈으로 그림자를 노려보던 원보 대인이 '흐읍' 하고 숨을 들이마셨다가 빵빵한 배를 '훅' 조이면서 목청껏 소리를 내질렀다.

달빛 아래 나무 구멍, 원보 대인은 젖 먹던 힘까지 다해 악을 쓰는 모양새이건만 이상하게도 주변은 고요하기만 했으니, 지금 그가 내지르는 포효가 평소의 생쥐스러운 '찍찍'과 달라 인간의 귀에는 들리지 않기 때문이었다.

백 년에 하나밖에 태어나지 않는 신수만의 음역대에 속한 소리. 그 기묘한 소리마디에는 자연을 지배하는 신력이 깃들어 있었다.

원보 대인의 목구멍에서 터진 소리가 보이지 않는 강철 검이 되어 연못을 향해 날아가자 안개 뭉치 같은 그림자가 덜컥 움직임을 멈추더니, 다음 순간 급작스럽게 실체를 얻어 주변으로 뿔뿔이 쏘아져 나갔다.

연못에서 제일 가까운 위치에 앉아 맞은편 숲을 감시하고 있던 흑풍기 병사는 별안간 등에 연못 물이 튄 듯 선뜩한 감각을 느꼈다. 멀쩡한 물이 왜 갑자기 튀어 올랐나 어리둥절한 참인데 금방 뺨에서도 서늘한 감촉이 전해졌다. 싸늘하고 미끈미끈한 무언가가 뺨을 스치며 '쉬익' 소리를 내더니 입술을 할짝 핥고는 그의 목을 휘감았다.

병사가 물체를 붙잡아 목에서 떼어 내면서 양 손아귀에 힘을 주자, 물체가 툭 끊어지면서 연한 푸른빛 액체가 튀었다. 액체를 피해 재빨리 옆으로 비켜난 병사는 고개를 숙이자마자 왼손에 들려 있는 게 반쪽짜리 회갈색 뱀임을 알게 됐다.

세모꼴의 납작한 머리통을 내려다보며 안도의 한숨을 내쉰 그가 이내 헛웃음을 흘렸다.

"그냥 물뱀이었잖아."

그러나 별생각 없이 오른손으로 눈을 돌린 찰나, 그는 흠칫 굳어 버리고 말았다. 오른손에 들린 반쪽짜리 뱀 몸통의 끄트머리에는, 응당 있어야 할 꼬리가 아니라 납작한 세모꼴 머리가 달려 있었기 때문이었다.

쌍두사!

가슴이 철렁 내려앉았다.

천살국 밀림에 얽힌 전설 속에나 등장하는 쌍두애사雙頭崖蛇를 실제로 맞닥뜨리다니. 항상 떼로 몰려다니는 데다가 동족을 해친 적에게 반드시 해코지를 하는 습성이 있어, 한 마리라도 죽였다가는 온 집안이 몰살당하기 십상이라 듣지 않았던가.

재깍 고개를 돌린 그가 등 뒤에 뱀 떼가 구불구불 뒤엉켜 만들어진 사람의 형상이 서 있는 걸 발견했다. 뱀들이 사방으로 튀어 나가는 중이어서 그 형상은 다소 성기고 정신없는 모양새였지만, '팔' 역할을 맡은 커다란 놈 둘만은 날카로운 독니가 솟은 입을 벌린 채로 암녹색 눈동자를 그에게 고정하고 있었다.

병사는 반사적으로 일어서 형체를 베고자 했으나 갑자기 고개가 틀어지질 않았다. 이어서 목덜미도, 가슴도, 팔뚝도, 다리도……. 온몸의 근육 한 점 한 점이, 뼈 한 토막 한 토막이 점차 딱딱하게 굳어 가면서 그의 생명을 응고시키고 있었다.

의식을 잃기 전, 그가 마지막으로 떠올린 것은 조금 전 뱀의 입맞춤이었다.

달빛이 소리 없이 흩날려 내렸다. 연못가 바위에서 뒤를 돌아보는 자세 그대로 영영 굳어 버린 젊은이의 위로.

꽃

원보 대인의 울음소리로 뱀들이 실체를 갖춰 쏟아져 나가기 시작한 그 순간, 일행은 전원 잠에서 깼다.

전북야는 눈을 뜨자마자 맹부요부터 바위에서 끌어 내린 후 몸을 굴려 검을 잡았다. 그가 뒤로 돌아 연못에 검을 내리치자 거센 물기둥이 솟구쳐 뱀 떼 절반을 흩뜨려 놨다.

이제 기묘한 사람 형체에게 남은 것은 두 팔과 반쪽짜리 머리가 고작이었지만, 형체는 창백한 달빛 아래 연못에 서서 여전히 꿈틀꿈틀 움직이고 있었다.

흑풍기 병사들이 달려와 연못 앞에 진열을 갖추어 선 직후,

뱀 떼를 노려보던 전북야가 소리쳤다.

"이미 한 놈이 죽은 이상 나머지도 몰살해야 한다. 닥치는 대로 없애!"

전설을 접해 본 병사들 모두 그의 말뜻을 알아듣고 결연히 고개를 끄덕이자 전북야가 덧붙였다.

"사람 형태로 뭉쳐 상대의 전신에 예측 불허의 공격을 꽂아 넣는 놈들이다. 껍질이 단단하고 미끄러운 데다가 날래기는 바람 같지. 일단 흩어 놓는 게 먼저다!"

돌에서 잽싸게 한 바퀴를 굴러 내려온 맹부요가 흑풍기와 대결 중인 뱀 떼를 쳐다보았다.

수많은 개체가 한데 뭉쳐 있음에도 놈들의 움직임은 놀랄 만큼 민첩했다. '손'으로 할퀴고, '머리'로 들이받고, 움직임이 워낙 질풍 같아 진짜 사람을 상대로 싸우는 거나 별반 다르지 않아 보였다. 게다가 사람이 암기를 던지듯 이따금 독니를 세운 뱀이 한 마리씩 튀어나왔다가 들어가기까지.

이를 지켜보던 맹부요가 아연실색해 물었다.

"저게 뭐예요? 지척까지 오도록 어떻게 아무도 몰랐죠?"

"쌍두애사라는 놈들이다. 곤족 주술사의 저주를 받은 생명체로 알려져 있지. 안개로 화하는 능력이 있어서 코앞까지 접근하기 전에는 알아채기가 어렵고, 사람 형체를 이뤄 공격하는 일이 잦아. 보통 쌍두애사와 마주친 사람은 그길로 죽은 목숨이라고들 한다. 만약 무리 중에서 한 놈이라도 죽었다면 사태가 아주 심각해지고."

빠르게 답변을 마친 전북야가 한마디를 더 보탰다.

"저녁때 우리가 죽인 뱀이 아무래도 놈들과 한 무리였던 모양이야."

"그 뱀은 머리가 하나 아니었어요?"

맹부요가 화들짝 놀라 물었다.

"어려서는 머리가 하나였다가 성체가 되면 하나가 더 생기는 식이다. 벼랑 틈새에 사는 놈들이거늘, 내가 방심했다. 곤족이 사라지면서 함께 모습을 감춘 줄 알았더니 여전히 존재할 줄이야."

전북야가 한숨을 뱉었다.

"애먼 생쥐 녀석만 잡았군."

퍽 양심의 가책이 드는 얼굴로 나무 구멍 쪽을 쳐다본 맹부요가 말했다.

"이따가 미안하다고 할게요."

이어서 그녀가 품속을 뒤져 작은 약병을 잔뜩 꺼내 놨다.

"우선 이 독으로 놈들부터 처리하죠."

"소용없어."

전북야가 그녀를 저지했다.

"저놈들한테는 무용지물이야. 괜히 우리 쪽만 다칠 수 있다."

"뇌탄雷彈은요? 흑풍기 병사들은 가지고 다니잖아요."

"적이 물속에 있으니 그것도 부적당해. 일부라도 빠져나간 놈들이 틈을 엿봐 공격해 온다면 우리는 당해 낼 방법이 없다."

앞말을 맺은 직후, 전북야가 돌연 씩 웃음 지었다.

"골치 아픈 놈들이긴 하지만, 가끔은 저런 놈들도 결정적인 쓸모가 있지."

앞섶에서 작은 병을 꺼낸 그가 안에 담긴 불그스름한 분말을 자기 몸에 뿌리더니, 모닥불을 끄고서 남은 재 위에도 병을 기울여 톡톡 뿌렸다.

맹부요가 호기심이 동해 물었다.

"뭐길래요?"

그러자 우쭐한 투의 대답이 돌아왔다.

"후추다."

그 말을 들은 맹부요가 떨떠름한 표정으로 중얼거렸다.

"오주대륙에도 후추가 나나? 이래서야 시공간은 꼭 내가 아니라 자기가 넘어온 것 같네."

"시공간을 넘어?"

귀도 참 밝으신 왕야께서 되물었다.

"이 나라 저 나라 떠돌아다닌다고요."

"아."

하고 반응한 전북야가 자세한 이야기를 덧붙였다.

"화주 객잔에서 전골을 먹을 때 네가 뿌려 준 후추 덕에 음식 맛이 한결 좋아지는 걸 보고 부하들을 시켜서 조금 구해 뒀다. 저 뱀들은 앞을 못 보는 대신 냄새에 아주 민감해. 원수의 냄새는 절대 잊지 않고 끝까지 쫓아가지."

맹부요가 눈을 반짝였다.

"후추보다 자극적인 냄새가 또 있겠어요? 여기에 후추 냄새를 남겨 두고 가면 나중에 추격병들이 쫓아왔을 때……."

"바로 그거다."

전북야가 소리 내 웃었다.

"우리의 짐을 남겨 두고 가면 천살지금 녀석들이 분명 주위를 수색하겠지. 모닥불 피웠던 자리를 뒤적이다가 후춧가루를 건드리고 나면……. 그 뒤는 쌍두애사가 알아서 해 줄 거다."

검을 뽑으며 몸을 날린 그가 흑풍기 병사들의 머리 위를 스쳐 지나 연못 쪽으로 돌진했다. 붉은빛을 번뜩 뿌리며 아래로 내리쳐진 그의 검이 형체가 불분명하게 일그러진 뱀 떼를 반으로 갈라놓은 직후, 그가 큰 소리로 외쳤다.

"퇴각한다!"

뱀 떼는 마치 사람 몸이 세로로 갈리듯 좌우 양쪽으로 기우뚱하게 넘어갔지만, 놈들은 몸통 중간이 뚝 잘리고도 각각의 토막이 온전한 한 마리 몫을 했다. 물속을 빠르게 헤치고 나온 뱀들이 수면 위를 나는 화살처럼 다시금 일행을 향해 쇄도해 왔다.

하지만 일행은 이미 멀찍이 물러난 뒤였다. 가장 먼저 연못 가를 떠난 사람은 맹부요. 나무 구멍 앞으로 달려가 원보 대인부터 끄집어낸 그녀는 가슴이 세 개로 보이든 말든 녀석을 품속에 쑥 밀어 넣고 순식간에 열 장 이상의 거리를 내달렸다.

한편, 일행의 맨 뒤로 처진 전북야는 기괴하게 고개가 뒤틀린 채로 굳어 버린 병사의 시체를 옆구리에 낀 뒤 주변 모든 방위를 향해 돌멩이를 흩뿌리듯 던졌다. 일행을 뒤쫓던 뱀들은 사방팔방에서 기척이 감지되는 통에 어디로 가야 할지 갈피를 잡지 못했다.

그사이 나무 위로 올라간 일행은 나뭇가지에서 나뭇가지로 몸을 날리며 한참 멀리까지 도망쳐서야 겨우 밑으로 내려왔다. 도주를 멈추자마자 전북야가 한 일은 직접 구덩이를 파서 뱀의 입맞춤에 희생당한 병사를 묻어 주는 것이었다.

기우를 비롯한 흑풍기는 슬픈 기색을 내보이지 않았다. 전사가 싸움터에서 죽는 것은 응당 감수해야 할 일. 그들은 그저 묵묵히 전북야를 응시하고 있을 뿐이었다.

용맹하고 결단력 있는 왕은 병사들을 마치 자기 자식처럼 아꼈다. 자신을 따라 전장을 누비다 전사한 병사는 정말 부득이한 경우가 아닌 한 반드시 직접 땅에 묻어 줬고, 부상으로 낙오된 자를 쉬이 버리고 가는 일도 없었다.

그리하여 흑풍기 사이에 생기게 된 불문율은 누구든 부상으로 더 이상 희망이 없는 지경에 처하면 스스로 목숨을 끊는 것이었다. 전북야의 발목을 붙잡지 않기 위해.

맹부요가 병사의 무덤 앞으로 다가가 조용히 허리를 숙였다. 자기 탓인 것만 같았다.

원보 대인의 경고를 무시하는 게 아니었는데. 조금만 더 자신이 신중했더라면 아직 새파란 청춘이 이렇게 가지 않았을 수도 있는데.

전북야가 그녀의 어깨를 툭툭 두드리며 나지막하게 말했다.

"네 탓이 아니다. 잠든 내가 잘못이야."

"내 탓 네 탓 할 거 없어요."

맹부요가 억지웃음을 지었다.

"그러게 쥐 새끼 녀석이 사람 말을 할 줄 알았어야지."

곧이어 그녀가 품 안에서 원보 대인을 꺼내 놓자, 녀석은 온몸이 흠뻑 젖은 채로 고개를 축 늘어뜨리고서 꾸벅꾸벅 졸고 있었다.

맹부요가 어리둥절한 얼굴로 원보 대인을 쳐다보며 물었다.

"어라, 쥐 새끼. 너 언제 물에 들어갔었어?"

이 상황에 원보 대인이 맹부요 상대할 정신이 어디 있으랴.

원보 대인의 필살기는 아무 때나 마음 내키는 대로 쓸 수 있는 게 아니었다. 원기가 크게 상하기 때문에 한 번 쓰고 나면 며칠은 내리 잠만 자는 게 필수였다. 게다가 몸을 추스르는 데 필요한 것들이 다 갖춰져 있는 궁창과 달리 이곳은 아무것도 없는 밀림이니 상태가 더 시들시들할 수밖에 없었다.

남의 집 귀하디귀한 애완동물을 데려다가 무슨 꼴로 만들어 놓은 건가 싶어 다소 미안함을 느낀 맹부요가 웅얼거렸다.

"알았어, 너 봐서라도 네 주인 **뺨**따귀 세 대 때리려고 했던 거는 두 대로 줄여 줄게."

그녀가 조심스럽게 원보를 들어 올려 뒤에 메고 있던 짐 보따리 안에 넣었다.

옷가지가 쿠션이 되어 주면 그나마 편히 잘 수 있으리라. 털 **빠**지는 거야 뭐, 못 본 셈 치는 수밖에.

일행은 다시 행군을 시작했다. 밀림 속에 난 길은 다 거기가 거기 같았다. 병사들이 돌아가며 선두로 나서 넝쿨과 가시나무를 베어 냈지만, 관목 숲에 옷이 걸려 찢어지는 건 어쩔 수 없는 일이었다.

맹부요는 원보가 든 보따리를 가슴 앞으로 돌려 메고 틈날 때마다 녀석이 제자리에 잘 있는지 더듬거렸다.

이곳 숲은 지금껏 경험해 왔던 밀림과는 완전히 다른 느낌이었다. 울창한 녹음 깊숙한 곳에 무수하게 많은 눈들이 숨어 과연 일행이 얼마나 버틸 수 있을지 계산하면서, 줄곧 음산한 감시의 눈길을 보내고 있는 느낌이랄까. 언제라도 위험이 닥쳐 일행이 자신들의 먹잇감으로 전락할 순간만을 기다리며.

어제와 하나 달라진 점이 있다면, 내내 그들을 따라다니던 맹수의 숫자가 부쩍 줄었다는 사실이었다. 일행이 뭔가 잘못 건드렸음을 눈치채고 혹여나 자기들한테까지 불똥이 튈까 달아나기라도 한 것 같았다. 그 결과 사냥에 나섰던 기우와 병사들은 반나절이나 숲을 헤매고도 고작 고슴도치 몇 마리밖에 잡아 오지 못했다.

사냥길에 천살지금 소속 군사들과 마주친 순간도 있었다. 양쪽 다 길도 없는 숲속을 헤매는 처지이니 어쩌다 보면 서로 맞닥뜨릴 수도 있는 일. 소규모 인원으로 이루어진 상대편은 쌍두애사의 끈질긴 추격에 쫓기는 중이었다.

기우 일행은 전방에 사람 형체가 어른거리는 걸 발견하자마자 재깍 나무 위로 은신해, 몇몇 적군이 도망치고 나머지 사상자의 시체를 뱀들이 뜯어 먹기 시작하고 나서야 나무 위에서 뇌탄을 투척했다. 아무리 사납다고 해 봐야 결국 고깃덩이에 지나지 않는 뱀들은 화약의 위력에 산산이 조각났다. 이후 기우는 쌍두애사 떼가 동족의 죽음을 인지하지 못하도록 죽은 뱀을 모두 땅속 깊숙이 파묻었다.

이날 밤에는 감히 물가나 암벽 근처를 야영지로 삼을 엄두가 나지 않았다. 일행은 차라리 가느다란 나무들을 베어 내 동그란 모양의 공터를 확보하는 쪽을 택했다. 베어 낸 목재로는 주위에 보호용 벽을 쌓고 병사들이 돌아가며 그 위에서 보초를 서기로 했다.

맹부요는 원보 대인을 배에 올려놓고서 언제나 그렇듯 세상 편한 자세로 누웠고, 전북야는 그녀 곁에서 운기조식을 하며 일정 시간을 간격으로 눈을 뜨고 주변 소리에 귀를 기울였다.

바람이 숲 가장자리를 훑고 지나는 소리와 달빛을 서글프게 물들이는 나뭇가지 끝의 올빼미 울음소리가 들려오는 가운데, 저 멀리서 울려 퍼지는 늑대의 울부짖음에는 듣는 이의 가슴까지 저릿해질 만큼 깊은 고독과 처량함이 서려 있었다.

맹부요는 배 위에 자리 잡은 녀석과 마찬가지로 미동도 없이 잠든 모습이었다. 문득 전북야가 웃음을 흘렸다.

"자는 척하기도 힘들 것 같은데?"

맹부요가 눈을 감은 채로 입꼬리를 말아 올렸다.

"깊이 생각해 볼 게 있어서요."

"무슨 생각을?"

"아까 당신 셋째 형님한테 전해 달라던 말이 대체 무슨 뜻인가 하고요."

맹부요가 일어나 앉았다.

"셋째 형 손에 외할아버님이 돌아가신 거예요?"

"내 외조부 되시는 주 태사께서는 세상에 다시 없을 변절자라 손가락질당했던 분이다."

전북야가 모닥불을 뒤적이며 말했다.

"천살국 정사와 야사를 통틀어서 주 태사라는 이름은 영원히 불명예의 상징으로 남겠지. 너도 알겠지만, 천살의 전신은 금金나라였고 전씨 가문과 주씨 가문은 본래 금나라 조정의 신료였다. 그러다가 야심가였던 내 아버지가 반도를 치고 황좌를 차지하겠다 나섰지. 당시 태위太尉로 계시던 외조부께서는 저항 없이 도성을 바쳐 태사 자리를 얻으셨고, 당신의 여식은 이전 황조의 황후에서 새 황조의 황비가 되었다. 황조 교체기를 거치면서도 높은 벼슬에 그대로 앉아 두 황제 모두에게서 총애받았던 외조부님은 세간으로부터 엄청난 조롱을 당하셨지. '황후는 황비가 되고 태위는 태사가 되었네.'라고 아예 풍자시를 짓는 자까지 있었어. 도성 거리에 나서면 석 자 안에는 누구도 얼씬을 안 할 정도였다."

새카만 눈동자 깊숙이에 광채를 품은 채로 전북야가 희미하게 미소 지었다.

"하지만 내 눈에 비친 그분은 누구보다도 훌륭한 외할아버지셨다. 내게 병법을 가르치고, 날 위해 최고의 스승을 수소문하고, 저택에서 가장 높은 장서각에 함께 올라 나한테 도움이 될 만한 서책을 직접 골라 주기도 하셨지."

맹부요가 조용히 한숨을 내쉬었다.

"말년은 참 처량하셨어. 정신을 놓은 딸은 굽이굽이 산맥 같은 황궁 담장에 가로막혀 한 번을 만날 수가 없었고, 나는 열여덟이 되도록 작위를 받지 못한 채 황궁 서쪽 구석에 처박혀 있었거든. 꽃 같은 나이의 비빈들이 행여 겁을 먹고 도망치기라도 할까, 그때는 궁중에서 마음 편히 돌아다닐 수조차 없었다. 그 이야기를 전해 들은 외조부께서는 이러다가 조만간 형제들이 내게 추잡한 죄명을 뒤집어씌우는 게 아닌가 염려하셨고, 황궁 옥섬돌 앞에서 세 차례를 간청해 가까스로 작위를 받아 내셨다. 하지만 도성에 내 소유의 왕부를 갖는 건 결국 허락되지 않았어. 대신 머나먼 갈아사막으로 내쳐졌지. 본래는 도성에 머물면서 외조부님을 모실 수 있기를 바랐다. 내가 곁에 있어 드리면 말년에 그나마 위안이 되리라 생각했으니까. 그러나 갈아는…… 연로하신 몸으로 이동하기에는 너무 먼 거리였어. 외조부께서 돌아가신 건 내가 갈아사막으로 떠난 바로 그해였다. 태의는 천수를 다하셨다 했지만, 나는 아니란 걸 알았지."

"어떻게요?"

"갈아로 출발하기에 앞서 작별 인사를 드리러 갔을 때, 외조부께서는 서책만 들여다보며 아무 말씀이 없다가 내가 문을 나서던 도중에야 겨우 입을 여셨다. '이번에 가면 언제 돌아올지 기약이 없겠구나. 혹여 네가 돌아오기 전에 내 먼저 떠나거든 훗날 유골을 고향 영천穎川으로 옮겨 다오.' 부음을 접하고 허겁지겁 반도로 돌아온 그날 밤, 유골을 수습하고자 태사부 사당에 모셔진 관을 열었더니 뼈가 새카맣게 변한 게 보이더군. 외조부께서는 독살당하신 거였다."

"흉수는 잡았고요?"

잠시 침묵하던 맹부요가 조심스레 물었다.

"빤히 의심 가는 놈들이 몇 있었지."

가부좌를 틀고 앉은 전북야가 반도 방향을 보았다. 그의 눈동자 속에서 무거운 먹구름이 느릿느릿 휘돌고 있었다. 아직 칼집을 나오기 전인 살기를 품은 채.

"전남성戰南成, 전북항, 그리고 며칠 전 네 칼에 죽은 전북기戰北奇. 전북기는 기껏해야 도구에 불과했을 거다. 그 도구를 쥔 손까지는 못 될 놈이야."

조용히 자신을 바라보고 있는 맹부요에게로 눈길을 돌린 그가 씩 웃었다. 햇빛처럼 찬란한 웃음이었다.

"다 지난 일로 기분 잡칠 것 없지. 잠이나 자자!"

모닥불을 발로 쓱쓱 밀어 따끈하게 열이 오른 지면을 비워낸 그가 손바닥으로 땅을 더듬어 위험 요소가 없음을 확인한 후, 맹부요에게 이쪽에 와서 누우라는 시늉을 했다. 싫다고 해봐야 어차피 씨알도 안 먹힐 것이었다. 맹부요는 시키는 대로 꼬물꼬물 옮겨 가 몸을 눕혔다.

잠시 후, 까무룩 잠이 들었다가 눈을 뜬 그녀는 외투를 든 전북야가 자신을 뚫어져라 쳐다보고 있는 걸 발견했다. 맹부요가 못 말리겠다는 양 입꼬리를 끌어 올렸다. 옷은 주고 싶은데 그러자니 거절당할 것 같고, 서로 주거니 받거니 옥신각신할 게

뻔하니까 차라리 잠든 후에 덮어 주겠답시고 저러고 있는 것이
리라.

거기까지 생각이 닿자 맹부요는 손을 내밀 수밖에 없었다.

"옷 좀 빌릴게요."

그녀가 팔을 뻗은 김에 전북야를 밀치며 말했다.

"얼른 자요, 얼른!"

각자 잠자리에 누운 두 사람은 비록 지칠 대로 지친 상태였
으나, 주위를 경계하느라 완전히 곯아떨어지지는 못했다. 눈을
감고 있던 맹부요의 귀에 병사 하나가 조용히 일어나 야영지
밖으로 걸어 나가는 소리가 들렸다.

그 즉시 동료 병사의 물음이 따라붙었다.

"어디 가게?"

"일 좀 보러."

동료가 웃어 버렸다.

"아무 데서나 하면 되지. 이 첩첩산중 밀림 속에서 변소라도
찾아보게?"

"맹 소저도 있는데……."

밖으로 나서던 병사가 소곤소곤 말했다.

"냄새 풍기면 실례잖아."

말리려던 동료는 잠시 말이 없다가 이내 픽 웃으며 손을 내
저었다.

"아까 고슴도치 고기 엄청 먹더라니 부대끼나 보네. 얼른 갔
다 와."

살금살금 멀어져 가는 발걸음 소리를 들으며, 맹부요는 눈을 감은 채로 미소를 머금었다. 가슴속에 따스한 기운이 퍼져 나가는 동안 뇌리에는 저 병사의 얼굴이 떠올랐다.

눈 크고 이마에 흉터 있는 그 친구 같지? 한창 젊은 나이에 벌써 백전노장이라는. 거참, 흑풍기 철혈 남아에게도 이리 섬세한 면이 있었을 줄이야.

차츰차츰 잠이 몰려왔다.

날이 밝았을 즈음 눈을 뜬 맹부요는 밤을 무사히 넘겼다는 생각에 기분이 더할 나위 없이 좋았다.

그런데 그때, 기우의 착 가라앉은 목소리가 들려왔다.

"다시 찾아보도록! 반드시 2인 1조로 움직이고!"

벌떡 몸을 일으킨 맹부요가 물었다.

"무슨 일이에요?"

"형제 하나가 사라졌다."

답을 준 사람은 전북야였다. 어젯밤 그대로 가부좌를 튼 자세였지만 잠기운이라고는 한 점 찾아볼 수 없는 눈이었다. 밤을 꼬박 새운 모양이었다.

"용변 보러 가서는 감감무소식이야."

맹부요가 흠칫 어깨를 굳혔다.

"어젯밤에 볼일 보러 간다던 병사요? 그 뒤로 사라졌단 말이에요? 그런데 왜 이제야 찾고 있어요?"

"탈이 났는지 밤새 야영지를 들락날락했다. 밤에 몇 차례는 아무 일이 없었거늘 해 뜨기 직전에 나간 걸 마지막으로 행방이 묘연해졌어."

전북야는 미간에 주름을 잡은 채로 숲속을 떠도는 백색 연무를 응시하고 있었다. 이 광활한 밀림에는 생명을 위협하는 요소가 너무도 많았다. 밖에 깔린 위험 요소 중 어느 하나에만 잘못 걸려도 건장한 젊은이가 단번에 잡아먹히는 건 일도 아니었다.

재수색에 나섰던 병사들이 모두 돌아왔으나 이번에도 수확은 없었다. 잠시 고뇌하던 기우가 말했다.

"수색은 이만하고 행군을 이어 간다."

아무런 말 없이 자리에 앉아 있다 일어난 전북야가 지면에 기호를 그려 넣은 후 입을 열었다.

"출발하자."

맹부요가 가슴 가득 숨을 들이켰다. 전북야는 부하를 쉬이 포기할 사람이 절대로 아니었다. 하지만 한 무리의 우두머리인 이상, 위험 상황에서는 원치 않는 선택을 해야 할 때도 있는 법이었다. 이곳 밀림에서 시간을 끌었다가는 희생자가 더 늘어날 게 자명했으므로.

맹부요의 눈이 걸음을 옮기는 전북야의 곧은 뒷모습을 좇았다. 휘날리는 칠흑의 장포 사이로 언뜻언뜻 불꽃처럼 드러나는 선홍색이 금방이라도 이 짙푸른 숲에 불씨를 옮겨 붙일 것처럼 보였다.

어떤 상황에서도 약해지는 일 따위는 없을 듯한 남자. 까마득한 세월 속에 기록된, 그토록 고통스러운 이야기조차도 그의 타고난 자긍심에는 전혀 생채기를 내지 못한 것 같았다.

그러나 맹부요는 알고 있었다. 잘 때조차 베개 대신 검을 머리 아래 두는 그를. 1각에 한 번씩은 반드시 손을 뻗어 검을 확인하고 반 시진마다 무의식적으로 잠자리를 옮기는 그를.

어쩌면 꿈 한 번 꾸지 않고 마음 편히 곯아떨어지는 밤 같은 건 지금껏 그의 일생과는 전혀 인연이 없었을지도.

아마도 그의 꿈은 언제나 어둠과 핏빛 기억으로 가득하지 않을까? 변절자의 혈통, 미친 황비의 아들, 추방당한 소년, 외조부의 독살…….

맹부요가 하늘을 향해 소리 없이 탄식을 뱉던 때였다. 그녀의 눈이 한 지점에 붙박였다.

머리 위, 하늘을 찌를 듯 솟은 거목에서 처져 내려온 잎사귀 사이로 낯익은 얼굴이 쓱 나타나 아무런 표정 없이 그녀를 내려다보고 있었다. 앳되고 창백한 얼굴, 커다란 눈, 이마에 난 흉터……. 바로 어젯밤에 사라진 병사였다.

놀란 것도 잠시, 반가운 마음에 병사를 소리쳐 부르려던 맹부요는 순간 뭔가 싸한 느낌에 사로잡혔다. 새하얀 낯빛, 감색 동공, 느슨하게 풀린 눈빛, 경직된 자세……. 그것은 죽은 사람의 모습이었다.

놀람에서 반가움으로, 반가움에서 다시 충격으로, 일련의 단계를 겪는 동안 맹부요의 호흡이 흔들리자 앞서가던 전북야가 이를 감지하고 즉시 뒤로 돌아섰다. 위에 매달린 시체를 발견한 것과 거의 동시에 맹부요가 손을 뻗어 그 병사를 끌어 내리려는 모습을 본 전북야가 날쌔게 그녀 쪽으로 뛰어왔다.

"내가 하겠다."

맹부요보다 한발 빠르게 이동해 와 그녀가 뻗었던 팔을 전광석화처럼 쳐 낸 그가 극도로 신중하게 검을 뽑았다.

그런데 병사를 얽어맨 넝쿨을 자르려는 찰나, 넝쿨이 마치 위험을 감지한 동물처럼 움찔 뒤로 물러나는 게 아닌가.

전북야가 당황하는 사이 넝쿨이 돌연 맹부요의 얼굴을 노리고 채찍처럼 날아들었다. 맹부요는 두말없이 칼로 넝쿨을 내리쳤다. 동강 난 넝쿨에서 회색과 녹색이 섞인 액체가 악취를 풍기며 뿜어져 나왔다.

전북야가 얼른 맹부요를 끌고 뒤로 물러나자 기우를 비롯한 흑풍기가 재깍 몸을 날려 앞을 막아섰다. 이때 아무도 내려 주는 이 없어 공중에 매달려 있던 시신이 저절로 추락하면서 그물 같은 넝쿨이 우르르 함께 쏟아져 내렸다.

붉은 가시가 빽빽하게 돋친 넝쿨은 딱 봐도 독이 있는 식물 같았다. 잘린 단면에서 어마어마하게 뿜어져 나오는 액체에 닿았다가는 무슨 일이 생길지 모르는지라 칼을 휘두르기도 망설여지는 상황이었다. 일행은 무의식중에 뒤로, 뒤로, 계속해서 후퇴했다.

흑풍기와 전북야에게 밀려 식물로부터 가장 멀리 떨어져 있던 맹부요는 등 뒤가 완전히 무방비인 채로 뒷걸음질 치고 있었다. 뒤를 돌아본 전북야가 그 모습을 발견하고 얼른 그녀를 끌어당겨 자기 앞에 세웠다. 그러자 이번에는 곁에 있던 병사가 무엇이 도사리고 있을지 알 수 없는 밀림 방향으로 고스란히 등을 노출한 왕야를 보고는 먼저 위험을 살피고자 재빨리 전북야 뒤로 달려갔다.

다음 순간, '푸쉭' 하는 소리가 났다. 물거품이 터지는 것처럼 미미한 그 소리와 함께 병사와 전북야의 몸이 아래로 쑥 꺼졌다.

뒤에서 세 번째로 있던 맹부요 역시 발뒤축에 밟히는 땅이 물컹하면서 하마터면 뒤로 넘어갈 뻔했으나, 누군가 등을 있는 힘껏 밀어 준 덕에 앞쪽으로 날려가 급히 달려오던 기우의 부축을 받을 수 있었다. 탄탄한 땅을 딛자마자 뒤를 돌아본 그녀는 '헉' 하고 받은 숨을 들이켜고 말았다.

뒤편은 그냥 봐서는 전혀 눈치챌 수 없는 늪지였다. 병사와 전북야는 벌써 진흙 속으로 상당히 깊이 빨려 들어간 뒤였다.

특히 전북야 쪽은 심각했다. 그가 늪에 빠진 건 바로 직전의 일이니 마음만 먹었다면 얼마든지 벗어날 수 있었을 텐데, 어찌 된 일인지 그는 병사보다 더 깊이 가라앉아 고작 가슴 위쪽만 밖으로 나와 있을 뿐이었다.

맹부요가 입술을 깨물었다. 본래 저기 있어야 할 사람은 자신이었다. 넝쿨에 밀려 뒷걸음질 치던 인원 중 늪에서 가장 가까웠던 사람은, 처음대로라면 자신이었으므로.

전북야가 그 자리를 대신했고, 맹부요가 늪 가장자리를 딛는 순간 위험을 무릅쓰고 진력을 동원해 그녀를 밖으로 밀쳐 내주어 정작 본인이 더 깊숙이 빨려 들어가고 만 것이다.

더 최악인 건 늪이 꿀렁꿀렁 움직이면서 병사와 전북야를 중앙 쪽으로 몰아가고 있다는 점이었다. 이 순간에도 두 사람은 맹부요에게서 점점 멀어지고 있었다.

지금은 자책이 아니라 행동할 때였다. 맹부요가 가라앉은 목소리로 외쳤다.

"기우, 저 망할 넝쿨 좀 맡아 줘요!"

그 즉시 커다란 바위 위로 도약한 그녀가 허리춤에서 채찍을 뽑아 휘두르려다가 말고 움찔 손을 굳혔다.

누굴 구한단 말인가?

전북야와 그녀를 보호하려다가 늪에 빠진 청년.

늪의 중심 부근까지 더 많이 밀려가 있는 건 병사 쪽이었다. 지금이야 둘 중에서는 그나마 나은 처지였지만, 앞으로 그에게 남은 시간은 무공 고수인 전북야보다 훨씬 짧을 것이 분명했다. 전북야부터 구한다면 남겨진 병사는 목숨을 잃을 것이다.

하지만 늪에 빠진 직후 진력을 사용한 탓에 무시무시한 속도로 가라앉고 있는 전북야 역시 위험하긴 마찬가지였다. 머리마저 완전히 잠기기까지 남은 시간은 이제 정말 촌각에 불과했다.

솔직한 마음으로 맹부요는 전북야를 구하고 싶었으나 양심에 비춰 볼 때, 과연 누구한테 손을 뻗어야 옳은지 판단이 서질 않았다.

양쪽 모두 사람 목숨이지 않은가. 그녀를 보호하려다 위험에 빠진 사람들의 목숨!

지금 그들이 맞닥뜨린 것은 보통 늪이 아니었다. 늪이 가진 엄청난 흡인력을 생각하면 이렇게 주저하고 있을 시간이 없었다. 피가 바싹바싹 마르다 못해 돌아 버릴 것 같았다.

이때 전북야가 얼굴을 들었다. 그 동작 때문에 몸이 아래로 한층 더 쑥 꺼져 내려갔지만, 가슴까지 차오른 진흙에도 그는 한 치의 망설임 없이 소리쳤다.

"녀석을 구해! 난 버틸 수 있다!"

진창 속에서 어렵사리 고개를 튼 병사가 그런 전북야를 바라 봤다. 평범한 인상의 청년의 눈에는 지금 뜨거운 눈물이 넘쳐 흐르고 있었다.

흙투성이인 뺨을 따라 눈물 자국 두 줄이 그어졌을 즈음, 청년이 잔뜩 잠긴 목소리로 말했다.

"전하, 방금 해 주신 한마디면 이 왕호王虎는 이제 여한이 없습니다……."

전북야가 즉각 소리쳤다.

"뭘 하려는 거냐? 이건 명령……."

좌앗!

늪 표면에서 사람의 허리 높이 정도까지 튀어 오른 선혈이 우수수 전북야의 얼굴 위로 쏟아졌다. 왕호의 입에서 반 토막 짜리 혓바닥이 나와 늪에 툭 처박히더니 소리 없는 소용돌이에 금세 매몰됐다.

반경 한 자 반 주변의 진흙이 온통 눅진한 진홍빛으로 물들면서 피범벅이 된 왕호의 얼굴에도 붉은 반사광을 던졌다. 허망하게 벌어진 그의 입 속에서 반쪽짜리 혀가 웅얼웅얼 움직이며 소리를 냈다.

"다음 생에도 전하를 보필할 것입니다……."

부릅뜬 눈으로 왕호를 노려보던 전북야가 한참 만에야 눈을 감았다. 질끈 감긴 눈꺼풀 아래로 스며 나온 물기가 얼굴에 묻어 있던 선혈과 한데 섞여 마치 피눈물이 흐르듯, 조용히 아래로 흘러내렸다.

휘릭!

채찍이 날아들었다.

왕호가 혀를 깨물던 순간에는 맹부요의 눈시울에도 물기가 차올랐다. 하지만 그러하기에 더더욱 청년의 희생을 헛되이 만들 수 없었다. 핏물이 사방으로 튀어 오르는 바로 그 찰나에 맹부요는 곧장 채찍을 던졌다.

채찍 끄트머리가 정확히 전북야의 손목에 휘감기자 맹부요가 있는 힘껏 채찍을 당겼다. 그런데 전북야가 도통 딸려 올라오지를 않았다.

무지막지한 흡인력을 가진 늪이 천천히 회전하면서 그를 중앙으로 빨아들이고 있는 상황에, 무턱대고 힘만 쓰다가는 채찍이 끊어질 수도 있었다. 맹부요는 아주 조심스럽게, 느릿느릿 전북야를 끌어당겼다.

팔뚝 절반 정도 되는 거리를 당겼을까, 늪 한복판에서 '빠직' 하고 뭔가 갈라지는 소리가 나더니 늪 위에 가로놓여 있던 마른 나무토막이 빠개지면서 거대한 개미가 떼로 기어 나왔다.

붉은 머리에 검은 몸통, 강력하게 발달한 턱. 소름 끼치게 생긴 개미들은 마치 악마의 병에서 끝없이 쏟아져 나오는 맹독성 모래처럼, 늪 표면을 새카맣게 뒤덮으며 몰려와 순식간에 전북야의 바로 뒤쪽까지 이르렀다.

# 장렬한 희생

"젠장!"

맹부요가 거칠게 욕을 씹어뱉었다.

"저것들이 이 판국에 누구 덕을 보겠다고!"

하지만 지금은 욕지거리나 하고 있을 때가 아니었다. 늪과의 대결은 아직 진행 중이었다. 팽팽하게 당겨진 채찍이 언제 끊어질지 모르기에 단번에 큰 힘을 쓸 수도 없는 상황이었다.

빨간 머리에 검은 몸통을 한 저 개미는 태연국 어딘가의 숲속에서도 본 적이 있었다. 놈들이 휩쓸고 간 자리에 남겨지는 것은 앙상한 뼈다귀뿐이었다. 그 자리에 있던 생명체가 동물이었든 인간이었든 간에 무조건.

전북야가 그 꼴을 당할 걸 생각하니 부르르 몸서리가 쳐졌다. 그렇다고 허둥거려서는 안 될 일. 한순간만 힘 조절에 삐끗해도 채찍이 끊어질 수 있었다. 게다가 근처에 보이는 넝쿨은 모조리 독을 가진 것들이라 채찍 대용으로 쓸 수가 없었다.

그녀는 타들어 가는 속을 억누르기 위해 애써 호흡을 고르면서, 가능한 한도 내에서 최대한 신속하고도 안정적으로 전북야를 끌어 올렸다.

이때 기우와 병사들이 넝쿨을 따돌리고 달려왔다. 늪에 당도한 그들은 눈앞에 펼쳐진 광경에 곧 새하얗게 질리고 말았다.

엄청난 속도로 몰려든 개미들이 이미 늪의 상당 부분을 뒤덮은 뒤였다. 개중 몇 마리가 급기야는 전북야에게 달라붙어 살점을 물어뜯기 시작했다.

지켜보던 맹부요는 눈앞이 다 캄캄해졌건만, 정작 전북야 본인은 놀라우리만치 침착했다. 아까부터 맹부요가 아닌 개미 떼만을 노려보고 있던 그는 놈들이 가까이 접근하자 기다렸다는 듯이 '후욱' 하고 바람을 불었다.

진기가 실린 호흡이 개미들을 휩쓸어 날려 보내기는 했으나 그 즉시 전북야의 몸은 아래로 쑥 꺼져 내려갔다.

맹부요의 이마에서 식은땀이 배어나 부릅뜬 눈 안으로 흘러들었다. 홧홧한 작열감이 느껴졌다. 하지만 그녀는 감히 땀을 닦아 내지도, 눈을 깜빡이지도 못했다.

양손을 교대로 써 조금씩 조금씩 채찍을 당기면서 계산해 본 결과, 전북야가 한 번 진기를 내뱉을 때마다 아래로 꺼지는 깊이는 손가락 반 정도 되었다. 자신이 한 번 힘을 줄 때마다 끌어낼 수 있는 깊이는 손가락 하나 정도이니 이대로라면 시간은 걸릴지언정 무사히 구출해 내는 건 가능할 것 같았다.

그러나 세상일이 어디 생각대로만 풀린다던가.

그녀가 계산 결과를 도출해 낸 바로 그때, 정적 속에서 작게 '찌지직' 소리가 울리더니 채찍에 가느다란 균열이 생겼다.

죽음의 호각 소리라도 들은 양, 주위에 있던 모두의 얼굴에서 핏기가 싹 가셨다. 맹부요는 가슴이 덜컥 내려앉는 통에 하마터면 피를 뿜을 뻔했다.

운 한번 진짜 엿 같네!

더는 채찍에 힘을 가할 수가 없었다. 이대로 채찍이 끊어져 버리면 다른 방도를 찾기도 전에 전북야는 끝장나고 말 터. 그렇다고 전북야가 가라앉는 모습을 지켜만 보고 있는 건 때려죽인대도 못 할 짓이었다.

창백하게 질린 맹부요가 아랫입술을 짓씹었다. 점점 번져 가는 균열에 고정된 눈동자가 새카맣고도 형형하게 번뜩이고 있었다.

돌연 전북야가 그녀를 불렀다.

"부요."

그녀는 침묵했다.

"흑풍기를 데리고 떠나라. 길은 기우가 알고 있다. 산맥을 벗어나거든 천살국 일에 휘말리지 말고 곧장 네 갈 길을 가."

맹부요는 그의 말을 무시했다.

이때 전북야가 천천히 검을 뽑아 들었다. 그 여파로 몸이 또한 차례 쑥 가라앉았고, 채찍에 난 균열도 더 또렷해졌다.

다급해진 맹부요가 쏘아붙였다.

"전북야, 뭐 하는 짓이에요!"

전북야가 그녀를 빤히 바라보며 손에 있던 검을 살며시 늪 위에 눕혔다.

가로로 누운 물체는 쉽게 아래로 꺼지지 않는 법.

그의 검은 진흙 위에서도 여전히 광채가 났다. 청새리상어 껍질에 황금을 덧댄 날밑, 불꽃같은 색채를 뽐내며 늘어져 있는 장식용 술, 예리하게 번뜩이는 칼날. 칼자루에는 간략한 몇 획만으로도 공중을 나는 용의 고고한 자태를 완벽하게 표현해 낸 황야의 창룡 문양이 조각되어 있었고, 창룡의 눈 위치에 커다랗게 박힌 보석은 강렬한 붉음 그 자체로 마치 심장에서 갓 뽑아낸 피와도 같은 색채로 빛나고 있었다.

"부요……."

지극히 낮게 가라앉은 음성이었다.

"검을 봐 다오. 칼자루에 새겨진 문양은 천살국 황족의 상징으로, 두 개의 붉은 보석은 곧 지고지상한 검신의 눈동자다. 천살 황족 혈통 사이에는 검신이 용으로 화해 우리 전씨 일족에게 강림했다는 전설이 이어져 내려오지. 모든 황족 자제들은 각자 자신만의, 다른 사람은 절대 손댈 수 없는 검신의 눈을 가지고 있다. 가운뎃손가락을 그 눈동자에 가져다 대는 순간 영원한 소유주가 각인되는 것이다."

중지를 보석에 올린 그가 칼자루를 반대편으로 돌렸다.

"부요, 네 칼만으로는 위험을 피하기 역부족일 것이다. 이 장검을 네게 주마. 이 순간부로 나를 제외하고는 온 천하에서 오로지 너만이 천살 황족의 신성한 검신의 눈에, 그리고……나의 전부에 손을 댈 수 있을 것이다."

맹부요는 고개를 홱 틀어 그를 외면해 버렸다. 듣고 싶지 않았다. 받아들일 수가 없었다.

저게 다 무슨 소리야, 지금 유언이라도 남겨?

누구 마음대로? 누가 들어주기나 한대? 진짜 마지막이 오기 전까지는 어림도 없거든?

어찌 됐든 아직은 채찍이 끊어진 것도 아니고, 설사 끊어지더라도 반드시 다른 방법을 찾아낼 테니까!

그 뒤로 단 1초. 그녀가 차선책을 검토하고 결단을 내리기까지 걸린 시간이었다.

쓸쓸한 바람이 숲을 훑고 지나가면서 그녀의 비단 같은 머릿결을 휘감아 올렸다. 이 순간, 흩날리는 흑발 뒤에서는 어느 때보다도 결연한 눈빛이 빛나고 있었다.

심호흡을 한 번 한 그녀가 기우 쪽으로 고개를 돌렸다.

"다들 석 장 밖으로 떨어져서 뒤돌아 있어요."

기우가 움찔하면서 전북야를 쳐다보자 그녀가 단호하게 외쳤다.

"돌아서라고 했어요!"

이를 악물던 기우가 이내 흑풍기를 향해 말했다.

"전원 뒤로 돌아선다!"

제일 먼저 걸음을 옮긴 기우를 따라 나머지 흑풍기도 묵묵히 자리를 뜨는 와중에, 유난히 왜소한 병사 하나가 마지막까지 머뭇거리면서 자꾸만 뒤를 힐끔거렸다. 하지만 맹부요는 그에게까지 신경을 쓸 여유가 없었다. 그녀의 눈은 채찍을 타고 계속해서 번져 가는 균열에만 붙박여 있었다. 이제 곧 채찍이 끊어지고야 말 터였다.

그녀가 눈을 꾹 감고서 옷을 벗기 시작했다. 보따리를 내려놓고, 시천을 풀고, 두툼한 장포를 비롯해 무게가 나갈 만한 것들은 모조리 벗어 던졌다. 신발까지 벗고 맨발로 진흙을 딛고선 그녀는 마지막으로 보따리를 뒤져 화절자와 함께 밖에서 사냥한 고기 구워 먹을 때 바르겠답시고 아껴 뒀던 기름을 꺼내 들었다.

개미 한 무리를 불어 날려 보내고 고개를 돌린 전북야는 한창 옷을 벗는 중인 맹부요의 모습에 당혹했다.

이제 그녀의 몸에 남은 것은 얇은 홑옷이 전부. 희끄무레하게 피어오르는 아침 안개 사이로 백설 같은 살결과 가녀린 목선이 드러났다. 희고 미끈한 허리선이 그려 내는, 그 절묘한 잘록함을 가리기에는 상의의 길이가 너무 짤막했다. 얇디얇은 속바지는 나무 사이를 스치는 바람에 밀려 허벅지에 착 달라붙어서는 그 속에 감춰진 유혹적 윤곽을 언뜻언뜻 내보이고 있었다. 이로 인해 유발되는 풍만함, 탄력, 윤기 나는 피부와 환상적인 곡선에 관한 상상은 완전한 노출보다 오히려 더 피를 끓어오르게 했다.

전북야의 표정이 굳었다. 진흙 구덩이 속에서 힘겹게 고개를 튼 그의 눈에는 어느새 시뻘건 핏발이 가닥가닥 서 있었다.

개미 떼가 접근하는 것조차 눈치채지 못한 채, 그가 안간힘을 다해 외쳤다.

"안 돼!"

맹부요는 그저 빙긋이 웃었을 뿐이었다. 가슴속에서는 격랑이 몰아치면서도 신통하게 채찍을 끊어뜨리지 않은 그녀가 조심스럽게 뒤로 한 걸음을 물러나 채찍 손잡이를 나뭇등걸에 비끄러맸다.

그사이 개미 몇 마리가 전북야의 몸 옆면을 타고 올랐지만, 그는 아무런 감각도 느끼지 못하는 양 오로지 맹부요만을 노려보고 있었다. 그가 보는 것은 뽀얀 살결도 아니요, 가느다란 허리와 쭉 뻗은 다리도 아니요, 단지 그녀의 눈이었다.

"제발 그러지 마!"

갈라진 그의 목소리 사이로 울먹임이 섞여 들었다. 먹먹한 외침이 숲 전체에 메아리치면서 괴괴하던 공기를 뒤흔들었다.

"안 돼! 하지 마, 그러지 마……."

금방이라도 피가 뚝뚝 떨어질 것 같은 그의 광기 어린 눈빛을 외면하고는, 맹부요가 조용히 읊조렸다.

"우리의 어머니들을 위하여……."

화절자와 기름을 들고 결연하게 일어서던 그녀가 다음 순간 그대로 뻣뻣하게 경직됐다. 누군가에게 혈도를 짚인 것이다. 이어서 손 하나가 쓱 나타나더니 그녀의 손아귀에 있던 물건들을 빼내 갔다.

맹부요가 눈동자만 겨우 움직여 쳐다본 곳에는 조금 전의 그 왜소한 병사가 서 있었다. 병사 역시 겉옷 없이 달랑 속바지 하나 차림이었고, 상반신이고 다리고 할 것 없이 삐삐 마른 것이 그녀보다도 몸무게가 덜 나갈 것 같았다.

맹부요 쪽을 보지 않으려 애써 눈을 피하던 병사가 쑥스러운 듯 웃더니 말했다.

"맹 소저, 위험한 일이니 제가 하겠습니다."

그러고는 잠깐 뜸을 들이다가 덧붙이기를.

"왕야와 다른 형제들을 부탁드립니다."

그를 바라보던 맹부요의 눈시울이 서서히 붉어졌다.

병사가 망설임 없이 뒤로 돌아서 걸음을 옮겼다. 맹부요는 그의 앙상한 어깨에 튀어나온 뼈를 지켜보는것이 쓰라리게 아팠다.

그녀보다 훨씬 아픈 눈으로 병사를 응시하던 전북야가 말했다.

"화자華子, 남쪽 고향 집에 노모가 계시지 않느냐."

병사가 아까처럼 쑥스럽게 웃었다.

"왕야께서 형제들과 함께 가끔 들여다봐 주세요."

전북야는 하고 싶은 말이 더 있는 눈치였으나, 소년 병사의 수줍지만 결연한 웃음에 가로막히고 말았다. 늪 가장자리까지 가서 심호흡을 한 소년이 별안간 바닥에 몸을 눕히더니 중앙을 향해 굴러가기 시작했다.

체중이 가벼운 사람이 지면과 접촉 면적이 최대한 늘어나도록 자세를 잡는다면 잠깐 정도는 늪 표면을 굴러도 밑으로 가라앉지 않는다. 남방 밀림에서 지내 본 사람이라면 누구나 아는 상식이었다.

모든 짐을 내려놓은 소년이 전북야를 향해, 거대한 턱을 벌리고서 피와 살점을 기다리고 있는 식인 개미를 향해, 계속해서 몸을 굴렸다. 도통 함락될 줄을 모르는 전북야 탓에 안 그래도 안달이 났던 개미들은 신선한 고깃덩이가 제 발로 굴러 들어오자 당장에 먹이를 향해 벌 떼처럼 달려들었다.

싱긋 미소 지은 소년이 재빨리 자기 몸에 기름을 발랐다. 무차별적으로 달려든 개미 떼가 소년의 전신을 뒤덮기까지는 그리 오랜 시간이 걸리지 않았다. 흑색과 적색이 섞인 거대 개미들에게 완전히 매몰당한 소년은 흡사 개미로 만든 옷을 뒤집어쓴 것 같은 모습이었다.

눈, 코, 입 역시 예외는 아니었다. 내장을 노리는 개미들이 몸에 존재하는 구멍이란 구멍은 모조리 후벼 파고 있었다. 이제 소년의 이목구비는 아예 분간조차 가지 않았다. 뼛속까지 파고드는 고통 탓에 연신 경련을 일으키는 안면 근육만이 얼룩덜룩한 개미 떼와 함께 꿈틀거리며 광란의 춤을 추는 듯 보일 뿐.

소년은 손에 들린 화절자로 몸에 불을 붙여 보려 바둥거렸으나 예상보다 훨씬 무시무시한 개미의 공격과 그로 인한 격통이 의식을 휩쓸어 간 상황에서 스스로 불을 댕기기란 무리였다.

발버둥을 치며 헐떡거리던 그가 고개를 틀어 늪 가장자리를 바라봤다. 그곳에는 기우와 나머지 병사들이 꿇어앉아 있었다.

　도움을 청하는 그의 눈길을 본 순간, 기우는 사색이 됐다. 한 줄기 눈물이 사나이의 청수한 얼굴을 타고 흘러내렸지만, 기우는 눈물을 머금고서도 절도 있는 명령 투를 잃지 않았다.

　"던져!"

　어금니를 악문 흑풍기 병사들이 정확히 동료를 조준해 불붙은 화절자를 던졌다. 흑색과 적색이 뒤엉켜 있던 몸뚱이 위에 새빨간 화염의 꽃이 피어나 늪 전체를 환하게 밝혔다.

　소리 없이 타오르기 시작한 불꽃은 삽시간에 소년의 전신을 집어삼켰다. 처음 불이 시작된 부위의 개미들은 눈 깜짝할 새에 재가 됐고, 나머지는 검은 구름이 밀려나듯 무리 지어 줄행랑을 쳤다.

　그때, 소년이 별안간 큰 소리로 웃음을 터뜨렸다. 피를 토하는 듯한 소리. 그가 잔뜩 쉰 목소리로 내뱉는 웃음은 마치 가시 돋친 낭아봉[2]처럼 살기로 가득했다. 그의 참혹한 고통과 비장한 결의가 주위를 기이하게 맴도는 아침 안개를 흩어 버리고, 온갖 맹독성 괴물이 도사리고 있는 밀림에 균열을 새겼다.

　불이 붙은 채로 늪에 누워 있던 그가 다시 안간힘을 다해 구르기 시작했다. 사방으로 도망치거나 전북야를 노리고 도로 접근하는 개미 무리를 향해. 소년이 제 몸뚱이를 태워 일으킨 맹

---

2 　손잡이가 긴 곤봉과 비슷하게 생겼으며, 방추형 머리 부분에 쇠못 등이 박혀있는 일종의 무기이다.

렬한 불길은 지나는 자리마다 개미들을 무더기로 몰살시켰다.

그가 전북야를 중심으로 몇 바퀴고 돌며 이글거리는 불의 고리를 만들어 내는 동안, 자잘한 불티가 전북야의 머리와 눈썹에 내려앉아 '치익' 하고 머리카락을 태우거나 피부에 물집을 남겼다. 그럼에도 전북야는 눈 한 번을 깜짝하지 않았다.

한 사람은 늪 한복판에서 옴짝달싹 못 하는 채로, 다른 한 사람은 혈도를 제압당해 기슭에 앉은 채로, 전북야와 맹부요는 단 한 순간도 고개를 틀지 않고 늪에서 벌어지는 일을 똑똑히 지켜보았다. 둘은 스스로에게 회피를 용납하지 않고서, 개미 떼 한가운데에 몸을 던진 소년이 세상에서 가장 잔혹한 방식으로 자신을 불태워 누군가를 지켜 내는 광경을 오롯이 눈에 담았다.

이로써 두 사람은 도망칠 수 없는 책임과 벗어던질 수 없는 짐을 지게 되었다. 살아남은 자가 모든 것을 홀가분하게 내려놓고 죽은 이 앞에서 당당해지고자 한다면, 유일한 길은 언젠가 적의 피로 그의 희생을 보상해 주는 것뿐이리라.

어마어마한 숫자의 개미가 깔려 죽거나 불타 죽었다. 제아무리 규모가 크고 사나운 개미 떼라도 이렇게 흉포한 공격에는 도저히 당해 낼 재간이 없었던지, 마침내 놈들이 물러갈 기미를 보였다.

늪 위에 넓게 펼쳐져 있던 먹구름이 점차 크기를 줄여 가며 한곳으로 뭉치더니 가느다란 선으로 화해 저만치 멀어져 가다가 갈라진 나무토막 안, 자신들의 소굴로 사라졌다. 마치 악마가 쏟아 놓았던 모래를 다시금 병 속으로 회수하는 것 같은 광경이었다.

개미 떼가 흩어지고 나자 소년의 몸이 드러났다. 사실상 그것은 이미 인간의 몸뚱이가 아니었다. 너덜너덜한 살점 약간만이 겨우 붙어 있는 해골이었다. 새카맣게 타서 넝마가 된 살점이 사지의 움직임을 따라 조각조각 늪 표면으로 떨어졌다.

병사는 아직 살아 있었고, 여전히 구르는 중이었다.

모두가 지켜보는 가운데, 인간이라고 부르기조차 힘든 골격이 반쯤은 끊어지다시피 해 더는 쓸모가 없어진 채찍 옆으로 굴러가더니, 손마디라고는 몇 개 남지도 않은 손으로 채찍을 붙들었다. 그러고는 힘이 대체 어디 남아 있었는지, 채찍을 양쪽으로 잡아당기는 게 아닌가.

채찍이 완전히 끊어지자 소년은 두 토막을 나란하게 모아 단단히 매듭을 짓고는 다시 한번 힘줘 당겼다. 멀쩡한 사람이라 해도 믿을 만큼 매끄러운 동작이었지만 그의 몸은 상상을 초월할 정도로 망가진 상태였다. 사실상 이미 숨이 끊어졌어야 옳았다.

개미 떼가 덮치던 순간, 화절자의 불씨가 몸에 옮겨 붙던 순간, 전북야의 주위를 도는 불덩어리가 되어 개미 떼를 몰아내던 순간, 모든 순간이 그의 목숨을 앗아 갈 수 있었다.

하지만 그는 죽지 않았다. 아직 성인도 되지 않은 소년 병사는 기적에 가까운 행보를 통해 인내, 결의, 충심의 최고 경지란 과연 무엇인지를 모두에게 보여 줬다.

인간이 감당해 낼 수 있는 고통의 한계치와 죽음의 법칙을 정면으로 깨부수고 가장 결정적이었던 마지막 임무를 완수해 내기까지, 대체 무엇에서 기인한 의지와 신념이 그를 지탱해 주었는지는 누구도 알지 못했다.

소임을 마쳤으니 이제 되었다. 감을 눈꺼풀이 남지 않은 소년은 대신 눈을 조금 더 커다랗게 떠 홀가분한 기색을 드러냈고, 그의 눈에 맺혔던 감정은 물결 사이에 어른거리는 무늬가 그러하듯 이내 느슨하게 산개해 자취를 감췄다.

그는 채찍에 매달린 채 숨을 거뒀다.

생의 막바지에 이르러 그에게 남은 것은 새카맣게 탄 살점 몇 덩이가 드문드문 걸린 골격이 전부였다. 채찍 위에는 그의 손이 매듭을 묶은 자세 그대로 영원히 박제됐다.

맹부요는 아무 말 없이 앉아 있었다. 산을 떠도는 엷은 안개 속에서, 눈물범벅이 되어.

툭 고개를 떨군 전북야의 입에서 나온 것은 흡사 야수의 그것과도 같은 울부짖음이었다.

"으아아아!"

숲속에서 타오르기 시작한 불길이 얼마 남지 않은 소년의 살점과 뼈대를 재로 만들었다.

전북야는 장작더미 옆에 꿇어앉아 자기 손으로 뼛가루를 수

습했다. 채찍에 단단히 매달린 소년의 몸을 떼어 낼 수 있는 사람도, 그럴 만큼 독한 마음을 먹을 수 있는 사람도 일행 중에는 없었기에 맹부요의 채찍은 소년의 부장품이 되었다.

장군 한 사람의 공훈은 병졸 수천수만의 희생 위에 세워진다던가.[3] 제왕이 궐기를 이루기까지의 길 역시 이름 없는 이들의 선혈을 밟고, 그들의 백골로 겹겹 장벽을 뚫으며 나아가야만 하는 것이었다.

유골을 등에 짊어진 전북야가 잔뜩 잠긴 목소리로 말했다.

"출발하자."

처음에는 열한 명이었던 흑풍기 중 네 명이 목숨을 잃었다. 기우와 나머지 부하 여섯이 지금까지처럼 앞줄에 서서 길을 내는 가운데, 묵묵히 뒤를 따르던 전북야와 맹부요가 은근슬쩍 대오를 벗어나 앞서가는 일곱 명의 안위를 살폈다. 누군가 처참히 희생되는 건 더 이상 원치 않았으므로.

맹부요의 눈길이 전북야의 손을 스쳤다. 그의 손은 온통 울긋불긋하게 물어뜯긴 자국투성이였다. 그녀가 옷을 벗고 늪으로 굴러 들어가 자기 목숨과 그의 생명을 맞바꾸려 했던 당시, 늪 속에 있던 전북야는 개미를 떼어 내야 한다는 사실조차 잊고 말았다.

곁으로 다가가 그의 손을 붙든 맹부요가 품 안에서 금창약을 꺼내 발라 주자 전북야가 반사적으로 팔을 빼내려 했다.

---

3 당나라 조송曹松의 〈기해세己亥歲〉에 등장하는 시구.

"종월에게서 나온 금창약이 얼마나 귀한 물건인데. 언젠가 요긴하게 쓸 곳이 있을 테니 대수롭지 않은 상처에 낭비하지 말아라."

하지만 맹부요는 전혀 아랑곳하지 않고 상처마다 세심하게 약을 발랐다.

"일행 중에 무공이 제일 고강한 사람이잖아요. 당신한테 쓰는 건 낭비가 아니라 우리가 살아남을 가능성을 높이는 거예요."

"그 반대다. 녀석들은 나 때문에 목숨을 잃었어."

씁쓸하게 웃은 전북야가 착 가라앉은 소리로 말했다.

"더 끔찍한 건, 이기적이기 짝이 없게도 내가 이 상황을 다행으로 여기고 있다는 거다."

"음?"

맹부요가 농밀한 속눈썹을 들어 올렸다.

"마지막 순간에 화자가 널 대신해 나서 줘서 다행이었다."

전북야가 그녀를 지긋이 응시했다. 달빛 아래 황금빛 들판처럼 일렁이는 눈빛. 그 안에 그득 담긴 것은 그녀가 살아 있다는 사실이 주는 안도감과 아직도 지워지지 않은 그 당시의 두려움이었다.

"만약 채찍에 매달린 시체가 너였다면, 그 꼴을 보느니 차라리 늪에 머리를 처박고 죽는 쪽을 택했을 거다."

묵묵히 듣고 있던 맹부요가 잠시 후 입을 열었다.

"당신한테는 반드시 해야만 할 일이 있잖아요. 어머니를 구하는 거요. 전북야, 이 여정의 목적이 단지 큰형님의 자리를 빼앗는 것이었다면 나도 아마 망설였을지 몰라요. 하지만 당신이 이 모든 위험을 감수하는 건 어머니를 위해서잖아요. 그렇다면 도와야죠."

"아무리 그래도 할 짓이 있고 못 할 짓이 있지."

전북야의 눈빛에서 아픔이 배어났다.

"약속해라. 앞으로는 무슨 일이 있어도 너 자신부터 지키겠다고."

"나는 알아서 내가 잘 지킬게요."

차츰차츰 걷혀 가는 안개를 쳐다보며, 맹부요가 담담히 말했다.

"뭐가 도사리고 있는지 모를 무덤 안에서는 여기 있는 모두를 지키고."

차분하게 가라앉은 눈빛, 무심한 듯 확고한 말투였다.

이어서 무의식적으로 가슴 앞쪽 보따리를 더듬던 그녀가 눈을 휘둥그렇게 뜨더니 평소라면 절대 입 밖으로 내지 않을 날카로운 비명을 내질렀다.

"쥐 새끼!"

쥐 새끼는 늪 근처 넝쿨에 걸려 있었다.

맹부요는 허겁지겁 왔던 길을 되돌아가며 생각했다.

아까 늪 옆에 짐을 벗어 둘 때 어디론가 굴러간 것이리라.

굴러가서 무슨 일을 당했을지는 상상할 엄두가 안 났다. 지금 할 수 있는 최선은 지면을 박차는 다리에 조금이라도 더 속도를 붙이는 것뿐이었다.

늪 근처에 당도한 그녀는 필사적으로 바닥을 더듬고 다니기 시작했다. 원보 대인이 어서 눈에 띄길 바라면서도 한편으로는 작은 해골이라든지 작은 미라를 찾아낼까 봐 겁이 났다.

그녀가 가까스로 원보 대인을 발견한 곳은 일행을 늪으로 몰아갔던 바로 그 넝쿨 사이였다.

맹부요는 숨을 죽이고서, 생사가 불분명한 녀석을 살폈다. 소리는 안 나고, 눈은 감겨 있고, 털은 살짝 까칠하고, 여기저기 좀 때가 탔고……. 잃어버리기 전이랑 똑같은 모습이었다. 이렇게 봐서는 죽었는지 살았는지 알 길이 없었다.

맹부요가 땅바닥에 붙어 고개를 180도 기울인 채로 원보 대인의 분홍 똥배를 뚫어져라 노려봤다. 아주 미세하게나마 오르락내리락하는 움직임이 눈에 들어왔다.

"후우."

긴 한숨과 함께 하마터면 다리가 풀릴 뻔했던 그녀는 마음이 놓이자마자 이내 쌍욕을 싸질렀다.

"염병할 쥐 새끼 같으니! 멀쩡한 데 다 놔두고 왜 하필 이딴 데서 자빠져 자고 있어! 사람이 찾으러 왔으면 알은체라도 하든가, 간 떨어지게 진짜!"

한바탕 해 대는 소리에 잠이 깼는지 느른하게 눈꺼풀을 들어 올려 그녀를 쓱 쳐다본 원보 대인이 느른하게 몸을 일으키더니, 이불 삼아 덮고 있던 넝쿨 이파리를 느른하게 걷어 내고, 다리에 걸리는 넝쿨도 느른하게 걷어찬 뒤, 맵시 있는 모델 워킹으로 맹부요를 향해 다가왔다.

맹부요는 눈알이 튀어나오기 직전이었다.

저게 정녕 뾰족한 가시를 번뜩이며 녹회색 독액을 뿜던, 일행을 늪으로 밀어 넣어 병사 둘의 목숨을 앗아 간 그 식물이라고? 지금 봐서는 원보네 뒤뜰에서 키우는 수세미 넝쿨이라고 해도 믿겠는데?

'수세미 넝쿨'이 얌전하게 원보 대인의 발아래 엎드렸다. 빽빽하게 돋친 가시는 여전했지만, 그조차도 원보 대인에게는 아무런 영향이 없는 듯했다. 맹부요는 거의 초능력자를 보는 듯한 눈으로 녀석을 쳐다보고 있었다.

사실 원보 대인은 쌍두애사를 상대로 저주파를 쓴 이후 많이 쇠약해진 상태에서도 동물적인 자기 보호 본능에 따라 특별한 냄새를 뿜어내는 중이었다.

비록 인간은 느낄 수 없으나, 그 냄새에는 여타 위험한 동식물을 물러나게 하는 효과가 있었다. 단, 향 자체가 워낙 미약한 탓에 원보 대인이 지켜 낼 수 있는 건 자기 자신 정도에 불과했다. 물론 어지간한 독성 생물체는 본디 원보 대인에게 위협이 못 되긴 했지만.

살랑살랑 우아한 걸음걸이로 맹부요의 손바닥 위에 올라선 원보 대인은 그길로 벌렁 드러누워 다시 곯아떨어졌다.

맹부요는 녀석을 내려다보면서 한 입 콱 깨물어 버리고 싶다는 충동에 휩싸였다. 그러나 그녀가 씩씩거린 것도 잠시, 결국 원보 대인은 고이 그녀의 품 안으로 밀어 넣어졌다.

넝쿨 사이로 무언가 이질적인 색채가 획 스쳐 지난 건 맹부요가 원보를 챙겨 넣고 막 자세를 일으키던 도중이었다. 그녀는 그대로 멈춰 눈썹을 찌푸렸다.

비수를 빼 들고 앞으로 나서려는 찰나, 곁에 나타난 전북야가 먼저 장검을 내질렀다. 허공을 헤집고 다시금 밖으로 빠져나오던 칼날이 무언가 딱딱한 물체에 '챙강' 부딪히는 소리가 났다.

"흐음?"

미간에 주름을 잡은 전북야가 바닥에서 돌멩이를 주워 넝쿨 안쪽으로 튕겨 보냈다. 예상과 달리 이번에는 아무런 소리가 나지 않자 맹부요가 말했다.

"뒤편에 빈 공간이 있는 걸까요?"

한 걸음 뒤로 물러선 그녀가 고개를 들어 위쪽 넝쿨을 살폈다. 이미 한 번 지나쳤던 길이었고, 넝쿨은 하늘을 찌를 듯 치솟은 고목에서 처져 내려온 것들이었다.

지금 보니 벼랑 절반을 뒤덮은 거대 고목은 가운데가 텅 비어 있었다. 쌍두애사가 남긴 트라우마 때문에 절벽만 나타났다 하면 일단 피하기 바빠 아까는 나무 뒤쪽에 신경을 쓰지 못했던 것이다.

그녀를 따라 한 발자국 물러선 전북야가 기우와 눈빛을 교환하더니 이제야 알겠다는 투로 말했다.

"여기였단 말인가?"

기우가 대꾸했다.

"하지만 책에는 동굴 앞에 고목 두 그루가 있다고……. 여기는 한 그루뿐이지 않습니까."

이어서 나무를 마저 살펴보던 그가 '앗.' 하는 소리를 뱉었다.

"원래 두 그루였던 것이 세월이 흐르면서 뿌리 부분이 합쳐져 하나처럼 보이는 모양입니다. 두 그루의 고목이 가리고 있는 동굴만 열심히 찾았는데, 이거 꼴이 우습게 됐군요."

이에 맹부요가 품 안의 원보 대인을 토닥토닥 두드리며 장하다는 듯 말했다.

"지금 보니까 잘 잃어버렸구먼. 잠자리 선정도 절묘했고. 네가 안 없어졌어 봐, 엉뚱한 데 헤매고 다니다가 또 무슨 일을 당했을지 알 게 뭐야."

그러나 세상모르고 잠든 원보 대인은 본인이 숙면 중에 얼마나 큰 공을 세웠는지 전혀 자각이 없었다.

동굴 앞에 멀찍이 선 것만으로도 으스스한 한기가 뼛속까지 스며들었다. 원래도 습습하고 안개가 많은 산중이었지만, 눈앞의 동굴이 발하는 한기는 유독 더 소름 끼쳤다. 땀으로 축축하던 일행은 잠깐 사이에 온몸의 땀이 쏙 들어가는 걸 느꼈다.

석회암이 녹으면서 형성된 용식 지형은 본래가 기기묘묘하고 다채로운 형태를 자랑하는 법. 동굴 안쪽에는 수억 년에 걸쳐 만들어진 석순과 천장에서부터 내려온 종유석, 유석, 석화가 서로 만나 위아래는 두껍고 중간은 잘록한 석주를 이루고 있었다. 일행이 가지고 들어간 화절자 불빛을 받아 찬란한 은 백색 반짝임을 흩뿌리는 석주의 모습은 흡사 옥석으로 빚어 놓은 양, 아니면 얼음으로 조각해 놓은 양, 눈부시기 그지없었다.

동굴 안은 너비가 일정치 않았다. 넓은 곳은 소형 연병장만 하고 좁은 곳은 두 사람이 겨우 어깨를 맞붙이고 지나갈 수 있을 정도였다.

일행이 길게 열을 맞춰 신중에 또 신중을 기하며 안쪽으로 진입하는 동안, 맹부요는 내내 넝쿨 뒤쪽에서 언뜻 봤던 그림자의 잔상을 떨쳐 내지 못했다.

그건 대체 뭐였을까?

가물가물한 화절자의 불빛을 받아 바닥에 드리워진 일행의 가늘고도 긴 그림자가 동굴 군데군데 선 석주의 그림자와 한데 섞였다. 발걸음 소리에 따라붙는 공허한 메아리가 어쩐지 맹부요를 긴장시켰다. 손바닥에서 서서히 땀이 배어나고 있었다.

문득 따스한 손이 다가와 그녀의 손등을 가볍게 감싸 쥐었다. 그녀와 달리 물기가 없는 손바닥, 굳건한 손마디.

고개를 돌린 맹부요는 어른거리는 불빛 속에서 전북야의 영준한 옆모습을 볼 수 있었다. 뚜렷하고 입체적인 이목구비는 마치 날붙이로 깎아 낸 듯했지만, 반짝임을 품은 눈길만은 부드럽기 이를 데 없었다.

그는 동굴을 환하게 채운 광채를 보는 양 그녀를 바라보고 있었다. 그의 눈빛만 봐서는 저 앞에서 그들을 기다리는 것이 저주받은 곤족의 묘지가 아니라 꽃이 피는 봄날의 풍광이라도 될 것 같았다.

피식 웃은 맹부요가 손을 빼내며 입 모양으로 말했다.

'난 괜찮아요.'

그녀에게서 눈을 거두는 일찰나 전북야의 눈동자가 살짝 어두워졌지만, 그는 이내 아무렇지 않은 양 시원하게 웃어 보였다.

이에 마주 웃어 주던 맹부요가 다음 순간 흠칫 굳었다. 앞서 가던 기우의 머리 위에 어느샌가 사람 키 절반 정도 되는 그림자가 출현한 것이다.

동굴 천장에 거꾸로 매달려 스르르 아래로 내려오던 그림자가 기우의 정수리를 덮쳤다. 맹부요가 지면을 박차고 튀어 나가려던 찰나, 기우가 고개도 돌리지 않고 검을 뽑았다.

그의 발검 속도는 실로 경이로웠다. 마치 원래부터 손에 들려 있었던 것 같은 검이 폭발하듯 위로 솟구쳐 올라 새카만 그림자를 꿰뚫었다.

촤앗!

선혈이 뿜어져 나와 새하얀 종유석에 끼얹어졌다. 새된 비명을 토한 그림자가 기우의 머리 꼭대기를 스쳐 지나며 바람을 일으키자 피비린내와 죽음의 냄새가 뒤섞여 훅 끼쳐 왔다.

기우의 검광이 적의 뒤를 바짝 따라붙었다. 칼날이 공중을 가름과 동시에 그림자는 두 동강이 났고, 놈은 비행 자세를 그대로 유지한 채 앞으로 돌진하다가 석순에 충돌하고서야 돌가루와 함께 짓이겨져 바닥에 나뒹굴었다. 돌 부스러기 속에 삐죽이 튀어나온 검은색 날개는 거대한 박쥐의 것이었다.

맹부요가 박쥐를 응시하며 중얼거렸다.

"보통 박쥐의 조상님쯤 되는가 보네. 덩치 봐, 이 정도면 영물이지……."

이때 갑자기 전방이 어둑어둑해지면서 비릿한 바람이 휘몰아쳐 왔다. 눈을 들자마자 컥 사레가 들린 그녀가 캑캑대면서 말했다.

"방금 한 말 취소. 얘는 박쥐 조상이 아니라 그냥 박쥐 애새끼였어……."

비좁은 통로를 비집고 새카만 구름이 포효하며 밀려 나왔다. 자세히 살펴보니 그것은 상상을 초월하는 크기의 박쥐들로 이루어진 무리였다. 아까 죽은 그놈은 가장 작은 개체 정도의 덩치였다.

기우보다도 빠른 속도로 검을 뽑은 전북야가 앞쪽으로 날아 나가며 소리쳤다.

"칠성진七星陣!"

고도로 훈련된 흑풍기는 즉각 자기 위치를 찾아가서 전방을 향해 무기를 겨눴다. 병사들은 맹부요를 가운데로 밀어 넣으려 했지만, 맹부요는 한발 빨리 움직여 북극성 위치를 차지하고는 시천을 뽑아 들었다. 새카만 칼날이 번뜩이는 빛을 발하는 동시에 그녀는 맨 앞에서 돌진해 오는 박쥐를 향해 누구보다도 먼저 칼을 내리쳤다.

금빛 도는 배털에 청록색 눈알을 가진 박쥐가 뾰족한 이빨이 돋친 아가리를 쩍 벌리더니, 맹부요의 선제 도발에 화가 났는지 날개를 맹렬하게 휘둘렀다. 그러자 피비린내를 풍기는 바람이 일어 흡사 철판이 돌진해 오는 듯한 위력으로 맹부요를 덮쳤다.

녀석은 맹부요가 바람을 막으려 하거나 아니면 최소한 옆으로 물러서기라도 할 줄 알았던 모양이지만, 그녀는 픽 웃으며 몸을 틀어 돌연 모습을 감췄다. 그 순간 박쥐의 뒤편에 나타난 흑풍기 병사가 단칼에 놈의 날개를 잘라 냈다. 한편, 맹부요의 시천은 그 틈에 방향을 바꿔 또 다른 박쥐의 배에 꽂혔다.

피가 튀고 짐승의 사체가 날아다녔다. 노련한 정예병과 두 명의 고수, 거기에 변화무쌍한 칠성진까지 더해진 마당에 거대 박쥐 무리가 제아무리 교활한들 전투는 일방적인 살육 양상을 띨 수밖에 없었다.

특히 흑풍기 병사들은 여기까지 오는 동안 동료들의 참혹한 죽음을 무력하게 지켜만 봐야 했던 울분을 모조리 박쥐들에게 쏟아 내고 있었다. 인정사정없는 칼질의 결과, 지면은 금세 끈적한 피로 뒤덮였고, 공기는 음산한 비린내에 절어 들숨과 날숨 사이로 무겁게 늘어졌다.

자기들이 불리하다는 판단이 섰는지 맨 앞에서 무리를 이끌던 박쥐가 괴성을 내질렀다. 그러자 나머지 놈들이 한꺼번에 날아올라 바깥을 향해 돌진했다.

이쯤 되면 칼질도 슬슬 질리겠다, 피를 흠뻑 뒤집어쓴 일행은 공격을 중지했다.

그런데 미처 한숨 돌리기도 전, 날아가다 말고 갑자기 방향을 튼 놈들이 아래쪽으로 급강하해 일행이 동굴 벽에 꽂아 놓은 화절자 몇 개를 깡그리 낚아채서 줄행랑을 치는 게 아닌가.

"얍삽한 새끼들이!"

맹부요가 욕을 하면서 던진 시천이 한 줄기 검은빛으로 화해 박쥐 몇 마리를 단숨에 꿰뚫었다. 전북야를 제외한 나머지 인원도 화절자를 훔쳐 가는 박쥐들을 조준해 무기를 투척했다.

안 그래도 몇 개 없는 화절자인데, 동굴 안으로 계속 들어가려면 반드시 불빛이 필요했다. 인간에 가까운 지능을 가진 박쥐들 역시 그걸 알고는, 힘으로 당해 낼 수가 없자 대신 일행의 발을 묶으려 한 것이다.

칼을 맞은 박쥐들이 추락하면서 화절자가 바닥으로 굴러떨어지던 때, 갑자기 검은 그림자가 눈앞을 스쳤다. 다른 박쥐들이 쫓아온 것이었다. 화절자 주변에 날개로 장벽을 둘러치던 놈들은 물건을 잽싸게 주둥이에 물고서 저만치 날아가 버렸다.

박쥐들의 지능적 행태에 입이 쩍 벌어진 맹부요가 중얼거렸다.

"저게 박쥐야, 자객이야? 습격 실패하니까 홀랑 후퇴할 줄도 알고. 우리한테 제일 중요한 걸 콕 집어 노리질 않나, 거기에 성동격서 작전까지. 장한산 것들은 어쩜 이렇게 만만한 놈 하나가 없지?"

"곤족은 본래 불가사의한 주술을 많이 쓰기로 알려진 종족이었다. 그랬기에 백 년 전 조정에서 군사를 파견해 멸족시켰던 거고."

전북야가 검을 힘줘 틀어쥐며 말했다.

"수량 파악을 좀 해 봐야겠군. 이제 몇 개나 남았지?"

숫자를 세 본 결과는 절망적이었다. 남은 화절자는 고작 두 개. 앞서 늪지에서 화자가 몸에 불을 붙이는 걸 돕는 데 너무 많은 양을 쓴 탓이었다.

겨우 두 개만으로 과연 이 길을 완주할 수 있을지, 장담이 어려운 상황이었다.

"아껴서 쓰는 수밖에."

전북야가 화절자를 불어 불씨를 껐다.

"다들 실력자니까 귀로 눈을 대신하도록."

이어서 그가 맹부요의 손을 잡으며 말했다.

"싫다고 하지 마라. 이렇게 다니는 게 제일 안전하니까."

맹부요도 이번에는 손을 빼내지 않고 싱긋 미소 지었다.

잠시 후, 손가락으로 전북야의 손바닥을 살살 만지작거리던 그녀가 키득거렸다.

"흠……, 의외로 손이 안 크네요……. 앗, 일자 손금이다. 남자 왼손이 일자 손금이면 장군감이라고, 조정에서 한자리한다고 그러잖아요. 축하해요! 그런데 이런 손금은 성깔 있고 고집도 세요. 의리 있고 일편단심에 뭘 해도 중도에 포기하는 법이 없고. 에효, 뭐든 끝장을 봐야 직성이 풀리는 유형이네……."

"뭘 그리 종알거리는 게냐?"

전북야가 피식 웃었다.

"무당도 아니고."

막 대구를 하려던 맹부요는 무언가 미끈한 것이 발치를 훑고 지나는 느낌을 받았다. 움직임이 너무 사뿐해서 실체라기보다는 잔잔한 바람이 지나치는 것 같았지만, 바지 밑단을 스칠 때는 살갗을 타고 냉기가 끼쳐 올라왔다.

그녀가 생각할 것도 없이 지면을 향해 시천을 내리꽂았다. 물체 표면에 닿은 칼날이 그대로 미끄러지는 듯하다가 등 부위를 찾 긁는 느낌과 함께 미지근한 피가 뿜어져 나와 손등에 튀었다.

순간 머릿속에 떠오른 단어는 쌍두애사. 그녀의 얼굴에서 핏기가 가셨다.

돌연 주위가 밝아졌다. 전북야가 급하게 화절자에 불을 댕긴 것이었다. 바닥에서 발견된 동물은 역시나 쌍두애사였다.

표정이 확 굳어진 전북야가 재빨리 무릎을 접고 앉아 맹부요의 발목을 살폈다.

"물렸어? 상처, 상처는?"

"아뇨."

맹부요가 다리를 움츠렸다.

"물리진 않았어요."

비록 큰 사고는 없었다지만, 일행은 망연한 얼굴로 서로를 쳐다봤다. 동굴 안에 쌍두애사가 출몰한다는 건 심각한 문제였다. 하필 화절자도 얼마 없는데, 놈들은 연무로 화했을 경우 전혀 기척을 내지 않기 때문에 청력으로는 식별이 불가능했다.

겨우 두 개 남은 화절자를 지금 썼다가는 이따가 무덤 안에서 다들 죽은 목숨일 테고, 그렇다고 안 쓰자니 조만간 뱀에 물려 죽게 생긴 판국이었다.

이때 전북야가 말했다.

"어째서 안 물고 지나갔지?"

그의 눈이 앞쪽을 향했다. 앞쪽은 삐죽삐죽한 석벽으로, 이곳이 동굴의 끝이었다.

"무덤이 있다면 이 근처일 거다."

그가 주위를 둘러봤다.

"최악의 상황까지는 아니야. 놈이 공격하지 않은 데는 분명 그럴 만한 이유가 있을 테지. 곤족 고분이 지척이니 다들 조심하도록. 반드시 살아 나가야 한다."

한 걸음 한 걸음 사방으로 흩어진 일행이 어스름한 불빛에 기대 묘 입구를 찾기 시작했을 즈음, 맹부요가 혼잣말로 웅얼거렸다.

"양초, 손전등, 자, 계량기, 솔, 나침반, 마그네슘 발화기, 성냥, 삽, 펜……. 하아!"

"그게 다 뭐길래?"

누군가 그녀의 귓가에 대고 물었다.

"도굴……, 아, 아니, 고고학……."

눈을 끔뻑거리던 맹부요가 고개를 휙 돌려 전북야를 쳐다봤다.

"반칙이에요."

"부요, 넌 대체 어디서 왔지?"

전북야가 그녀를 꿰뚫을 듯 응시했다.

"아무리 봐도 오주대륙 사람 같지가 않아."

"이곳 무덤 안에서 왔답니다."

농담인 양 던진 말이었다. 하지만 어쩐지 가슴 한구석이 먹먹해졌다.

원래 있던 곳으로 돌아간 뒤에 언젠가 이 시대 인물의 능묘를 발굴하게 된다면?

그곳 봉분에서, 곁방에서, 벽화에서, 관 속에서, 익히 아는 이와 재회한다면?

겹겹 내관을 열고, 비단 덮개를 젖히고, 조각조각 옥돌을 금실로 엮어 만든 수의壽衣 속 고대 미라를 마주한 순간, 그 황금 가면에서 일생 잊지 못할 얼굴을 보게 된다면?

시공간을 초월해 전생과 현생을 넘나드는 그 기분은 과연 어떠할 것인가.

맹부요는 고개를 내저어 묘하게 먹먹한 감상을 털어 버린 뒤, 곁에 있던 흑풍기 병사에게 팔을 뻗어서 그의 송곳 모양 무기를 빼 들었다. 마땅한 지점을 골라 송곳을 비스듬히 찔러 넣었다가 빼내자 한 줌 흙이 딸려 나왔다. 흙을 살펴보고 나서 한쪽에 쏟아 놓은 그녀는 지면 여기저기에 송곳을 찔러 보기를 몇 차례고 반복했다.

한쪽에 아무 말 없이 서서 그녀의 기묘한 행동을 지켜보고 있는 전북야는 무언가 깊은 생각에 빠진 기색이었다.

흙에 섞여 나온 금속, 도자기, 나뭇조각 등을 세세히 뜯어본 맹부요가 흙덩이와 철제 송곳에 대고 차례로 코를 킁킁거리더니 '후' 하고 숨을 내쉬었다.

"오화토[4]로군……. 낙양삽[5]이 있었으면 더 좋았을 테지만…… 대충은 알겠네."

몸을 일으킨 그녀가 말했다.

"종유동 아래예요. 무슨 수로 무덤을 동굴 밑에 만들었는지는 몰라도 아래로 내려가는 구멍이 있을 거예요."

그녀가 땅바닥에 간단한 위치도를 그렸다.

"규모가 어마어마해요. 천장은 아치형이고 벽돌을 세워서 한 층, 눕혀서 한 층, 이렇게 교차해 가면서 총 열네 층으로 쌓은 구조 같은데, 보통 사람 무덤은 절대 아니겠어요……. 이쪽에서부터 한번 살펴보죠."

그녀가 가리킨 곳은 동굴 내에서도 바닥이 살짝 아래로 꺼져 내려간 부분으로, 어둠 속에 석주가 우두커니 서 있을 뿐 딱히 특별한 구석은 없어 보였다.

흑풍기 병사 하나가 그쪽으로 가서 바닥을 확인하고는 고개를 가로저었다. 그런데 그가 일어서면서 등 뒤에 있던 석순을 건드린 찰나, 별안간 돌 표면이 쩍 갈라졌다. 무심결에 뒤를 돌아본 병사는 곧장 사색이 되어 비명을 터뜨렸지만, 너무 겁에 질린 나머지 그 비명조차 절반밖에 뱉지 못했다.

---

4 무덤을 만들기 위해 흙을 파냈다가 되메우는 과정에서 원래 토양이 이루고 있던 고유의 층과 색상이 뒤섞인 토질을 이른다. 고분 발견의 열쇠가 되는 흙이다.
5 반원형 날이 달린 삽으로 도굴 또는 고고학 유적 발굴에 사용된다.

전북야와 맹부요가 번개같이 좌우로 갈라져 몸을 날렸다. 한 발 앞선 쪽은 전북야였다. 붉은 검광을 뿌리면서 날아와 맹부요 앞을 막아선 그가 석순을 향해 검을 내리쳤다.

그 순간, 부러진 석순이 데구루루 바닥을 구르기 시작하더니 마치 살아 있는 생명체처럼 전북야를 교묘하게 피해 맹부요의 발치로 돌진했다.

# 곳곳에 도사린 위기

석순이 돌진해 오는 속도는 밑바닥에 바퀴가 달렸대도 믿길 정도였다.

맹부요가 몸을 틀어 도약하면서 석순을 쪼개 버릴 요량으로 시천을 내질렀을 때였다. 순간적으로 석순 안에서 창백한 사람의 형상이 보였다.

흠칫한 맹부요는 재빨리 시천을 거둬들였지만, 칼날이 표면을 스친 것만으로도 그 날 선 예기를 감당해 내지 못한 석순이 '쩍' 하고 입을 벌리면서 허여멀건 물체를 토해 냈다.

기우의 휘파람을 신호로 전원이 넓게 흩어져 무기를 손에 잡았다. 모두가 날 선 눈빛을 보내는 가운데, 물체는 마치 생명이라도 깃든 양 오로지 맹부요 쪽으로만 데굴데굴 굴렀다.

그녀가 칼끝을 위협적으로 지면에 갖다 대고서야 물체가 저만치 석 자 밖으로 굴러가 멈춰 섰다. 어두컴컴한 동굴 속에서 은하수처럼 찬란한 광채를 흩뿌리는 무기에 겁을 집어먹은 모양이었다.

일행은 그제야 물체의 생김새를 똑똑히 볼 수가 있었다. 놀랍게도 그것은 실오라기 하나 걸치지 않은 여자아이 시체였다.

시체는 고개를 살짝 옆으로 틀고 가슴에 닿도록 접은 무릎을 두 팔로 끌어안은 자세였다. 온몸에 체모라고는 한 올도 없었고, 비정상적으로 하얀 피부는 유백색 석순과 거의 구별이 되지 않는 빛깔이었다. 그래서 석순 뿌리에 들어 있던 소녀를 누구도 발견하지 못했던 것이다.

"굴지장[6]인가? 제물로 희생된 건가?"

맹부요가 나지막하게 중얼거렸다.

굴지장 형식으로 매장된 시신은 전생의 광부림廣富林 고분 발굴 작업 당시 본 적이 있었다. 하지만 보통은 바로 눕혀 놓거나, 옆으로 눕혀 놓거나 둘 중 하나였다. 이 소녀의 경우는 안장되어 있는 모양새가 상당히 기묘했다.

그러나 다음 순간, 그녀는 뒤늦게야 자신이 이 세계의 낯선 대륙에 와 있음을 자각해 냈다. 역사상의 왕조는 물론이고 문화 또한 전생과 똑같을 수야 없는 일이다.

고고학적 연대 측정법에서부터 금석학, 유물 포함층 분석, 심지어 왕조별 고분의 형태, 장례에 얽힌 금기와 풍속까지 전

---

6 시신을 웅크린 자세로 묻는 장례 형식이다.

생에 배운 지식은 모조리 쓸모가 없어진 것이 현실이었다. 이제 그녀가 기댈 건 실제 발굴 과정에서 단련된 육감과 기본적인 추론 능력뿐이었다.

지금처럼 제물로 희생된 시신이 홀로 석순 안에 들어앉아 있는 건 몹시 비정상적인 상황이었다. 이쯤 되면 석순 자체도 단순한 석순이 아닐 가능성이 컸다. 다시 한번 자세히 살펴본 결과, 소녀의 시신을 감싸고 있던 것은 얄팍한 옥석이었다.

아마 커다란 옥석 중앙을 파내서 공간을 만든 후 거기에 시신을 집어넣은 것이리라.

언뜻 시체의 손가락이 어딘가를 가리키듯 살짝 위로 들린 게 맹부요의 눈에 들어왔다. 칼을 지렛대 삼아 소녀를 똑바로 앉히자 손가락이 가리키는 지점이 바로 석순 밑바닥임을 확인할 수 있었다. 석순이 부러져 나간 그곳에는 이미 시커먼 구멍이 드러나 있었다.

구멍에서부터 불어 나온 바람이 휑한 석회 동굴 안을 휘돌며 울부짖음을 토했다. 일행의 눈동자는 맹부요의 발치에 조용히 기댄 순백색 시체에 고정되어 있었다. 종유석이 뿌리는 반사광을 받아 창백하게 빛나는 시신의 피부를 보며, 일행은 모골이 송연해지는 것을 느꼈다.

이때 기우가 조금 전 석순을 부러뜨린 병사를 일으켜 세워 줬다. 혼이 빠지게 기겁을 했던 게 꽤 민망한지 병사는 고개를 푹 수그린 채였고, 동료들은 그런 그를 향해 푸근한 미소를 보냈다.

내딛는 걸음걸음 위기가 도사리고 있는 동굴 안, 게다가 발밑에는 역사상 가장 기묘했던 민족으로 일컬어지는 곤족의 고분까지 둔 상황에서 갑자기 시체가 튀어나왔으니 제아무리 전장에서 잔뼈가 굵은 용사라고 해도 얼어붙는 게 당연했다.

　그런데 고개를 들어 시체를 쳐다보던 병사가 또다시 겁에 질려 소리를 지르는 게 아닌가.

　"아까는 머리를 들고 있었습니다! 저렇지가 않았다고요!"

　소름이 맹부요의 전신을 쫙 훑고 지난 직후, 기우가 눈썹을 찌푸리며 물었다.

　"놀라서 잘못 본 게 아니고?"

　"아니에요!"

　병사가 다급하게 말했다.

　"똑똑히 봤습니다. 고개를 들고 있었고, 저를 쳐다보기까지 했다니까요! 그 시퍼런 흰자위와 마주치는 바람에…… 아까는 그래서……."

　"불태워 버려!"

　중간에 끼어든 사람은 전북야였다. 성큼성큼 걸어온 그가 소녀의 시신을 향해 장검을 겨눴다.

　칼날에서 붉은 광채가 번뜩이자 시체는 마치 무언가를 감지하기라도 한 양 멀찍이 굴러가려 했으나, 맹부요의 칼에 가로막히고 말았다.

　"곤족의 '진문정녀鎭門貞女'일 거다. 음년 음월 음시에 태어난 여자아이를 출생 직후부터 부모에게서 떨어뜨려 가둬 놓고 특별한 약재가 섞인 양젖 부산물만을 먹여 살갗을 투명하게 만들지. 그렇게 해서 다섯 살이 되면 극도로 잔혹한 방식으로 전신의 피를 남김없이 빼서 죽인 뒤 영원히 무덤 입구를 지키도록 한다. 원한의 화신이나 다름없는 물건이니 남겨 둬서는 안 돼.”

“아뇨!”

잠시 생각에 잠겼던 맹부요가 고개를 가로저었다.

“불로 간단히 처리할 수 있는 존재였다면 애초에 문지기로 세워 놓지도 않았겠죠. 이걸 여기 둔 데는 분명 다른 목적이 더 있었을 거예요.”

주위를 두리번거리던 그녀가 기우의 허리춤 쌈지에 장식된 대모갑[7]을 보고는 희색이 만면해 말했다.

“마침 좋은 게 있네요. 그것 좀 내놔 봐요!”

난처한 기색으로 망설이던 기우가 하는 수 없이 쌈지를 풀어 건네자 맹부요가 깔깔거렸다.

“정인이 준 거? 나중에 내가 해명해 줄 테니까 너무 걱정하지 말아요.”

얼굴이 발그레해진 기우가 고개를 돌렸다. 그저 강인한 청년인 줄로만 알았던 그에게서 웬일로 수줍은 모습을 본 맹부요가 눈꼬리를 한층 동그랗게 휘며 웃었다. 다른 동료들도 그 마음을 다 안다는 표정으로 미소를 머금었다. 음산하기만 하던 동굴 안 분위기가 조금이나마 밝아지는 순간이었다.

---

7  바다거북의 일종인 대모의 껍데기.

맹부요는 대모갑을 절반으로 가른 뒤 그중 한 조각을 곱게 부스러뜨려 시체 위에 뿌렸다. 대모갑 가루가 피부에 닿자 몸을 움찔 웅크린 시신이 다음 순간 번쩍 고개를 쳐들었다.

새파란 눈동자가 어둠 속에서 요사스러운 빛을 발하고 있었다. 소녀의 눈에는 초점이랄 게 없었음에도 자리에 있는 이들 전원을 하나하나 노려보고 있는 것 같은 착각을 불러일으켰다. 산 사람의 것과는 완전히 다른 그 눈빛을 마주한 찰나, 일행은 뱃속에서부터 올라오는 한기를 느꼈다.

소녀의 투명한 복부 안쪽에서는 황갈색 불빛이 나오고 있었다. 처음에는 보일 듯 말 듯 어렴풋한 정도였건만, 불빛은 기분 나쁜 색으로 타오르는 화염처럼 시간이 갈수록 점점 밝기를 더해 갔다.

주변 온도가 급격하게 상승하기 시작했다. 사방에 들어찬 커다란 솥에서 더운물이 펄펄 끓어오르고 있는 것 같은 느낌이었다. 비록 수증기는 일지 않았지만 뼛속까지 스며드는 열기만은 생생했다.

다들 뒤로 물러나는데 맹부요 홀로 요지부동이자, 곁에 있던 전북야가 팔을 뻗어 그녀의 앞을 가로막았다.

그러나 맹부요가 즉각 그를 밀쳐 냈다.

"당신은 양기가 너무 강해서 쟤가 겁먹는다고요. 괜히 사달 날라. 난 괜찮으니까 걱정하지 말아요."

앞으로 한 걸음을 내디딘 그녀가 새파란 동공을 응시하며 가만가만 속삭였다.

"그만 가렴."

대모갑 가루가 닿자 청색 눈동자가 점차 희게 변해 갔다. 그 사이 시체의 복부는 터질 것처럼 불룩해졌다가 수축하기를 반복하고 있었다. 마치 안에 있는 무언가가 몸 밖으로 나오고자 몸부림을 치는 듯한 모습이었다.

그렇게 쿵쿵 흔들리는 시체 안에서 황갈색 불빛이 깜빡거리기를 한참, 시간이 지나면서 불빛도 서서히 희미해졌다. 바짝 긴장한 채 시체에서 눈을 떼질 않던 맹부요는 불빛이 완전히 잦아들고 나서야 안도의 한숨을 내쉬고는 남은 대모갑 반쪽을 기우에게 건넸다.

"대모갑에는 사악한 기운을 물리치는 힘이 있어서 도굴꾼들이 즐겨 쓰죠. 잘 보관해요."

구멍 가장자리로 걸어간 그녀가 말했다.

"이제 내려가도 되겠어요."

대모갑을 손에 쥔 기우가 그 말에 당장 밑으로 미끄러져 내려가려는 걸 맹부요가 얼른 끼어들어 구멍 안쪽을 들여다보고는 주의를 줬다.

"안 돼요! 그러지 말고 양쪽 팔다리를 다 써서 벽을 밀어내듯 짚어 가며 내려가요. 미끄럼틀을 타듯 단숨에 내려가는 건 절대 금물이에요."

기우는 그녀의 주문대로 천천히 구멍의 벽을 짚으며 내려갔고, 나머지 일행도 뒤를 따랐다. 전북야는 이번만큼은 무슨 일이 있어도 자신이 후방을 맡겠다며 맨 뒤를 고수했다.

맹부요의 위치는 행렬의 중간이었다. 구멍으로 다가가면서 주변 흙을 만져 보던 그녀가 돌연 목소리를 낮게 깔았다.

"불 꺼요! 화절자, 당장요!"

팽팽하게 긴장된 그녀의 말투에 모두가 어깨를 움찔 떨었다. 화절자를 들고 있던 병사는 재깍 불씨부터 불어서 껐다.

맹부요에게 연유를 물은 건 그다음이었다.

"왜 그러십니까?"

맹부요는 어둠 속에서 눈을 별처럼 빛냈을 뿐, 이유를 말하지 않았다.

"일단 내려가죠. 예상이 틀리지 않았다면 아래쪽에 분명 뭔가가 있을 거예요."

구멍은 그리 깊지 않았다. 벽을 짚으며 내려간 지 얼마 지나지 않아 아래쪽에 빛이 비치는가 싶더니, 거기서부터는 통로가 왼쪽으로 살짝 휘면서 점점 넓어졌다.

통로 너비가 양팔을 펼친 길이보다 넓어지자 일행은 한쪽 벽면에 붙어서 중간중간 돌출된 돌을 밟으며 아래로 향하기 시작했다. 그대로 석 장쯤 갔을 때였다.

"아앗!"

맨 아래에 있던 기우가 돌연 소리를 질렀다. 그와 동시에 일행은 모두 두 눈을 질끈 감아야만 했다.

찬란한 광휘. 저 밑에서부터 빨강, 파랑, 초록, 노랑, 보라, 오색 광채가 뻗쳐 올라오고 있었다. 지하 깊숙이 암흑 속에서 무지갯빛 꽃구름이 두둥실 떠올라 오는 광경을 보는 것만 같았다. 웅장, 화려, 투명, 영롱이라는 말로도 이루 다 형용할 수가 없을 만큼, 몽환적인 반짝임이 주는 시각적 충격은 경이로웠다.

일행 앞에 등장한 것은 아마도 온 천하를 통틀어 유일무이할 규모의 수정 광맥이었다. 그 가치는 감히 가늠이 불가능할 정도였다.

하지만 단순히 수정 광맥의 규모가 일행을 전율시킨 것은 아니었다. 거대한 기둥 모양의 수정석들은 칼끝처럼 뾰족한 꼭짓점을 위로 두고 서로 어슷하게 교차되어 빽빽한 숲을 연상시키는 형태로 우뚝 서 있었다.

만약 평소 습관대로 구멍을 단숨에 미끄러져 내려왔다면 꼼짝없이 칼날의 숲으로 추락했을 테고, 그 즉시 아름다운 수정 결정에 꿰뚫려 곤족의 천년 고분에 제물로 바쳐지고야 말았으리라.

언뜻 황홀해 보일지 몰라도 사실상 이 수정 숲은 천년 세월을 한자리에 우뚝 솟아 침입자의 목숨을 낚아챌 순간만을 노리는 필살의 덫이었다.

실제로도 숲 서북쪽 귀퉁이에는 백골 몇 구가 고통스럽게 몸부림치던 자세 그대로 수정 꼭대기에 꽂혀 있었다. 오래전 굴을 파고 내려왔던 도굴꾼들이 운 나쁘게 얻어 걸려 육포 신세가 되고 만 것이리라.

시체를 쳐다보던 일행은 저게 자기들이었을 수도 있었다는 생각에 부르르 몸서리를 쳤다. 뒤쪽에 있던 전북야가 맹부요를 향해 나지막이 물었다.

"밑에 이런 게 있다는 걸 어떻게 알았지?"

어떻게 알았느냐고?

맹부요는 그저 피식 웃고 말았다.

어느 정도 규모를 갖춘 고분에는 반드시 도굴 방지 조치가 되어 있기 마련이었다. 대량의 모래와 돌, 삼합토[8], 수은과 화염, 가짜 무덤, 진입로를 틀어막은 바위, 열지 못하도록 받침돌을 괴어 놓은 문…….

특히 산속에 들어앉은 능묘 중에는 도굴 대비책으로 자연 조건을 십분 활용한 경우들이 더러 있었다. 맹부요는 전국 시대 고분을 발굴하면서 자연석을 이용한 함정을 구경해 본 경험 덕에 순간적으로 기지를 발휘해 낼 수 있었던 것이다.

하지만 전북야에게 그것을 '직업적 육감'이라 대꾸할 수는 없었다. 다행히 전북야도 더는 캐묻지 않았다. 그저 조용히 한숨만 내쉬고 말았다.

어느덧 하향 통로 끄트머리에 당도한 일행은 기우를 선두로 차례차례 밑으로 내려섰다.

새로 마주한 동굴은 공간 전체가 무척이나 환했다. 벽면에 조밀히 박힌 운모와 마노, 그리고 수정 기둥이 서로 반사광을 주고받고 있었기 때문이었다.

지면에는 기둥 그림자가 얼기설기 길게 늘어져 있었고, 수정의 숲 앞에는 거대한 괴조 조각상이 서 있었다. 전체적으로 학

---

8  마르면 대단히 딱딱해지므로 무덤 외곽에 둘러치는 등의 용도로 쓴다.

처럼 생긴 괴조는 기묘한 무늬가 들어간 진홍색 깃털에 새하얗
고 기다란 부리를 가졌고, 다리는 하나뿐이었다.

맹부요가 조각상을 올려다보며 중얼거렸다.

"《산해경山海經》장아산章莪山편에 이르기를, 학과 비슷한 외
양의 새가 있는데 그 다리는 하나요, 푸른 바탕색에 붉은 무늬
가 있으며, 부리는 흰색이되 새가 나타나는 고을에는 불이 난
다 하였으니, 이는 화염을 관장하는 신 필방畢方이라."

성큼 앞으로 나서 신상 주변의 냄새를 맡아 보던 전북야가
표정을 굳혔다.

"등유인가……."

"맞아요. 텅 빈 신상 내부에 불이 잘 붙는 등유가 가득 차 있
을 거예요."

맹부요가 차분히 대답했다.

"짐작대로라면 신상 밑에서부터 방금 우리가 내려온 통로까
지 도화선을 묻어 놨을 거고요. 통로 입구 흙은 초석이었어요."

"그래서 화절자 불을 끄라고 했던 건가?"

눈빛이 아까와는 사뭇 달라진 전북야가 말했다.

"어린아이 시체도 태워서는 안 되는 거였군. 일단 불을 붙였
다 하면 발밑이 폭발하게 되어 있던 거, 맞나?"

맹부요는 빙긋이 웃으면서도 내심 곤족의 무서움을 절감하
고 있었다.

이 무덤의 설계자는 결코 상식적인 수준의 인물이 아니었다.
입구에서 맞닥뜨렸던 소녀의 시체에 숨겨진 함정만 해도 최소

한 삼중.

무덤에 침입한 자들이 불길한 시신을 발견한다면 반드시 없애 버리려 하리란 것도, 그 방식이 불 아니면 칼이리란 것도, 모조리 설계자의 예상 범위 안이었다.

그리하여 하향 통로 근처에서 불을 피우면 아래쪽이 폭발하도록 지하의 괴조 신상까지 도화선을 연결해 둔 것이다.

또한, 침입자가 칼로 시체를 토막 낼 경우를 대비해서는 소녀의 배 속에 요충妖蟲을 심어 두었다. 그것이 뱃가죽을 뚫고 나오는 순간 침입자 무리는 몰살일 터였다.

침입자가 양쪽 함정 모두를 피해 갔다 치자. 그쯤 되면 보통은 경계심을 늦추기 마련이었다. 그 상태에서 석순 아래 통로를 단숨에 미끄러져 내려왔다가는 밑에서 기다리고 있던 수정 칼날에 꼼짝없이 당하게 되는 것이다.

뒤늦게나마 지금껏 얼마나 아슬아슬한 상황을 헤쳐 왔는지 깨달은 전북야가 말했다.

"네가 우리 목숨을 세 번이나 구해 줬군."

맹부요가 픽 웃으면서 고개를 가로저었다.

"누가 누굴 구해 줬네, 말았네, 그런 건 뭐 하러 따져요."

성큼성큼 신상을 지나쳐 수정 기둥 사이를 가로질러 간 그녀가 커다란 돌문 앞에 멈춰 섰다.

"이 뒤가 널길일 거예요."

돌문에는 주사인지 피인지 모를 붉은색 액체로 쓴 문자가 남아 있었다.

맹부요가 그 기묘한 문자를 제대로 한 번 쳐다보지도 않고서, 내용을 술술 읊었다.

"감히 내 무덤을 파헤치는 자, 대가 끊기리라."

도통 알아먹기 힘든 곤족 암호문을 뚫어져라 노려보고 있던 전북야가 그 소리를 듣고 깜짝 놀랐다.

"곤족 문자를 아는 건가?"

맹부요가 히죽히죽하며 대꾸했다.

"무덤 주인들 하는 소리야 다 거기서 거기죠."

그러자 전북야가 그녀를 보며 피식 웃음을 흘렸다.

"하여튼 대책 없이 용감하기만 해서 좋다니까."

그녀는 아무것도 못 들은 척 문에 붙어서 커다란 돌쩌귀를 살펴봤다.

"안으로 열릴지 밖으로 열릴지 모르겠는데, 일단 한번 움직여 보죠."

결국 안쪽으로 열리는 문으로 판명 났지만, 돌덩이는 도무지 밀릴 생각을 안 했다.

맹부요가 시천을 집어넣어 문틈을 위아래로 긁다가 말했다.

"상인방[9]이랑 하인방, 양쪽에는 벽선[10], 잠금장치도 있는 것 같은데 끝이 올챙이처럼 말린 고리 두 개가 맞물린 형태예요. 못 열게 꽤 복잡한 구조를 동원해 놨네요."

---

9  벽에서 오는 하중을 받치기 위해 문 위쪽을 가로질러 설치하는 석재 또는 횡목을 이른다.

10  문짝을 고정하는 용도로 쓰는 부재.

그녀가 등 뒤쪽으로 손을 척 뻗었다.

"뚱보! 지렛대!"

침묵이 흘렀다.

흠칫, 한 박자 늦게야 자신이 무슨 말을 했는지 깨달은 맹부
요는 당혹했다. 슬그머니 고개를 뒤로 돌리자 수정이 내뿜는
광채 속에서 몹시도 애매한 표정으로 자신을 쳐다보고 있는 일
행이 눈에 들어왔다.

억지로 입꼬리를 끌어 올리며, 맹부요가 머쓱해 말했다.

"말이 헛나갔어요! 헛나갔어……."

곧이어 흑풍기 병사 두 명이 각자 송곳을 내밀었다.

"혹시 이거로도 되겠습니까?"

"아쉬운 대로요."

송곳을 받아 문틈에 집어넣고 위아래로 움직이는 동안, 맹부
요는 등에 따갑게 꽂히는 눈빛들이 여간 신경 쓰이는 게 아니
었다. 아마 전북야도 뒤에서 '저거 저거, 알고 보니 도굴꾼이었
구먼.' 하는 눈빛을 보내고 있으리라.

하아, 이런 굴욕이 있나. 기껏 쌓아 올린 이미지가 훅 가는
건 한 방이구나.

이쯤에서 좀 더 솔직해지자면, 지금 선보이고 있는 기술은
고고학이 아니라 도굴 범주에 속하는 게 사실이었다.

국가 주도로 발굴 작업을 진행할 때도 골치 아픈 구조물을 맞
닥뜨리거나 하면 유적지의 손상을 최소화하기 위해 마무리 단
계에서 '민간인 전문가'를 모시는 일이 비일비재했다.

지금 이 기술도 실은 어느 나이 지긋하신 '발구도인發丘道人'[11]께 전수받은 것이었다.

끈질긴 시도 끝에, 마침내 '철컥' 소리와 함께 망자의 집 문이 열렸다. 깊고 어두컴컴한 널길 안쪽에서부터 오랜 세월 케케묵은 썩은 내가 휘몰아쳐 나왔다. 맹부요는 일찌감치 전북야를 끌고 옆쪽으로 물러선 뒤였다.

언뜻 보기에 널길은 족히 50미터는 되는 것 같았다. 중간에 어떠한 장벽이나 돌문도 없이 뻥 뚫려 있었다.

거대한 바위로 진입로를 겹겹이 틀어막아 놓는 한나라나 당나라 시기 무덤과는 전혀 딴판인 그 모습에, 맹부요는 그나마 마음이 놓였다. 이 시대 화약의 성능이나 지금 일행이 가지고 있는 양을 고려할 때 만약 널길이 바위투성이였다면 진입 자체가 불가능했을 것이다.

일행이 다 같이 조심조심 널길에 들어서고 나서야 맹부요가 화절자를 꺼내라고 했다.

고개를 들자 머리 위쪽에 화려한 색깔로 그려진 벽화가 보였다. 대부분 제사나 전쟁에 관한 그림이었고, 이따금 등장하는 신상은 몹시 기괴한 모양새를 하고 있었다.

벽화 한쪽 구석을 별생각 없이 눈으로 쓱 훑고 지난 맹부요는 다음 순간 뭔가 이상하다는 느낌에 사로잡혔다. 하지만 불이 그 부분을 비췄던 건 아주 잠깐뿐, 화절자를 든 흑풍기 병사

---

11 발구는 '무덤을 판다'는 뜻이다.

는 이미 부근을 지나친 뒤였다.

불이 워낙 귀한 상황이기도 해서 한군데서 미적거릴 시간이 없었다. 결국 그림을 다시 살피는 건 무리였다.

그녀는 혹시 모를 함정에 대비해 걸음을 옮기는 중간중간 미리 챙겨 뒀던 수정석을 전방으로 던지고 있었다. 그런데 앞쪽에서 기우의 질문에 답하며 걷던 병사가 뭘 봤는지 돌연 움찔굳더니 휘청하면서 몸으로 벽면을 들이받는 게 아닌가.

'쿠르릉' 하고 벽이 갈라지더니 황금빛 모래가 폭포수처럼 쏟아져 들어오기 시작했다. 모래 알갱이가 지면에 아주 미세하게 나 있던 틈을 가득 메우자 곧바로 또 한 번의 굉음이 울렸다.

다음 순간, 병사의 몸이 덜컥 아래로 꺼져 내렸다.

펄럭!

제일 뒤에 있던 전북야의 옷자락이 바람을 안고 부풀어 올랐다. 검은 그림자가 획 스치는가 싶더니 어느새 앞쪽에 당도한 전북야가 병사를 잡아챘다.

바로 그때, 아래쪽에서 '덜커덩' 소리와 함께 지면이 뒤집혔다. 밑에서 모습을 드러낸 것은 직경 4, 5미터에 달하는 구덩이였다. 함정 안에서 번뜩이는 칼날이 희생자를 기다리고 있었다.

전북야는 병사를 붙든 채로 허공에서 몸을 뒤집어 한 다리로 천장을 박찼다. 그가 반발력을 이용해 날아간 거리는 두 장, 함정을 훌쩍 지나쳤다.

그런데 그가 땅에 내려서는 찰나, 또다시 '쿠르릉' 소리가 울리더니 방금 다리로 찼던 천장 부분이 무너졌다. 어마어마한 양의 흙과 뾰족한 돌멩이가 쏟아져 내렸다. 폭우처럼 내리퍼부은 토사는 함정을 순식간에 메꾸고도 그칠 줄 모르고 계속 쏟아졌다.

함정이 끝까지 메꿔진 직후, 일행은 어디선가 희미하게 나는 '철컹' 소리를 들었다. 맹부요는 조금 전부터 이미 팔을 휘저으면서 소리를 지르고 있었다.

"건너가요! 빨리 저쪽으로! 길이 막힐 거예요!"

바로 옆에서 벽이 갈라지더니 누런 모래가 무더기로 쏟아져 나와 그녀의 발치에 수북이 쌓였다. 이곳은 얼마 안 있어 천장까지 모래에 매몰될 터였다.

"빨리 가!"

병사들을 하나씩 걷어차 날려 보내던 기우가 그녀를 보며 외쳤다.

"맹 소저, 어서 가십시오!"

"먼저 가요!"

병사 하나를 걷어찬 그녀가 건너편에서 모래와 돌멩이를 뚫고 달려올 기세인 전북야를 향해 소리쳤다.

"거기 있어요! 당신이 오면 다 따라와서 개죽음당한다고요!"

막 돌진해 오려던 전북야가 움찔 그 자리에 굳어 섰다. 얼굴 근육이 경련을 일으키는 게 보였다.

미친 듯이 쏟아져 내리는 돌덩이로 통로가 완전히 막히는 건 이제 순식간이었다. 상반신 높이 정도만 남은 틈은 이 순간에도 시시각각 좁아지고 있었다.

틈 사이로 전북야의 초조한 표정이 보였다. 이를 악물던 그가 자신을 향해 달려오던 병사들 쪽으로 돌아서더니, 번개 같은 속도로 전원의 혈도를 제압해 땅바닥에 눕혀 놓고는 통로 틈바구니로 뛰어들었다.

그 시각, 기우와 맹부요 앞에는 끝까지 안 가겠다고 고집을 부리는 병사 둘이 남아 있었다. 모래는 벌써 무릎 높이였다!

짧게 눈빛을 교환한 기우와 맹부요는 각자 지면을 박차고 오르면서 병사 하나씩을 붙잡아 걷어찼다. 맹부요가 걷어찬 병사는 수십 센티미터밖에 안 남은 틈을 아슬아슬하게 통과해 마침 맞은편에서 돌진해 오던 전북야와 맞닥뜨렸고, 전북야는 마지못해 병사의 몸을 받아 내면서 뒤로 물러섰다.

그런데 이때, 기우가 맡았던 병사가 미꾸라지처럼 그의 발차기를 피해 맹부요의 등 뒤로 이동해 왔다. 예상 밖에 상당한 경공술의 소유자였던 병사가 곧장 맹부요를 앞쪽으로 떠밀었다.

남은 틈바구니는 반듯이 누운 자세에서나 겨우 통과가 가능한 정도. 지금이 마지막 탈출 기회였다.

맞은편에서 건너오려는 전북야한테만 정신이 팔려 병사의 돌발 행동을 미처 경계하지 못한 맹부요는 무지막지한 힘에 밀려 속절없이 틈바구니를 향해 날아갔다. 화급한 상황에서 그녀가 팔을 뻗어 잡아챌 수 있었던 건 기우 한 명뿐이었다.

돌멩이는 계속해서 떨어지고, 모래는 빠른 속도로 틈바구니를 메워 가고 있었다. 거기에 설상가상으로, 천장에 가로놓여 있던 장방형 석재가 돌연 흔들흔들하더니 5백 킬로그램은 나가 보이는 덩치 그대로 아래를 덮쳐 왔다.

추락하는 석재 아래쪽에는 틈바구니를 통과하기 직전인 맹부요가 있었다. 허공에 붕 뜬 그녀는 마음대로 자세를 틀어 피신할 수도 없는 처지였다.

꼼짝없이 곤죽이 되나 싶던 그때, 느닷없이 달려든 전북야가 검을 세워 틈바구니에 끼워 넣으면서 자신의 어깨까지 동원해 석재를 떠받쳤다.

촤앗!

새빨간 피가 석재 표면에 흩뿌려졌다.

거대한 바윗덩이의 무게가 어디 '천근같다'는 말 따위로 가벼이 형용할 수준이겠는가. 거기에 추락하는 순간의 가속도까지 합쳐진 하중을 사람의 힘으로 고스란히 떠받쳤으니 제아무리 초인적인 힘을 타고난 전북야라 해도 피를 토할 수밖에 없었다.

자갈과 모래가 쏟아지는 소리 사이에서 무언가가 작게 '빠각' 했다. 전북야의 장검이 석재에 짓눌려 휘어지는 소리인지도, 아니면 하중에 찌부러진 그의 뼈마디가 내는 소리인지도 몰랐다.

그럼에도 전북야는 굳건하게 그 자리에 버티고 서 있었다. 핏자국으로 흥건한 입가를 따라 금세 또 가느다란 선혈 한 줄기가 흘러내렸다.

급기야 바로 직전에 틈바구니를 통과했던 병사까지 허겁지겁 뛰어와 자신의 검과 어깨를 석재 밑에 끼워 넣었을 즈음, 마침내 맹부요가 누워서 지나기에도 빠듯한 틈을 '휙' 하고 빠져

나왔다. 전북야는 그 즉시 자유로운 한쪽 손으로 그녀를 붙잡아 안전한 위치에 끌어다 났다.

이어서 기우 역시 틈바구니를 지나오나 싶었지만 몸이 완전히 넘어오기 직전, 수십 근 무게의 뾰족한 바위가 정확히 그의 왼팔을 겨냥한 채 위에서부터 내리꽂혔다.

뼈가 '까드득' 부러지는 소리와 함께 팔이 바위 아래 깔렸다. 기우는 일순 사색이 됐지만, 깔린 팔은 거들떠보지도 않고서 결연하게 전북야부터 밀쳐 내고는 반으로 휘기 직전인 검을 틈바구니에서 뽑아냈다. 뽑혀 나온 장검은 '챙강' 하고 널길 바닥에 나동그라졌고, 전북야는 비틀거리며 물러나다가 또 한 번 피를 뿜었다.

다음 순간, 검광이 번뜩이는 동시에 선혈이 흩뿌려졌다. 기우가 깔린 자신의 팔을 단칼에 베어 낸 것이다.

칼을 내리치면서 뒤쪽으로 힘껏 몸을 틀었던 그가 바닥에 떨어져 몇 바퀴를 구르는 사이, 석재가 굉음을 울리며 내려앉아 널길의 허리를 영영 끊어 놓았다. 이로써 기우의 한쪽 팔은 영원히 곤족 고분의 널길 안에 남게 됐다.

또 한 사람, 석재 너머에 갇힌 병사 역시 기우의 팔과 함께였다. 자기 대신 맹부요를 먼저 밀어 보낸 찰나, 그의 죽음은 이미 정해진 것이나 마찬가지였다.

기우는 어느덧 석재에 필사적으로 달라붙어 있었다. 잘린 팔에서 피가 울컥울컥 솟구치는데도 그는 오로지 돌을 두드리면서 미친 사람처럼 소리를 질러 댈 뿐이었다.

"삼아三兒! 삼아!"

석재 너머에서 전해져 온 것은 대답이 아니라 몸싸움이 벌어진 듯한 소리였다.

재빨리 달려온 맹부요가 돌에 귀를 가져다 댔다. 쿵쿵하고 버둥거리는 소리, 억눌린 헐떡임, 공포에 질려 내지르는 비명이 들려왔다.

대관절 무슨 일이 벌어졌기에? 석재로 막힌 널길 저편에 또 무엇이 출현했단 말인가?

살아남을 기회를 그녀에게 양보하고 덩그러니 홀로 남겨진 병사는 지금 대체 어떤 상황과 조우한 것일까? 끝없이 차오르는 모래가 전부 아니었던가?

극도로 겁에 질린 숨소리와 비명을 들어 보건대 무언가 무시무시한, 본인이 감당해 낼 수 있는 한계를 넘어선 사태와 맞닥뜨린 게 분명했다.

하지만 그는 이미 필사의 각오를 다진 뒤였고, 그간 흑풍기의 일원으로 전장에서 수많은 적을 벴던 최정예이기도 했다.

그런 사람을 저토록 극심한 공포에 빠뜨릴 만한 게 도대체 무엇이 있어서?

실체를 확인할 길이 없기에 상상은 더욱더 공황을 향해 내달렸다.

석재를 부여잡은 맹부요의 머릿속에서 이 순간 병사가 마주하고 있을 싸늘한 공간이, 죽음으로 귀결될 수밖에 없는 결말이, 느닷없이 튀어나온 귀매가, 절망에 찬 몸부림이, 그를 광기로 몰아가고 있을 공포와 고통스러운 고독이 생생하게 펼쳐졌다.

맹부요의 가슴속에서도 쓰라린 핏물이 치받쳐 목구멍까지 올라왔다. 그녀는 쿵, 쿵, 머리로 석재를 들이받았다. 뚜렷한 목적이 있는 행동은 아니었다. 단지 이렇게라도 해야만 맞은편에 갇힌 청년으로 인해 무너져 내리는 가슴을 추스를 수 있을 것 같아서였다.

하지만 아무리 머리를 갖다 박은들 그를 구할 방도가 생기는 건 아니었다. 생의 막바지에 이른 그가 숨이 끊기는 순간까지도 미지의 공포와 싸우는 소리를, 맹부요는 그저 무력하게 듣고 있어야만 했다.

홀연 따스한 손바닥이 돌 표면 앞에 가로놓였다. 석재를 향해 다시금 돌진한 그녀의 이마를 받아 낸 것은 바로 그 손바닥이었다.

돌 표면과 이마 사이에 끼어들어 그녀의 자학을 막아 낸 손바닥에는 핏물과 함께 약간의 흙먼지가 엉겨 붙어 있었다.

전북야의 손이었다.

맹부요의 이마를 조심조심 감싼 채 그녀를 석재에서 멀찍이 떨어뜨려 놓은 전북야가 내친김에 기우까지 끌어냈다. 그 모든 과정을 마칠 때까지도 전북야는 차분하기만 했다.

석재 쪽으로는 끝내 눈길조차 한 번 주지 않고서, 그는 다만 아무 말 없이 맹부요를 품에 안았다. 사내가 여인을 안는 것이 아니라 사람이 사람을 위로하는 포옹이었다.

그의 품은 넓고 따뜻했다. 여기까지 오는 동안 몸에 밴 먼지 냄새, 피비린내, 쇠 냄새 사이에서도 무엇보다 뚜렷하게 느껴지는 것은 날 때부터 핏속에 흘렀을 남자의 향기였다.

아득한 산꼭대기, 푸르른 가지 위에 갓 내린 눈을 이고 선 소나무가 발할 법한, 호방하고도 청신한 향기. 그 내음만으로도 전북야 자체를 이루고 있는 강건함이 고스란히 느껴졌다.

그의 어깨에 기댄 맹부요는 나약해지려는 자신을 아주 잠시만 그냥 놓아두고자 했다. 이 순간, 가슴을 맞댄 둘은 남자와 여자가 아니었다. 그저 같은 마음으로 희생자를 기리고 있을 뿐.

기우는 수하가 상처 부위를 싸매 주는 내내 묵묵히 바닥에 주저앉아 영영 막혀 버린 통로를 응시하고 있었다. 이 자리의 병사들은 한 명 한 명이 전부 그와 피보다도 진한 것을 나눈 형제였고, 삶과 죽음을 함께하겠노라 굳게 맹세한 동료였다.

그중에서도 삼아는 한 고향에서 같이 자란 죽마고우. 삼아와 함께 고향을 떠나와 영광스러운 흑풍기에 갓 합류하던 당시, 둘은 자신들이 주역이 되어 흑풍기의 이름을 온 천하에 떨쳐 보이자 약속했다. 그러했건만, 그는 결국 삼아를 저버리고 말았다.

삼아가 자신의 곁을 지나쳐 맹부요에게 가던 찰나, 분명 말릴 기회가 있었으나 그는 그러지 않았다. 맹부요와 삼아 중에서 그는 전자를 택했다. 왕야께서 마음을 주신 여인이었으므로.

서글픈 팔자를 타고나 이제껏 쭉 홀로인 왕야께서 부디 온기를 나눠 받을 수 있는 이를 만나시기를, 그간 얼마나 간절히 기도했는지 몰랐다. 그리하여 마침내 나타난 여인은 밝고 아름다웠다. 주옥처럼 반짝반짝 빛이 났다. 왕야의 구원이자 희망인

118

그녀를 어찌 잃을 수가 있겠는가?

형제여……. 나의 선택을 용서해 다오.

아주 오랜 시간이 지나 전북야가 천천히 맹부요를 놓아줬고 기우는 뒤돌아섰다. 시름은 지나온 길에, 가슴속에 묻어야 하리라. 그들에게는 마저 걸어야 할 여정이 있으니.

일행은 말없이 걸음을 옮겼다. 널길의 나머지 구간은 특별한 함정 없이 괴기스러운 벽화로만 가득 채워져 있었다. 화절자를 손에 든 일행이 앞으로 나아가자 벽화의 색채가 점점 옅어졌다.

이를 눈여겨보던 맹부요가 나지막이 말했다.

"산화 반응이에요."

곁눈질로 벽화를 훑어보면서, 그녀는 널길 초입에서 느꼈던 묘한 위화감을 되새기고 있었다. 전체적인 화풍과 완전히 어긋난 분위기의 그림을 언뜻 봤던 듯하건만, 그때는 다시 확인할 여유가 없었다.

널길은 벽돌이 깔린 통로로 연결되어 있었다. 아치형 천장의 통로 양쪽으로는 뜰을 상징하는 공간이 있었다.

한편, 뜰 좌우에는 독특한 형태의 감실[12]이 마련돼 있었는데, 안에 모신 것은 신상이 아니라 금으로 된 잔 두 개였고, 잔 아래에는 글자가 보였다.

전북야가 앞으로 나서 내용을 읽었다.

"내가 내리는 신령한 술로 나의 혼령을 받들라. 묘를 지나려

---

12  신위나 불상 등을 모셔 놓은 작은 공간을 이른다.

는 자, 이를 마시지 않거든 화를 당할지어다."

듣던 맹부요가 경악했다.

"마시래요? 사람을 똥멍청이로 알아도 유분수지, 세상에 누가 무덤에 있던 걸 덥석덥석 먹어요? 아무리 그럴싸하게 생겼어도 잘못 입에 댔다가는 골로 간다고요."

가까이 다가가서 잔을 들여다본 그녀는 하마터면 배 속에 있던 걸 모조리 올릴 뻔했다. 잔을 반쯤 채운 술 비슷한 액체는 새카만 색이었고, 약한 비린내와 함께 술 냄새가 느껴졌다. 잔 밑바닥에는 곯은 알 같이 쭈글쭈글하고 허여멀건 것이 가라앉아 있었다.

"뇌가 있으면 이걸 먹겠냐!"

맹부요가 잔을 걷어찰 기세로 다리를 들었다.

"아오, 구역질 나게!"

이때 맹부요의 앞섶이 움찔움찔하더니 어느 대인께서 자다 깨 게슴츠레한 얼굴을 내미셨다. 머리 위에 까치집을 짓고 나온 원보 대인을 보며, 맹부요가 의아하다는 양 말했다.

"웬일로 깼대?"

하지만 원보 대인은 그녀를 싹 무시하고 묘한 눈빛으로 잔만 노려보고 있었다. 그 모습에 순간적으로 머리털이 쭈뼛 선 맹부요가 중얼거렸다.

"쥐 새끼, 너 혹시 귀신 들리고 그런 거 아니지?"

원보 대인이 잔을 가리키며 찍찍 난리를 피우기 시작했다. 잔으로 향했던 앞발이 곧 맹부요의 입 앞으로 오는가 싶더니,

이어서 녀석이 고개를 뒤로 확 젖히면서 뭔가를 단숨에 마시는 시늉을 했다.

녀석이 전하려는 바를 알아차린 맹부요가 눈을 휘둥그렇게 떴다.

"설마…… 마시라고?"

원보 대인이 고개를 힘줘 끄덕였다.

"이봐, 친구."

녀석을 구석으로 끌고 간 맹부요가 이마 대 이마를 맞대고 대화에 돌입했다.

"잠이 덜 깼지? 저거 무덤 안에 있던 술이야. 무덤에 있던 물건은 그게 뭐가 됐든 배 속에 집어넣는 게 아니라고. 유통 기한이 지났단 말이다."

원보 대인이 대꾸했다.

"찍찍!"

"잘 들어. 내가 예전에 살던 세계에서 말이야, 도굴꾼들이 꽤 규모 있는 묘를 하나 털다가 관 앞에서 술을 발견했어. 저것보다 훨씬 향긋하고 맛 좋은 술이었거든? 홀딱 마시고 나서 묘를 나왔더니 어떻게 됐는지 알아? 햇빛을 받자마자 살이 녹아서 재가 되어 버렸다고……."

원보 대인이 말했다.

"찍찍!"

"이 친구 보게……. 진짜 먹을 게 못 된다니까……."

급기야 원보 대인은 맹부요의 멱살을 잡고 매달려 뺨을 짝짝

갈겼다.

"오냐, 그래……."

얻어맞은 자리를 만지작거리며 마지못해 원래 자리로 돌아
온 그녀가 말했다.

"쥐 새끼가 그거 마시래요."

전북야의 미간에 주름이 잡혔다.

"알겠다."

맹부요가 '으' 하고 입가를 일그러뜨리면서 잔을 집어 들려고
하자 다른 손들이 우르르 몰려들었다.

하지만 누구도 전북야보다는 빠르지 못했으니, 잔을 단번에
낚아챈 그가 단호하게 선언했다.

"내가 먼저 마시겠다."

맹부요가 빼앗아 오고 말고 할 새도 없이 그가 눈을 질끈 감
고 액체를 한 모금 넘겼다. 모두의 바짝 긴장한 눈빛이 쏟아지
는 가운데, 입가를 쓱 문질러 닦은 그가 웃어 보였다.

"생각만큼 끔찍한 맛은 아니군."

잠시 시간을 두고 전북야에게 아무 일이 일어나지 않는 걸
확인한 뒤, 일행은 차례대로 눈을 딱 감고 액체를 들이켰다.

'술잔 파도 타기'가 중단된 건 잔이 마지막 병사의 손에 이르
러서였다. 눈썹을 잔뜩 찌푸린 병사가 말했다.

"왕야, 맹 소저, 저는 못 마십니다."

맹부요가 한마디 하려는데, 병사가 쓸쓸한 미소를 지었다.

"군에 들어오기 전에 저는 원래 술주정뱅이였습니다. 일은

안 하고 술독만 끼고 사는 동안 아내가 바느질품을 팔아서 근근이 생계를 이어 갔어요. 근방에서 소문난 현모양처였죠. 사는 게 그 지경이어도 저한테 싫은 소리 한 번 한 적이 없었으니까요. 그러던 어느 겨울이었습니다. 그해에는 유독 눈이 많이 왔는데, 10리 밖으로 품팔이를 나섰던 아내가 돌아오던 길에 얼음 구덩이에 빠진 거예요……. 아이가 들어선 지 한 달쯤 됐을 때였는데…….”

눈시울이 붉어진 병사는 말을 잇지 못했다. 맹부요는 침묵했고, 병사는 위를 올려다보며 코를 훌쩍였다.

“그때 아내의 무덤 앞에서 맹세했습니다. 이번 생에 술은 한 방울도 더 입에 대지 않겠다고요. 맹세를 어기면 천벌을 받을 거라고…….”

병사를 바라보던 맹부요가 다시금 원보 대인을 붙잡아 구석으로 끌고 갔다.

“안 마시면 혹시 죽어?”

생사가 달린 문제라면 병사를 기절시켜서 목구멍에 들이부을 작정이었다. 그 정도는 맹세를 어긴 축에 안 들어갈 테니까.

원보 대인은 고민에 빠졌다. 애매한 문제였다.

안 마신다고 죽을 것 같지는 않은데, 그래도…….

고개를 가로젓던 녀석이 바로 뒤이어 또 고개를 끄덕였다.

표정이 구겨진 맹부요가 녀석을 보며 갈등하던 참에 등 뒤에서 일행이 ‘헉’ 하고 놀라는 소리가 들렸다.

재빨리 고개를 돌린 그녀의 눈에 들어온 것은 벽돌 통로 끄트머리의 널방 문이 어느새 활짝 열려 있는 모습이었다. 미지의 암흑이 일행 앞에 입을 벌리고 있었다.

'쓰읍' 숨을 들이켠 맹부요가 말했다.

"저게 갑자기 왜 열렸죠?"

전북야가 원래 위치에 되돌려 놓은 술잔을 쳐다보며 머릿속으로 곰곰이 뭔가를 짚어 보더니 답했다.

"잔 아래에 널방 문과 연결된 용수철이 있었던 것 같다. 술잔이 비어 무게에 변화가 생기면 용수철이 튀어 오르면서 문이 열리는 거지."

술잔에 눈을 고정한 채로, 맹부요는 무덤 설계자가 심리 전술의 고수라는 사실을 절감하고 있었다.

입구에 있던 불길한 어린아이의 시체도 그렇고, 그림자 따위에 놀라서 벽에 부딪히는 순간 함정이 연속으로 발동되는 널길도 그렇고. 처음부터 인간의 자기방어 본능을 십분 이용하더니, 저 술잔 역시 마찬가지였다.

도굴꾼이라면 절대로 묘 안에 있는 술을 입에 대지 않을 것이다. 그러면 마지막 문은 영원히 열릴 일이 없겠지만.

반대로 곤족 고분의 비밀을 알고 있는 핵심 인물이라면 여기까지 무사히 당도할 수도, 술을 마실 의사도 있을 테니 보안성을 최대한까지 끌어올린 설계라 하겠다.

물론 그렇게 날고 기는 묘지 설계자도 세상에는 원보 대인이라는 막강한 생명체가 존재하며, 하필 그 생명체가 이 묘에 들어오리라는 것까지는 내다보지 못했던 게 분명했다.

널방 안으로 먼저 들어가 상황을 살피겠다는 병사들은 모조리 전북야에게 가로막혔다. 맨 앞에는 칼을 든 전북야가 홀로 버티고 섰고, 맨 뒤는 맹부요가 한사코 맡겠다고 고집을 부린 통에 기우를 비롯한 병사들은 본의 아니게 가운데에 끼어 있는 수밖에 없었다.

짧은 벽돌 통로 끝에 나온 널방 문은 어마어마한 크기였다. 맹부요는 안쪽으로 들어서면서 문을 주의 깊게 살펴보았다. 문에 돌쩌귀가 아예 안 달려 있다는 사실을 알아차렸다.

널방 입구를 가로막고 있던 것은 두께 1미터에 달하는 정방형 바윗덩어리였다. 이 정도면 현대의 폭파 기술로도 뚫고 들어갈 수 있으리라는 보장이 없었다.

이어서 문 너머로 한 걸음을 내딛는 찰나, 돌연 주변이 암흑에 잠겼다. 앞서가던 기우의 뒷모습이 지워졌다. 먹물같이 짙은 어둠이 끝도 없이 밀려와 마치 요귀가 일으킨 안개인 양 그녀를 숨 막히게 에워쌌다.

안개는 반복적으로 모였다 흩어졌다 하면서 기분 나쁜 형상을 만들어 냈다. 몸통이 납작한 쌍두애사가 됐다가, 거대한 턱을 가진 개미가 됐다가, 가시가 빽빽이 돋친 덩굴이 됐다가, 날개가 파초선만큼 큰 박쥐가 됐다가, 웅크린 자세로 새파란 눈을 빛내는 어린아이의 시체가 됐다가…….

지옥의 신이 저주의 문을 열어 땅 밑에서 떠돌던 원혼들을 모조리 풀어놓는다면 이럴까. 아니면 천신이 속세의 그을음을 휘저어 청명한 하늘을 거두고 대신 삼천 대천세계의 요마를 들여놓은 것일까.

맹부요가 눈을 부릅뜨고 외쳤다.

"저리 꺼져!"

바람을 가르며 일 장을 내뻗자 안개가 출렁 요동치면서 괴물들의 형태가 희미해져 갔다.

하지만 그도 잠시뿐, 곧바로 우유처럼 농도 짙은 흰색 연무가 몰려오더니 연무 속에서 낯익은 얼굴들이 나타났다.

뒤를 돌아보는 자세로 연못 가장자리에 영영 박제된 병사, 그녀에게 냄새를 풍기기 싫다며 야영지를 벗어났다가 넝쿨에 거꾸로 매달려 발견된 청년, 늪 속에서 혀를 깨물고 자진한 왕호, 온몸에 화염을 지고서 개미 떼를 향해 굴러가던 화자, 그녀를 밀쳐 낸 대신 자신은 홀로 널길에 남겨져 암흑과 절망을 상대로 발버둥 쳐야 했던 삼아……. 여기까지 오는 동안 맹부요의 눈앞에서 죽어 갔던 이들이었다.

피를 흘리며, 살점을 떨구며, 배 속에 차 있던 내장을 쏟아내며, 그들이 비틀비틀 맹부요를 향해 다가오고 있었다.

제일 앞에 선 것은 산 채로 불타 뼈다귀만 남았던 화자. 소년이 시커멓게 눌어붙은 살점 사이로 백골이 고스란히 드러나 보이는 두 팔을 뻗었다.

"땅속은 너무 추워……. 내 옷……."

맹부요의 호흡이 가빠지기 시작했다. 머릿속이 어질어질했다. 현기증이 세찬 파도가 되어 이성을 뒤흔들었다.

가슴 밑바닥에서는 가느다란 선 한 가닥이 끊어지기 직전까

126

지 팽팽하게 당겨져 있었다. 심장에 격통이 몰려왔다.

당혹감에 젖은 그녀의 눈이 커다랗게 벌어졌다. 앞에 선 소년의 모습이 너무나도 생생했다. 불타 뭉그러진 이목구비에 경멸의 빛이 역력한 냉소가 맺혀 있는 것까지 똑똑히 보였다.

소년이 희미한 연무에 휩싸인 얼굴을 숙였다. 지나치게 가깝고, 지나치게 현실적이었다. 살갗에서 풍겨 나오는 탄내와 비린내가 소리 없이, 그러나 맹렬하게 맹부요를 덮쳐 왔다.

소년이 조용히 말했다.

"맹부요, 왕야를 구하겠다며 뛰어들 준비를 할 때부터 실은 내 표정이 심상치 않은 걸 이미 눈치챘지? 내가 나서 주길 내심 기다렸던 거 아니었나? 그러지 않고서야 네 무공 실력으로 그리 간단히 혈도를 제압당했을 리가 있겠어? 누군가는 희생해야 한다면 당연히 병졸인 우리가 먼저라고 생각했잖아?"

신랄한 힐문.

맹부요는 손끝에서부터 발끝까지 피가 차갑게 식는 걸 느꼈다.

그랬잖아? 그랬지? 그런 거 맞지? 애초에 목숨까지 내던질 생각은 없었잖아? 이기적이게도, 누가 말려 주길 기다렸던 거 아니야?

그렇지 않아! 아니야! 아니라고!

맹부요가 소리 죽여 절규했다. 헐떡거리며 뒤로 물러선 그녀가 환영을 흩어 버리려 필사적으로 팔을 휘저었다.

"아니야! 아니라고! 그러지 않았어! 그때는……, 그때는 옷

을 벗느라 정신이 산란해서 대응이 늦었던 것뿐이야……. 네가
말한 그런 게 아니었다고!"

무기력하게 허공에 걸려 있던 '화자'의 팔이 멈칫했다. 맹부
요가 이 상황에서도 맑은 정신으로 반박까지 할 줄은 미처 예
상치 못한 기색이었다.

그의 얼굴이 연무 뒤편에서 불분명하게 번졌다가 다시 또렷
해지기를 반복했다. 윤곽이 또렷하게 뭉칠 때마다 맹부요는 눈
앞이 아찔해지는 걸 느꼈다. 아찔함이 반복됨에 따라 점차 의
식이 흐려져 가고 있었다.

암흑으로 빠져들기 직전, 갑자기 목덜미가 뜨끔했다. 무턴가
의 커다란 앞니가 살갗을 물어뜯은 것이었다. 이어서 자그마한
발이 그녀의 어깨를 딛고 서더니 찰싹찰싹 따귀를 때렸다.

정신이 돌아온 맹부요가 곧장 '퉤' 하고 침을 뱉으면서 길길
이 뛰었다.

"다들 어떤 마음으로 목숨을 내던졌는데! 네까짓 요물이 감
히 누구 흉내를 내?"

그러자 연무가 훅 걷히면서 '화자'를 비롯한 인물 전원이 모
습을 감췄다. 사람의 침에는 본디 악한 것을 물리치는 힘이 있
는 데다가 사특한 귀물은 굳세고 바른 기개를 두려워하기 마련
이니, 도道를 앙양하면 마魔는 스러지는 것이 이치라.

벽면에 기대 숨을 몰아쉬며, 맹부요는 널길에서 갑자기 벽
쪽으로 몸을 부닥쳤던 병사와 석재 뒤편에서 비명을 지르며 발
버둥 쳤던 삼아를 떠올렸다.

어쩌면 그들도 조금 전 그걸 봤던 게 아닐까?

내면세계 깊숙이에 감춰진, 자신에 대한 불신을 파고들어 인간을 영원한 암흑에 떨어뜨리는 존재.

힘겹게 팔을 들어 올려 이마에 맺힌 식은땀을 훔쳐 낸 맹부요가 원보 대인을 끌어안고 보드라운 털에다 물기를 싹싹 비벼 닦아 아까 때려 준 빰따귀에 심심한 감사를 표했다.

유백색 연무가 흩어지고 나자 검은 안개가 다시금 몰려와 사방을 지척조차 분간 가지 않는 어둠으로 뒤덮었다.

맹부요가 원보 대인을 옷 속에 챙겨 넣고 화절자에 불을 댕겼다. 그러나 쇳덩이처럼 묵직한 어둠 속에서 화절자의 푸르스름한 빛이 비춰 준 것은 그녀의 창백하게 질린 얼굴이 고작이었다.

다른 그 무엇도, 그 누구도 찾아내지 못한 맹부요가 불을 끄고 조심조심 앞쪽으로 걸음을 옮기면서 나지막이 일행의 이름을 불렀다.

"전북야…… 기우……."

응답은 없었다.

팔을 뻗어 사방을 더듬거려 봤지만, 잡히는 것은 허공뿐이었다. 널방 문턱을 넘어서는 동시에 낯선 차원에 떨어진 것만 같았다. 눈 깜짝할 사이에 일행들과 동떨어진 그녀는 홀로 미지의 공간을 헤매고 있었다.

그녀의 목소리에 긴장감이 배어들기 시작했다.

누구 하나 대답이 없다니. 전북야는? 기우는? 흑풍기 병사들은? 다들 어딜 갔단 말인가.

낮은 부름은 이제 외침이 되었다.

"전북야! 전북야!"

검은 안개에 부딪힌 목소리가 유유히 되돌아왔다.

전북야, 전북야…….

공간 전체에 그의 이름이 메아리쳤다.

이때, 앞쪽을 필사적으로 더듬거리던 맹부요의 손끝에 무언
가가 만져졌다. 서늘한 감촉에, 비단옷을 걸쳤고, 키가 꽤 큰.

희색이 만면한 맹부요가 반사적으로 외쳤다.

"전북……."

# 고난 끝의 귀환

마지막 음절이 목구멍에 턱 걸렸다. 전북야가 아니었다.

그라면 저렇게 말 한마디 안 하고 서 있을 리가 없었다. 전북야를 만질 때의 감촉은 '저것'처럼 얄팍하지 않았다.

맹부요는 즉각 뒤로 물러났다. 겹겹 흑색 장막을 뚫고 번개처럼 몸을 날리는 기세에 안개가 순간적으로 출렁이면서 가느다란 틈바구니가 벌어져 바깥 풍경의 윤곽이 내다보였다.

이를 발견한 맹부요가 곧장 기합을 지르면서 시천을 갈라진 틈에 꽂아 넣고는 그대로 아래를 향해 내리그었다. 소리 없이 갈라진 안개가 다시 아물기 전에 재빠르게 바깥으로 뛰쳐나온 그녀는 완전히 달라진 풍경과 마주했다.

얼추 널방인 것 같기는 했다. 천장과 벽면은 태평성세의 제사와 사냥, 그리고 전쟁을 묘사한 벽화로 뒤덮여 있었다.

팔뚝에 쌍두애사를 그려 넣은 장정들이 칼을 쥐고 산허리에서 쏟아져 나와 군대와 맞서는 광경이 보였다. 장정들은 뱀 떼와 박쥐를 비롯해 온갖 기묘한 짐승들을 부리고 있었고, 군대는 산맥 전체를 새카맣게 뒤덮을 만큼 빽빽한 화살을 쏘아 올리고 있었다. 아마 조정 정벌군이 쳐들어왔을 때의 상황이리라.

그림을 쓱 훑어보고서 방 한가운데로 시선을 돌린 맹부요가 연꽃 문양 난간을 네모나게 둘러친 연못을 발견했다.

방 네 모서리에는 창을 든 도자기 재질의 근위병들이 엄숙한 표정으로 서 있었고, 화절자를 꺼내 비춰 본 바닥에는 울퉁불퉁하게 파인 자국이 잔뜩 눈에 띄었다. 밑에 기관이 숨겨져 있는 게 분명했다.

화절자 불빛에 기대 사방을 빙 돌아본 결과, 방 안에는 그녀 혼자뿐이었다. 전북야도, 기우도, 아까 손끝에 닿았던 무언가도, 전부 연기처럼 사라지고 없었다.

기괴한 어둠이 깊숙이 들어찬 무덤. 곳곳에 함정이 도사리고 있는 천년 고분 안에서 동료들을 한순간에 잃어버리고, 무엇이 튀어나올지 모르는 앞길을 홀로 헤쳐 나가야만 하는 처지가 되었다. 제아무리 간이 배 밖으로 나온 맹부요라도 부르르 몸서리가 쳐질 수밖에 없었다.

그녀는 즉각 자신에게 냉정해질 것을 명했다. 상황이 어떻게 돌아가고 있든지 간에 전북야 정도의 실력자라면 무엇을 상대하든 쉬이 목숨을 잃을 리가 없었다. 자신이 무사하다면 그 역시 무사할 것이다. 다만, 양쪽이 같은 일을 당해 지금쯤 그도 애타게 자신을 찾고 있지 않을까 걱정이었다.

한족과 곤족 묘지 설계의 정수를 기가 막히게 섞어 이 무덤을 만들어 낸 설계자는 무엇보다도 사람의 심리를 조종하는 데 대단히 능한 자였다. 어쩌면 일행은 널방 안에 발을 디딘 그 순간부로 이미 저주받은 진법에 걸려들었는지도 몰랐다.

그러나 진법이라면 파할 방법이 반드시 있을 것이었다. 일단 아까운 화절자를 불어 끄고, 맹부요는 지면에서 희미하게 어른대는 빛에 의지해 일행을 기다려 보기로 했다. 그녀는 조용히 생각에 빠졌다.

바닥에서는 여기저기 흩어진 수정 구슬 몇 개가 자잘하게 빛을 반사하고 있었다. 반짝거리는 수정 결정을 쳐다보길 잠시, 맹부요의 가슴이 덜컥 내려앉았다. 뭔가 놓친 게 있다는 느낌이 드는데, 정확히 그게 뭔지 알 수가 없었다. 번개처럼 지나쳐 버린 상념의 끝을 붙잡는 방법은 찬찬히 기억을 더듬는 것뿐.

그녀는 차근차근, 조금 전까지 이어지던 생각의 흐름을 되짚어 갔다.

구슬……, 반사광……, 반사광…….

머릿속에 번갯불이 번쩍하면서 온몸의 털이 쭈뼛 곤두섰다.

그래! 반사!

아까 안개 속에서 화절자에 불을 댕겼을 때 그녀는 불빛에 비친 자신의 파리한 얼굴색을 똑똑히 목격했다.

자신의 얼굴색을 자신의 눈으로 직접 보다니, 어떻게 그게 가능했지?

그건 곧 맞은편에 거울이 있었다는 이야기였다. 하지만 안개 속을 빠져나온 후 둘러보았지만, 널방 어디에서도 거울 같은 건 눈에 띄지 않았다.

그 잠깐 사이에 장소가 바뀌었다는 말인가? 지금 있는 여기가 처음 들어섰던 그 널방이 아니라고?

맹부요가 숨을 '흡' 들이마시고 다시 화절자를 밝혔다. 방 안에 관은 보이지 않았다. 대신 사방에 갖가지 부장품이 쌓여 있었다. 마노 병, 수정 잔, 산호 나무, 금과 은으로 만든 물건들, 크고 작은 항아리도 잔뜩이었다.

이어서 벽면을 살펴보고자 그녀가 방 가장자리로 가던 때였다. 돌연, 어깨에 누군가의 손이 올라왔다. 상대의 숨결에 그녀의 잔머리가 파르르 날렸다.

맹부요는 반가운 마음에 얼른 뒤를 돌아봤다.

"전⋯⋯."

시야 끄트머리에 걸린 것은 시커멓고 가느다란 그림자. 지면을 따라 길쭉하게 늘어진 그림자에는 두 개의 삼각형 머리가 달려 있었다. 그것은 애초에 사람의 형상이 아니었다.

그녀가 반쯤 뒤로 틀었던 몸을 빠르게 원위치하면서 전방으로 튀어 나가는 순간, 맹부요의 손에 잡힌 시천이 뒤쪽을 향해 커다란 은백색 호를 그렸다.

촤앗!

그러나 등 뒤의 검은 그림자는 꿈틀하며 기민하게 몸을 튕겨 칼날을 피했다. 뒤를 돌아본 맹부요는 하얗게 질렸다.

상상을 초월하는 덩치의 쌍두애사!

언뜻 한 마리처럼 보였으나, 자세히 뜯어보자면 그것은 뱀 두 마리가 한데 꼬인 형상이었다. 동족과 엉켜 있기를 좋아하는 놈들답게 이번에도 짝을 지어 나타난 것이다.

두 마리가 합쳐진 굵기는 사람 몸통의 1.5배에 달했고 몸뚱이를 꼿꼿하게 곧추세운 키는 맹부요보다도 더 컸다. 허공에 둘, 지면에 둘, 총 네 개의 머리에서 섬뜩한 눈알 여덟 개가 맹부요를 노려보고 있었다.

이곳에서 쌍두애사들의 왕을 만날 줄이야.

보아하니 하나는 암놈, 다른 하나는 수놈인 듯했다. 위쪽 동굴에서 맞닥뜨렸던 뱀이 왜 자신을 공격하지 않았는지 납득이 갔다. 먹이를 우두머리에게 양보했던 것이다.

맹부요가 칼을 겨누자 날에 반사된 빛이 그녀의 얼굴 반쪽을 싸늘하게 물들였다.

어디 덤벼 봐. 끽해 봤자 큼지막한 용수철 두 개, 이 몸이 설마 네까짓 놈들을 상대하지 못할쏘냐!

뱀은 머리 네 개를 제각각 흔들면서 그녀를 노려봤지만, 곧장 공격해 오지는 않았다. 엷은 흑색 연무를 토하는 놈들의 주둥이를 보며, 맹부요는 아까 자신을 옭아맸던 안개의 출처를 비로소 짐작해 낼 수 있었다.

음산한 널방 안에 마주 선 사람 하나와 뱀 두 마리. 이유는 불분명하나 뱀들은 어쩐지 공격을 망설이는 기색이었다.

하지만 핏속에 흐르는 살육의 본능이라는 게 어디 참는다고

참아지는 것이던가. 결국 충동에 굴복한 뱀은 용수철처럼 튀어오르면서 맹부요를 향해 거대한 꼬리를 휘둘렀다.

말이 꼬리지, 실상은 그 부위도 머리였다. 녹색으로 번뜩이는 눈알이 허공을 갈랐다. 쩍 벌어진 아가리 안에는 날카로운 이빨이 빽빽했고, 사방으로 뿜어져 나오는 담녹색 뱀독은 지독한 비린내를 풍겼다.

'쐐액' 하고 공기 찢기는 소리가 나더니 뱀 머리가 어느새 맹부요의 코앞에 있었다. 사람 정도는 통째로 꿀꺽할 수 있을 법한 아가리 안쪽으로 새빨간 식도가 들여다보였다.

맹부요는 물러서는 대신 지면을 박차고 솟구쳐 올랐다. 공중제비를 돌아 착지한 지점은 뱀 몸통의 바로 아래. 시천을 수직으로 세워 든 그녀가 뱀의 뱃가죽을 가를 기세로 칼날을 위쪽으로 치그었다.

그러나 날래기로는 저쪽도 만만치 않았다. 뱀은 어지간한 무공 고수 못지않은 몸놀림으로 허공에서 몸통을 뒤쳐 칼날이 닿는 범위 밖으로 물러났다. 물론 놈을 따라 몸을 날린 맹부요의 민첩성이 한 수 위였던 탓에 다 부질없는 일이 되고 말았지만.

가르고, 내리찍고, 찌르고, 뚫고, 맹부요는 6성에 가까운 파구소까지 동원해 가며 폭풍 같은 공격을 퍼부었다. 푸른 빛무리를 입은 비수가 맹렬한 바람을 몰고 공중을 누볐다. 칼날이 석판을 긁을 때면 불꽃이 튀는 것은 물론, 근처를 스치기만 해도 깊은 균열이 파였다.

태생이 빠르고 유연한 뱀을 상대로도 맹부요는 압도적인 기민함을 보여 줬다. 뱀이 아무리 날 듯이 위치를 옮긴들 그곳에는 항상 맹부요의 칼이 먼저 와서 기다리고 있었다.

바위처럼 단단한 몸체도, 민첩한 네 개의 머리도, 맹부요가 진력을 실어 내뻗는 필살의 초식 앞에서는 무용지물에 지나지 않았다. 뱀의 몸뚱이에는 핏물 맺힌 상흔이 점차 늘어 가기 시작했다.

맹부요가 악에 받쳐 집요하게 타격을 꽂아 넣는 배경에는 여기까지 오면서 삭여야 했던 슬픔과 울분을 이번 기회에 싹 다 풀고야 말겠다는 의지가 깔려 있었다.

"배배 꼬긴 뭘 그렇게 배배 꼬고 앉았어? 처죽일 드렁허리 새끼들아!"

맹부요가 악다구니를 썼다.

"그 비비 꼬인 신발 끈, 이 몸이 풀어 주마!"

한데 엉킨 머리 부위를 노리고 칼날이 짓쳐들어오자 뱀 두 마리가 각자 위쪽 머리를 좌우로 젖히면서 아래쪽 머리를 바짝 쳐들어 맹부요를 공격했다. 그러나 맹부요는 쉭쉭거리며 달려드는 아래쪽 머리는 거들떠보지도 않고서 칼을 곧장 수직으로 내리쳤다. 한 입 물어뜯기는 한이 있더라도 네놈은 기필코 반으로 찢어 놓고야 말겠다는 기세였다.

지금껏 호흡이 척척 맞던 뱀 두 마리도 아예 막가자는 식으로 나오는 상대 앞에서는 당황할 수밖에 없었다. 뱀들이 무의식중에 좌우로 몸을 물리자 딱 붙어 있던 머리 사이에 공간이 나타났다. 그 순간, 맹부요가 손에서 힘을 풀었다.

챙강.

비수가 땅바닥에 떨어지는 틈에 맹부요는 양팔을 뻗어 좌우 한 손에 각각 뱀 대가리 하나씩을 틀어잡았다. 그리고 발끝으로 바닥에 굴러다니던 작은 항아리 두 개를 차올렸다.

번개처럼 날아온 항아리는 '푹' 하고 뱀 두 마리의 머리에 씌워졌다. 그녀는 그길로 항아리를 붙잡아다가 연꽃 문양 난간 틈바구니에 끼워 넣었다.

난간에 단단히 고정된 항아리에 꼼짝없이 붙들린 채로, 뱀은 죽자 사자 몸부림을 쳤다. 땅바닥에는 아직 머리 두 개가 남아서 날뛰고 있었지만, 그래 봤자 아까처럼 허공을 가르며 공격해 오지는 못하는 신세였다.

비수를 집어 든 맹부요가 뱀에게 바짝 다가가 약은 웃음을 지어 보였다.

"토막 나는 건 솔직히 하나도 안 무섭잖아? 썰어 놔 봐야 두 마리에서 네 마리로 불어나면 나만 귀찮아지겠지. 자, 주로 쓰던 머리통은 이제 무용지물이 됐는데 보조용으로 무슨 재주를 얼마나 부릴 수 있는지 한번 볼까?"

나머지 머리 두 개까지 처리하려던 그때, 등 뒤에서 뭔가 넘어져 나뒹구는 소리에 이어 바스락거리는 기척이 들려왔다.

급하게 뒤를 돌아본 맹부요는 방에 잔뜩 쌓여 있던 항아리가 하나도 빠짐없이 바닥에 굴러다니는 광경을 목격했다. 항아리 중 일부에서는 시커먼 무언가가 입구를 통해 스멀스멀 기어 나오는 중이었다.

거기서 끝이 아니었다. 네 모서리에 서 있던 도자기 인형의 표면에 조금씩 금이 가는가 싶더니, 검은색 사기 조각이 들떠 우수수 쏟아져 내리면서 안에 숨겨져 있던 갑옷이 모습을 드러냈다.

맹부요는 순간적으로 할 말을 잃었다.

저주받은 뱀까지는 그렇다 쳐. 저건 또 뭔데? 시귀?

하기야, 곤족은 온갖 주술과 저주에 능한 민족이랬지. 그런 자들이 만든 무덤 안에 정상적인 시체가 있겠냐마는.

여기서 애석한 점을 꼽자면 그녀는 정규 도굴 교육 과정 이수자가 아니고, 그렇기에 시귀라는 걸 직접 보기는 오늘이 처음이며, 저런 존재와 얼굴 맞대고 치고받는 취미는 더더욱이 기르지 않았다는 점이었다. 게다가 그 주위에서는 동네 똥개만 한 덩치의 거무죽죽한 생명체들이 기묘하게 가느다란 사지를 땅에 붙이고서 꿈틀대는 중이었다.

언뜻 사람 이목구비가 보이는 것 같은 시뻘건 얼굴은 쌍두애사보다도 더 위협적이었고, 움직임을 따라 뒤에 남는 검은색 안개에서는 아까 쌍두애사가 뿜던 것과 마찬가지로 요사스러운 기운이 물씬 풍겼다.

또다시 환각이 덮쳐 올까 싶어 맹부요는 걱정이 됐다. 이 상황에서 맑은 정신을 잃는 것은 곧 죽음을 의미했으므로.

그런고로 그녀의 선택은, 삼십육계 줄행랑이었다.

일단 뱀 머리통부터 밟아 짓이기고 냅다 내빼려는데 등 뒤에서 항아리 깨지는 소리가 갑자기 요란하게 들려왔다. 방 안 공기가 급격히 식어 가는 한편, 쌍두애사가 죽었음에도 안개는 점점 더 짙어지고 있었다.

이때 시커먼 괴생명체들이 우르르 바닥을 굴러와 그녀 앞을 막아서더니 '파앗' 하고 뛰어오르며 사지를 활짝 펼쳤다. 그 순간 드러난 놈들의 뱃가죽은 새빨간 색으로, 얼마 전 껍질을 벗겨 구워 먹었던 고슴도치의 생살과 흡사했다.

앞쪽에서는 '고슴도치'가 멀찍이서 맡기에도 역한 비린내를 풍기며 달려들고, 뒤에서는 도자기를 한 꺼풀 벗어 낸 근위병들이 느릿느릿 팔을 들어 올리는 중이었다. 몹시도 경직된 그들의 동작은 검은색 괴생명체의 움직임과 연결되어 있는 듯했다.

근위병 넷이 천천히 펼친 손바닥에는 각기 구슬이 하나씩 놓여 있었다. 병사들은 맹부요의 움직임을 좇아 굼뜨게 '눈길'을 옮기면서 손바닥에 놓인 구슬의 위치를 조정하기 시작했다. 저격수가 조준경을 통해 목표물을 응시하면서 십자 선을 정렬하는 듯한 모습이었다.

더는 도망치려야 도망칠 데가 없었다.

고슴도치들이 움직이면서 뿜어내는 붉은 액체에 주변 기물이 '치익' 하고 타들어 가는 가운데, 놈들은 맹부요를 바닥에 새겨진 진법 한복판으로 몰아넣고 있었다. 게다가 사면에서는 시귀 근위병들이 집요하게 손바닥을 겨누고 있는 상황. 겨냥이 완료되는 순간, 구슬 네 개의 교차점이 곧 그녀의 무덤이 될 터였다.

궁지에 몰린 맹부요가 느닷없이 지면을 박차고 도약했다. 공중에서 몸을 기울여 벽 모퉁이의 산호 나무에서 비스듬히 뻗어 나온 잔가지를 잡아챈 그녀는 철봉 체조를 하듯 포물선을 그리면서 바닥에 쌓여 있던 금은 부장품들을 휩쓸어 걷어찼다.

발에 챈 부장품 일부는 고슴도치 떼를, 다른 일부는 시귀 근위병 넷을 향해 날아갔고, 나머지는 사방으로 흩어져 벽면에 처박혔다. 새빨간 뱃가죽의 괴생명체들이 본능적으로 부장품을 피해 물러섰고, 근위병들도 팔을 움츠리면서 손아귀를 천천히 감아쥐었다.

안도의 한숨을 내쉰 맹부요가 땀으로 축축하게 젖은 등을 벽에 기댔을 때였다.

쿠르릉.

갑자기 등 뒤가 휑해지는 바람에 허리가 뒤쪽으로 홱 꺾인 직후, 비릿한 바람이 그녀의 얼굴을 덮쳐 왔다.

조금 전까지만 해도 저만치 떨어져 있던 고슴도치 모양 생명체들이 어느새 면전까지 돌진해 와 비린내 나는 타액을 그녀의 이마에 떨구기 직전이었다.

제일 가까이 접근한 놈의 길고 시뻘건 발톱과 그녀의 눈꺼풀 사이에 존재하는 간격은 끽해야 종이 한 장이 들어갈 정도.

가슴이 철렁 내려앉았다. 이대로 끝장인 건가.

이때 눈앞의 검은 형체가 갑자기 시야를 길게 휙 가로지르더니, 강철 같은 손마디가 그녀의 어깨를 붙잡아 뒤쪽으로 끌어당겼다. 일순 붕 떴던 발이 다시금 단단한 지면을 디디는 찰나, 맹부요가 반사적으로 칼을 내지르자 상대방이 착 가라앉은 목소리로 말했다.

"나다!"

전북야의 음성이었다.

긴장이 탁 풀린 맹부요가 휘청하는 걸 전북야가 재빨리 부축했다.

"조심해라!"

맹부요는 주위를 돌아볼 생각 같은 건 아예 하지 못한 채, 허겁지겁 그를 붙들고 소리부터 쳤다.

"어디 갔었어요!"

"줄곧 여기 있었다."

전북야가 휘두른 장검이 허공에 번개 줄기 같은 검광을 새겼다.

"너와 같은 일을 겪었지."

맹부요는 그제야 자신이 널방 한구석에 서 있음을 깨달았다. 한 걸음 앞에서 그녀를 보호하고 있는 전북야만이 아니라 기우와 다른 병사들의 모습도 보였다.

반원형 천장도, 사방을 뒤덮은 벽화도, 바닥에 나뒹구는 항아리 파편과 사납게 울부짖으며 달려드는 검은색 괴물도, 언뜻 살피기에는 자신이 내내 있던 장소 그대로였다.

하지만 그녀는 이내 차이점을 찾아냈다. 아까보다 부장품의 숫자가 줄어들었고, 모퉁이마다 서 있던 도자기 병사도 보이지 않았다. 장소가 바뀐 것이다.

잠시 머릿속을 되짚어 보던 그녀가 물었다.

"벽이 뒤집히거나 이동하는 구조였던 거예요?"

"그래."

전북야가 달려드는 검은색 괴물을 향해 칼을 찔러 넣으며 말했다.

"안에 들어서자마자 뿔뿔이 격리당한 거다. 짙은 안개는 벽이 움직이는 걸 숨기기 위한 방책이었지. 방은 총 세 개인 것 같다. 하나는 중앙 널방, 나머지 둘은 곁방. 조금 전 네가 있던 곳은 곁방이고."

소리 없이 괴물의 목을 파고든 맹부요의 칼날이 새빨간 피와 함께 살갗에서 빠져나왔다.

"여기가 중앙 널방인 건 어떻게 알아요?"

전북야가 턱짓을 했다.

"저기."

그가 가리킨 연못 뒤편으로 눈에 띄지 않게 작은 문이 나 있는 게 보였다. 문 위에는 소수 민족 특유의 화풍이 짙게 배어나는 여타 벽화와는 달리 아주 간결한 획과 은은한 색채로만 이루어진 그림이 그려져 있었다.

담청색 장포를 입은 한족 사내가 배 위에 뒷짐을 지고 선 채 바람을 맞으며 저 멀리 하늘과 맞닿은 수평선을 응시하는 모습. 지극히 절제된 붓놀림에도 그림에서는 대양의 탁 트인 광활함과 천상의 선인을 보는 양 신비로운 인물의 풍치가 생생하게 느껴졌다.

맹부요는 그림을 보며 처음 널길 초입에서 느꼈던 이질감을 상기해 냈다. 지금 돌이켜 보니 그때 벽화 제일 아랫부분에서 봤던 것도 바로 저 그림이었다. 화풍이 주변과는 워낙 판이한 탓에 살짝 보고도 이상하다는 느낌을 받았던 것이다.

그림 속 주인공이 바로 이 묘의 주인인 듯했다.

하지만 저 사람은 아무리 봐도 한족인데, 곤족의 조상이 모셔졌어야 할 무덤에 어째서 한족 사내가 잠들어 있는 걸까?

일단 지금은 거기까지 시시콜콜 따지고 있을 시간이 없었다.

맹부요가 물었다.

"저 뒤에 길이 있는 거죠? 어떻게 건너가죠?"

"곤족 고분은 무덤 아래에 또 무덤을 만든 구조로, 산 내부가 백골로 가득 차 있다고 하더군. 그러니 널방 밑에 분명 통로가 있을 거다. 그게 수로일지 마른땅일지는 모르겠지만."

전북야가 지면을 내려다보며 미간을 찌푸렸다.

"문제는 괴물의 수가 너무 많아. 그보다 더 큰 문제는 진법이 발동되기 직전이라는 거고."

맹부요는 뒤늦게야 시커먼 괴물의 사체에서 배어난 피가 지면에 파인 구덩이로 흘러들고 있음을 알아챘다.

구덩이 하나가 메워지면 혈액은 얕게 새겨진 실금을 따라 다음 구덩이로 흘러갔다. 그런 식으로 피가 찰랑찰랑하게 채워진 구덩이가 전체 중 이미 대다수였다.

"악랄하네, 진짜!"

밭은 숨이 절로 들이켜졌다.

이쯤 되면 침입자에게 진퇴양난의 수렁을 맛보여 주겠다고 작정을 한 게 아닌가?

살려면 놈들을 해치우지 않을 수가 없고, 해치우자면 피를 내지 않을 수가 없는데, 피가 나면 진법이 발동된다니. 이러나 저러나 결국은 죽으라는 소리였다.

화형이 돌파구가 될 수도 있겠지만, 박쥐들이 물어 가서 남은 화절자는 나머지 구간에서 조명으로 쓰기만도 빠듯한 수였다. 그걸로 불을 낸다는 건 어림없는 일.

그렇다고 뇌탄을 쓸 수도 없었다. 이 안에서 뇌탄을 터뜨렸다가는 어디 한 군데가 내려앉거나 진법이 발동되고도 남을 테니까.

이 무덤의 주인은 처음부터 끝까지 완벽한 양면 전술을 구사하고 있었다. 곤족 후예에게는 안전한 샛길을 마련해 주는 동시에 침입자에게는 겹겹 관문을 들이미는 것.

여기까지 찾아올 정도 되는 도굴꾼이라면 고분에 관해 아는 게 꽤 많을 테니 척 보기에도 위험할 것 같은 술은 어지간해서야 입에 안 댈 것이다. 하지만 누군가 쓸데없는 배짱을 부리거나 혹은 모종의 돌발 상황에서 술잔을 비워 널방에 진입할 수도 있을 터. 바로 그 경우를 대비해 피의 진법까지 준비해 놓은 것이다.

맹부요가 쓴웃음을 지으며 말했다.

"우리 전부 중원일점홍[13]이었으면 좋았겠어요. 단번에 급소를 뚫어서 피는 딱 한 방울씩만 보고 끝내게."

---

13  中原一點紅. 고룡의 무협소설 《초류향楚留香》 시리즈에 등장하는 인물.

"소용없다."

괴물을 베는 전북야의 동작에서 주저하는 기색은 찾아볼 수 없었다.

"피를 빵빵하게 채워 놓은 물주머니 같은 놈들이야. 어딜 찔러도 핏물이 콸콸 쏟아지지. 찌르라고 만들어 놓은 거다."

"그런데 여기는 왜 검은 안개가 없죠?"

문득 이상한 점을 발견한 맹부요가 물었다.

"저놈들 원래 안개를 몰고 다니잖아요."

"기우가 남은 대모갑 반쪽을 부숴서 방 안에 뿌렸다."

전북야가 대꾸했다.

"보통 대모갑이 아니라더군. 부풍국 악해 나찰도 깊은 바다에서 얻은 물건이라 귀하기도 귀할뿐더러 벽사 효과도 대단하다던데, 아깝게 됐지."

"내가 보상해요."

맹부요가 즉답했다.

"나중에 요신을 시켜서 찾아보게 할게요."

전북야는 아무 말 없이 검을 휘둘러 단번에 괴물 두 마리를 처치했다. 바닥에 팬 구덩이가 전부 채워지기 직전이었다.

마치 살아 있는 양 꿈틀거리는 혈액의 거무스름한 광택을 쳐다보던 그가 말했다.

"부요, 내가 널 안고 진법을 뛰어넘는 편이 빠르……."

"어림없어요!"

맹부요가 말을 잘랐다.

"지금 나 바보 취급해요? 뛰어넘을 수 있는 거였으면 진작 넘어갔겠지. 안고 간다는 말인즉슨 본인이 화살받이가 되겠다는 거잖아요. 당신을 송장 만들고 내 목숨이나 연명하라고요? 됐거든요!"

전북야의 미간에 주름이 잡혔다.

"무슨 놈의 의심이 그렇게 많아?"

픽 코웃음을 흘린 맹부요가 한마디 받아치려는데 문득 뒤쪽에서 신음성이 들려오더니, 흑풍기 병사들이 기겁을 하는 소리가 이어졌다. 맹부요와 전북야가 동시에 고개를 돌렸다.

어지간한 일로는 호들갑을 떨 사람들이 아니거늘, 대체?

등 뒤에서 벌어지고 있던 광경이 눈에 들어온 순간, 둘은 그대로 굳어 버리고 말았다.

흑풍기 대오 정중앙, 기우의 바로 옆에서 병사 하나가 몸을 잔뜩 웅크리고 고통에 찬 신음을 흘리고 있었다.

그의 몸이 점점 둥그렇게 말려 가더니, 머리가 발과 맞붙을 정도가 되고서도 계속해서 수축했다. 그사이 머리카락이 뭉텅이로 빠지고 옷이 부분 부분 뜯겨 나가 검은색 천으로 만든 나비처럼 주변에 흩날렸다. 이어서 바깥으로 노출된 피부에 쩍쩍 금이 가더니, 살갗이 터지면서 새빨간 속살이 드러나 보였다.

팔다리는 서서히 오그라들던 끝에 아주 가느다란 동물의 다리처럼 변하면서 핏기를 잃고 창백해졌다. 반대로 복부는 새빨갛게 충혈되었다. 사지에 돌던 혈액이 모조리 배 쪽으로 몰리는 듯했다. 뒤틀린 이목구비에서는 피가 배어나 얼굴 전체를 벌겋게 물들였다가 곧바로 시커멓게 덩어리져 굳기 시작했다.

일그러진 그의 얼굴 위로 불빛이 일렁였다. 벽화 속의 악귀가 밖으로 걸어 나온 양 흉측한 모습이었다.

바로 곁에 서 있던 탓에 그 모습을 코앞에서 생생히 본 다른 병사가 일순간 소스라쳐 손에 들고 있던 화절자를 떨군 걸 전북야가 날렵하게 팔을 뻗어 낚아챘다.

맹부요는 고통스럽게 경련하는 병사의 둥그렇게 말린 몸통과 가느다란 팔다리를 보며 섬뜩한 한기에 휩싸였다. 그녀는 멍하니 검은색 외피에 새빨간 복부를 가진 괴물들을 바라보았다.

설마……. 설마…….

"노덕老德, 노덕!"

기우가 한쪽밖에 남지 않은 팔로 병사를 일으켜 세우려 했다.

"노덕!"

"손대지 마!"

소리를 지른 사람은 전북야였다. 지금 이 순간, 그의 표정은 바닥에서 경련하는 병사만큼이나 고통스럽게 일그러져 있었다.

"독에 당했다."

독…….

병사를 유심히 살펴보던 맹부요는 그가 바로 일행 중에 유일하게 술을 거부했던 인물임을 깨달았다. 지난 과오를 뉘우치고자, 죽은 아내에게 한 맹세를 지키고자, 끝까지 술을 입에 대지 않았던 대가로 일행 중 그 혼자만 독에 당하고 만 것이다.

가슴속에서부터 스멀스멀 소름이 끼쳤다.

148

운명이란 이런 것이던가? 이런 것이 업보란 말인가?

그는 진심으로 속죄하고 있었다. 그런 사람에게 준비된 결말이 이리도 잔혹하다니.

일행 모두가 한자리에 못 박힌 채로 병사의 고통스러운 몸부림을, 그가 서서히 괴물로 변해 가는 과정을 지켜보고 있었다.

저 괴물들도 본디…… 인간이었던 것이다.

늘 함께 지내던 동료가 괴물 무리의 일원으로 화해 이 기괴하고도 음산한 장소에 영원히 묶여 버린 현실 앞에서는, 줄곧 흔들림을 모르던 흑풍기마저 무너지고 말았다.

병사 한 명이 돌연 뒤돌아서더니 양팔을 '쿵' 하고 벽면에 던지면서 그 위에 얼굴을 묻었다. 곧이어 그의 팔 사이에서 억눌린 울음소리가 새어 나왔다.

허허로운 널방 안에 메아리치는 흐느낌은 처량하고, 쓰라리고, 비통했다. 그 안에 담긴 것은 잔인한 운명에 대한 분노와 아무것도 할 수 없다는 절망감이었다.

그 순간에도 너울대는 불빛에 비친 저 앞쪽 벽화 속에서는 뱃머리에 초연하게 서서 머나먼 하늘가에 눈을 고정한 사내가 영원을 향한 항해를 계속하고 있었다.

어느덧 완전히 다른 모습으로 변해 버린 동료를 보며, 기우가 멍하니 중얼거렸다.

"억지로라도 마시게 할 것을……."

그가 미처 말을 맺기도 전이었다. 죽기 살기로 몸부림치던 병사가 돌연 날카로운 울부짖음과 함께 튀어 올라 괴물 무리 한복판으로 굴러 들어가는 게 아닌가.

일행은 얼어붙었다. 다 똑같이 시커먼 덩어리, 다 똑같이 가느다란 사지, 다 똑같이 새빨간 복부. 대체 저 중에 누가 자신들의 동료인지 더는 구분할 수가 없었다.

이제 어찌 칼을 쓴단 말인가? 당장 내가 휘두른 칼이 그간 산전수전을 함께 헤쳐 온 전우의 배에 꽂힐 수도 있거늘!

반대로 괴물들은 자기 진영에 한 '사람'이 더 늘었다는 사실이 몹시도 기쁜 양 환호성을 터뜨리더니, 공격을 멈추고 새 동족 주변으로 몰려들었다. 오랜 세월 산맥의 지하에만 갇혀 지내느라 새로운 자극에 목말랐던 자들이 지금 흥분을 주체 못 하고 있었다.

한편, 괴물 무리 한복판에 섞여 든 병사는 이내 앞쪽으로 몸을 데구루루 굴러 맞은편 벽면까지 가 닿았다. 둥그렇게 말린 품 안에 원형의 검은색 물체를 단단히 끌어안고서.

병사는 몇 번이고 벽을 향해 온몸을 던졌다. 하지만 신체 변화에 따른 끔찍한 고통이 그에게서 힘을 앗아 가 벽은 좀처럼 꿈쩍하지 않았다. 그러자 새로이 연을 맺은 '동료들'이 신나게 달려와 벽 밀기에 동참하기 시작했다.

일행이 어리둥절한 표정으로 굳어 서서 그가 하는 양을 쳐다보고 있던 그때, '쿠르릉' 소리가 나면서 벽면이 회전했다. 얼핏 건너편 곁방의 정경이 스쳐 지나갔다. 그 모습을 본 괴물 무리가 무의식적으로 우르르 곁방을 향해 몰려갔다.

무리 중 가장 마지막에 저쪽 방으로 건너간 것은 괴물이 된 흑풍기 병사였다. 벽이 다시금 맞물리기 직전, 무리에 둘러싸인 그가 뒤를 돌아봤다. 이미 인간이라고 말하기는 힘든 얼굴에서 유일하게 산 자의 기운이 남아 있는 부분은 눈동자뿐이었다. 그 눈 안에서는 이별의 서러움과 쓸쓸함……, 그리고 굳은 결의가 반짝이고 있었다.

마침내 벽이 맞물리면서 그의 모습이 시야에서 사라졌다.

일행은 벽에서 눈을 떼지 못했다. 병사의 마지막 눈빛이 계속해서 머릿속을 맴돌았다.

기골이 장대했던 사내, 한 끼에 고기를 세 근씩 뜯고 한칼에 적의 목을 셋씩 날렸던, 누구보다 용맹하게 전장을 누비던 사내대장부였다. 그가 광활한 갈아사막을 주름잡던 흑풍기로서의 신분만이 아니라 평범한 인간으로서의 자신마저 잃고서, 동료, 친구, 가족, 땅 위의 햇빛, 만개한 꽃송이, 신선한 공기, 흐르는 물에까지 작별을 고하고야 말았다.

이제 그는 흉측하게 쪼그라든 괴물로서 혐오와 살의의 대상들과 한 무리가 되어 이 음침하고 더러운, 벗어날 길 따위는 영영 없는 지하 묘지에 갇힌 채 언제까지고 목숨을 이어 가야만 하는 것이다. 이대로…… 쭉.

그건…… 너무 잔인하지 않은가.

숨소리 하나 내지 않고 굳은 모두의 마음속에 같은 생각이 스쳤다.

차라리 죽음이 나았을지도…….

콰광!

묵직한 폭발음과 함께 널방 전체가 흔들리면서 일행이 한꺼번에 휘청했다. 모두의 얼굴에서 핏기가 싹 가시는 사이, 전북야만은 침중하게 눈을 감았다.

이때 작게 '철컥' 하는 소리에 뒤를 돌아본 맹부요가 외쳤다.

"제길!"

동료가 변해 가는 모습을 지켜보며 일행이 충격에 휩싸인 사이, 바닥에 파인 구덩이가 어느새 다 메워져 있었다. 노덕을 잃은 사실이 너무나도 고통스러운 나머지, 그의 몸에서 줄줄 쏟아져 나와 구덩이로 흘러들던 그것 또한 피라는 사실을 잊었던 것이다.

아까까지 일행은 오로지 괴물 무리에게만 온 신경을 집중해 노덕 역시 그 순간 이미 괴물들과 같은 존재로 거듭났음을, 그의 피 역시 기묘한 구덩이를 채우기에 더할 나위 없이 완벽한 제물이라는 현실을 애써 회피하고자 했다.

그 결과, 피의 진법이 완성되었다.

전북야가 맹부요를 향해 팔을 뻗은 찰나였다. 굉음과 동시에 바닥이 내려앉으면서 연못이 있던 자리에 사람의 허리둘레만 한 구멍이 뚫리더니 엄청난 양의 물이 뿜어져 나왔다. 항아리 굵기의 물기둥은 무서운 기세로 천장을 치받고는 마치 거대한 용이 실내를 휩쓸듯 사방을 향해 뻗쳐 나갔다.

눈 깜짝할 사이에 방 안 공간 절반에 물이 들어찼다. 일행이 뿔뿔이 물살에 휩쓸려 가는 와중에 수면 아래에서는 계속해서 '파앗, 파앗' 하는 소리가 나고 있었다. 진법이 발동되면서 지면에서 화살이 올라오는 소리였다.

얼마 안 가 누군가 신음을 흘리더니 물속에 선홍빛이 번져 나갔다. 맹부요를 단단히 품에 끌어안은 전북야가 소리쳤다.

"구궁진九宮陣이다! 내가 가르쳐 준 구궁보법에 따라 뒷방[14] 문 쪽으로 헤엄쳐!"

뒷방 쪽은 지대가 높은 편이었고, 무엇보다 출구가 있다면 그쪽일 가능성이 컸다. 하지만 물속에서 다른 사람을 안은 채 로 정교한 보법에 따라 움직이는 게 쉬울 리가.

맹부요가 바둥거리며 말했다.

"놔줘요, 구궁보법을 아니까 나는 내가 건사할게요."

그러나 전북야는 그녀를 놔주기는커녕 팔에 더 힘을 실었다.

"부요, 물살이 너무 세다. 나한테서 한참 멀리 떠내려갈 수 도 있어."

이어서 그가 목청 높여 외쳤다.

"아해阿海, 수영은 네가 제일 능숙하니 기 통령을 챙겨라!"

"예!"

전북야는 맹부요를 안고서 누구보다 먼저 물살을 헤치고 앞 으로 나아가는 한편, 아래에서 솟구쳐 올라오는 화살을 피하는 데도 정신을 집중했다.

한 사람의 체중을 더 감당하면서 물살과 역방향으로 헤엄쳐 야 하는 상황이었다. 그 상태로 물속에서 연신 방향까지 바꾸

---

14 후실. 널방 입구의 반대편에 위치한 방을 이른다.

는 건 살인적인 난이도인 데다가 극도의 체력 소모 역시 요하는 일이었다. 하물며 전북야는 앞서 널길에서 석재를 떠받쳐 올리느라 내상까지 입은 몸이었다.

절반쯤이나 갔을까, 그의 얼굴은 이미 사색이었고 이마에서는 땀방울인지 물방울인지 모를 것이 반짝이고 있었다.

그럼에도 전북야는 조금도 속도를 줄이지 않았다. 목적지 근처까지 왔을 때 딱 한 번 움찔하며 몸을 굳힌 게 전부였다.

그가 아무렇지 않은 양 다시금 앞으로 나아가는 사이, 아래를 내려다본 맹부요가 물속에서 빨간 비단 끈 같은 핏물이 너울대고 있는 걸 발견했다.

"다쳤잖아요! 이거 놔요!"

"조용히 있어!"

전북야가 지면을 박차면서 앞쪽으로 몸을 날렸다. 상처에서 선혈이 울컥 쏟아지는 것과 동시에, 그가 가까스로 뒷방 문을 붙잡았다.

바짝 긴장해 뒤를 돌아본 맹부요의 눈에 상처를 달고 헤엄쳐 오는 병사들의 모습이 들어왔다. 제일 뒤로 처진 것은 기우를 등에 업은 아해라는 병사였다.

얼굴에 피가 시뻘겋게 몰린 채로 힘겹게 걸음을 내딛는 그의 뒤에서 기우가 소리쳤다.

"내려놔라! 난 이미 못쓰게 된 몸이야! 너까지 잘못되게 둘 수는 없어!"

그 모습을 본 전북야가 재빨리 허리띠를 풀어 양 끝을 맹부요와 자신의 손목에 각각 묶고는 다급하게 말했다.

"내가 데려오겠다."

기우 쪽으로 가기 전 그는 맹부요를 들어 올려 그녀가 문 상단부에 매달릴 수 있게 해 주는 걸 잊지 않았다. 그 덕분에 가슴까지 차오른 물살로부터 안전해진 그녀는 문 위쪽에서 작은 구멍을 발견했다.

아마 저 안에 개폐 장치가 있을 터. 맹부요는 서슴없이 안쪽으로 손을 집어넣었다.

그런데 안으로 뻗은 손에 닿은 것은 문을 고정해 둔 장치도, 그렇다고 텅 빈 공간도 아니었다. 서늘하고 얄팍한 비단을 만지는 듯한 촉감에서 어렴풋이 '사람'이라는 느낌이 왔다.

아까 곁방에서 전북야인 줄 알고 붙잡았던 바로 그 존재!

순간, 그 존재가 내쉰 숨결이 손등에 닿았다. 아주 미약한 감각이었지만 즉각 온몸의 솜털이 쭈뼛 곤두서는 게 느껴졌다.

가슴이 덜컥 내려앉았다. 눈앞이 캄캄했다. 맹부요는 속으로 '끝장이구나'! 하고 외쳤다.

일행 중에 좁디좁은 개폐 장치 사이로 손을 집어넣을 수 있는 사람은 그녀뿐이었다. 이대로 손목이라도 잘렸다가는 전원이 이 안에서 죽을 판국이었다. 여기까지 생각이 미치자 그야말로 하늘이 무너지는 것 같았다.

맹부요가 그 무너진 하늘 사이에서 끄집어낸 것은 분노였다.

그간 얼마나 많은 고초를 겪고, 얼마나 많은 사람이 죽었는데, 탈출을 코앞에 두고 이딴 꼴을 당하게 하다니. 아무리 하늘이라지만 해도 너무 하는 거 아닌가!

맹부요는 이를 악물었다. 끓어오르는 분노 탓에 이제 뵈는 게 없었다. 손목이고 뭐고, 그녀는 구멍 속을 향해 주먹을 날렸다.

시귀인지, 귀신인지, 뭐 하러 얼쩡대는 놈인지는 몰라도 넌 오늘 내 손에 죽었다. 네놈이 움직이기 전에 내가 먼저 곤죽으로 만들어 주마!

그러나 바람을 가르며 뻗어 나간 주먹은 허공에 꽂혔다. 그 '존재' 자체도, 희미한 호흡도, 눈 깜짝할 사이에 사라지고 그녀의 주먹에 걸린 것은 텅 빈 어둠뿐이었다.

맹부요로서는 반가운 일이었다. 그녀는 깊게 생각할 것도 없이 빗장부터 더듬기 시작했다. 잠시 후, '철컹' 소리와 함께 잠금장치가 풀렸다.

잠금장치는 풀었으나 이번에는 손이 빠지질 않았다. 구멍 입구가 너무 좁은 탓이었다. 그녀는 억지로 팔을 비틀어 당겨 묘 주인에게 큼지막한 살점 한 덩어리를 남겨 줬다.

홧홧한 팔꿈치 따위가 뭐 대수랴.

신이 나서 뒤쪽에 있는 일행을 향해 고개를 돌린 맹부요는 다음 순간 소스라치고 말았다. 급격히 불어난 물이 목까지 찬 상황에서 기우를 업고 연못에 뚫린 수구 옆을 지나오던 아해가 모종의 힘에 붙들려 수면 아래로 첨벙 가라앉은 것이다.

몸이 완전히 물 밑으로 처박히기 직전, 마침 자기를 향해 헤엄쳐 오는 전북야를 본 그가 마지막 힘을 다해 기우를 그쪽으로 내던졌다.

전북야는 기우를 받아 내자마자 팔을 뻗어 아해까지 붙잡으려 했으나, 아해는 그새 수구 안쪽에서 그를 빨아당기는 정체불명의 힘에 끌려 내려간 뒤였다.

아해의 건장한 덩치에 수구가 꽉 틀어막혔다. 거세게 뿜어져 나오던 물줄기도 멈추었다. 거의 머리 꼭대기까지 차올랐던 물이 더 이상 불어나지 않았다.

전북야가 그를 끌어 올리려 손을 내밀던 때였다. 순간적으로 펄떡 경련을 일으키며 고개를 뒤로 젖힌 그가 이내 묘한 미소를 지어 보였다. 고통스러운 것 같기도, 안심하는 것 같기도 한.

물결 너머에서 아른거리는 그 미소에 전북야가 움찔하는 사이, 손을 휘휘 내저은 아해가 수구의 가장자리를 양손으로 꽉 붙들었다. 자기가 구멍을 막고 있을 테니 수위가 안정된 틈에 뒷방으로 이동하라는 뜻이었다.

하지만 일행이 어찌 그를 포기할 수 있으랴.

열린 문 틈에 손을 올린 맹부요가 빠르게 말했다.

"허리띠를 풀어서 저 친구 몸통에 묶고 다들 문가로 모여요. 내가 하나, 둘, 셋 하면 다 같이 저쪽 방으로 넘어가면서 그 힘으로 아해도 끌고 가는 거예요."

즉시 허리띠를 푼 병사 하나가 물속으로 들어가 아해의 몸통에 띠를 묶었다. 아해의 얼굴에 예의 기묘한 미소가 다시금 떠올랐다.

수면 아래를 내려다보던 맹부요는 조금 전까지만 해도 시체처럼 창백하던 그의 얼굴이 갑자기 시뻘겋게 달아오르자 잠수

시간이 너무 길어졌다고 판단해, 나머지 일행이 모두 옆에 모인 걸 확인하기 무섭게 큰 소리로 구호를 외쳤다.

"셋!"

있는 힘껏 문을 밀어젖히자 '쿵' 하는 소리와 함께 드디어 뒷방이 열렸다.

거센 물결이 당장에 일행을 휩쓸어 방 안으로 패대기쳤다. 어지러운 물보라 속에서 하얀 물체가 언뜻 시야를 가로질러 갔다. 전북야의 품에 안긴 맹부요가 물에 치여 욱신거리는 눈으로 어렴풋이 보기에, 뒷방 안에는 예상과 달리 관이 없었다.

대신 물결을 따라 떠다니고 있는 것은 푸른 장포와 흰색 외투 차림으로 긴 머리를 풀어 헤친 남자의 형상이었다. 단정히 앉은 자세인 그의 주위로는 명주 끈이 마치 물속이 아닌 하늘에 휘날리는 양 너울거리고 있었다.

하지만 그것은 찰나에 스쳐 간 풍경이었을 뿐이었다.

그녀와 전북야는 곧바로 물살에 휘말려 벽으로 돌진했다. 벽면에는 수압이 뚫어 놓은 구멍이 있었고, 그곳을 통과한 일행은 떠밀리고, 빙빙 돌고, 맞부닥치며 아래쪽으로 떨어져 내렸다. 바람이 찢기는 듯한 소리를 배경으로 풍경이 어지럽게 회전했다.

일행을 받아 낸 것은 폭포같이 거친 강이었다. 시간의 흐름만큼이나 격렬한 질주 본능을 지닌 물살이 무성한 수풀을, 지하 종유동을, 새카만 절벽을, 셀 수 없이 많은 시체가 묻힌 순장 갱을 빠르게 지나쳤다.

물기슭에서는 빽빽하게 정좌한 백골들이 검게 뻥 뚫린 눈으로, 그간 누구의 발길도 허락된 적 없는 곤족의 성지를 처음으로 침범한 자들을 응시하고 있었다.

강가의 모래와 자갈 사이로 뼛조각들이 희끗희끗 드러나 보이는 가운데, 해골 몇 개는 냉소를 머금은 듯한 표정으로 하늘을 올려다보며 생명과 희생에 관한 역사 공통의 명제를 되씹는 중이었다.

백골의 숲은 강기슭을 따라 수 리를 내리 이어졌으나, 아찔한 회전을 반복하며 빠르게 이동 중인 맹부요의 시야에 잡힌 그들은 뇌리를 휙휙 관통해 멀어지는 백색 선에 지나지 않았다. 다만 공기 중에 무겁게 가라앉아 있는 죽음의 역한 냄새는 그녀에게도 똑똑히 느껴졌다.

산맥 한복판을 흐르는 강줄기는 이곳에서 수천 수백 년을 부유했을 불멸의 혼령들로 뒤덮여 있었다.

맹부요는 내내 전북야의 품에 깊숙이 안긴 채였다. 그는 그녀의 머리를 손으로 감싸 자기 가슴 쪽으로 누르고서 돌멩이, 물살, 뼛조각을 온몸으로 막아 주고 있었다.

거대한 강줄기의 수세에 휩쓸려 속절없이 꺾이고, 구르고, 내동댕이쳐지면서도, 그는 신기에 가까운 재간으로 시종일관 맹부요를 자기 가슴 위에 올려놓은 자세를 유지했다. 그 덕분에 그녀와 그녀 품속의 원보 대인은 급류에 떠밀려 내려오면서도 물을 거의 먹지 않았다.

가까스로 물살이 느려졌음을 깨달은 건 강가 바위에 부딪히고 나서였다. 고개를 들자 저만치 사선 위쪽에 있는 절벽 사이로 길게 난 틈이 보였다.

전북야의 품에서 바둥바둥 빠져나온 맹부요가 얼른 팔을 뻗어 그를 부축했다. 온몸이 상처투성이인 전북야는 드디어 출구를 찾아냈다는 사실에 긴장이 풀려 그대로 혼절하기 일보 직전이었다.

두 사람이 비틀거리며 바위 위로 올라서자 나머지 일행들도 차례로 떠내려오는 게 보였다. 나지막이 숨을 헐떡이던 전북야의 얼굴에 마침내 안도의 미소가 어렸다.

병사들을 하나하나 붙잡아 끌어 올린 그가 절벽 틈을 가리키며 말했다.

"우리가 해냈다."

모두가 바위에 엎어져 가쁜 숨을 내쉬며 살아남았다는 기쁨을 만끽하던 때였다. '첨벙' 소리와 함께 마지막 사람이 물살을 타고 내려와 바위에 매달렸다. 줄곧 아해를 챙기던 병사였다.

물살에 휘말려 엎치고 뒤쳐지는 와중에도 끝까지 손에서 허리띠를 놓지 않았던 그가 들뜬 소리로 외쳤다.

"아해도 데리고 나왔습니다!"

병사가 활짝 웃는 얼굴로 아해 쪽을 돌아봤다.

"체격 좋아 보이더니만 너 이 자식, 의외로 가볍……."

뒷말은 목구멍에 걸려 나오지 못했다. 병사 한 사람만이 아니라 배시시 입꼬리가 풀리던 모두의 얼굴이 급작스럽게 얼어붙었다.

허리띠 끝에 매달린 아해는 반 토막짜리였다. 허리께에서 잘린 단면은 물에 퉁퉁 불어 허옇게 너덜거리고 있었고, 상반신만 남은 그는 사람이라기보다는 석고상 같은 모습이었다.

맹부요는 질끈 눈을 감았다.

아마도 아해는…… 그 방 안에서부터 이미 죽은 사람이었으리라.

수구로 빨려 들어가는 순간, 안에 있던 모종의 존재가 그의 하반신을 물어뜯었던 것이다. 그럼에도 그는 기우를 내던졌고, 고통을 숨긴 채 절반만 남은 몸뚱이로 수구를 틀어막았다. 동료들에게 탈출할 시간을 벌어 주고자.

수면 아래에서 아른거리던 그의 미소는 죽은 자의 미소였다.

그런 줄도 모르고 살아남은 이들은 전우의 생명을 놓치지 않겠답시고 그저 허리띠만 손에 꽉 틀어잡고서 그 감촉에 안심했다. 그러고는 마지막에 이르러서야 그 끝에 매달려 있던 것이 영혼이 빠져나간 껍데기에 불과했음을 깨달았다.

흠뻑 젖은 몰골로 강가에 앉아 시신을 멍하니 쳐다보고 있는 기우의 얼굴에는 아무런 표정이 없었다. 바위 표면을 깊숙이 파고든 전북야의 손가락 아래에서는 피가 배어나고 있었다.

홀연 누군가의 당혹한 외침이 울렸다.

"소라小羅는?"

흠칫 고개를 든 전북야가 뒤늦게야 한 명이 빈다는 걸 알아차렸다.

이때 낯빛이 누리끼리한 병사 하나가 덜덜 떨리는 목소리로 말했다.

"원래는 제 옆에 있었습니다. 둘 다 화살을 한 발씩 맞은 상태였는데, 수영이라면 자신 있다고 계속 제 뒤를 봐 주다가 뒷방 문 앞에서도 진로가 겹치니까 저를 먼저 보내 주었습니다. 나중에 문이 닫히는 소리만 들었지, 그 뒤로 무슨 일이 있었는지는……."

그 뒤에 벌어졌을 일은 영영 수수께끼로 남아 버렸다.

수구 안에서 아해의 하반신을 물어뜯었던 정체불명의 무언가, 혹은 조금도 부패하지 않은 모습으로 옷자락을 너울거리며 무덤 안을 떠돌던 널방의 주인. 양쪽 모두 탈출에 실패한 소라의 목숨을 거두기에 충분한 존재들이었다.

전북야는 백골이 섞인 자갈밭에 앉아 말이 없었다. 그의 등은 언제나처럼 꼿꼿했지만, 물기 젖은 미간은 어둡게 가라앉아 있었다. 그가 입을 연 건 한참이 지나서였다.

"여기서 반나절 대기한다."

절벽 틈으로 어스름하게 비쳐 든 황혼이 좁은 골짜기 안쪽, 살아남은 자와 죽은 자가 드문드문 흩어져 있는 공간을 밝혔다. 자갈에 섞인 인골이 석양 아래에서 희미하게 빛나기를 잠시, 점차 약해지던 그 빛은 얼마 못 가 달과 별이 발하는 광채에 자리를 내주었다.

갈고리 같은 달이 벼랑 틈새 정중앙에 걸렸을 즈음, 숙연한 적막 속에서 몸을 일으킨 전북야가 차분히 말했다.

"가자."

이에 묵묵히 자리에서 일어선 일행이 그를 따라 소슬한 달빛을 밟으며, 한 걸음 한 걸음 절벽을 타고 올랐다.

키 큰 풀이 우거진 절벽은 광활한 산맥과 연결되어 있었고, 산 아래를 향해 구불구불 뻗은 길의 끝에는 평원이, 그 평원 위에는 웅장한 성이 우뚝 서 있었다.

절벽 꼭대기에 선 전북야의 검은색 장포가 바람을 타고 펄럭였다. 웅대하게 치솟은 성채와 날아다니는 새들조차 감히 넘지 못할 만큼 높고도 두꺼운 성벽, 성안에서 별처럼 평화로이 깜빡거리는 불빛들 사이로 그 어디보다도 더 찬란한 광채가 집중된 한 지점. 그곳을 응시하는 그의 눈동자에 날 선 냉기가 스쳤다.

뒤로 돌아선 전북야가 아해의 무덤과 그 앞에 무릎을 꿇고 앉아 있는 흑풍기 셋을 쳐다봤다. 열한 명 중 생존자는 셋. 둘은 부상을 당했고, 하나는 불구가 됐다.

거칠게 포효하며 내달려 온 바람이 온몸으로 바위를 들이받았다. 그 충격으로라도 피로 물든 울분을 털어 내려는 것처럼.

무덤 주위는 고요했고 위에 덮인 황토는 가지런했다. 제일 가까이에 꿇어앉아 흙 속에 섞인 굵은 모래와 자갈을 하나하나 골라내고 있던 기우가 나지막한 곡조를 읊조리기 시작했다.

"검은 산맥 가없는데, 폭풍과 우레 몰아치누나, 그곳에서 돌아오라, 애달픈 나의 형제여."

"돌아오라, 애달픈 나의 형제여."

나머지 병사들의 입에서도 같은 곡조가 흘러나왔고, 그렇게 무덤 위를 선회하던 묵중한 노랫소리는 이내 벼랑 꼭대기 밤바람 사이로 섞여 들었다.

이로써 장한산맥 서자애西子崖 꼭대기에는 먼저 떠난 이에게 바치는 장송곡이 영원토록 남아 하루 또 하루 바람결에 나부끼게 되었다. 한 시대를 통틀어 가장 은밀하고도 비장했던 탈출극을 기억하며.

전북야의 눈이 마지막으로 향한 곳은 저만치 떨어져 그를 바라보고 있는 맹부요의 얼굴이었다. 눈물이 그득 차오른 소녀의 눈, 별빛보다도 찬란한 그 반짝임이 전북야의 가슴속에서 타오르고 있던 불길 위로 쏟아져 내렸다.

맹렬한 화염이 그의 의지와 영혼을 모조리 잠식하려는 찰나, 그는 온몸의 피가 들끓으며 내지르는 포효를 두 귀로 똑똑히 들을 수 있었다.

밤의 어둠과도 같이 새카만 눈빛으로 사해팔황과 온 우주를 집어삼킨 사내가 맹부요를 바라보며, 느릿하게 입을 열었다.

"부요."

"네."

"기다려 다오. 내 너에게 천살의 멸망을 보여 줄 터이니."

천살국 천추千秋 7년 봄.

열왕 전북야가 장한산맥 평곡봉平谷峰에서 매복을 만났으니, 그가 적군을 피해 몸을 숨긴 장소는 지금껏 그 누구도 무사히 탈출한 전례가 없기에 속칭 '죽음의 숲'이라 불리는 장한밀림이었다.

이에 바깥세상에서는 열왕의 죽음을 확신했으나, 놀랍게도 그는 수일 후 장한산맥 서편에 홀연 모습을 드러냈다. 광활한 산맥을 고작 사흘 밤낮 만에 가로지른 것이다.

그가 대체 무슨 수로 죽음의 숲을 빠져나왔는지 아는 사람은 없었다. 열왕 본인이 평생 그 일에 대해서는 입을 열지 않았으므로.

한편, 천살국은 이 사건으로 말미암아 새로운 시대를 맞이하게 되었다. 바야흐로 대륙 최강의 남녀들이 7국 간의 풍운이 휘몰아치는 무대에 올라 화려한 전설을 써 내려갈 때가 당도하였음이라.

당시 천살 열왕이 처했던 상황에 관해 역사서에 남겨진 기술은 지극히 간략했다.

천추 7년 봄, 산에 들어간 왕이 사흘 뒤에 모습을 드러냈다.

이토록 짧은 문장으로 압축된 여정이 얼마나 피눈물 나는 고초로 점철되어 있었으며, 그 속에 얼마나 많은 위기와 공포가 도사리고 있었는지 아는 이는 없었다.

물론, 언뜻 무미건조한 표면 아래 사무치는 쓰라림을 품은 그 한 문장의 여정 내내 열왕의 곁에는 한 소녀의 그림자가 함께했음을 아는 이 역시 전무하기는 마찬가지였다.

비밀스럽게 꿈틀대던 음모와 곧 빛바랜 종잇장처럼 구겨질 천살의 미래를 짓밟으며, 역사의 거대한 수레바퀴는 느릿느릿 제 궤도를 따라 굴러가고 있었다.

천추 7년, 천살.

과연 그 천추千秋는 누구의 세월일 것인가.

# 3부
## 천살의 패왕

# 연꽃 두 송이가 함께하다

공평무사한 시간의 흐름에는 국경의 제약이랄 것이 없는 법이었다. 천살국 천추 7년의 늦봄은 정녕 16년을 맞은 무극국에서도 늦봄이었다.

봄은 다 같은 봄이건만, 이 해 늦봄 누군가는 장한산맥 한복판에 갇혀 온갖 괴물이며 시귀와 사투를 벌이면서 몇 번이고 사선을 넘나들었는가 하면, 다른 누군가는 호수에 놀잇배를 띄워놓고 미인과 마주 앉아 차를 홀짝이며 경치를 감상하고 있었다.

비췻빛 수면 위, 겹겹 견사 휘장이 너울대는 배 안에서는 앳된 미모의 궁인들이 저마다 악기를 들고 청아한 가락을 뽑아내는 중이었다. 백옥 찻잔에 감도는 은은한 향기, 그리고 호수를 아스라이 감싼 안개와 썩 훌륭한 조화를 이루는 음색이었다.

물결에 부서지는 햇살이 배에 앉은 이의 얼굴에도 아른대고 있었다. 은실로 용 문양이 수놓인 연보라색 소맷자락이 화류목 탁자를 스쳐 지나가며 찻주전자를 가벼이 들어 올렸다. 찻주전자가 곧 잔을 채웠다. 손잡이를 감아쥔 손가락이 길고도 미끈했다.

"무극국 상산霜山에서만 나는 상엽차霜葉茶입니다. 절벽에서 채취하는 상엽차 찻잎은 서리를 맞아도 녹색이 변치 않으며, 물에 넣어도 가라앉지 않습니다. 민산珉山 옥호玉湖의 물로 세 번을 우려내야만 비로소 그 맑음과 그윽함, 진하고도 순수한 풍미를 오롯이 느낄 수가 있는바……. 공주께서도 음미해 보시지요."

백옥 잔을 푸르르게 채운 물빛에 차를 권하는 이의 흠 잡을 데 없이 완벽한 미소가 어렸다. 느긋한 자세로 자리에 기대앉은 그가 찻잔을 살짝 밀어 놓자, 한쪽에서 기다리던 시동이 무릎을 꿇고서 잔을 받쳐 들었다. 그대로 몇 걸음 거리를 옮겨 간 시동은 주빈으로부터 반 척 떨어진 지점에 정확히 멈춘 뒤 찻잔을 머리 위로 높이 들어 바쳤다.

극진한 존숭, 황가의 격식이었다.

왼편 주빈석에서 찻잔을 받아 든 이 역시 앞선 남자와 마찬가지로 정갈하게 관리된 섬섬옥수를 가지고 있었다. 입가를 소매로 가리고서 차를 한 모금 넘긴 그녀가 찻잔을 내려놓으며 살포시 미소 지었다.

"과연 훌륭하군요. 부드럽고도 절묘한 향미 하며, 길게 감도는 여운 하며, 이 덕분에 다도의 정수를 맛보았습니다. 수행자

신분이 아니었더라면 혀끝에 남는 이 즐거움에서 헤어나지 못했을지도요."

고운 눈길이 상석에 잠시 머물렀다. 웃음기를 머금은 눈동자 밑바닥에 일찰나 실망감이 드러났으나, 그 감정은 이내 흔적도 없이 지워졌다. 단아하게 정좌한 불련 공주의 자태는 한 송이 연꽃 그 자체였다.

"무극국까지는 먼 길이었을 터, 여정은 순탄하셨습니까?"

차를 권하던 이는 물론 장손무극이었다. 그가 미소와 함께 건넨 물음은 자못 다정다감했다.

"마땅히 예부에 영접을 명했어야 했거늘, 결례를 범하였습니다."

"대륙을 돌며 명산 고찰을 두루 둘러보던 길이었습니다. 무극국에는 내친걸음에 들렀을 뿐인 것을요."

불련이 입꼬리를 다소곳이 끌어 올렸다.

"귀국 관리들에게 수고로움을 끼치고 싶지 않았으니 태자께서는 괘념치 마시지요."

"아무리 그렇다고 하셔도 호위대의 규모가 지나치게 조촐하니 마음이 조마조마할밖에요."

뜨거운 물을 부어 다기를 헹궈 낸 장손무극이 손끝으로 따끈한 찻잔을 가만가만 매만지며 말했다.

"무극 땅 민심이 순박하다고는 해도 간혹 도적이 출몰하는 곳들이 있습니다. 고작 본국 호위병 몇 명에 기대 그 먼 길을 무사히 오시다니, 참으로 다행한 일이나 한편으로는 근심 또한 지울 수가 없군요."

"부처를 모시는 이에게는 그 가호가 따르니 삿된 기운이 함부로 미치지 못하는 법이지요."

불련이 합장하면서 조용히 '아미타불'을 읊었다.

그녀의 뒤쪽에서는 시녀 명약이 어리둥절한 표정으로 눈을 끔뻑이고 있었다. 중주까지 쭉 같이 온 철성은 왜 언급하지 않으시며, 태자 전하께 청하여 호위대를 붙여 준 청년에게 상을 내리겠다던 약속은 왜 지키지 않으시는 건지 모를 일이었다.

하지만 영리한 명약은 쓸데없는 소리를 하는 대신 입을 야무지게 앙다물었다. 공주마마께서는 언제나 옳으시니까.

내내 미소 띤 얼굴로 불련 공주를 바라보던 장손무극이 홀연 물었다.

"혹여 '선기도'를 돌려주고자 오신 것입니까?"

움찔, 불련 공주가 어깨를 떨었다.

일순 침묵이 흘렀다. 생황과 퉁소 소리는 여전하건만, 근심을 품은 이의 귀에는 그 소리마저 새삼 아득히 멀었다.

"당치 않은 말씀이십니다."

불련이 눈을 내리깔았다.

"그 물건이 어찌 제 손에 있겠습니까. 물으시려거든 부황께 물으셔야지요."

미소로 답을 대신한 장손무극이 상체를 비스듬히 뒤로 기대고는 햇빛이 반짝이는 수면에 눈길을 던졌다. 기다란 손가락이 화류목 탁자를 두드려 맑은 울림을 만들어 냈다.

톡, 톡, 톡.

울림이 이어짐에 따라 점차 얼굴에서 핏기를 잃어 가던 불련 공주가 입술을 지그시 깨물면서 장손무극을 쳐다봤다. 원망이 아니 섞였다고는 못 할 눈빛이었으나 장손무극은 눈을 피하기는커녕 빙긋이 웃으며 똑바로 시선을 맞췄다. 상대가 제풀에 다시 눈꺼풀을 내리깔 때까지 빤히.

"이리 먼 걸음을 해 주셨으니 실로 우리 무극국의 영광이라 하겠습니다. 마침 얼마 전 공산대사空山大師를 뵐 기회가 있었는데, 대사께서 공주와 함께 불법을 논할 인연이 닿았으면 하시더군요."

잠시 생각에 잠긴 듯하던 장손무극이 말을 이었다.

"창산행관蒼山行館이 공산대사께서 계신 화엄사華嚴寺와 지근 거리니 예부에 명해 공주를 그쪽으로 모시면 어떠할까 싶습니다만."

"태자께서 안배해 주시는 대로 따르겠습니다."

불련은 차분히 미소 지으며 허리를 굽혔으나, 그 순간 눈빛에 서린 것은 실망감이었다.

"공주님께서 계셔야 할 곳은 황궁이 아니옵나이까?"

명약이 대뜸 끼어들었다.

"황후마마를 몹시 뵙고 싶어 하시는걸요."

"명약, 그만두지 못하겠니! 어느 안전이라고 네가 나서!"

고개를 틀어 명약을 꾸짖은 불련이 이어서 장손무극에게 유감의 뜻을 전했다.

"제가 버릇을 잘못 들여 아이가 법도에 밝지 못합니다. 용서하십시오."

"무방합니다."

미소는 변함이 없었지만, 장손무극의 입에서는 한마디 말도 더 나오지 않았다.

"다만……."

새초롬히 눈동자를 굴리던 불련 공주가 아리따운 자태로 말했다.

"벌써 몇 해나 격조하였던지라 황후마마가 그리운 것은 사실입니다. 혹여 태자께서 짬을 내실 수 있거든 알현할 자리를 한번 만들어 주시지요."

"물론 그래야겠습니다만."

장손무극이 무심히 대꾸했다.

"근래 법리에 정진해 큰 깨우침을 얻으신 모후께도 공주의 방문은 분명 기쁜 소식이겠으나, 아쉽게도 지금은 불당에서 두문불출하고 계십니다. 아무도 들이지 말라는 엄명을 받은바, 차마 모후의 뜻을 거스를 수가 없군요. 그래도 불가 수행자들이 가장 중히 여기는 인연이라는 것이 있지 않겠습니까. 두 분모두 불제자 청신녀의 신분이니, 그 갸륵한 마음에 하늘도 화답하시어 필시 인연을 이어 주리라 믿습니다."

"그리만 된다면야 좋겠습니다."

불련은 그 이상 가타부타 없이 은은하게 미소 지으며 찻잔을 높이 들었다.

"태자의 어진 효심을 오주대륙 만백성이 우러러 존경해 마지 않으니, 소녀 봉정범, 차로써 술을 대신하여 잔을 올립니다."

"황송한 말씀이십니다."

장손무극이 멀찍이서 잔을 살짝 들어 올려 화답했다.

고상한 언사와 예법에 한 치도 어긋남이 없는 거동, 존귀하기 이를 데 없는 황가 출신의 한 쌍 사이에 엷은 미소가 오갔다.

호수 위 놀잇배에서는 삼가 예바른 대화가 마저 이어지는 사이, 중주성 교외에서는 철성이 이끄는 호위대가 왔던 길을 급히 되밟아 가고 있었다. 말발굽이 일으키는 먼지 속에서 성곽을 돌아보던 철성이 '퉤' 하고 침을 뱉었다.

"성안까지는 됐다고? 듣던 중 반가운 소리다!"

채찍이 바람을 갈랐다. 철성은 호송대를 중도에 돌려보낸 불련 공주가 몹시 고마운 참이었다. 그 덕분에 맹부요를 일찍 보게 생기지 않았는가.

공주를 반드시 장손무극의 면전까지 데려다 놓으라던 맹부요의 지시를 어기려고 어긴 건 아니었다. 다만 상대가 십분 정중하고도 백분 단호하게 싫다는데 억지로 황궁까지 쫄래쫄래 따라 들어가기가 뭐했을 뿐.

하물며 연꽃 공주인지 나발인지 이제 생각만으로도 진저리가 나는 그였다. 웃는 꼬락서니는 절간 돌부처 같은 게 진종일 웬 무게는 그렇게 잡는지.

장손무극, 그 인간이 웃는 것도 의뭉스럽기는 매한가지겠다, 어디 둘이 사이좋게 마주 앉아서 실실 쪼개 봐라!

"이랴!"

철성은 통쾌하고도 홀가분하게 천살을 향해 말을 달렸다.

❀

"흑풍기는 다 어디 있는 거예요?"

웅장한 규모의 반도성 성문을 저만치 앞에 두고, 바닥에 쪼그려 앉은 맹부요가 삿갓 아래로 전북야에게 귓속말을 속닥였다.

"흑풍기의 주력 부대는 최대한 병력 손실이 없도록 미리 이쪽으로 보냈다고 했잖아요. 연락은 어떻게 취해요?"

"다들 성안에 있을 거다."

전북야가 성문 옆에 희미하게 새겨진 기호를 가리켰다.

"뿔뿔이 흩어져서 기회를 노리고 있겠지."

전북야의 얼굴에서 긴장감이 한결 가시는 게 보였다. 요 며칠 들어 처음으로 그의 눈 안에서 기쁨이 반짝이고 있었다.

아무리 무덤덤한 척을 했어도 맹부요는 그가 흑풍기 병사들의 희생을 얼마나 가슴 아파하는지, 어머니와 나머지 병력의 안위를 얼마나 걱정하는지 빤히 알았다. 이제 주력 부대가 무사히 반도에 잠입했고 어머니도 안전하다는 걸 확인했으니, 그간 바짝 곤두서 있던 신경이 누그러질 만도 했다.

지금 두 사람은 일전에 종월이 만들어 준 인피면구를 쓰고 있었다. 천살국을 탈탈 털어 뒤진들 운량관 당검과 그 부관의 얼굴을 알아보는 자가 있을 리가.

한편, 기우와 병사 두 명은 전북야의 성화에 못 이겨 성 밖에 남겨졌다. 상처부터 치료받고 나중에 힘을 보태기로 한 것이다. 전북야는 원래 맹부요까지 떼어 놓을 작정이었으나 말을 들어 먹을 턱이 없는 위인께서는 막무가내로 그를 따라나섰다.

인파가 끊임없이 드나드는 성문 앞에서 병사들이 삼엄한 경계를 펼치고 있었다. 병사 무리의 맨 앞쪽에는 갑옷을 갖춰 입은 천살지금 근위병이 화폭을 펼쳐 들고 행인들의 얼굴을 하나하나 살피는 중이었는데, 척 봐도 전북야를 찾는 게 분명했다. 전북야의 시체가 도통 발견되질 않으니 전남성의 똥줄이 얼마나 타겠는가.

서로 마주 본 두 사람은 각자 상대의 눈에서 냉소를 읽어 냈다. 맹부요와 전북야가 목에 힘을 딱 주고 성큼성큼 성문으로 걸어가자, 손에 들린 그림과 두 사람을 번갈아 쳐다보던 근위병이 그냥 지나가라는 손짓을 했다.

그런데 채 몇 걸음을 떼기도 전, 시야를 쑥 가르고 들어온 금빛 장창이 눈앞에 가로놓였다. 태양이 하늘 높이 걸린 시각, 창 끝에서 금가루처럼 부서지는 햇빛이 눈부셨다.

걸음을 멈춘 전북야의 눈길이 창을 거꾸로 훑어 올라, 손잡이를 쥔 자의 얼굴에 닿았다. 천살지금 소속의 근위병이었다. 오만한 인상의 병사가 창끝을 맹부요의 턱 밑에 바짝 들이댔다.

"고개 들어."

눈썹이 꿈틀하는 동시에 불같은 노여움이 전북야의 눈동자를 스치고 지나갔다. 그러자 즉각 힘줘 그의 손을 감싸 쥔 맹부요가 고분고분 고개를 들면서 퍽 비굴한 웃음을 지었다.

"나리, 무슨 분부라도 있으십니까?"

의미심장한 눈으로 그녀를 빤히 응시하던 근위병이 잠시 후 입을 열었다.

"이 푹한 날씨에 목까지 올라오는 옷이라?"

맹부요는 순간 가슴이 쿵 내려앉았으나 그럴수록 더 알랑거리며 웃어 보였다.

"나리, 소인이 말 못 할 병을 앓고 있사온데, 그게……, 좀 보기 흉한 부스럼이 납니다요. 의원이 말하길 상처에 바람이 들면 안 좋다고도 하고, 내놓고 다니다가는 남들한테 옮길 수도 있다고 해서……. 못 믿으시겠거든 보여 드리겠습니다요."

맹부요가 주절거리며 옷깃의 단추를 풀었다.

어디 보자, 엊그저께 원보 대인이 목덜미에 낸 상처가 아직 잘 있으려나?

"그만!"

근위병이 역겹다는 듯 창끝을 놀려 맹부요의 손동작을 저지했다.

"돌림병 걸린 놈이 누구 신세를 망치려고 밖을 싸돌아다녀? 집구석으로 썩 꺼지지 못할까!"

"집구석이 성안에 있어서요. 그 왜, 대반大盤 골목 어귀에서 세 번째, 뜰에 구부정한 버드나무가 있는 집, 거기입니다만."

쭈뼛쭈뼛 팔을 뻗어 한 방향을 가리킨 맹부요가 실실 눈웃음을 쳤다.

"나리?"

"썩 꺼져!"

근위병은 맹부요를 거들떠보지도 않고 대뜸 창을 휘둘렀다. 그의 손놀림을 따라 현란한 호선을 그리던 장창이 다음 순간 '퍽' 하고 후려친 것은 맹부요의 볼기짝이었다.

"꺼지라고!"

이에 맹부요가 과장된 동작으로 엉덩이를 부여잡고 나가떨어졌다.

"어이쿠야!"

수 장 거리를 날아가 성문 안쪽 진흙탕에 처박힌 그녀가 땅바닥에 주저앉아서 궁둥이를 문지르며 전북야에게 눈짓을 보냈다.

"형님, 와서 저 좀 일으켜 주세요! 아이고, 엉덩이가 두 쪽 난 것 같아요!"

성 안팎을 지키던 병사들이 일제히 터뜨린 웃음소리 속에서, 말 위에 앉은 근위병도 맹부요를 향해 창을 겨눈 채 껄껄거렸다.

"비쩍 곯아서는, 넘어져서 허리라도 부러졌으면 빨래판으로 쓰기 딱 좋았는데 말이다!"

왁자지껄한 웃음소리 한복판에 동상처럼 굳어 서 있던 전북야가 새카맣게 뻗어 올라간 눈썹을 꿈틀 치켜세웠다. 흑단처럼 검은 눈동자가 느릿느릿, 육중한 무게감을 끌며 근위병을 향해 움직였다.

맹부요를 보며 박장대소하던 근위병은 순간 등줄기에 섬뜩한 한기를 느꼈다. 갑자기 옷 등허리 부분에 가시가 돋치기라도 한 양 오싹한 감각에 관통당한 그가 즉시 웃음을 그치고 고개를 돌렸을 때였다.

절뚝절뚝하며 전북야의 앞까지 달려온 맹부요가 그의 옷깃을 덥석 틀어쥐고 소리쳤다.

"형님, 광증이 또 도진 거예요? 이러고 말뚝처럼 서 있으면 다른 사람들은 어떻게 지나가요!"

전북야의 머리를 부여잡고 이쪽저쪽으로 돌려 가면서 필사적으로 눈을 맞추는 그녀의 모습은 누가 봐도 '우리 형님, 눈 풀린 거 아닌가?' 하고 확인하는 아우였지만, 실상 그녀는 도끼눈을 뜨고 전북야를 협박하는 중이었다.

여기서 성깔만 부려 봐, 그때는 당신 죽고 나 죽는 거야!

잽싸게 달려온 그녀의 뒤통수에 가려 미처 전북야의 눈을 보지 못한 근위병은 영 미심쩍은 얼굴을 하고 있다가 '광증'이라는 단어를 듣고서야 표정을 풀었다.

조금 전 그를 소스라치게 했던 눈빛에는 어지간한 날붙이 못지않게 위협적인 날카로움이 실려 있었다. 나름 백전노장이라 자부하는 그가 순식간에 식은땀으로 흠뻑 젖었을 정도로 살기가 돌던 눈빛. 그런데 그 눈빛의 주인공이 한낱 미치광이였을 줄이야.

하긴, 미치광이의 눈빛이라면야……. 정상이 아니니 그럴 수 있지.

경멸이 담긴 눈초리로 전북야를 흘겨본 근위병이 창을 내저었다.

"어느 집 미친년이 애새끼라고 정신 빠진 걸 낳아서는. 저런 걸 창피한 줄도 모르고 밖에는 왜 끌고 다녀? 썩 안 꺼지냐!"

순간, 전북야가 어깨를 움찔 굳혔고 맹부요는 눈빛을 싸늘히 식혔다. 그러나 두 사람은 빠르게 평정을 되찾았다. 전북야를 끌어당겨 저만치 걸음을 옮기면서, 맹부요는 근위병을 향해 연신 감사하다고 굽실거렸다.

"예, 예……."

그러던 어느 순간, 비굴하게 헤실거리며 허리를 깊숙이 굽히던 그녀가 별안간 '앗!' 하고 한 걸음 앞으로 나서더니, 흙먼지 속에서 무언가를 주워 들었다. 물건을 옷섶에 쓱쓱 문질러 닦은 맹부요가 이내 고개를 갸웃했다.

"이게 뭐지?"

말 위에 앉아 별생각 없이 그쪽을 쳐다본 근위병은 곧바로 눈이 휘둥그레졌다.

그것은 손가락만 한 직경의 구슬이었다. 부연 먼지를 뒤집어 썼음에도 여전히 영롱한 푸른색과 구의 중앙을 하얀 띠 형태로 가로지르며 빛나는 광채가 영악하게 번뜩이는 고양이의 눈을 연상시켰다.

천금을 주고도 못 구할 최상품 묘안석.

구슬을 맹하니 쳐다보던 맹부요가 중얼거렸다.

"거참 괴상하게 생긴 돌멩이네."

이어서 그녀는 구슬을 호위병이 탄 말 앞에 들이밀었다.

"나리께서 흘리셨습니까요?"

한껏 위로 들어 올린 맹부요의 손에서는 매끈한 보석이 뽀얀 손바닥을 배경으로 짙푸르게 빛나고 있었다. 햇빛을 받은 묘안석의 찬란한 광채가 눈에 들어오자 근위병은 저도 모르게 숨이 가빠졌다.

짧은 망설임 끝에 천천히 손을 뻗어 보석을 건네받은 그가 짐짓 태연하게 대꾸했다.

"그래, 찾아 줘서 고맙구나."

얼굴에 함박웃음이 걸린 맹부요는 이 순간 흔들 꼬리가 없는 게 못내 아쉬운 기색이었다.

"어휴, 마땅히 할 일을 했을 뿐입니다요."

"가 봐."

근위병은 보석을 단단히 움켜쥐고서 손사래를 쳤다. 아까까지만 해도 두 놈을 몸수색할 작정이었지만, 이제는 손바닥에 들어앉은 보석 탓에 심장이 펄떡펄떡 뛰어 그럴 정신이 없었다. 햇빛 아래 묘안석이 발하는 청록빛 광채에 눈앞이 다 아찔아찔했다.

이 정도 물건이면 3년 치 녹봉은 거뜬히……

그사이 맹부요는 전북야의 부축을 받으며 절뚝이는 걸음으로 성문을 통과했다. 머리 위에 두꺼운 성벽을 인 진입 통로를 갓 빠져나온 찰나, 그늘 속에 선 두 사람의 표정이 아까와는 딴판으로 바뀌었다.

맹부요가 입꼬리를 간교하게 말아 올렸다. 그것은 살의와 음모의 미소였다.

한편, 전북야는 새카만 눈동자를 오로지 그녀에게 고정하고 있었다. 한참 만에야 침묵을 깨고 그가 입을 열었다.

"미안하다……. 나 때문에 번번이 봉변이군."

맹부요의 입에서 깔깔 웃음이 터졌다.

"저런 놈들한테 수모 좀 당한 게 별건가요. 이 정도는 봉변 축에 끼지도 못해요. 목숨이 왔다 갔다 하는 상황이었던 것도 아니고."

능청스럽게 눈을 찡긋하며, 그녀가 의기양양한 미소를 지었다.

"게다가 몇 배로 갚아 줬는걸요."

"구슬에 묻어 있던 약은 뭐였지?"

전북야가 물었다.

"종월한테서 독약 총 세 종류를 받았거든요. 송장 되는 거, 병신 되는 거, 바보 되는 거."

맹부요가 눈썹을 까딱했다.

"원래는 곱게 넘어가 줄 생각이었는데 아무래도 의심을 산 눈치여서, 당신의 안전을 위해서라도 그냥 둘 수가 없겠더라고요. 그래도 내 나름 기회도 줬어요. 말 아래에 약을 뿌려 뒀거든요. 구슬을 욕심내지 않을 정도 품성만 됐어도 바보만 되고 끝났을 텐데, 굳이 묘안석을 받아서 제 무덤을 파겠다는 걸 어쩌겠어요……. 으흐흐."

전북야가 그녀를 지긋이 응시했다.

"알고 보면 마음이 참 여린데 말이야."

"암요, 여리죠. 세상 풍파가 여린 이 몸을 자꾸 독하게 만들어서 그렇지."

호탕하게 웃어 젖힌 그녀가 전북야의 소매를 끌고 주루로 향했다.

"밥 한 끼 사 줘요!"

전북야가 고개를 들어 앞쪽으로 쭉 뻗은 가도를 쳐다봤다. 짙은 회색의 거리 양편으로 온갖 상점이 운집해 있었다. 점포 입구에서 저마다 펄럭이는 형형색색의 휘장 사이로, 붉은 바탕에 황금색으로 적힌 상호명, '취부귀醉扶歸'가 눈에 들어왔다.

순간 눈을 반짝 빛낸 전북야가 손을 뻗어 붉은빛 휘장을 가리켰다.

"가자, 한잔하기 딱 좋은 곳이 있다."

과연 좋은 술을 내는 가게답게 안으로 들어서자마자 코끝에 그윽한 주향이 밀려들었다. 배고파서 벽을 '붙들고扶' 들어왔다가 '취해서醉' 벽을 붙들고 '나가는歸' 이들이 바글바글했다.

전북야가 통 크게 한 상을 가득 차려 주자, 냉큼 걸상에 올라앉아 접시를 초토화하기 시작한 인간 메뚜기 떼 맹부요는 그 와중에 주루 안에 붙은 방을 놓고 주변 손님들과 수다까지 떨었다. 현상 수배 공고에 열왕 전하의 면상을 버젓이 올려놓을 수야 없는 노릇, 벽에 붙은 얼굴은 '악명 높은 도적놈' 기우였으니, 맹부요가 그림을 가리키며 외쳤다.

"어라? 어디서 많이 본 얼굴인데."

주루 안에 있던 모두가 일제히 고개를 돌렸다.

"에엥?"

맹부요가 그들 앞에 끌어다 놓은 것은 전북야.

"우리 형님이랑 닮았네!"

좌중의 고개가 즉각 원위치됐다.

"쳇."

이에 흡족하게 빙글거리며 술잔을 기울이던 맹부요가 잔 하나를 채워 탁자 상판 아래 가로놓인 판재에 올려놨다. 탁자 위의 것은 본인 몫, 아래의 것은 옷 속에서 슬금슬금 고개를 내민 원보 대인의 몫이었다.

며칠을 내리 잠만 자더니 드디어 기력을 회복한 원보 대인은 이번 여정의 일등 공신다운 자태로 맹부요의 가슴께에 떡하니 자리를 잡고 있었다. 술을 한 모금 넘긴 원보 대인이 가물가물한 눈으로 '캬아!' 탄성을 흘렸다. 맹부요랑 다녀서 유일하게 좋은 점은 술을 마음껏 퍼마실 수 있다는 것이었다.

주인님은 치사하게 세 잔 이상은 절대 못 넘게 하는데!

둘은 얼마 안 가 얼큰하게 취했다.

그런가 하면 전북야는 술자리 내내 맹부요에게 안주를 챙겨 주고 잔을 채워 주기만 했지, 본인은 거의 술을 입에 대지 않고서 눈동자만 형형하게 빛내고 있었다.

중간에 사소한 소동이 한 번 일어났다. 내기 가위바위보를 하던 손님들끼리 시비가 붙은 것이었다. 진 쪽이 시뻘겋게 열불이 오른 얼굴로 탁자를 내리치며 하는 소리가.

"오늘은 돈 떨어졌으니까 내일 유시에 서문西門 골목, 꽃 많이 핀 데, 거기 뒤쪽으로 와. 늦으면 안 기다린다!"

그러자 상대방이 타박을 놨다.

"네놈이 언제 나타날 줄 알고?"

"나 일하는 데가 요姚 씨네인데, 그 집은 일꾼 3백 명이 삼교대로 네 시진씩 작업을 한다 이거야. 내 작업 끝나면 나가마."

"나는 뭐 할 일이 없어서 세월아 네월아 기다리고 있냐?"

"으이구, 진짜. 술시[15]에 짬이 날지도 모르겠으니까 일찌거니 와 있든가."

"오냐!"

온 주루를 쩌렁쩌렁 흔드는 두 사람의 목청에도 손님들은 피식 헛웃음을 흘렸을 뿐, 금방 다시 술잔 앞으로 돌아갔다.

두 사내가 옥신각신하며 밖으로 사라지고 나자 이번에는 별실 문이 '끼익' 하고 열리더니 등이 구부정한 태감 하나가 노구를 끌고 어기적어기적 걸어 나왔다. 곁에서는 점소이가 비틀대는 그의 걸음걸이를 부축하고 있었다.

"화花 공공, 천천히요!"

술기운에 눈이 풀린 화 공공이 쩝쩝 입맛을 다시며 말했다.

"해는 언제 넘어간 게야? 밤길은 영 다니기가 거추장스럽거늘. 네놈은 시킨 술이나 후딱 챙겨 오지 못할까! 거, 우리 서쪽 채에서 내가 술 사 오기만 기다리는 친구가 있대도!"

---

15  밤 7시에서 9시 사이.

점소이가 연신 '예, 예.' 대꾸하며 술을 받으러 간 사이, 휘청 휘청 걸음을 옮기던 태감이 탁자 아래로 길게 나와 있던 전북 야의 다리에 걸려 '아이고야!' 하고 고꾸라지더니만, 대뜸 악다 구니를 썼다.

"어느 쌍놈의 새끼가 어르신 다리를 걸어?"

전북야가 태감을 일으켜 주며 말했다.

"죄송합니다, 어르신."

그의 손에 체중을 싣고 겨우겨우 몸을 일으킨 태감이 힐끗 곁눈질을 하더니 기력이 없어 후들대는 손아귀로 다짜고짜 전 북야의 멱살을 틀어쥐었다.

"죄송하다는 말이면 다야? 뼈마디 삐거덕거리는 늙은이, 안 그래도 다 되어 가던 명줄이 네놈 때문에 반 토막이 났는데 어 떻게 보상할 테냐?"

듣고 있던 단골손님들이 웃음을 터뜨렸다.

저 늙다리로 말하자면 날마다 저러고 엎어져서 '뼈마디 삐거 덕거리는 늙은이 다리 건 죄'를 빙자해 돈이나 뜯어내는 술고래 가 아니던가. 이 집의 비싼 술을 매일같이 퍼마실 수 있는 것도 십중팔구는 저 짓거리로 만지는 수입 덕택일 터.

좌중의 동정 어린 눈빛이 일제히 전북야에게로 집중됐다.

또 호구 하나 걸렸구먼!

술고래인 화 공공이 죽어도 옷깃을 못 놓겠다는데 전북야도 당해 낼 재간이 없었다. 결국 그는 몸 위아래를 다 뒤져 찾아낸은 각전[16] 한 닢을 머뭇머뭇 화 공공의 손바닥에 올려놨다.

"타박상 잘 보는 의원이라도 찾아가십시오."

손대중으로 무게를 가늠해 본 것도 모자라 몇 개 남지도 않은 이를 세워 각전을 깨물어 보기까지 한 화 공공이 말했다.

"싸게 쳐준 줄이나 알아!"

때마침 점소이가 오자 화 공공은 술을 건네받는 김에 전북야한테서 뜯어낸 각전을 점소이의 손바닥에 휙 던졌다.

"옜다, 인심이다."

"감사합니다!"

각전을 받아 든 점소이는 입이 귀에 걸렸다.

손님들 사이에서는 또다시 '쳇' 소리가 터져 나왔다. 가진 돈도 없는 청년을 굳이 뜯어먹고야 마는 늙다리의 행태가 괘씸해서였다.

몇 잔을 더 기울이다 보니 어느덧 날이 완전히 어두워졌다. 오늘 밤 묵어가겠느냐는 점소이의 물음에 전북야가 대꾸했다.

"방은 두……."

점소이가 의아하다는 표정을 내비치자 전북야의 말이 재깍 바뀌었다.

"하나만."

곧이어 전북야가 술고래 맹부요를 후원 객방으로 질질 끌고 가면서 점소이에게 둘러댔다.

---

16  액수가 작은 은화.

"아우 녀석이 다른 건 다 괜찮은데 술 앞에서만은 적당히를 몰라서."

"고생이십니다!"

점소이가 다가와 팔을 내밀었다.

"도와 드릴깝쇼?"

"아니."

싱긋 웃은 전북야가 맹부요를 아예 어깨에 둘러멨다.

"이쪽이 편하겠군."

곧장 방까지 들어가 출입문을 신발 앞코로 차서 닫은 그가 큰 소리로 외쳤다.

"목욕물 좀!"

"예이!"

술에 떡이 된 맹부요는 침상에 내던져지자 그대로 데구루루 구르면서 이불을 끌어안았다.

"원보야……. 너 왜 이렇게 커졌어……."

한편, 그녀의 품 안에서 어기적어기적 기어 나온 원보 대인은 웬 찻잔 하나를 끌어안고 품에서 놓을 줄을 몰랐다.

"찍찍, 찍찍찍찍……."

사람 말로 바꿔 보자면 '맹부요, 너 왜 허리통이 엉덩이랑 일자야…….' 정도 되는 소리였다.

전북야는 침상 곁에 우두커니 선 채로 맹부요에게서 눈을 떼지 못하고 있었다. 한참이 지나서야 그는 침상 가장자리에 걸터앉아 맹부요의 신발을 벗기고, 공기가 안 통하는 인피면구를 얼굴에서 떼어 낸 뒤, 둘둘 말린 이불을 펼쳐서 몸 위에 덮어 줬다.

모든 과정은 아주 느리고, 아주 진중하게 이뤄졌다. 오늘 밤이 지나면 다시는 기회가 없을 귀한 일이라도 되는 양, 그는 동작 하나하나에 공을 들였다.

인피면구 아래에 갇혀 있던 소녀의 얼굴에는 미세하게 땀방울이 맺혀 있었고, 그녀가 내뱉는 호흡은 잔잔했다. 백설처럼 투명한 피부를 바탕색 삼아 양쪽 뺨과 이마 주변만 술기운에 발그레하게 달아오른 모습이 눈밭에 붉게 핀 부용화의 자태를 연상시켰다.

2층 창문을 통해 들어온 밤바람이 소녀의 공단 같은 머리카락을 감아올리니, 설원의 꽃은 그새 바람결에 한들거리는 꽃이 되었다.

그녀의 뺨에 닿은 전북야의 손끝이 미세하게 전율했다. 손가락 끝에서 느껴지는 따스하고도 부드러운 감촉, 시야를 가득 메운 소녀의 꽃다운 용모. 그것은 경이에 가까운 아름다움이었다.

눈에서 손끝으로, 다시 손끝에서부터 심장까지 이어진 전율이 미약한 통증으로 화했다. 심장 끄트머리가 운명의 손에 붙잡혀 쥐어짜이는 듯한 감각이 느껴졌다. 아득한 아픔이 가슴속을 느리게 맴돌았다.

별빛 흐드러진 창밖에는 벽면을 타고 뻗어 올라온 넝쿨을 따라 층층이 꽃송이가 맺힌 참이었다.

파장화.

뜨겁도록 선명한 진홍의 꽃은 벅찬 바람과 기대로 한껏 부풀어 폭죽처럼 하늘로 솟구쳐 오를 그 순간만을 기다리는 모습이었다.

그 터질 것 같은 농염함이란. '톡' 하고 건드리기만 해도 달아오를 대로 달아오른 붉은빛 진액이 뿜어져 나와 어둠을 흥건히 적시고야 말 게 분명했다.

이 순간, 전북야의 검은 눈동자 역시 밤을 틈타 영근 꽃송이만큼이나 신열에 달떠 터지기 직전으로 치닫고 있었다.

그가 침상을 향해 천천히 몸을 기울이기 시작했을 즈음, 돌연 맹부요가 옆쪽으로 돌아누웠다. 벽을 향해 몸을 뒤집으면서 휙 떨친 팔로 은근슬쩍 전북야를 밀쳐 낸 그녀는 방 모서리에 얼굴을 박고 이불을 끌어안은 채 금방 다시 쌕쌕거리는 숨소리를 냈다.

전북야는 그대로 침대 가장자리에 붙박였다. 적막하게 가라앉은 공기 중에 긴장을 평온으로 가장한 두 사람의 숨소리가 흐르고 있었다.

한참 후, 그가 입을 열었다.

"그만큼 취하지는 않았을 텐데?"

어깨를 움찔 굳힌 맹부요가 천천히 눈꺼풀을 들어 올렸다. 벽을 바라보는 눈빛에는 살짝 취기가 남아 있었지만, 그녀의 눈동자 깊숙이에서는 한 점 혼탁함을 찾아볼 수 없었다.

의도적으로 취한 척한 것도, 전북야에게 상처를 주고 싶었던 것도 아니었다. 주점에서는 정말로 취기가 올랐다.

술이 깬 원인이라면 그간의 고난을 겪으면서 한 단계 더 상승한 공력이 이제는 5성을 넘어 6성 가까이 달했기 때문이랄까. 파구소가 이 정도 경지에 오르고 나면 어떠한 독주도 신체를 침범치 못하기 마련이었다.

정신이 돌아오기 시작한 건 점소이가 방을 몇 개 내 주느냐고 물었을 때부터였지만, 사내 둘이서 숙소를 따로 쓰는 건 누가 봐도 어색한 일이기에 굳이 참견하지는 않았다. 반도성 전체에 전북야를 노리는 그물이 쫙 깔린 상황에서 괜한 까탈을 부려 그를 곤란하게 만들어서야 되겠는가.

그 뒤로도 눈을 뜨지 않았던 이유인즉슨, 전북야가 오늘 밤 분명 자신을 따돌리고 홀로 작전에 나서리란 걸 알아서였다. 일단 그를 방심시킨 다음 몰래 뒤를 밟는다는 게 원래 계획이었다.

그런데 늦봄, 나긋한 밤바람이 사달을 낼 줄이야. 하물며 전북야한테 이리도 섬세하고 다감한 면이 있을 줄은 또 어찌 알았으랴.

어느덧 낯설지 않아진, 푸르른 소나무에서 배어나듯 쌉싸름하면서도 상쾌한 사내의 향기가 서서히 가까워지자 그녀는 결국 평정을 잃고 말았다. 순간적으로 할 수 있었던 대처라고는 등을 내보이면서 그를 밀쳐 낸 게 전부였지만, 전북야는 단지 그 몸짓 하나만으로도 멈출 줄 아는 남자였다.

침상 휘장의 가장자리를 틀어쥔 맹부요가 입술을 지그시 베어 물면서 숨소리를 낮췄다.

살면서 마음의 고삐를 놓치는 찰나야 누구에게나 찾아오기 마련인 것을, 화는 내 무엇할까. 그저 상대방 역시 아무 일 없었던 양 상처받지 않고 이 순간을 넘기길 바랄 뿐이었다.

하지만 전북야는 그녀의 바람에 따르지 않았다. 애초에 그는 이 상황을 대충 무마하고 물러날 성정의 소유자가 아니었다.

"부요."

침상 가장자리에 버티고 앉은 그가 호흡을 깊게 마셨다가 내쉬었다. 맹부요의 뒷모습을 응시하는 눈동자 안에서 광채가 반짝이며 명멸하고 있었다. 바로 지척인 그녀의 뒷모습이 그에게는 머나먼 하늘가에 있는 것만큼이나 아득했다.

"정녕 나는, 한발 늦어 버리고 만 건가?"

맹부요가 숨을 멈췄다.

그저 단단하고 호기로운 줄로만 알았던 사내의 입에서 저런 질문이, 저리도 쓰라린 말투가 나오다니.

바람이 잦아들었다. 파장화가 토해 내는 향기는 붉디붉건만, 두 사람의 가슴에는 핏기 잃은 창백함이 들어앉았다.

잠시 후, 나지막이 한숨을 흘리며 일어난 맹부요가 고개를 돌려 전북야를 바라봤다.

아마도 주체 못 할 열기를 억지로 누르고 있는 탓이리라. 그의 새카만 눈동자는 한없이 고요하게 침잠해 있었다.

그런 그의 시선을, 맹부요의 빛나는 눈이 한 치의 물러섬도 없이 응시했다.

"전북야……. 당신이 부족해서도 아니고 늦어서도 아니에요.

전부 나 때문이지."

맹부요가 웃었다. 깊은 체념이 담긴 웃음이었다.

"잘못된 시간에 잘못된 곳에 와 있어요, 나는. 누굴 선택할 주제 같은 게 못 된다고요."

어둠이 짙게 내린 하늘에는 여신의 머리카락 사이에서 빛나는 금강석 조각 같은 별들이 흩뿌려져 있었다.

침상에서 일어선 전북야는 이미 평소 얼굴로 돌아온 뒤였다. 맹부요의 말은 그를 한동안 생각에 빠뜨렸을 뿐, 더 이상의 효과는 발휘하지 못했다.

전북야가 이내 시원스럽게 웃었다.

"세상천지에 절대적인 결론 같은 건 없다. 잘못된 곳에 와 있다고? 그럼 내가 알게 해 주마. 이곳 오주대륙에 온 것도, 내 눈앞에 나타난 것도, 전부 옳은 일이었음을!"

말을 마친 후, 그는 성큼성큼 밖으로 나가 문 앞 층계에 털썩 앉았다. 맹부요에게 목욕할 시간을 주기 위함이었다.

원보 대인 역시 따라 나와 그 옆에 자리를 잡아, 달빛 아래 큰 그림자 하나, 작은 그림자 하나가 나란히 어깨를 붙인 모습이 완성됐다.

전북야가 달을 향해 고개를 들자 선이 분명한 옆얼굴이 빛을 받아 더욱 또렷하게 도드라졌다. 늦봄과 초여름 사이, 달빛이 잔잔한 계절이었다. 그 순한 광채를 보고 있자니 뒤숭숭하던 속내도 차츰차츰 가라앉는 듯했다.

원보 대인을 바라보던 그가 말했다.

"네 녀석 주인은 복이 터졌구나."

아직 술기운에서 빠져나오지 못한 원보 대인은 몽롱한 상태에서 상대의 말을 되짚어 본 끝에 아무래도 어폐가 있는 것 같다는 결론을 내렸다. 맹부요랑 얽혀서 좋은 꼴 봤다는 사람은 지금껏 구경을 못 해 봤으니까.

품에 안은 열매를 한 입 한 입 갉아 먹으며, 원보 대인이 아련한 기억을 떠올렸다.

그때 궁창에서도…….

이때 등 뒤에서 문 열리는 소리가 나더니 맹부요가 상쾌한 모습으로 고개를 내밀었다. 검은색 옷을 몸에 딱 붙게 조여 입은 그녀가 호탕하게 물었다.

"자, 이제 어디로 가면 돼요?"

전북야가 뒤를 돌아봤다. 평소처럼 시원시원한 표정으로, 별빛을 한데 그러모아 꾹꾹 눌러 담아 놓은 듯한 눈을 하고서.

"어디일 것 같지?"

"내기에 지고서 돈 갚기로 했던 사내도 그렇고, 화 공공이라는 환관도 그렇고, 전부 당신 사람들 맞죠?"

맹부요가 피식 웃었다.

"전부 암호라서 하나도 못 알아듣겠더라고요."

"외조부께서 살아생전에 남겨 주신 사람들이다. 내게 상상

이상으로 많은 것들을 해 주셨지."

전북야의 입가에 맺힌 미소에는 그리움이 담겨 있었다.

"어머니가 감금된 장소는 서화궁西華宮 화원 뒤편이고, 호위병 3백명이 세 개 부대로 나뉘어 네 시진에 한 번씩 교대한다는 정보를 전달받았다. 오늘 밤 술시에 만나 구출 작전을 상의하자는 요청도 있었고."

"그 나이 지긋한 태감은요?"

"화 공공은 따로 궁중 소식을 전하러 온 참이었다. 아까 넘어진 걸 일으켜 줄 때 이미 나한테 쪽지를 넘겼고, 내가 건넨 각전 속에도 신표가 들어 있었지."

"각전이라면 점소이한테 줘 버리지 않았어요?"

"눈속임이었다. 황궁 태감 정도 되면 필시 지켜보는 눈이 있기 마련이니까."

전북야가 웃음을 흘렸다.

"거기까지 고려해서 각전을 넘긴 거다. 물론 그 전에 미리 바꿔치기를 해 뒀겠지만. 그래 봬도 왕년에는 강호에서 구르던 양반이라 잔재주 하나는 끝내주거든."

문득 웃음기를 거둔 그가 나지막이 말했다.

"그 연세에 참 안됐지. 술도 안 좋아하는 양반이 외조부의 부탁 한마디 때문에 날이면 날마다 술독에 빠져 지낸 세월이 어언 얼마인지……."

깜짝 놀란 맹부요가 물었다.

"요 며칠 대기하고 있던 게 아니고요?"

"화 공공은 20년 전부터 하루도 빠짐없이 취부귀에 드나들었어. 황궁 안에 모르는 사람이 없는 일이지만, 선제를 모셨던 원로이기에 다들 어느 정도는 예우를 해 주지."

전북야가 싸늘하게 입꼬리를 끌어 올렸다.

"주변에서도 일상으로 받아들일 정도가 됐기에 지금 같은 비상시국에도 평소대로 궁 밖에 나올 수가 있는 거다."

"어느 세월에 닥칠지 모르는 비상시국을 대비해 20년 동안이나 한결같은 습관을 쌓다니……."

'쓰읍' 하고 숨을 들이켠 맹부요가 작은 소리로 말했다.

"엄청난 분을 외조부로 뒀네요."

대화가 오가는 사이, 두 사람은 겹겹 기와지붕을 넘어 성 북편에 당도했다. 꼬불꼬불한 골목을 지나 원락으로 접어든 전북야가 처마 위에 납작 엎드려 기왓장을 똑똑 두드리자 잠시 후 아래쪽에서 똑같은 박자로 회답이 들려왔다.

이에 눈을 반짝 빛내며 고개를 끄덕한 전북야가 맹부요를 데리고 아래로 내려가려는가 싶더니, 별안간 우뚝 그 자리에 붙박였다. 다음 순간, 희미하지만 몹시도 익숙한 냄새가 맹부요의 코끝을 스쳤다.

피비린내!

# 황궁의 밤

극히 미미한 피비린내 한 가닥이 올라오고 있었다. 전북야나 맹부요처럼 시체의 산과 피의 바다를 뒹굴어 본 사람이 아니고 서야 아예 감지하지도 못할.

최근 경보기의 역할을 톡톡히 하고 있는 원보의 반응을 확인하고자 습관적으로 품속을 더듬던 맹부요는 뒤늦게야 녀석을 객잔에 두고 왔음을 기억해 냈다.

딸꾹질을 쉬지도 않고 얼마나 해 대던지, 자기 힘으로 술기운을 떨쳐 낼 수 있는 녀석도 아닌지라 그 상태로 데리고 나왔다가 경보기는 고사하고 위치 추적기를 달고 다니는 셈이 될 것 같았다.

전북야가 즉각 그녀를 데리고 지붕 위를 뜨려던 때였다. 아래쪽에서 '끼익' 하고 출입문이 열리더니 회색 옷을 입은 사내가 걸어 나왔다. 주루에서 암호를 전달했던 바로 그 인물이었다.

피 묻은 손가락을 감싸 쥐고 나온 그가 투덜거렸다.

"두드릴 거 천지인데 하필 불에 올려놓은 토기 주전자를 두드려서는. 주전자를 깨뜨리는 바람에 손꼴이 이게 뭐야."

사내가 허공에다 대고 휙휙 흔드는 손가락에서는 아직도 피가 흘렀다. 기왓장을 옆으로 밀치고 실내를 내려다본 맹부요는 물을 뒤집어쓴 화로와 그 위에 널린 토기 조각을 확인할 수 있었다.

마침내 경계심을 푼 전북야가 맹부요와 함께 아래로 뛰어내렸다. 날아내리는 두 사람을 보고 조용히 한쪽으로 비켜섰던 사내가 이내 집 안으로 들라는 몸짓을 했다.

안내를 따라 들어간 안쪽에서는 다른 한 사람이 더 기다리고 있었다. 어두침침한 그늘 속에 몸을 숨기고 있던 상대가 얼른 예를 올리려는 걸 전북야가 되었다는 손짓을 하면서 물었다.

"마마께서는?"

"무사하시다는 기별을 전해 받았습니다! 왕야께서 나타나기를 기다리는 동안은 황제도 함부로 손을 뻗치지 않을 테니 안심하십시오."

"궁 밖으로 모시고 나와야 한다."

전북야가 본론으로 들어갔다.

"어려울 듯하던가?"

"그러합니다."

상대가 주저 없이 답했다.

"호위병 3백 명은 둘째 치고, 황제와 항왕恒王이 서화궁 안팎에 겹겹이 함정을 파 놓고 기다리는 중입니다."

사내가 서화궁 건물의 배치도를 간략하게 그려 보였다.

"아무래도 이쪽 망루에 화승총이 있을 게 의심됩니다. 중련궁重蓮宮이 서화궁을 내려다보고 있는 형국이니 아래를 향해 화승총을 배치하기 딱 적당하죠. 그 밖에 마마의 앞뜰 출입을 금지했다는 걸로 보아서는 앞뜰에도 매복이 있는 듯합니다. 호위병 3백 명의 경계 태세에는 물샐틈없습니다. 교대 시에도 마찬가지인 게, 그때는 되레 인원수가 더 늘어나더군요. 다음 조는 교대 1각 전부터 미리 와 대기하고, 이전 조는 교대 후에도 1각을 그 자리에 머무릅니다. 마마께서 사라지면 3백 명 전부 이유 불문, 목을 치겠다고 항왕이 으름장을 놓은 덕에 군기가 아주 바짝 들어 있어요. 땅굴을 파 보기도 했지만, 서화궁은 후궁 한복판에 있지 않습니까. 왼편 정의대전에서는 황제가, 오른편 봉저궁鳳齊宮에서는 황후가 눈에 불을 켜고 있는 데다가, 궁궐 내에서 시위의 숫자가 가장 많은 구역이기도 하지요. 굴을 뚫기에는 거리도 너무 길고 위험 부담도 클뿐더러, 내성 앞에서 석판에 막히는 통에 더 진행할 수도 없었습니다."

서화궁 안팎으로 위험 요소가 숨겨져 있을 만한 지점을 하나하나 짚어 가며 상세한 설명을 마친 사내는 그에 덧붙여 지금껏 어떤 식의 구출 시도가 있었는지를 전북야에게 보고했다.

옆에서 턱을 괸 채 이야기를 듣는 맹부요는 점차 확신을 굳혀 가는 중이었다. 구출이고 뭐고 현실적으로는 불가능한 일이라는 확신을.

이건 뭐 전북야를 볏짚 지워 불 속으로 떠미는 꼴이 아닌가.

전북야는 줄곧 진지하게 이야기에 귀를 기울이는 모습이었다. 어스레한 등잔불 하나가 전부인 실내에서 그의 표정은 음영에 가려져 있었지만, 새카만 눈동자가 발하는 광채와 시선에 실린 특유의 무게감은 여전했다.

나머지 두 사내는 그에 비하면 평범하기 그지없는 인상이었어도, 지극히 침착하게 이야기를 풀어 나가는 모양새만큼은 보통내기에게서 나올 수 있는 것이 아니었다.

"그렇군."

보고를 다 듣고 난 전북야의 반응은 그 한마디와 짧은 침묵이었다.

잠시 후.

"왕야, 신중하셔야 합니다."

하는 말에 고개를 끄덕인 그가 입을 열었다.

"그래, 어설프게 찔러 봤다가는 경계만 더 삼엄해지겠지. 길게 보고 작전을 짜야겠어. 일단은 어머니께서 안전하시다니 마음이 놓이는군."

전북야가 싱긋 웃으며 덧붙였다.

"지금껏 훌륭하게 잘해 줬다. 앞으로도 조심하도록."

허리를 굽히는 사내들을 뒤로하고 밖으로 나온 뒤, 원락을 벗어나기 무섭게 전북야의 걸음이 돌연 빨라졌다. 객잔 쪽이 아닌 엉뚱한 길로 접어드는 그를 보고 맹부요가 얼른 한마디를

했다.

"에효, 저 길치. 그쪽 아니에요!"

"이쪽 맞아."

전북야가 하얗게 반짝이는 이를 드러내고 웃었다.

"더워서 산책 좀 하련다."

"산책 좋아하시네!"

대번에 눈을 빗뜬 맹부요가 말했다.

"아직 여름도 아닌데 덥다고요? 본인을 잡으려는 그물이 쫙 깔린 성안에서 산책을요?"

이에 전북야가 현답을 내놓길.

"왜, 그럼 안 되나?"

"예, 예, 마음대로 하시든가."

기가 찬다는 표정으로 주변 건물을 쓱 훑어보던 맹부요에게서 미심쩍은 투의 질문이 나왔다.

"설마 황궁으로 가는 길은 아니죠?"

순간 전북야가 웃음기를 거두고 입을 딱 다물었다.

"에엥?"

멈칫 굳었던 맹부요가 한 박자 늦게 따져 물었다.

"그럼 아까는, 뻥친 거였어요?"

눈썹을 까딱 치켜세운 전북야가 뒤돌아 자리를 뜨려는 걸 맹부요가 허겁지겁 붙잡았다.

"미쳤어, 아까 하는 소리 못 들었어요? 계란으로 바위 치기란 말이에요. 흑풍기 3천을 줄줄이 끌고 가도 소용없을 텐데 아직 부하들은 모으지도 못했잖아요. 왜 그렇게 급해요? 사람 다 모으고, 계획도 다 세우고, 그러고 나서 하면 안 되냐고요!"

전북야는 아무 말 없이 그녀의 손을 뿌리치고 다시 걸음을 옮겼다.

"거기 딱 못 서요?"

맹부요가 버럭하면서 따라붙었다.

"난 당신이 관짝 열고 들어가는 꼴, 못 봐!"

"내가 안 가면 어머니가 죽는다."

그녀를 향해 돌아선 전북야가 차분한 어조로 말했다.

"아무리 늦어도 오늘 밤 안에는 얼굴을 보여 드려야 해."

멍청히 입을 벌리고 있던 맹부요는 뒤늦게야 그의 눈 안에서 들끓는 고통과 걱정을 읽어 냈다. 차분한 말투와는 전혀 딴판인 침중한 초조감이 흡사 휘몰아치는 검은 바람처럼 그녀를 덮쳐 와 심장을 아프게 쥐어짰다.

"비록 맑은 정신은 아니셔도 나와 어머니 사이에는 특별한 교감이 있다."

전북야가 나지막이 말을 이었다.

"어쩌면 어머니의 예민한 감각은 그 광증에서 기인하는지도 모르지. 지금 주변에 어떤 위험이 도사리고 있는지, 우리 모자가 어떤 지경에 내몰렸는지, 다 알고 계실 거다. 지난 며칠간 당신 아들이 사선을 넘나들었던 것도 알고, 내가 그랬듯 똑같이 애를 태우셨을 터. 나야 이 정도는 견뎌 낼 수 있지만, 문제는 어머니다. 안 그래도 유리처럼 깨지기 쉬운 분이 밤낮 근심과

공황에 시달리고 계신다. 차근차근 계획을 세워 움직일 때까지 버텨 내 주실 수 있을 것 같은가?"

전북야의 눈동자 안에서 물기가 반짝였다.

"화 공공을 통해 신표를 전달했으니 기다리고 계실 게 분명하다. 무슨 일이 있어도 얼굴은 한번 보여 드려야 해. 구출까지는 욕심내지 않더라도, 비록 찰나의 재회에 불과할지라도, 그게 어머니께는 남은 시간을 버틸 기둥이 되어 드릴 거다."

맹부요는 이 순간 전북야의 눈빛을 보고 비로소 깨달을 수 있었다. 곤족의 무덤이 얼마나 무시무시한 장소인지 알면서도 그가 장한밀림을 가로지르는 길을 택할 수밖에 없었던 이유를.

사흘이라는 짧은 시간 안에 목숨을 걸고 산맥을 가로지르면서 수하들이 차례로 희생되는 모습을 지켜보고, 본인 역시 죽음의 문턱까지 갔던 전북야. 그 모든 분투의 뿌리에는 어머니 곁에 조금이라도 빨리 당도해야 한다는 절박함이 있었던 것이다.

그러고 보니 무덤을 탈출한 직후 소라라는 병사가 없어졌다는 사실을 깨닫고 그곳에서 반나절을 지체하지 않았던가. 솔직히 말해 생환 가능성이 전무하다는 건 일행 모두가 훤히 꿰고 있었다. 그럼에도 끝까지 소라를 기다리던 그가 당시 얼마나 피 마르는 심정이었을지, 이제야 알 것 같았다.

우회로를 택했다면 아무리 말을 재촉한들 열흘은 걸렸을 거리. 천신만고 끝에, 사력을 다해 가까스로 이레를 줄였으면서도 전북야는 오지 않을 이를 기다리는 데에 천금 같은 반나절을 허비했던 것이다.

한마음으로 서로를 염려하는 모자에게, 어머니 걱정으로 애간장이 타들어 가는 전북야에게, 그 반나절은 1분 1초가 고문이지 않았을까.

버릴 줄도, 포기할 줄도 모르는 사람. 그 대상이 어머니가 됐든, 동료가 됐든 끝까지 희망을 놓지 않는 사내.

입술만 헛되이 달싹였지, 결국 이렇다 할 말을 뱉지는 못한 맹부요가 손을 뻗어 전북야의 옷자락을 꽉 틀어쥐었다.

"같이요!"

전북야가 거절할 기미를 보이자 맹부요가 재빨리 덧붙였다.

"여기서 싫다 하면 영영 당신 눈앞에서 사라져 버릴 거예요."

활활 타오르는 눈으로 그녀를 응시하던 전북야가 잠시 후 대꾸했다.

"사라져도 괜찮으니까 안전하기만 해라."

맹부요가 이에 격분해 벽을 박박 긁다가 쏘아붙였다.

"아까 전각 배치도 봤으니까 나 혼자 갈 거예요!"

결국 소리 내 웃어 버린 전북야가 그녀를 벽에서 떼어 냈다.

"그 말이 나올 줄 알았지. 가자!"

✿

근래 삼엄한 경계령이 내린 반도에서는 야간 통행 제한 탓에 기루며 도박장들이 이만저만 손해를 보고 있는 게 아니었다. 가게들이 일찌거니 문을 닫고 나면 거리에 남는 것은 썰렁한 고요뿐.

그러나 고양이라도 한 마리 지나갈라치면 반드시 어느 구석에선가 빼꼼히 고개를 내밀고 확인하는 자가 있었다. 명줄 한 번 더럽게 질긴 형제를 잡아야만 하루라도 발 뻗고 편히 자 볼 전남성과 전북항이 지금 얼마나 갸륵한 노력을 쏟아붓고 있는지 여실히 드러나는 부분이었다.

하지만 수비병들이 아무리 눈을 부릅뜨고 주위를 경계한들 경공을 써서 이동하는 고수의 움직임은 어렴풋한 그림자 정도로밖에 보이지 않았고, 그 덕분에 두 남녀는 금방 황궁 북문 부근까지 접근할 수 있었다.

궁문 광장 밖 통행령사 지붕에 붙어 광장 망루에서 천천히 회전하는 쇠뇌가 방향을 바꾸길 기다리던 중, 맹부요가 소곤소곤 질문을 던졌다.

"아까 만난 두 사람은 정체가 뭐예요?"

"외조부 밑에 있던 막료다. 두 황조를 거치는 동안 조정 내에 구축했던 세력과 수하들을 그대로 내게 남겨 주셨거든."

전북야가 답했다.

"작은 규모는 아니지."

"밖에서는 다들 열왕을 개털로 알던데요. 아무리 용맹한 호위대가 있은들 겨우 3천 명으로 뭘 할 수 있겠느냐며."

맹부요가 지붕 위 기왓장을 툭툭 치며 씩 웃었다.

"그러고 보니 요 아래가 바로 개털 왕야 집무실 맞죠?"

"그래, 여기서 일하는 동안 도장 찍는 법 하나는 기똥차게 익혔지."

전북야에게서 능청스러운 대꾸가 돌아왔다.

"도장을 어찌나 단정하고 위엄 있게 찍었던지, 반도 제일의 날인 명수라는 소리도 들었다."

빙긋 웃던 맹부요가 고개를 반대쪽으로 틀면서 눈가에 맺힌 물기를 닦아 냈다. 그러고는 아무렇지 않은 양 화제를 돌렸다.

"아, 언제 나도 통행부 좀 만들어 줘요. 부풍이랑 궁창이랑 헌원, 선기, 뭐 여기저기."

"궁창 쪽으로는 통행부가 거의 안 나온다. 우리하고 국교를 안 텄거든. 그쪽에서 초청하지 않는 이상에야 넘어갈 방법이 없어."

전북야가 대답했다.

"그보다, 너한테 통행부 내어 주지 말라는 당부를 받은 게 벌써 한참 전이다."

"누가 그딴 소릴 해요?"

홱 고개를 돌린 맹부요가 이글거리는 눈으로 물었다.

"어느 망할 놈이?"

"장손무극, 그 망할 놈이."

전북야의 삐딱한 눈빛이 그녀를 향했다.

"우리가 맹 장군의 원대한 이상을 막아설 입장이야 못 되지만, 그렇다고 불에 기름을 부어 줄 필요까지는 없지 않겠느냐며 통행부는 절대 내어 주지 말라더군."

맹부요의 낯빛이 급격히 어두워졌다.

장손무극, 그 처죽일 인간이! 수더분한 전북야를 몇 번 도와주다 보면 통행부야 어련히 손에 떨어지겠거니 하고 있었는데, 그 인간 때문에 다 망했어!

생각할수록 부글부글 속이 끓건만, 화풀이할 데가 마땅치 않았다.

그 망할 놈은 지금쯤 머나먼 무극국에서 정혼자랑 노닥이느라 신났을 터. 사람을 농락한 것도 모자라 앞길에 재까지 뿌려?

머리에서 김이 모락모락 나기 시작한 맹부요가 눈에 시퍼런 안광을 띠고서 기왓장을 까득까득 긁었다. 이것은 기와가 아니라 장손무극 살가죽이다 생각하며, 흉악하고 통쾌하게.

전북야가 그 모습을 보고 피식 웃더니 그녀의 손을 끌어당겨 토닥였다.

"지금이다."

두 사람은 곧장 몸을 날려 연기처럼 광장을 가로질렀다. 진행 방향이 서로 반대인 수비병 무리가 서로 엇갈리는 찰나, 곁을 빠르게 스쳐 지나자 15미터에 달하는 성벽이 나타났다. 그래 봤자 둘에게는 우스운 높이일 따름이었다.

전북야는 훌쩍 성벽 위로 뛰어오르는 동시에 거대한 수레형 쇠뇌에서 강철 화살 두 대를 뽑아 들었다. 그가 한발 앞서 비명을 지르려는 병사들의 목구멍에 화살을 박아 넣고는 내친김에 쇠뇌를 아예 망가뜨렸다.

그사이 맹부요는 미꾸라지처럼 망루 뒤편 당직실에 잠입해 나머지 수비병을 처리했다. 일을 마친 두 사람은 수비병과 옷을 바꿔 입었다.

전북야는 꽉 끼고 맹부요는 헐렁헐렁했다. 서로 마주 보자마자 웃음이 터져 나왔다.

황궁 출입구는 총 여덟 개였다.

장신문長信門이라고도 불리는 북문 주변은 천살국 중앙 관청 밀집지였다. 평소 문무백관이 황제를 알현할 때 이용하는 문인 만큼 경계 수준은 여덟 개 출입문 중에서 결코 낮은 편이 아니었다.

수비 태세가 가장 해이한 곳이라면 죄지은 노비와 분뇨 수레가 드나드는 서문이 있었지만, 전북야가 그곳을 택하지 않은 이유는 전남성과 전북항이 어떤 인간들인지 너무 잘 알기 때문이었다. 평소에 제일 만만한 서문이야말로 이 순간에는 최악의 위험 지대로 변모해 있을 터였다.

황궁 지리를 세세히 숙지하고 있는 전북야는 수비병들을 피해 빠른 속도로 이동했다. 그는 맹부요와 함께 곧장 궁궐의 중심부로 향했다.

안쪽으로 들어갈수록 수비병의 숫자가 많아지더니, 나중에는 몇 걸음 떼지도 못하고 중간중간 몸을 숨기느라 바쁜 처지가 됐다. 그나마 전북야가 주변을 소름 돋을 만큼 환히 꿰고 있어서 다행이었다.

한 번은 앞뒤에서 병사들이 동시에 나타나는 바람에 꼼짝없이 중간에 끼게 생겼는데, 맹부요가 이판사판으로 칼을 뽑으려는 걸 전북야가 갑자기 옆쪽으로 홱 잡아당겼다. 그녀가 끌려

들어간 곳은 수풀 뒤에 숨겨져 있던 공간이었다.

예상 밖에 간단히 위기를 벗어난 그녀는 어둠 속에서 놀라우리만치 밝게 반짝이는 전북야의 눈빛을 보며 열여덟 살이 되도록 황궁에 갇혀 살았다던 그의 과거를 떠올렸다.

이곳에 발이 묶여 지냈던 세월이 궁 안의 모든 것을, 풀 한 포기, 나무 한 그루까지도 세세히 그의 머릿속에 각인시켰으리라.

궁 밖에 저택조차 내어 주지 않을 만큼 그를 무시하고 적대시했던 선황 부자는 자신들의 행동이 도리어 먼 훗날 그에게 도움이 될 줄은 꿈에도 몰랐을 것이다.

서화궁 외곽까지 쥐도 새도 모르게 당도하는 데는 성공했으나, 그사이 시간이 꽤 많이 흐른 뒤였다. 아직 하늘이 새카맣기는 해도 이는 여명 직전, 어둠이 가장 짙은 찰나여서일 뿐이었다. 곧 날이 밝아 올 터였다.

맞은편 중련궁은 고요했고, 높다랗게 쌓아 올린 담장 위에서도 딱히 의심스러운 정황은 눈에 띄지 않았다. 하지만 서화궁 중에서도 특히나 후원 쪽은 중련궁으로부터 물샐틈없는 감시를 받고 있을 게 뻔했다.

서화궁 안에는 지나다니는 개미 한 마리까지 똑똑히 보일 정도로 조명이 환하게 밝혀져 있었다.

조바심을 내는 맹부요와 달리 정작 전북야는 차분히 가라앉은 모습이었다. 그의 손짓과 동시에 두 사람이 서화궁 외곽 담장 위로 훌쩍 올라섰다. 중련궁을 측면에 둔 이 지점은 감시의 눈길이 유일하게 닿지 않는 사각지대였다.

담장 꼭대기에 엎드리자 그윽한 꽃내음이 코끝을 스쳤다. 주점에서 사내가 이야기했던 꽃이 많이 핀 골목 뒤편은 바로 이곳, 서화궁 화원을 가리키는 말이었다.

흐드러진 꽃송이 사이에서 희미하게 소리가 들려왔다. 허공에 나부끼는 거미줄만큼이나 가냘픈 소리.

깊은 밤, 황궁 화원 심처를 나비처럼 팔랑팔랑 떠돌고 있는 소리는 겨울날의 가련한 나비같이 그 푸석하게 시든 날개에 지워진 세상의 서릿바람을 차마 감당해 내지 못하는 듯했다. 그럼에도 나비는 무력한 날개를 애써 추스르며 모진 눈서리 속을 힘겹게 날고 있었다.

자세히 귀를 기울여 보니 그것은 여인이 나지막이 흥얼거리는 노랫소리였다.

"막막한 벌판에 강줄기 아득한데 나의 아이는 어디로 갔나 알 길이 없네……. 가없는 창산에 햇빛 쏟아지는데 나의 아이는 언제 돌아오려나 기약이 없네……."

살짝 잠긴 목소리였다. 타고나길 탁한 음색인지, 아니면 같은 노래를 한없이 읊조리느라 목이 망가졌는지 알 길이 없었다. 여인이 내뱉는 노랫말은 비록 화려하지는 않았으나, 한 구절 한 구절 깊은 그리움이 절절히 흘렀다.

야심한 시각에 궁궐 한복판에서 들리는, 어느 지방인가의 수수한 옛 민요. 아주 가녀리게 이어지는 여인의 음성.

다소 모골이 송연해지던 참인 맹부요의 시야 끄트머리에 반짝, 뭔가 빛나는 게 걸렸다. 고개를 돌린 그녀가 발견한 것은 담장 꼭대기에 엎드려 노랫소리에 귀를 기울이던 전북야의 얼굴에 천천히 새겨지고 있는 두 줄기 눈물 자국이었다. 어지간해서는 울지 않던 남자의 눈에 느릿느릿 차오른 물기가 아주 가느다란 선을 그리며 아래로 미끄러져 내리고 있었다.

달빛을 받은 눈물의 반짝임이 맹부요의 가슴을 뒤흔들어 놓았다. 그녀의 손가락이 담장 표면을 파고들었다.

이토록 애잔한 모자지간이라니.

모친은 잠도 잊은 채 담장에 가장 가까이 붙은 화원에서 쉼 없이 노래를 부르고, 담장 하나를 사이에 둔 아들은 지척에 있으면서도 만날 수 없는 어머니가 자신을 향한 그리움을 담아 부르는 노래를 들으며 눈물만 삼키고 있었다.

온전치 못한 정신으로도 아들이 처한 상황을 예민하게 느끼는 모친과, 그런 어머니의 곁을 지키고자 그 모든 희생을 무릅쓰고 천 리 길을 달려왔으나 결국은 담장을 넘지 못하고 어머니의 초췌해졌을 얼굴을 그저 상상만 할 수밖에 없는 아들…….

지척이 천 리로구나.

맹부요가 차디찬 담장에 이마를 갖다 댔다. 병상에 누워 있던 엄마의 모습을 떠올리니 어느덧 눈시울이 뜨거워졌다.

엄마도 내가 어렸을 때 좋아하던 〈착한 아이〉를 부르면서 매일같이 기다림의 시간을 보내고 있는 건 아닐까?

엄마도 밤중까지 잠을 이루지 못한 채, 달빛 비치는 화원에 나가 그 여윈 손으로 반쯤 시들어 버린 꽃잎을 매만지고 있지는 않을까?

그녀가 소리 없이 떨군 눈물이 진홍색 담장 한구석을 적시고 있었다. 아까부터 그녀를 바라보고 있던 전북야의 눈에서는 이미 물기가 가신 뒤였다.

눈물이 마른 자리를 대신 채운 것은 안타까운 탄식. 하지만 담장 위에 엎드린 자세에서는 움직임에 한계가 있었기에, 전북야가 할 수 있었던 일은 그저 손가락을 뻗어 맹부요의 어깨를 살며시 어루만지는 것뿐이었다.

맹부요가 그를 향해 애써 웃어 보였다. 별빛이 반짝반짝 부서지는 그녀의 눈동자를 보며, 전북야는 자신이 숙명적으로 지고 태어난 상처를 들여다보는 듯한 기분에 사로잡혔다.

아프지만 결코 도려낼 수 없는 상처.

그를 위해 울어 주는 여자, 그가 일생을 다해 지켜 내야 할 이들……

노랫소리가 여전히 주위를 맴도는 가운데, 전북야의 눈 속에서 화르르 화염이 불타올랐다. 그가 막 몸을 일으켜 아래로 뛰어내리려던 때였다.

"나의 아이는 언제 돌아……."

"공정태비恭靜太妃마마."

느닷없이 끼어든 남자의 목소리에 담장 위 두 사람이 움찔했다. 맹부요가 일단 반쯤 일어나 있던 전북야부터 잽싸게 끌어당겨 아래로 내리눌렀다.

"밤이 깊었으니 이만 들어가 쉬시지요."

언뜻 환관의 느낌이 나는 음성이었다. 전북야의 모친에게 하는 말인 것 같았다.

하지만 그녀는 상대의 설득에 전혀 아랑곳하지 않고 노래를 이어 갔다.

"태비마마, 안으로 드시지요!"

이번에는 다른 젊은 사내였다. 냉랭하고, 느린 말투. 드시지요! 네 글자에 특히 힘이 실린 게 느껴졌다.

태감과 시위들에게 지시가 떨어지는 동시에 소란스러운 발소리가 울렸다. 옆에서 누가 태비를 붙들었는지 노래는 곧 끊겼으나, 아무래도 그녀가 협조적이지 않은 모양이었다.

버둥거리는 소리, 거친 숨소리, 주먹질에 발길질 소리, 뭔가를 잡아끄는 소리에 이어.

"으아아!"

하는 비명이 터져 나오더니 누군가 악을 썼다.

"물렸어요!"

아래쪽에서 몸싸움하는 소리가 들려오자마자 맹부요가 즉각 손을 뻗어 전북야를 찍어 눌렀다. 전북야는 순식간에 눈이 시뻘겋게 충혈된 모습이었다.

조금 있으면 머리카락까지 가닥가닥 곤추세울 기세인 그를 향해, 맹부요가 눈빛으로 무언의 애원을 전달했다.

'제발, 안 돼요!'

궁 안에 운집한 시위들이 만반의 태세를 갖추고 그가 나타나기만을 기다리는 상황이었다. 게다가 젊은 사내는 아무래도 그의 아우인 듯했다. 지금 저들 앞에 모습을 드러내는 건 자살행

위나 다름없었다.

담장 위에 엎드린 전북야는 온몸을 부들부들 떨고 있었다. 돌 표면 깊숙이 파고든 손마디는 형편없이 일그러져 원래의 형체를 알아보기가 힘들 정도였다.

그가 느릿느릿 고개를 틀어 맹부요를 바라봤다. 어머니를 저 우악스러운 자들의 손아귀에서 빼낼 수만 있다면 전북항이 준비해 놨을 함정과 그물은 두렵지 않았다.

어머니는 낯선 사람을 몹시 두려워했다. 당신 아들 외에는 누구에게도 곁을 주지 않는 분이, 지금 얼마나 큰 공포와 무력감에 떨고 계실지.

마음 같아서는 당장이라도 저 사이로 뛰어들고 싶건만…… 차마 그럴 수가 없었다.

지금 그는 혼자가 아니라 맹부요와 함께이므로.

어찌 어머니만 생각하고 맹부요를 나 몰라라 할 수 있겠는가? 어찌 자신의 이기심으로 그녀를 사지에 몰아넣을 수 있겠는가?

전북야가 눈을 감았다. 그러고는 최소한의 움직임으로 소리 없이, 그러나 안간힘을 다해 이마를 담벼락에 짓이겼다. 자학에 가까운 모진 행동이 담장 표면의 진홍색 칠을 벗겨 내고 그 자리를 또 다른 선홍빛으로 물들였다.

선홍 빛깔은 점점 더 영역을 넓혀 가는데, 전북야는 멈출 줄을 몰랐다. 어머니가 모욕당하는 현장을 빤히 지켜봐야만 하는 고통을 삭일 방법은 오로지 이것밖에 없다는 듯이.

맹부요는 이를 악물었다. 아랫입술에 박히는 이의 감촉이 느껴졌다.

고개를 들어 전북야를 외면한 그녀는 필사적으로 머릿속을 뒤졌다. 어떻게든 태비를 구해 낼 방도를 찾아야만 했다. 아니면 최소한 서로 얼굴이라도 보게 해 줘야 했다. 저 가련한 여인은 더 이상 버틸 힘이 없어 보였다.

담장 안쪽에서는 실랑이가 계속됐다. 아마 전북야에게는 1초가 1년 같은 고통이리라. 맹부요는 전북야를 꽉 내리누른 채로 그가 당장이라도 폭주하는 건 아닐지 마음을 졸이고 있었다.

그때였다. 시끌벅적한 아수라장을 뚫고 누군가의 목소리가 들려온 것은.

"그만 되었다."

중년 남자의 음성에서는 긴 시간 지배자의 위치를 누려 온 인물 특유의 위엄이 느껴졌다. 맹부요는 곁에서 전북야의 눈썹을 꿈틀하는 걸 보고 저 남자의 정체가 전남성임을 알아챘다.

적막 속에서 여인이 풀려났다. 그 난리통에도 끝까지 눈물만은 보이지 않던 여인은 시위들이 손을 떼자마자 다시금 노래를 부르기 시작했다.

"나의 아이는 언제 돌아오려나 기약이 없네……."

홀로 울려 퍼지는 노랫가락을 배경으로 다들 침묵을 지키길 한참, 천살국 황제 전남성이 가느다란 탄식을 섞어 말했다.

"어린 시절 들어 본 듯도 하구나."

아련한 옛 기억에 울적해진 목소리가 느릿느릿 이어졌다.

"황태후께서 일찍 가시기는 하였으나 여섯 살 무렵인가, 모친의 무릎 위에서 이 노래를 들었던 기억이 어렴풋이 난다."

궁 안의 침묵이 한층 짙어진 가운데, 전북항이 헛기침을 하는 소리가 들렸다.

홀연 노래를 멈춘 공정태비가 어눌하게 중얼거렸다.

"당신한테는…… 안 불러 줘……."

전남성이 '음?' 하자 공정태비가 목소리를 높였다.

"죽일 거잖아, 그 애를 죽일 거면서!"

이 순간, 그녀의 발음은 더 이상 어눌하지 않았다. 그녀는 명료한 사고로 전남성이 무슨 짓을 벌이려는지를 똑똑히 알고 있었다.

한 나라의 황제를 바로 앞에 두고, 아우를 살해하려는 그 죄상을 또박또박 열거하는 모습. 과연 저 여인을 미친 사람이라 할 수 있을까.

전북야가 흠칫 몸을 떨었다. 담장 안쪽에는 물을 끼얹은 듯한 고요가 들어찼다.

"그러면 안 될 이유라도 있나?"

한참을 말없이 있던 전남성이 예상 밖에 순순히 자신의 의도를 인정했다.

"내 침상 곁에 어찌 다른 자를 재우랴."

"그 애는 당신 같은 거 싫어해!"

말뜻을 곡해한 태비가 발끈하자 전남성이 피식 웃는 소리가 났다. 자기가 지금 정신 나간 여자와 무슨 대화를 하는 건가 싶었는지, 이어진 음성은 차갑게 식어 있었다.

"소란은 이쯤 피웠으면 충분하겠지. 혈도를 짚어 침전으로 모시거라. 나머지는 각자 위치를 지키고."

전북항을 향해 돌아선 그가 덧붙였다.

"항이, 너는 어서방御書房으로 따라오너라."

"예."

저벅저벅 멀어져 가는 발소리와 함께 시위 무리도 자리를 떴을 무렵, 저만치 앞쪽에서 등장한 순찰대가 담벼락을 향해 접근해 왔다. 맹부요와 전북야는 은밀히 다른 쪽 담장으로 자리를 옮겨 다시 그늘 안에 몸을 숨겼다.

저 멀리 황제와 항왕의 모습이 시야에 들어오자 맹부요는 눈짐작으로 거리를 재면서 목표물 주변에 인원이 얼마나 붙었는지를 재빨리 살폈다. 아깝지만 지금 뛰쳐나가서 둘을 인질로 잡기는 어려울 것 같았다. 일단은 단념할 수밖에 없었다.

그곳에 잠복한 채 모두가 가장 피로하고 해이해질 때를 기다리던 두 사람이 마침내 조용히 몸을 일으킨 순간이었다. 안쪽에서 문이 열렸다가 닫히는 소리가 들리더니 누군가 담장 쪽으로 걸어오는 기척이 났다.

담장의 아랫부분에 풀썩 기댄 자가 늘어지게 하품을 하며 말했다.

"벌써 며칠째야, 밤새 잠도 제대로 못 자고. 사람 잡는구먼."

그러자 또 다른 목소리가 말을 받았다.

"내가 날짜를 계산해 봤는데 열왕한테 날개가 달렸다고 친들

지금은 절대로 반도에 있을 수가 없어요. 대체 뭐 하러 벌써부터 철야 경계를 서라는 거야?"

앞서 운을 뗐던 자가 덧붙였다.

"장한산에서 죽었다는 소리도 있던데."

"진짜?"

되묻은 목소리는 대략 셋. 둘은 반가워하는 듯했지만, 나머지 한 명은 낙담한 투였다.

"정예병 수만 명한테 포위당해서 죽음의 숲으로 쫓겨 들어갔다잖아. 다들 알다시피 거기서 살아 나온 사람이 있었냐."

침묵이 흐르길 잠시, 누군가 작게 중얼거렸다.

"애석하네. 불세출의 영웅이⋯⋯."

"존지存志! 입조심해!"

다른 사내가 즉시 면박을 줬다.

"폐하께서 친히 추살을 명하신 역적 놈이라고!"

순간 말문이 막힌 듯하던 존지라는 인물이 벌컥 성을 냈다.

"손孫 형, 그딴 소리가 나옵니까? 3년 전 그 집 아이가 천연두에 걸렸을 때, 고쳐 줄 명의가 있다는 걸 은자가 없어서 못 데리고 갔잖아요. 애는 다 죽어 가고, 친척들한테 돌아가면서 손 벌렸어도 돈은 안 만들어지고! 그때 마침 폐하께 보고 올릴 게 있어 반도로 돌아온 왕야께서 사연을 듣고 선뜻 도와주셨기에 망정이지, 아니었으면 지금 자식새끼 묫자리에 잡풀이 한 자는 자랐을 거면서!"

손 형이라는 인물이 할 말을 잃은 사이, '흥' 하고 콧방귀를 뀐 존지가 앉아 있다가 몸을 일으켰다.

"뒷간이나 다녀오렵니다."

전각 모퉁이를 돌아 변소에 들어가서 바지 허리끈을 막 풀었을 즈음, 검은 그림자가 그의 눈앞을 훌쩍 스쳐 갔다. 기겁해 고개를 쳐든 그가 마주한 것은 커다랗게 반짝이는 눈동자.

눈동자의 주인이 퍽 상냥한 미소를 짓는가 싶더니 그가 미처 추켜올리지 못한 바지춤을 대신 추슬러 주며 나지막한 소리를 냈다.

"쉬잇."

오밤중에 남자 변소에 난입해 외간 사내의 아랫도리를 손봐주고 있는 인물은 물론 맹부요였다.

냅다 소리를 지르려던 존지는 맹부요의 손날에 한 대 툭 맞는 즉시 숨이 막혀 입을 뻐끔거리는 것조차 불가능해지고 말았다.

이제부터 무슨 일을 당하는 걸까.

공포로 커다랗게 벌어진 그의 눈이 상대를 응시했다.

이때 맹부요의 뒤편에서 검은 그림자 하나가 천천히 등장했다. 존지의 눈빛에 담긴 감정이 놀라움에서 반가움으로, 반가움에서 다시 두려움으로 변하는 걸 지켜보던 맹부요가 말했다.

"형씨, 아까 하는 소리 다 들었소이다. 고맙게도 사람이 참 의리 있더구먼. 열왕 전하께서 여기 오신 목적이야 짐작이 갈 테고, 잠깐 좀 도와줄 생각 있나?"

사내가 머뭇머뭇 기어들어 가는 소리로 대꾸했다.

"왕야께서 무사하심은 기쁜 일이오나……, 태비마마는 못 나가십니다. 이곳 뒷간만 빼면 궁 안팎 전체에 기관 장치며 함정이 꽉꽉 들어찼어요. 소인이 목숨 바쳐 돕는다고 해도 마마를 빼내는 일은 불가능합니다."

"한 번 뵙기만 하면 된다."

전북야가 목소리를 낮춰 말했다.

"내가 무탈하다는 것만 보여 드리면 돼."

사내가 고민하는 틈에 맹부요가 한마디를 툭 내뱉었다.

"이 옆으로 여자 변소도 있을 것 같은데?"

"그러합니다."

사내가 답했다.

"감시 인원이 늘어나면서 새로 지은 측간인데 남자 쪽과 여자 쪽이 거의 붙어 있다시피 합니다. 뒤편에 난 창이 서로 마주 보고 있어요."

"그럼 태비마마만 여자 변소로 모셔 오면 모자 상봉이 가능하겠구먼."

"안 될 말입니다."

사내가 난색을 표했다.

"태비마마의 신분으로 바깥까지 나와서 간이 변소를 쓰시다니요."

"바꿔치기라는 방법이 있다는 말씀."

씩 웃은 맹부요가 사내의 귀에 대고 몇 마디를 소곤거렸다. 잠시 고민하던 상대가 곧 고개를 끄덕이자 옆에서 지켜보고 있던 전북야가 물었다.

"부요, 뭘 하려는 거냐?"

"할 일을 하겠다는 것뿐이에요."

맹부요가 사내의 어깨를 툭툭 쳤다.

"형씨만 믿겠소이다! 성공만 한다면야 보답할 기회는 얼마든 있을 테고."

"천살에서 왕야의 명망이 어떤지야 말해 무엇하겠습니까. 변경 씨족 공동체에 크나큰 은혜를 베푸시고, 마라를 내몰아 우리 삶을 지켜 주신 성왕께서 이런 대우를 받는다니, 아니 될 일입니다."

사내가 허리를 숙였다.

"왕야께 쓰이는 것은 소인의 영광입니다."

사내의 맑은 눈동자 안에서 진심을 읽어 낸 맹부요가 눈을 반짝 빛내며 안도의 한숨을 내쉬었다.

"가 보시게."

그녀에게서 자그마한 병 하나를 넘겨받아 손에 틀어쥔 사내가 조심스럽게 밖으로 나간 후, 맹부요와 전북야는 다른 사람과 마주칠 걸 대비해 측간 위쪽 어두운 그늘에 몸을 숨겼다.

전각에서 가까운 위치인지라 소리는 낼 수 없는 상황이었기에 전북야가 벽에 한 자 한 자 글씨를 써 말을 대신했다.

'어쩔 생각이지?'

맹부요 역시 글로 답했다.

'가능하면 모시고 나가야죠.'

순간 눈빛에 날을 세운 전북야가 그녀를 잡아채려 팔을 뻗자, 맹부요가 이를 날래게 피하면서 아래쪽을 가리켰다.

마지못해 손을 거둬들인 전북야가 두 눈을 부릅뜨고 글자를 휘갈겼다.

'허튼 생각하지 마라!'

맹부요가 대꾸했다.

'바른 생각으로 살아 본 적이 없는지라.'

뒷목을 잡고 넘어갈 뻔한 전북야가 차라리 혈도를 찍어 끌고 나가는 편이 나을지 고심하던 찰나, 아래쪽에서 고개를 푹 수그리고 나타난 궁녀 하나가 아랫배를 부여잡고 측간 안으로 뛰어 들어갔다. 맹부요가 씩 웃으며 몸을 날린 것도 바로 그 순간이었다.

전북야가 대번에 그녀의 의중을 알아채고 급히 뒤를 쫓으려는데, 맹부요가 허공에서 고개를 돌리더니 서릿발 같은 예기가 서린 눈으로 그를 쏘아봤다. 천하의 전북야를 일순 얼어붙게 만들 만큼 날카로운 눈빛.

그가 멈칫한 순간, 두 측간 사이의 그늘을 훌쩍 지나 여자 칸으로 들어간 맹부요가 배탈 난 궁녀의 혈도를 가볍게 제압해 옷가지를 벗겨 냈다. 이어서 궁녀의 얼굴을 힐끔거려 가며 간단히 역용을 마치고 옷을 갈아입는 참인데, 등 뒤에서 '쐐액' 하고 바람을 가르는 소리가 들려왔다.

미끄러지듯 옆쪽으로 피한 맹부요는 옷가지를 챙겨 입는 한편, 비좁은 공간 안에서 전북야와 실랑이에 돌입했다. 아주 방해하려고 작정을 했는지 숨 쉴 틈도 주지 않고 공격을 퍼붓는 전북야를 향해 그녀가 한 말은 딱 두 마디였다.

첫마디인즉슨.

"더는 못 버티실 거예요!"

두 번째 마디는.

"날 믿어요."

바람 소리가 뚝 그쳤다. 멍하니 동작을 멈춘 전북야의 눈빛이 흔들리고 있었다. 이미 옷을 다 갖춰 입은 맹부요가 그런 그를 향해 생긋 웃으며 남자 변소 쪽을 가리킨 후 지체 없이 밖으로 나섰다.

변소를 나온 그녀는 즉시 허리를 동그랗게 말고 아랫배를 끌어안았다. 배탈이 잔뜩 난 모양새를 하고서 전각 쪽으로 종종걸음을 치다 보니 저만치에 아까 그 존지라는 이름의 병사가 나타났다.

전각 앞에서 어슬렁거리고 있던 그가 장창을 쥔 손을 세워 내전 밀실 방향을 가리켰다. 맹부요가 눈짓으로 고마움을 표했다.

조금 전 변소에서 그녀가 존지에게 맡긴 일은 내전 앞을 순찰할 때 궁녀들이 쓰는 방 창문을 통해 가루약을 살포하라는 것이었다. 존지는 꽤 요령 있게 임무를 후딱 해치웠다.

잽싸게 내전으로 향하며 주변을 살피던 그녀는 외전을 지키는 태감 둘이 전부 무공을 하는 자들임을 단번에 알아봤다.

그녀를 발견한 태감 하나가 말을 붙였다.

"난아蘭兒, 속이 안 좋으냐? 찬 바람 안 들어오게 창문 잘 닫거라."

맹부요가 대충 얼버무리고 지나치려는데 상대가 고개를 들더니 흠칫 놀랐다.

"아니? 너는……."

말이 끝나기도 전에 양쪽 손날로 두 놈을 각각 내리쳐 기절시킨 그녀가 축 늘어진 몸뚱이를 휘장 뒤로 끌어다 놓고, 내전에 들어가서도 같은 식으로 궁녀들을 순식간에 제압했다. 이들 중 누가 믿을 만한 사람인지 알 길이 없으니 안전을 위해서는 전원 혼절시켜 놓는 게 최선이었다.

찰랑거리며 빛을 흩뿌리는 주렴과 하늘하늘 물결치는 휘장 아래로 팔보 문양이 조각된 황동 향로가 은은한 향을 발하고, 여인은 엷은 연무에 잠겨 깊이 잠들어 있었다.

침상 앞에 조용히 무릎을 접고 앉은 맹부요가 태비의 얼굴을 물끄러미 들여다봤다. 전북야와 똑 닮은 용모에, 그와 마찬가지로 불굴의 근성이 서린 인상이었다.

다만, 그녀는 아들과 다르게 핏기 없이 수척했다. 비록 여전히 또렷한 이목구비였으나, 벌써 귀밑머리에 서리가 앉기 시작한 그녀에게서 과거 한 나라의 국모가 떨치던 화려함은 찾아볼 길이 없었다. 남은 것은 망망한 혼돈의 세월이 할퀴고 지난 자리의 한없는 비애뿐.

맹부요는 망설이는 중이었다. 배짱 좋게 들어오기는 했는데, 정신이 온전치 못한 전북야의 모친이 과연 계획대로 움직여 줄지는 미지수였다. 그간 제정신이 아닌 채로 살아온 세월이 얼마던가…….

모래시계 안에 담긴 황금 모래알이 소리 없이 시간을 갉아먹고 있었다.

지금쯤 전북야는 얼마나 애가 탈까.

그를 떠올린 맹부요가 굳게 마음먹고 태비의 혈도를 풀었다.

태비의 눈꺼풀이 느릿느릿 들려 올라갔다. 맹부요를 발견한 그녀는 멍하니 눈을 깜빡거린 게 전부였고, 다행히 소리를 지르거나 하지는 않았다.

간신히 한숨 돌린 맹부요가 상체를 기울여 침상에 기댔다.

"전북야가 보냈어요. 전, 북, 야!"

한 자 한 자 그녀가 꾹꾹 눌러 뱉은 이름을 듣더니 태비가 눈을 반짝 빛내며 중얼거렸다.

"소……야?"[17]

"맞아요, 소야!"

아들 이름만은 단번에 알아듣는 태비를 보며 눈시울이 붉어진 맹부요가 창밖 변소를 가리켰다.

"여자 변소, 저기서 기다리고 있어요."

"기다……려?"

"네!"

옷고름으로 향하는 맹부요의 손길에 태비가 흠칫 움츠러들자, 맹부요가 그녀의 등을 토닥이며 부드러운 목소리로 말했다.

"소야 만나러 가려면 옷부터 갈아입어야 해요."

---

17  전북야를 친근히 이르는 말. 이름 앞에 '소'를 붙이는 중국식 호칭.

전북야를 만날 수 있다는 소리를 듣자 태비도 순순히 양팔을 벌려 환복을 도왔다.

서로 옷을 바꿔 입은 뒤 궁녀의 얼굴을 본떠 태비에게 역용을 해 준 맹부요가 그녀를 창가로 데려가 다시 한번 변소 쪽을 가리켰다.

"여자 칸이에요! 저 앞까지 고개를 숙이고 가서 안으로 들면 소야를 보실 수 있을 거예요. 말씀은 하지 마시고요."

"말 안 해, 소야가 죽어."

태비의 입에서 또렷한 문장이 흘러나왔다.

맹부요는 코끝이 시큰해지는 걸 느꼈다. 눈시울을 붉히던 그녀가 힘차게 고개를 끄덕이며 맞장구를 쳤다.

"맞아요, 죽으면 안 되니까!"

"실은, 그래 봤자 살 거야."

신이 나서 방긋 웃는 태비의 얼굴에서 소녀 같은 아름다움이 묻어났다.

고개를 끄덕한 맹부요가 태비를 살며시 전각 입구로 밀어 내보냈다. 고개를 푹 수그리고 조심조심 문지방을 넘는 태비의 모습은 맹부요가 당부한 그대로였다.

맹부요가 뒤에서 지켜보는 동안, 치맛자락을 여며 쥔 태비는 조금도 우왕좌왕하지 않고 변소를 향해 걸음을 옮겼다. 존지가 은근슬쩍 다른 이들의 눈을 돌린 틈에 한 발 한 발 느리게 앞으로 향하던 태비가 마침내 누구의 방해도 없이 여자 변소로 들어섰다.

모든 과정이 상상 이상으로 순조로웠다.

조용히 창가에 서 있던 맹부요는 태비의 뒷모습이 여자 변소에 드리운 어둠 속으로 사라지는 걸 보고서야 가까스로 마음을 놓았다.

맞은편 남자 칸 창문에서 아들의 얼굴을 발견하는 순간이 태비에게는 얼마나 큰 기쁨일까. 모친의 무탈한 모습이 전북야에게는 얼마나 큰 위안이 될까.

맹부요는 그 긴 세월을 광기에 갇혀 살았음에도 아들에 관한 이야기에는 신기할 만큼 명민한 반응을 보이던 태비를 떠올렸다. 또한 전북야를 둘러싼 사람들의 충심, 신의, 존경, 혈육의 정을 되돌아보았다. 세속의 범부는 결코 이해하지도, 가져 보지도 못할 그 위대한 감정들을.

넋을 잃고 생각에 빠지길 잠시, 어느덧 차오른 눈물 아래로 맹부요가 빙긋이 미소를 지었다. 창가에서 물러난 그녀가 태비의 의복을 걸친 채 침상에 몸을 눕혔다. 태비가 돌아오길, 혹은 돌아오지 않길 기다리며.

내심 바라기로는 전북야가 어머니를 데리고 훌쩍 달아났으면 싶었다. 이러니저러니 해도 본인 앞가림할 능력은 자신이 태비보다야 낫지 않겠는가. 하지만 한편으로는 전북야가 자길 버리고 갈 리가 없다는 걸 너무 잘 아는 그녀였다.

두 팔을 뒤통수에 대고 누운 그녀의 입가에 배시시 미소가 어렸다. 자기가 한 일 덕분에 누군가가 행복해졌다는 게 뿌듯해서였다.

그러나 그 미소는 다음 순간 차갑게 얼어붙고 말았다. 전각 밖에서 날아든 환관의 새된 외침 탓이었다.

"황제 폐하 듭시오!"

# 절대 놓칠 수 없는

침상에서 벌떡 일어난 맹부요가 아연실색해 전각 입구를 쳐다봤다.

전남성 저 새끼, 갈 때는 언제고 왜 또 기어들어 와? 대체 뭐가 잘못된 거지? 완전히 막다른 골목인데 이걸 어째?

앉은 자세로 1초 정도 멍 때리던 그녀는 금방 마음을 굳혔다.

에라, 기왕 이렇게 된 거 오늘이 네놈 목 따는 날이다!

외전 태감과 궁녀는 모조리 휘장 뒤에 처박아 뒀고, 침상 앞에도 궁녀 둘이 엎어져 있었다. 전각 안에 멀쩡히 돌아다니는 궁녀가 하나도 없어서야 분명 의심을 살 터, 맹부요는 궁녀 둘의 혈도를 풀어 준 뒤 잽싸게 벽을 보고 누워서 자는 척에 돌입했다.

눈을 비비며 일어난 궁녀들은 자기가 어쩌다가 여기 엎드려

230

잠이 들었나 의아해하면서도, 맹부요가 뒤돌아 누운 모습을 보고서는 조심조심 뒷걸음질을 쳐 침상 곁에서 물러났다.

이때 전남성이 안으로 들어왔다. 뒷짐을 지고 문턱을 넘어온 황제는 이마에 그려진 내 '천' 자가 보여 주듯 속이 시끄러운 참이었다.

잠자리에 들었던 그를 깨운 건 장한산맥에서 전북야의 시신이 발견됐다는 소식이었다. 보고를 받고 한참을 고민하던 끝에 결국 서화궁까지 와 버리고 말았다.

맹부요는 모로 누운 채 새하얀 벽에 아른거리는 그림자를 노려보고 있었다. 전신에 힘을 바짝 넣은 그녀는 이제 한 발자국만 더 거리가 줄어들면 목표물을 덮칠 생각이었다.

그러나 전남성은 한 장 밖에서 멈춰 섰다.

침상 위, 곡선이 분명한 뒷모습을 넋 놓고 쳐다보던 그가 묘한 눈빛을 내비치더니 팔을 내저어 궁녀들을 바깥으로 물렸다.

얼마 안 가 실내에는 두 사람만이 남겨졌다. 한 명은 누운 채로, 다른 한 명은 선 채로, 양쪽 모두 움직임 없이 가벼운 숨소리만을 내고 있었다. 침상 앞 황동 향로에서 하늘하늘 피어오른 연무가 두 사람 사이에 어렴풋하니 고운 휘장 한 겹을 드리웠다.

뻣뻣하게 굳은 맹부요는 묵직한 열기를 품은 눈빛이 자신의 몸을 집요하게 훑는 걸 느끼고 있었다. 그러면서도 상대는 한 걸음도 더 다가올 생각을 안 했다.

기다림 자체도 고역일뿐더러 이러다가 전북야가 앞뒤 안 가리고 쳐들어오기라도 하면 어쩌나, 피가 말라 죽을 판이었다.

맹부요가 속으로 저주를 퍼부었다.

당장 이리 안 오면 나중에 태어날 네 아들놈, 고추 떨어질 줄 알아라!

홀연 등 뒤에서 전남성이 입을 열었다. 첫마디는 탄식에 가까운 부름이었다.

"정비靜妃······."

일순 흠칫한 맹부요는 한 박자 늦게야 상대가 태비를 옛 봉호로 부르고 있음을 눈치챘다.

그런데 어째서? 왜 공정태비가 아니라 굳이 정비라고 하는 거지?

"기별을 받았소······. 이제야 가슴속 돌덩이를 내려놓은 기분이오."

기별이라니, 무슨?

전남성이 또 한 번 한숨을 흘렸다.

"이제 그대 홀로 남았구려."

엉?

짧은 침묵이 흐르던 도중 전남성이 돌연 한 발짝 뒤로 물러났다. 당황한 맹부요가 당장 튀어 나가려던 찰나, 그가 의자를 끌어다가 앉는 모습이 눈 가장자리에 걸렸다.

뭐야, 장기전으로 넘어가자는 거냐?

뒤에서 느껴지는 눈길 때문에 등이 근질거려 죽을 맛이었다. 가까이 오라는 놈은 안 오고, 오면 안 되는 놈은 들이닥칠까 봐

겁나고, 속은 타들어 가는데 꼼짝할 수는 없고.

온몸에 이가 바글바글해도 긁을 수가 없는 이 기분, 진정 환장할 노릇이었다.

그 와중에 전남성의 한숨 소리가 또 들려오자 온몸에 소름이 쫙 돋았다.

저 작자는 갱년기가 벌써 왔나.

"그대를 처음 만났던 날을 기억하오……."

느닷없이 화제를 돌린 전남성이 회상에 잠긴 투로 말했다.

"전군 최선봉에서 금나라 황궁을 뚫은 내가 제일 먼저 향한 곳이 바로 성의궁盛儀宮이었지. 문을 밀어 열자 흰옷을 입고 단정히 앉아 있던 여인이 고개 들어 미소 짓더니 말하더군. '장군, 먼 길 고생하셨소.'라고."

잠시 간격을 뒀던 그가 착 가라앉은 목소리로 읊조렸다.

"꽃잎 사이 쌓인 흰 눈이 촛불 그림자에 부서지니, 창에 드리운 발 너머로 둥근 달 떠오르는구나……."[18]

꽃잎에 앉은 눈송이, 흐드러진 달빛.

그 옛날 경국지색의 황후가 먼지 쌓인 세월을 밟으며 느릿느릿 걸어와 전남성의 앞에 섰다. 허공 너머, 기억 속에 영원히 간직된 그림자를 바라보는 전남성의 눈길은 이슬비 내리는 가을날만큼이나 아득하고 망망했다.

---

18  북송 시기 문인 유영柳永의 〈자고천鷓鴣天 · 취파잔연입야풍吹破殘烟入夜風〉을 변형한 문장이다.

"한 나라의 국모라기보다는 담장 너머에 살 법한, 꽃다운 나이의 미인을 보는 기분이었소. 눈부시게 미려하며, 순결하고도 천진한, 그러면서도 그 존귀한 기품이란. 그대 말고 다른 국모는 상상도 못 하겠더군."

맹부요가 부르르 진저리를 쳤다.

저게 지금 아들놈이 계모한테 할 소린가?

"그대는 이리될 사람이 아니었소. 적군이 황궁을 점령하고 퇴위를 강요하는 상황에서도 처소에 들이닥친 적장을 향해 미소를 보내고, 백성을 살피는 황후의 존엄으로 안부 인사를 건네던 여인이 한낱 광인으로 전락하다니? 그래, 어쩌면 그 꺾일 줄 모르는 강단이 그대를 광기로 몰아넣었는지도 모르지. 부황께서 억지로 그대를 취하시어 회임까지 시켰으니."

본디 단단한 것일수록 부러졌을 때의 절단면과 파열음은 더욱 날카롭고, 그 상처는 결코 돌이킬 수 없는 법.

맹부요는 지그시 눈을 감았다.

그리된 것이었구나, 그리된 것이었어.

이때 등 뒤에서 전남성이 일어서려는 듯한 기척이 감지됐다. 맹부요가 속으로 쾌재를 부르는 참인데, 밖에서 머뭇머뭇 문을 두드리는 소리가 날아들었다.

과거와 현재가 뒤섞여 만들어 낸 창망함 속을 헤매고 있던 전남성이 신경질적으로 외쳤다.

"방해하지 말고 썩 물러가라!"

그러자 문밖의 태감이 허리를 숙이고 냉큼 뒷걸음질을 쳤다.

그대로 서화궁을 빠져나간 태감이 바깥에서 기다리고 있던 다른 환관을 만나자마자 핀잔을 먹였다.

"이 눈치 없는 것, 너 때문에 욕만 먹지 않았느냐! 얼른 쫓아 보내!"

이에 상대가 우물쭈물 대꾸했다.

"그자 말로는 열왕에 관한 긴급 첩보라고……. 열왕이 이미 반도에 당도했다는데……."

"열왕이 아니라 열황제가 왔어도 지금은 소용없느니라. 폐하께서 노기충천하셨대도!"

늙은 태감이 옷소매를 홱 떨치며 새된 소리를 내질렀다.

"당장 꺼지라고 해!"

말을 전하러 왔던 환관은 상대가 쿵쿵거리며 자리를 뜨는 걸 찍소리도 못 하고 쳐다보고 있다가 궁 밖으로 향했다. 황궁 밖에서 그를 기다리고 있던 것은 평범한 용모에 손가락에 상처가 있는 사내였다. 환관으로부터 상황을 전달받은 사내가 하늘을 올려다보며 장탄식을 뱉었다.

"하늘의 뜻인가……."

묵묵히 돌아선 사내는 고개를 떨군 채 어둠 속으로 걸어 들어갔다. 궁문에서부터 2리쯤이나 갔을까, 좁은 골목으로 접어든 사내의 내리뜬 시야에 까만 신발 앞코가 들어왔다.

천천히 고개를 든 그가 마주한 것은 이번 생에 마지막으로 보는 빛, 바로 칼날이 내뿜는 광채였다.

몸뚱이가 무너져 내리는 찰나, 최후의 한마디가 사내의 귓가에 꽂혀 들었다.

"왕야를 배반한 자는 죽음으로 다스린다!"

인적 없는 길가, 시체는 하수도에 버려져 소리도 없이 가라 앉았다.

이날 밤 반도성 어느 골목길에서 조용히 이루어진 암살은 얼핏 대수롭지 않은 사건으로 보였으나, 실상 그 영향력은 막대했다. 찰나의 엇갈림이 곧 일국의 역사와 권력 구도를 통째로 뒤틀어 놓을지니.

이는 황제와 번왕의 운명을 가를 전환점인 동시에, 최종적으로는 한 왕조를 무너뜨릴 파란의 씨앗이었다.

전남성은 이 엇갈림으로 전북야의 위치를 즉각 파악해 그를 사살할 적기를 놓쳤다.

전북야는 이 엇갈림으로 액운을 넘겼다.

그러나 아직은 당사자 중 누구도 사건에 대해 알지 못하였으니, 그즈음 맹부요는 태감을 내친 전남성을 보며 안도의 한숨을 내쉬고 있었다.

아까 문 두드리는 소리와 함께 그녀를 덮친 것은 모종의 불길한 예감이었다. 심장이 어찌나 쿵쾅쿵쾅 뛰던지, 너무 긴장한 통에 하마터면 그대로 전남성을 향해 돌진할 뻔했다.

그러나 전남성은 딴 데 정신이 팔려서 정작 중요한 첩보에는 관심을 기울이지 않았다. 조금 전 의자에서 일어난 이후로 줄곧 같은 자리만 서성이고 있을 뿐이었다.

그러길 잠시, 마침내 그가 결심을 굳힌 양 '태비'를 향해 걸음을 내디뎠다.

✽

전북야는 측간에 있었다. 여자 칸은 공간이 너무 비좁은지라 그의 현재 위치는 남자 칸 지붕 바로 아래에 있는 대들보였다. 그것도 곤욕스럽게 거꾸로 매달린 자세로.

눈 한 번 깜빡이지 않고 여자 변소 출입문을 주시 중인 그 역시 이 순간 심장이 미친 듯이 뛰고 있기는 마찬가지였다. 그가 기억하기로 평생 지금처럼 마음을 졸여 본 적이 없었다. 몇 년 전 무기도, 식량도 없이 사막에 고립된 상태에서 마라족 기병대의 포위망을 맨몸으로 뚫을 때도 이렇게 심장이 두근대지는 않았다.

손바닥에 땀이 흥건했다. 대들보를 붙잡은 손이 언제 미끄러져도 이상하지 않을 만큼. 그는 아예 손가락을 목재 깊숙이 박아 넣는 쪽을 택했다. 까끌까끌한 가시가 살갗을 파고드는 것쯤은 차라리 반가웠다.

내전에 잠입한 이후로 감감무소식인 맹부요 탓에 심장이 목구멍 밖으로 튀어나오기 직전이었다. 그나마 사소한 쓰라림이라도 느껴져야 이성을 붙잡고 있지, 그마저도 없다면 당장 그녀를 데리러 뛰쳐나갈지도 몰랐다.

사랑하는 여인을 사지에 들여보내 놓고 본인은 이렇게 뒤에 숨어 있다니, 그답지 못한 행동이었다. 하지만 맹부요가 떠나면서 보여 줬던 단호하고도 날카로운 눈빛은 분명 말하고 있었다, 자길 믿으라고.

신뢰하는 법을 배우는 것 또한 맹부요 같은 여인의 곁에 머물자면 반드시 거쳐야 할 과정인지도 몰랐다.

그는 여인을 지켜 줘야 할 존재로 알고 살아왔다. 어머니가 그렇듯, 여인이란 무릇 연약하기 짝이 없어서 반드시 의지할 곳이 필요한 줄로만 알았다. 맹부요가 나타나기 전까지는.

그녀 덕분에 깨닫게 됐다. 혼자서도 충분히 강인하고 당당하기에 누구의 날개 아래에도 안주하길 원치 않는 여인도 세상에 있음을.

입을 꾹 다문 그가 어둠 속, 전각 방향으로 눈길을 던졌다. 손바닥을 적셨던 땀이 서서히 말라 가면서 눈빛 역시 점차 평정을 되찾아 가고 있었다.

그래, 믿고 기다리는 거다!

얼마 안 가 전각 입구에서 치마를 여며 쥔 시녀 하나가 걸어 나오더니 아까 맹부요가 그랬듯이 고개를 푹 수그린 채로 느릿느릿 변소를 향해 다가오기 시작했다.

어머니.

전북야의 눈에 울컥 눈물이 차올랐다.

특유의 느리고도 사뿐한 걸음걸이. 보지 않고 소리만 듣더라도 어머니라는 걸 알 수 있었다.

아랫입술을 질끈 깨문 전북야가 눈꺼풀을 깜빡이는 것조차 아깝다는 듯, 눈에 힘을 주고서 어머니가 단 한 걸음도 헤매지 않고 여자 칸으로 다가오는 모습을 지켜봤다.

전북야와 맹부요의 애타는 눈빛이 만나는 교차점에서, 공정태비는 그저 한 발짝 한 발짝 성실하게 발을 내디디고 있었다. 변소에서 한 명, 창가에서 또 한 명이 그녀에게 온 신경을 집중한 채로 걸음 수를 세는 중이건만, 정작 본인은 지금이 얼마나 아슬아슬한 순간인지, 자신에게 얼마나 걱정스러운 눈길이 쏟아지고 있는지 전혀 알지 못했다.

태비는 오로지 맹부요가 해 준 말만을 머릿속으로 되뇌고 있었다.

아무 소리 말고, 고개 숙이고, 여자 변소, 소야.

드디어 월백색 그림자가 여자 변소에 드리운 어둠 속으로 녹아들었다.

고개를 든 그녀가 맞은편 창문 너머에서 아들의 얼굴을 발견했다. 그 얼굴을 하염없이 바라보는 동안, 말이 오가지 않았을지언정 눈시울은 어느덧 붉게 달아올랐다.

까치발을 든 공정태비가 희뿌옇게 먼지 낀 창살 사이로 팔을 뻗었다. 한 척 거리에 있는 남자 칸 창문을 향해, 아들의 얼굴에 닿기 위해.

이에 전북야가 자기 쪽의 나무 창살을 소리 없이 부러뜨리고서 얼굴을 내밀었다.

남녀 칸 사이 빈 틈바구니에 울창하게 우거진 관목림이 아들의 얼굴을 가만가만 쓰다듬는 어머니의 동작을 숨겨 주었다.

이 순간만큼은 모자 둘 중 누구도 눈물을 흘리지 않았다. 전북야는 어머니의 손끝에 눈물이 묻어날 것을 근심해서였고, 환희에 흠뻑 취한 어머니는 눈물 같은 건 남의 일이라고 생각해서였다.

어둡고 냄새나는 측간에서, 아들과 어머니는 한 자 거리를 사이에 둔 채로 서로를 바라보며 미소 지었다.

천천히 아들의 얼굴을 어루만지던 태비는 그간 정리할 겨를이 없었을 전북야의 수염이 까슬까슬하게 손끝에 닿자, 영 마음에 차지 않는지 수염을 냅다 잡아 뽑았다.

힘 조절을 모르는 손길 때문에 수염뿌리에서 핏방울이 송골송골 배어났지만, 전북야는 인상을 찡그리기는커녕 어머니가 편하게 느낄 각도로 얼굴을 비스듬히 틀어 줬다.

바로 그때, '황제 폐하 듭시오!' 하는 외침이 날아들었다.

전북야가 크게 움찔하는 통에 태비의 손에 붙잡혀 반쯤 뽑혔던 수염 한 가닥이 '틱' 하고 뜯겨 나왔다. 그 과정에서 얼굴에 긴 손톱자국이 새겨졌지만, 전북야는 통증을 느낄 겨를도 없이 여차하면 튀어 나가고자 어깨를 긴장시켰다.

그러나 그는 멈칫 멈춰 버리고 말았다. 맞은편에서 겁에 질려 자신을 쳐다보고 있는 어머니가 눈에 들어온 탓이었다.

그녀는 태감의 외침이 무엇을 의미하는지 알지 못했다. 다만 전북야의 당황한 모습을 목격했을 뿐. 태비는 곧장 그 당혹감에 전염됐고, 아들과의 상봉으로 일시적 안정을 되찾았던 눈빛도 다시금 불안하게 흔들리기 시작했다.

어머니의 눈빛을 본 전북야가 즉각 폐부 깊숙이 숨을 들이켜

흥분을 억눌렀다.

침착해야 한다!

아직 최악의 사태까지는 아니었다. 부요 정도 되는 기지와 무공이라면 꼭 전남성한테 당하리라는 법은 없었다. 지금 다짜고짜 뛰어들었다가 오히려 그녀가 위험해질 수도 있었다.

그녀가 자길 믿으라 하지 않았던가.

악취가 진동하는 측간 대들보 위에 엎드린 채 천천히 심호흡을 한 전북야가 어머니의 손을 꼭 감아쥐고 달래듯 토닥였다.

그때부터는 기다림의 시작이었다.

전남성이 침상 곁으로 다가섰다. 그의 눈이 여인의 가녀린 뒷모습에 고정됐다.

나비 날개처럼 선이 고운 어깨, 얇은 이불 아래로 놀라우리만치 잘록한 윤곽을 드러내고 있는 허리, 극치의 가냘픔에서 시작되어 딱 보기 좋은 높이까지 솟아오른 골반의 굴곡.

그 곡선은 봄날의 물줄기가 되고, 아득한 산맥이 되고, 수양버들 가지가 되고, 세상 모든 문인과 시객의 붓끝이 감미로이 그려 낸 시가 되었다.

감미로운 시어에 속절없이 점령당하고 만 것은 시야뿐만이 아니라 마음 또한 마찬가지인지라, 전남성은 슬슬 숨이 가빠 오는 걸 느꼈다.

오래전 그날, 기나긴 복도 끝에 다다른 그가 단숨에 열어젖혔던 장지문처럼 기억의 장막이 홀연 젖혀졌다.

정원 가득 흐드러진 정향꽃이 바람결에 우수수 쏟아져 실내로 날아들자 그녀가 사붓하게 흩날리는 꽃잎 속에서 고개를 들었다. 백옥으로 깎아 놓은 구슬인 양 매끄러운 턱 선, 꽃보다도 아리따운 입술.

'장군, 고생하셨소.'

말이 씨가 되었던가, 그날을 기점으로 전남성은 실로 고생스러운 세월을 견뎌야 했다.

상대는 지난 황조의 황후였고, 부황의 황비였으며, 후일에는 태비가 된 여자. 그와는 접점이 있을 수도 없고 있어서도 안 될 신분이었다.

제왕의 마음을 송두리째 빼앗아 버린 찰나의 눈길은 그렇게 영영 누구에게도 말 못 할 비밀로 남을 수밖에 없었다.

전북야가 죽었다는 기별을 받은 지금에야 비로소 그는 옥죄어 두었던 속내를 안심하고 풀어놓을 수 있었다. 새삼 손발이 자유를 얻은 느낌이었다.

기댈 곳 없는 그녀에게 유일한 우산이 되어 주던 용맹한 아들이 사라진 오늘, 온 천하가 그의 소유이듯 이제 이 여인 또한 온전한 그의 백성이 되었거늘, 더 가까이 가서 눈에 담지 못할 이유가 무엇이랴?

조금 더 침상 쪽으로 다가붙은 전남성이 오래전 그 늦봄의 기억에 잠겨 아득한 눈을 한 채로 살며시 상체를 숙였다. 거친 호흡이 여인의 어깨 위로 쏟아졌다.

그가 가녀린 어깨를 붙잡아 자기 쪽으로 돌리려는데…… 번뜩, 서녘 하늘가에서 폭발한 번개가 창천을 꿰뚫고 구만리 구름과 안개를 가르고서 도래해 적의 머리에 내리꽂히듯 칼날이 번쩍였다.

그 순간 맹부요가 전개한 것은 일생 가장 빠르고도 맹렬한 공격이었다!

새하얀 비단이 펼쳐진 양 실내를 가득 채운 검광이 맹부요의 몸마저 희디흰 색으로 물들였다. 눈부신 휘광 속에서 침상을 박차고 한 마리의 매처럼 날아오른 그녀가 소리쳤다.

"왕야 대신 원수를 갚겠다!"

좌앗.

칼날의 빛은 폭발과 거의 동시에 전남성의 명치께에 당도했다. 허둥지둥 몸을 물린 그는 분개하는 기색이었지만, 맹부요를 상대하는 대신 방 한가운데를 향해 후퇴할 자세를 취했다.

맹부요가 싸늘하게 입꼬리를 말아 올렸다.

"기관이냐?"

손에 들린 칼이 새파란 광채에 휩싸였다. 그녀가 목을 노리고 휘두른 칼날을 피하고자 반사적으로 고개를 한쪽으로 꺾자, 전남성은 느닷없이 숨이 턱 막히는 걸 느꼈다. 그 틈에 칼을 내던진 맹부요가 그의 목울대를 틀어쥔 것이었다.

"모자란 놈! 허초였다! 그 정도도 못 알아보나?"

깔깔거리는 맹부요를 향해 콧방귀를 뀐 전남성이 돌연 손가락 두 개를 가위 모양으로 뻗더니 '탁' 소리가 나게 서로 교차시켰다. 바로 목을 틀어쥔 맹부요의 손아귀에 힘이 들어가자 전남성은 그대로 축 늘어지고 말았다. 하지만 그의 손동작은 이미 번개처럼 이루어진 뒤였다.

전남성이 끼고 있던 반지 두 개가 맞부딪치자 연무와 불꽃이 쏟아졌다. 연무가 맹부요를 덮치는 사이, 불꽃이 벽면을 향해 돌진했다. 그리고 다음 순간, 벽면에서 빛이 번쩍하더니 '펑' 하는 폭발음이 일었다.

'펑' 소리를 들은 호위병들이 놀라 고함을 내지르며 전각 안으로 몰려들었다. 역시 '펑' 소리를 들은 전북야가 묵직한 기합을 내지르며 남자 변소 지붕을 걷어찼다.

무섭게 회전하며 날아간 자작나무 지붕에 호위병들이 우르르 들이받혀 나가떨어지고 말았다. 지붕이 바닥으로 추락하면서 무슨 기관 장치를 건드렸는지 사방에서 화살이 새카맣게 쏟아져 나와 병사 한 무더기를 시체로 만들었다.

태비를 안아 들고 자기 목에 팔을 두르도록 한 전북야가 기다란 천으로 그녀의 눈을 동여매며 말했다.

"아무 생각 말고 저만 꽉 끌어안고 계세요."

아들의 듬직한 가슴에 기댄 태비가 미소와 함께 고개를 끄덕였다.

쾅!

목재로 된 뒷간 벽면을 걷어차 날려 버린 후, 입가에 냉소를 머금은 전북야가 뿌연 먼지를 뚫고 향한 곳은 궁문과는 정반대

쪽이었다. 근처에 널려 있던 시신 몇 구를 잡아채 방패 대신으로 삼은 그가 곧장 전각 쪽으로 짓쳐들어갔다.

부요, 내가 간다!

그의 등 뒤편, 어느덧 불이 환하게 켜진 중련궁은 병사들의 발소리로 소란스러웠다. 담장 꼭대기에 쇠뇌 발사대가 착착 설치되는 동시에 양쪽 별전에 가설된 망루 위에서는 시커먼 화포에 탄알을 장전하는 손길이 분주했다.

전방을 향한 전북야의 질주에는 거침이 없었다. 그가 한 걸음을 내디딜 때마다 시체가 한 구씩 나뒹굴었고, 시체가 나뒹굴 때마다 전북야는 그걸 차올려 새로운 방패로 삼았다.

겁도 없이 그에게 덤벼드는 차례대로 곧 적군이 황천길에 올랐다. 때때로 적이 달려들어 그의 인간 방패를 반으로 베어 버리노라면, 전북야는 되레 편리하게 됐다는 듯 시체 반쪽으로는 칼날을 막고 나머지 반쪽은 발판으로 활용했다.

파죽지세로 진격하는 전북야는 한 마리 광분한 맹수였다. 평소 서화궁에 드나드는 사람들의 안전을 생각해서 기관은 대부분 탈출 예상 노선을 따라서만 설치되어 있었기 때문에 내전 앞쪽은 오히려 장애물이 적었다.

그는 혼전 와중에도 앞쪽에 연발 화살이 숨겨진 구덩이가 있음을 알아채고 병사 하나를 걷어차 그쪽으로 날려 보냈다. 병사가 단말마의 비명과 함께 벌집이 됐을 즈음 전북야는 피바다가 된 지면을 밟으며 내전 바로 앞에 당도한 뒤였다.

"막아라! 폐하께서 안에 계신다!"

호위병들이 계단 제일 위 칸으로 우르르 몰려들어 인간 장벽을 만들었다. 빽빽하게 번뜩이는 창칼이 혈혈단신으로 궁에 난입한 전북야를 겨눴다.

그때였다. 전북야가 막 발을 디딘 계단 맨 아래 칸이 '쿠르릉' 하는 굉음과 함께 뒤집혀 아래로 내려앉았다.

기합을 지르며 새매처럼 솟구쳐 오르려던 전북야가 탄력을 받지 못해 주춤하는 찰나, 뒤편 중련궁에서 구령이 들려왔다.

"발사!"

쐐액!

동이 터 오기 시작한 청백색 하늘가에 일순 푸른 광채가 스치더니 먹장구름 같은 화살 무더기가 온 하늘을 뒤덮으며 전북야의 등을 향해 쇄도해 왔다.

◆

외전에서의 싸움이 선혈과 불꽃이 난무하는 혈투극이라면, 내전에서의 싸움은 음모와 심계로 점철된 육박전이었다.

언뜻 보기에도 독성이 있는 미황색 연무가 맹부요의 면전에 분사됐다. 그러나 그녀는 피하기는커녕 눈도 깜짝하지 않고서 전남성을 연무 한복판으로 끌어당겼다.

전남성은 치를 떨다 못해 눈자위에 벌건 핏발을 세웠다. 상황 대처가 무섭도록 기민하고, 독하기도 독한 계집이었다. 보통은 이쯤 되면 본능적으로라도 물러날 텐데, 상대는 그냥 같이 죽어 보자는 식이었다.

여전히 전남성의 목을 틀어잡은 채로 맹부요가 자못 졸렬하게 실실거렸다.

"천살국 황제랑 저승길 동무를 다 먹고. 아이고야, 이거 영광입니다요!"

이때 머리 위쪽에서 누군가 '흥' 하고 코웃음을 치는 소리가 났다. 하늘가를 배회하는 구름의 설핀 질감을 닮은, 무심하고도 희미한 소리였다.

그 '흥' 소리에 미황색 연무가 즉시 공기 중으로 흩어져 희석됐다.

잿빛으로 질렸던 전남성의 얼굴에 재깍 희색이 돌았다. 남의 손에 목울대가 움켜잡혀 있지만 않았어도 얼씨구나 환호성이라도 질렀을 모양새였다.

반면 맹부요의 눈빛은 싸늘하게 식었다. 그녀가 비수를 단단히 고쳐 쥐자 반사광이 번뜩 스쳐 지나면서 금속 표면에 대들보 위쪽 정경이 드러났다.

어렴풋이 여인의 윤곽이 보이는 듯했다. 길게 늘어진 회백색 머리카락, 마찬가지 빛깔의 장포. 허공에 떠도는 구름 같은 분위기가 이채로운 인물이었다. 분명 대들보 위에 가만히 앉아 있는데도 여인의 움직임은 어쩐지 끊임없이 일렁이는 듯한지라, 쳐다보고 있자니 눈앞이 어지러웠다.

나른하게 '부유하던' 여인이 무료한 양 머리를 긁적이다가 백발을 한 가닥 뽑아 손바닥 위에 올려놨다. 그러고는 자신의 머

리카락을 넋 놓고 쳐다보기 시작했다. 잠시 후 입을 열 때까지
도 계속.

"황제랍시고 한심하기는. 그거 한발 늦었다고 어린 계집애
손에 목이 날아가기 직전일 줄이야."

전남성의 얼굴에서 핏기가 싹 가셨다. 맹부요가 히죽 입꼬리
를 끌어 올린 후 말했다.

"어휴, 거기 대들보 위에 계신 선배님, 천살국 황제를 무시
하시면 곤란하죠. 싸움은 못해도 다른 건 또 기똥차거든요. 술
수 잘 쓰지, 매복 잘 심지, 친동생 죽일 꿍꿍이 잘 짜, 홀어머니
잘 노려……. 전반적으로 훌륭합디다."

이즈음 전남성은 이미 인간의 낯빛이 아니었다. 까드득, 이
를 악문 그가 맹부요를 잡아먹을 듯 노려봤다.

그 눈빛에 팽팽히 맞서 상대를 향한 증오심을 가감 없이 드
러내 보이던 맹부요가 이내 날 선 음성으로 말했다.

"왜, 죽이고 싶어? 어쩜 이런 우연이, 나도 당신 엄청 죽이
고 싶은데! 그 비루한 목숨이 아직 쓸모가 있지만 않았어도 진
작에 살을 한 점 한 점 발라냈을 거다. 개돼지만도 못한 역겨운
새끼야!"

말을 뱉으면 뱉을수록 맹부요는 부아가 치밀었다. 죽은 흑풍
기 병사 여덟의 면면과 모친의 노랫소리를 들으며 눈물을 삼키
던 전북야의 모습이 지금도 눈에 선했다.

가슴을 쥐어짜는 듯한 통증과 함께 노기가 울컥 치받쳐 오르
는 순간, 맹부요의 손바닥이 상대의 뺨에 내리꽂혔다.

"이놈의 상판대기, 보기만 해도 열 뻗치네. 일단 맞고 시작하자!"

살가죽과 살가죽이 붙었다 떨어지는 '짝' 소리가 실내에 메아리치자 급히 뛰어 들어온 병사들이 새하얗게 질린 얼굴로 다리를 후들후들 떨었다.

이에 맹부요가 전남성을 흘겨보며 음험한 웃음을 지었다.

"소리 질러. 질러 보라니까? 들어와서 황제 폐하 뺨 맞는 거 구경하라고 사람들 좀 더 불러 봐. 다들 안 들어오고 뭐 하나! 구경꾼 하나 늘 때마다 싸대기 한 대씩 추가! 내가 입장료도 안 받고 공짜로 보여 준다!"

전남성의 가슴팍이 격하게 들썩거렸다. 사시나무 떨듯 사지가 부들거리는 가운데, 시뻘겋던 그의 안색이 서서히 창백해지더니 후에 이르러서는 새파랗게 질렸다.

상대는 천하의 무뢰한, 말로만 끝내지 않을 게 자명했다. 일국의 황제가 남들 다 보는 데서 천것한테 따귀 세례를 얻어맞아서야, 앞으로 어찌 사람 구실을 한단 말인가.

그는 마지못해 호위병들에게 눈짓을 보냈다.

"물러가라!"

땀으로 얼굴이 번들번들하게 젖은 호위병들이 황송해하며 퇴장하자, 대들보 위의 구름 같은 여인이 나른하게 입을 열었다.

"꼬마 아가씨, 적당히 해 두렴. 한두 대면 모를까, 빤히 보는 앞에서 줄따귀를 퍼부으면 이 어르신 체면은 뭐가 되니."

"저 선배님 말 섞을수록 마음에 쏙 드네!"

맹부요가 희희낙락 대꾸했다.

"그럼 선배님 말씀대로 한두 대만 때립지요!"

맹부요의 손바닥이 허공을 가르는 동시에 '철썩' 하고 따귀 한 대가 더 작렬했다. 분을 이기지 못하고 새파란 힘줄을 가닥가닥 세운 전남성을 향해 그녀가 천연덕스럽게 말했다.

"선배님이 두 대라고 하셔서."

대들보 위 여인이 웃음을 터뜨렸다. 나이 들어 보이는 회백색 머리카락이나, 듣고 있자면 잠이 솔솔 오는 말소리와는 사뭇 달리 그녀의 웃음은 순은으로 만든 병이 깨지는 소리인 양 청아하고 낭랑했다.

"고것참, 마음에 드는데 아까워라⋯⋯."

멀쩡히 이야기를 하다 말고 갑자기 탄식을 흘린 여인이 옷소매를 아주 미세하게 움직였다. 그와 동시에 맹부요가 칼날을 수직으로 세웠다. 푸르른 검광과 귀신처럼 날아온 회백색 빛이 격렬한 충돌을 일으키며 '쩡' 소리가 울렸다.

맹부요가 휘청 넘어가는 통에 시천을 쥔 손이 뒤쪽으로 살짝 밀린 찰나, 겹겹 층운 같은 회백색 광채가 연이어 들이닥쳤다.

쩡, 쩡, 쩡!

연타 공격이 세 번째에서 멈춘 직후, 날카로운 칼날과 휘몰아치는 진력에 잘려 나간 흑발이 나풀나풀 바닥으로 날아내렸다. 시천의 날은 어느덧 맹부요의 미간 바로 앞에 있었다. 까딱했으면 얼굴에 칼이 박혔을 상황.

하지만 맹부요는 눈 하나 깜짝하지 않았다. 태연하게 칼을 아래쪽으로 내린 그녀가 웃음기 섞어 말했다.

"어휴, 선배님. 귀찮던 앞머리도 다 잘라 주시고, 고마워서 어쩌죠."

회색 옷의 여인이 툭 던지듯 물었다.

"체내 진력에 대풍의 '풍사기風乍起'가 섞여 있구나. 그의 제 자인가?"

여인이 고개를 아래쪽으로 쭉 뺐다. 핏기 없는 피부에 수려 한 이목구비, 명필가의 붓끝에서 탄생한 듯 완벽한 한일자 모양 의 눈썹 아래로 텅 빈 눈빛이 갈 곳을 잃은 채 떠돌고 있었다.

사오십 대? 아니면 이삼십 대? 도무지 나이를 가늠할 수 없 는 얼굴이었다.

맹부요의 눈동자가 데구루루 돌아갔다.

말하는 품새를 봐서는 십대 강자인 것 같은데. 옥형은 성별 을 모른다 했고 운혼과 무은은 여인이랬던가. 그럼 대체 셋 중 누구지?

종 모 선생 말로는 셋 중 하나가 대풍이랑 원수진 사이랬지, 아마? 이거야 원, 누가 누군지 알아야 마음 놓고 대답을 할 거 아니야.

전남성의 목울대를 살벌하게 틀어쥔 맹부요가 상대와 자신 의 얼굴 사이에 칼날을 끼워 넣고는 빙긋 웃었다.

"원래 알던 사이는 아니고 얼마 전에 어디 감옥에서 한 번 봤 다가 하마터면 초상 치를 뻔했어요. 강제로 진기 주입당하고 무공까지 잃을 뻔했는데, 그래서 '풍사기'인지 뭔지가 나오나?"

"대풍이 보는 눈은 있지."

회색 옷의 여인이 맹부요를 자세히 뜯어봤다.

"근골이 좋아서 내 무공과도 잘 맞겠어. 아까워라⋯⋯."

맹부요가 즉각 칼을 세운 그때.

스르르.

암류가 발치를 휘감았다. 소리도 기척도 없으나 압도적인 기운을 품은, 짐짓 유유한 자태로 천만리 창천을 삽시간에 가로지르는 구름과도 같은 힘. 그 여유로움 속에 깃든 것은 천하 만물을 지배하는 자연의 불가항력적 위엄이었다.

무언가 발목을 조인다 싶은 느낌이 들더니, 맹부요는 손쓸 틈도 없이 암류에 휘말려 내던져지고 말았다.

엎쳐지고 뒤쳐지면서 날아간 몸뚱이가 벽면에 호되게 처박혔다. 쿨럭, 맹부요가 기침과 동시에 토한 것은 새빨간 핏물이었다.

회색 옷의 여인이 또다시 중얼거렸다.

"아까워⋯⋯."

가로누운 채로 내동댕이쳐진 맹부요가 이번에는 '우당탕' 소리와 함께 탁자 모서리에 부딪혔다. 앞니 반쪽이 떨어져 나갔다.

"아깝구나⋯⋯."

촤앗!

맹부요의 몸이 바닥에 붙어 저만치 밀려나면서 팔꿈치 껍질이 벗겨졌다.

"아까워⋯⋯."

까득!

얼굴 앞에서 칼자루를 잡고 있던 손가락이 기괴한 각도로 꺾인 끝에 결국에는 부러졌다.

"……."

그 와중에도 그녀의 손아귀에는 여전히 전남성이 붙잡혀 있었다. 보이지 않는 힘에 휩쓸려 온갖 형태로 나가떨어지는 내내 핏물을 뱉든, 앞니 조각을 뱉든, 살점이 쓸려 나가든, 껍질이 쓸려 나가든, 관절이 꺾이든, 손마디가 꺾이든, 맹부요는 절대 손아귀에서 힘을 풀지 않았다.

그녀의 비수가 고정된 위치는 전남성의 목울대 바로 앞이었다. 몸뚱이가 나자빠질 때마다 칼날이 요동치는 통에 전남성은 마른침을 삼켜야만 했다.

맹부요가 나뒹굴라치면 전남성의 살갗에는 예리한 칼끝으로 그어진 자국 한두 개가 어김없이 새겨졌다. 맹부요가 한 방울이라도 피를 보면 전남성도 반드시 그 이상의 대가를 치렀다.

마침내 회색 옷의 여인이 공격을 멈췄다.

자연력을 자유로이 부리며 온 방 안을 구름과 바람으로 채우던 기운이 멎은 후, 소맷자락을 여민 여인이 멍하니 맹부요를 쳐다보다가 고개를 절레절레 가로저었다.

"너처럼 막 나가는 독종은 처음이로구나."

"선배님."

전남성의 면전에다 대고 피와 침으로 범벅된 이 조각을 또다시 뱉어 낸 맹부요가 금실로 아홉 마리 용과 구름이 수놓인 열여덟 폭 곤룡포를 끌어당겨 입가를 닦아 냈다. 입술 끄트머리에는 변함없이 미소를 매달고서.

"잘 생각하시라고요. 제가 선배님한테 이길 실력은 못돼도 몸뚱이만 안 사리면 인질은 빼앗기지 않을 자신이 있거든요. 죽어도 저 혼자는 안 죽는다는 것만 기억해 두시죠. 재수 옴 붙었다는 게 뭔지 오늘 이 새끼한테 확실히 알려 줄라니까."

"왜 이렇게까지 하지?"

대들보 위에 높이 올라앉은 여인이 찌푸린 표정으로 아래를 내려다봤다.

"이럴 가치가 있나? 무엇을 위해서?"

입을 꾹 다문 채로 아무 말이 없는 맹부요의 눈앞에 기억의 단편들이 스쳐 갔다.

연못가에서 뱀에 물려 목숨을 잃은 병사, 독 넝쿨에 거꾸로 매달려 있던 창백한 얼굴, 늪에서 혀를 깨물고 죽은 왕호, 불에 타서 뼈대만 남은 화자, 널길에서 그녀를 밀어 보낸 삼아, 뇌탄으로 자폭한 노덕, 몸이 두 동강 난 아해, 무슨 일을 당했는지 알 수 없는 소라…….

비수의 예리한 날이 전남성의 살갗을 향해 느릿느릿 다가붙었다. 날붙이에서 뿜어져 나온 냉기가 존귀한 황제의 목울대에 피를 내는 걸 지켜보며, 맹부요가 싸늘한 웃음기를 머금었다.

"희생된 사람들을 위해서."

어리둥절한 표정으로 굽어보던 회색 옷의 여자가 말했다.

"너 같은 능력자가 목숨을 그리 아무렇게나 내던지다니? 그만 놓아주렴. 내 전남성에게 널 용서해 주라 하마.”

“용서하고 말고는 제가 정할 일이지, 이놈의 권한이 아니거든요.”

맹부요가 만면에 웃음을 띠고서 대꾸했다.

“뭔가 착각하시는 것 같아서요.”

이에 회색 옷의 여인이 착잡한 눈으로 전남성을 쳐다보며 중얼거렸다.

“애초에 전씨 가문의 제안을 받아들이는 게 아니었거늘…….”

잠시 생각을 정리하던 그녀가 말을 이었다.

“내 흰머리 한 가닥을 주마. 언젠가 네 목숨을 구해 줄 수도 있는 물건이란다.”

포악성과 천진함이 공존하는 십대 강자의 일원을 응시하며, 맹부요가 공손히 답했다.

“흰머리라면 저도 나중에 날 텐데요. 선배님보다 더 무성할지도 모르니 괜한 번거로움은 끼치지 않기로 하죠.”

“하아…….”

줄곧 머리카락 한 가닥을 만지작대던 여인이 다소 짜증스러운 모양새로 백발을 툭 잡아당겨 끊었다.

“그럼 죽이는 수밖에.”

❀

전북야는 허공에 떠 있었다. 눈앞에서는 계단이 내려앉고 등 뒤에서는 화살이 비처럼 쇄도해 오는 상황. 더군다나 어머니를 끌어안고 있느라 적을 상대할 수 있는 팔은 한쪽뿐이었다.

어머니를 내던지고 어딘가에서 반발력을 얻어 솟구쳐 오른다면 함정과 화살 비를 피할 수도 있을 터. 하지만 그는 오히려 태비를 더욱 힘줘 끌어안으면서 기합을 내질렀다.

"하압!"

그의 한쪽 다리가 조금 전까지는 계단이었지만 지금은 뒤집혀 추락하고 있는 석재를 차올렸다. 그 높이만 해도 수 미터, 족히 천 근은 나갈 통짜 한백옥이 곧장 공중으로 치솟았다.

석재가 날아간 방향은 화살 비가 쇄도해 오던 등 뒤쪽이었다. 아무리 강력한 쇠뇌라 해도 바위를 뚫지는 못하는 법인지라 화살이야 무더기로 꺾여 나갔지만, 그사이 전북야는 아래쪽을 향해 속절없이 추락해야만 했다. 발밑에는 쇠 칼날이 빼곡하게 박힌 구덩이가 있었다.

홀연 전북야의 입에서 쩌렁쩌렁한 외침이 터져 나왔다.

"멈춰라!"

그를 함정으로 몰아넣고자 계단 맨 위쪽에서 창을 내지르던 호위병들이 우레와도 같은 울림에 일제히 움찔했다.

바로 그 찰나의 빈틈에 전북야가 도저히 믿기지 않는 유연함과 탄력으로 허공에서 다리를 찢었다. 긴 다리가 함정 양쪽 가장자리에 걸쳐지면서 몸이 고정되자, 그는 싹쓸바람에도 꿈쩍하지 않을 반석과도 같은 안정감을 회복했다.

그가 번쩍 고개를 들자 새카만 눈동자가 위압감을 뿜었다.

호위병들은 육중한 쇳덩이에 얻어맞은 듯한 기분에 '힉' 하고 숨을 멈추고 말았다.

함정 가장자리를 박차면서 양쪽 다리를 교차해 회오리처럼 날아오른 그가 장창 수십 자루를 한꺼번에 쓸어 담듯 움켜쥐더니 주위를 향해 맹렬하게 휘둘렀다. 바람이 찢기는 소리와 함께 전후좌우의 호위병들이 너나없이 나가떨어지면서 서로 뒤엉켜 맞부딪쳤다. 바닥에 나동그라진 자들의 신음이 이어지는 가운데, 일부 병사를 집어삼킨 함정 안에서는 찢어지는 비명과 시뻘건 피가 난무했다.

껄껄 웃어 젖힌 전북야가 지면에 널브러진 자들의 머리통을 짓밟으며 전각 입구로 돌진했다. 아까보다 훨씬 많은 인원이 입구를 통해 몰려나와 전북야의 앞에 겹겹 방어선을 쳤다. 전 남성에게 쫓거나 외전에서 대기하던 시위들이었다.

"앞을 가로막는 자는 죽는다!"

전북야는 말을 길게 하는 법이 없되, 뱉은 말은 반드시 지키는 사내였다. 장검이 번뜩 빛을 발하면서 병사 셋을 한꺼번에 꿰뚫었다.

허공으로 뿜어져 나가는 선혈 아래에서, 그가 같잖다는 투로 말했다.

"피 보는 거 좋아하는 사람한테 알아서 모가지를 다 대 주고, 고맙구나!"

미간은 붉게 물들고 온몸에는 선혈과 살점이 덕지덕지 엉겨붙은 전북야가 검을 휘두를 때마다 핏물이 울컥울컥 흩뿌려져 호화로운 전각 앞을 무지개처럼 수놓았다. 초주검이 되어 바닥에 쓰러진 시위들의 머리통은 그의 발길질에 인정사정없이 짓이겨졌다.

콰직! 콰직!

두개골이 빠개지는 소리가 연달아 울렸다. 핏물과 뼛조각이 폭발하듯 분출되고, 내장과 골이 사방에 튀널렸다.

죽음으로 죽음을 막아야만 하는 상황.

상대가 천살의 백성이라는 사실은 더 이상 전북야에게 중요치 않았다. 지금 그의 머릿속에는 여기서 망설이면 맹부요가 위험해진다는 생각뿐이었다. 누가 됐든 그의 앞을 가로막는 건 맹부요를 해치려는 자나 매한가지였다.

그렇다면야 앞에서 걸리적거리는 놈들은 모조리 죽여 버릴 수밖에!

사신이 강림한 것 같은 무자비한 위압감. 그의 잔혹함에 질겁한 시위들은 이러지도 저러지도 못하고 떨고 있었다. 신분이 신분인지라 전격적인 퇴각만 못 할 뿐 저항의 강도는 눈에 띄게 수그러들었고, 병사 상당수가 싸움 중간중간 걸음을 뒤로 물리는 모습을 보였다. 그사이 전북야는 한 치의 망설임도 없이 종횡무진 돌진해 피로 물든 길을 뚫고서 내전에 입성했다.

내전 입성과 동시에 그의 시야에 들어온 것은 전남성도 아니요, 회색 옷의 여자도 아니요, 오로지 맹부요 하나였다.

반쯤 피범벅이 된 몸, 부어터진 입술, 옷소매 아래 감춰진 새끼손가락이 골절로 인해 뒤틀린 모양새.

전북야의 눈에 핏발이 섰다. 뒤늦게 맹부요 못지않게 피에
절어 처참한 몰골인 전남성이 눈에 띄었고, 곧이어 대들보 위
에서 회색 옷의 여인이 말하는 소리가 들려왔다.

"그럼 죽이는 수밖에."

전북야가 즉시 안쪽으로 뛰어들었다. 무시무시한 기세였다.
장포 자락이 거세게 펄럭이며 휘말아 올린 바람이 흡사 강철
칼날처럼 대들보 위를 향해 들이닥쳤다.

하지만 그에게 힐끗 눈길을 준 회색 옷의 여인은 나른하게
한마디를 덧붙였을 뿐이었다.

"하나가 늘었네. 아아, 이러면 품이 더 들잖아."

냉소를 흘린 전북야가 곧장 그녀를 덮치며 소리쳤다.

"저 여자를 건드리려거든 날 먼저 죽여야 할 거다!"

# 변치 않을 마음

대들보 위를 부유하던 회색 옷의 여인이 무심하게 고개를 까딱했다.

"같이 죽여 줄게."

이때 맹부요가 외쳤다.

"전북야, 멈춰요!"

그러나 분노에 휩싸인 전북야는 그녀를 완전히 무시한 채 회색 옷의 여인을 향해 돌진했다.

맹부요가 황급히 비명을 내질렀다.

"아야야!"

바람 소리가 뚝 멎었다. 제자리에 멈춘 전북야가 휘릭 몸을 돌려 맹부요의 곁으로 붙었다.

"왜 그래? 어디가 아픈데?"

이번에는 전북야가 무시당할 차례였다. 맹부요는 그를 향해 눈을 한 번 흘기기만 했다.

그녀가 대들보 위를 올려다보며 말했다.

"운혼 선배님은 황가에서 특별히 모셔다 놓은 분이겠지요. 그러니 누굴 죽이든, 그야 선배님 마음이겠죠. 하지만 여기 이분은요?"

맹부요가 아들의 품에 안긴 태비를 가리켰다.

"세상 고초에 시달려 만신창이가 된 이 가련한 여인도 죽이시려고요?"

"여자는 내려놓으라고 해. 상관없는 사람을 해치기 싫으니까."

운혼이 무감하게 대답했다. 맹부요가 자기 정체를 어떻게 알았는지는 묻지 않았다.

"저희가 죽고 나서 이 여인이 홀로 궁에 남으면, 과연 목숨을 부지할 수 있을까요?"

맹부요가 들으란 듯이 코웃음을 쳤다.

"꼭 직접 칼을 대지 않더라도 이쯤 되면 살인이랑 똑같은 거 아니에요? 정말 몰라서 그러시나?"

"전남성한테 살려 두라고 하면 되지."

운혼이 가느다란 눈썹을 찌푸렸다.

"나 참, 차라리 짐승을 믿지, 전남성을 믿어요?"

맹부요가 침통하게 말했다.

"돼지 새끼도 저거보다는 양심이 있겠네!"

"그럼 어떻게 해?"

망연자실한 듯 운혼의 눈이 벌어지는가 싶더니, 예상 밖에 맹부요에게 질문이 날아들었다.

"네 생각은?"

"하아, 어려운 문제네요."

맹부요의 미간에 깊은 주름이 잡혔다.

"보세요, 저희가 여기서 죽으면 궁에 홀로 남은 여인도 분명 죽은 목숨이고, 그러면 선배님이 애먼 사람 잡은 게 되잖아요? 차라리 같이 밖에 나가서 죽여 주시면 어때요? 아무래도 밖에서 죽는 게 궁에서보다는 나을 것 같은데."

말이 끝나기 무섭게 전남성이 '커헉' 하고 피를 뿜었다. 입을 놀릴 처지가 못 되는 그는 교활하고 뻔뻔하기 짝이 없는 맹부요를 잡아먹을 듯이 노려보았다. 곧이어 자신의 유일한 희망인 운혼을 향해 눈빛으로 통사정을 했다.

운혼에게서는 답이 없었다. 나이가 지긋한가 싶다가도 어찌 보면 풋풋한 젊은이 같고, 한없이 천진하다가도 순간순간 노련한 면모를 보이는 여인의 눈동자 안에서 구름이 흩어졌다 모이기를 반복하듯, 웃음기가 어른거렸다. 흐리멍덩함과 예리함 사이에서 끊임없이 추가 왔다 갔다 하는 모양 같았다.

그녀는 소맷자락을 모으고 태비를 시큰둥하게 쳐다보고 있었다. 그러다 드디어 입을 열었다.

"마음에 드는 여자야. 세상에 나보다 기구한 팔자는 흔치 않은데, 이대로 죽게 내버려 둘 수야 없지."

그러자 맹부요가 목청껏 맞장구를 쳤다.

"암요! 이 여인이 잘못되면 그때부터 세상천지에서 제일 짠한 팔자는 선배님이잖아요. 안 될 소리죠, 바닥 깔아 줄 사람 하나는 있어야지."

피식 웃은 운혼이 맹부요를 응시하며 손가락을 까딱였다.

"꼬마야, 사람을 바보 취급하면 곤란해. 그저 최소한의 원칙은 지키고 싶은 것뿐이란다."

맹부요가 그녀를 향해 방긋 웃어 보였다.

역시나, 십대 강자들은 하나같이 괴짜들이었다. 제자 찾겠답시고 감옥에서 13년을 썩은 대풍이나, 정인한테 뒤통수 맞았다고 애먼 여자들 꼬시고 다니며 분풀이하는 성휘나, 오락가락하는 정신으로 남한테 흰머리를 선물하는 운혼이나.

그러고 보면 나머지 몇 명은 또 어떤 물건들일지 참……

어찌 됐든 이로써 기회는 잡은 셈이었다. 전남성이 워낙 쓰레기라서 다행이었다. 이미 운혼의 눈 밖에 난 것 같은데, 그녀가 전남성의 명줄을 붙여 두려는 건 어디까지나 책임감 때문인 듯했다.

"전남성과 저 여인, 둘 다 데리고 출궁하는 걸 허락해 주마."

운혼이 느긋하게 품에서 간식을 꺼내 아삭거리기 시작하자 과자 부스러기가 전남성의 정수리 위로 파스스 쏟아졌다.

"단, 너 좋은 일만 시켜 줄 수는 없잖니. 출궁 뒤에 나랑 한판 붙어 보자. 나하고 붙은 뒤에 너희들 목숨이 남아 있을지는 모르겠지만, 승패에 상관없이 전남성은 풀어 줘야 해."

맹부요가 고개를 틀어 전북야를 쳐다봤다. 전남성은 그의 원수, 당연히 결정권은 그에게 있었다.

전북야의 대답은 간결했다.

"놈을 처리할 기회야 앞으로도 얼마든지 있다."

맹부요를 바라보는 그의 눈빛에서 진한 고마움과 안타까움이 묻어났다. 본래 오늘은 어머니의 얼굴이나 볼 생각이었지 구출은 꿈도 안 꿨건만, 변수에 변수가 겹치면서 사태가 급변해 가고 있었다.

맹부요가 어머니로 변장해 전남성을 제압하고, 십대 강자 운혼이 등장했다. 천군만마 사이에서 어머니를 모시고 무사히 탈출하기란 불가능하리라 절망했는데, 운혼의 성정을 꿰뚫어 본 맹부요의 언변 덕분에 궁 밖으로 내보내 주겠다는 약속도 받아냈다.

궁문만 빠져나간다면 흑풍기가 바로 달려올 테니 어머니의 안전은 보장되는 셈이었다. 그에게 어머니의 안위란 얼마나 중요한 의미이던가.

이 모든 게 맹부요 덕택이었다. 최악의 상황에서도 포기란 걸 모르고, 불가능 속에서 가능을 만들어 내는 기적의 여인!

전북야의 시선이 아무렇지 않은 양 실실거리고 있는 맹부요를 훑었다. 온몸이 상처투성이였다. 지금껏 십대 강자 운혼을 홀로 상대하면서, 그녀는 어떻게 끝까지 인질을 손에서 놓지 않았던 걸까.

고개를 든 그가 용과 봉황 문양으로 장식된 천장을 묵묵히 올려다보는 사이, 품 안에서 태비가 중얼거렸다.

"며늘아기……."

어깨를 움찔 군힌 전북야가 이내 긴 한숨을 뱉었다. 이때 대들보 위에서 운혼의 웃음소리가 들려왔다.

"그래, 며느리! 며느리가 아니고서야 이 정도까지 할 수 있겠어? 어수룩한 아들 녀석이 그래도 딱 맞는 짝을 얻은 걸 보니 네가 복이 많구나."

그러자 맹부요가 착잡하게 입꼬리를 비틀어 올렸다.

"선배님, '홍안지기'[19]나 '생사를 함께하는 우정', 뭐 이런 말 못 들어 보셨어요?"

"홍안지기?"

운혼이 픽 코웃음을 쳤다. 홍안지기라는 단어가 신경에 거슬렸는지 사뭇 날이 선 투였다.

왜 이 말에 반응을?

"안 나가고 뭐 해, 손이 근질근질한 참인데!"

혀를 날름 내민 맹부요가 괜한 전남성을 잡아채 윽박질렀다.

"안 나가고 뭐 해, 업어 주기라도 기다리냐!"

⁂

내전에서 걸어 나오는 일행의 모습은 서화궁 전체를 경악에 빠뜨렸다.

---

19  홍안은 젊은 여인의 아름다운 얼굴을 가리키는 말로, 여성인 친구를 이른다.

계단 위에 선 맹부요가 좌우 양쪽 뺨에 손바닥 자국이 선명한 전남성을 툭툭 밀며 히죽거렸다.

"다들 고생이 많구먼! 쇠뇌며, 대포며, 구덩이며, 기관 같은 거 전부 치우려면 계속 고생들 좀 해 줘야겠는데 어쩌나."

몹시 고분고분해진 시위들이 그녀의 지휘에 따라 포신에 화살을 쑤셔 넣고는 근처 인공 호수를 향해 발사, 대포 두 문을 성공적으로 폭파시켰다.

그다음으로는 쇠뇌를 비롯한 무기들이 각종 기관 장치 안으로 던져 넣어졌다. '끼리릭끼리릭' 소리가 멈췄을 즈음에는 쇠뇌도 기관도 거의 폐품이 된 후였다.

뒤늦게 도착한 화승총 부대 역시 재앙을 피해 가지는 못했다. 화승총이 하나도 남김없이 계단 아래 숨겨져 있던 구덩이에 처박힌 뒤, 전북야가 구덩이를 향해 육중한 석판을 걷어차자 꽝음과 함께 먼지가 자욱하게 일었다. 무시무시한 제작 원가를 자랑하는 화승총이 그로써 말끔히 고철로 화했다.

화승총 부대의 지휘관은 저택에 갔다가 허둥지둥 돌아온 육황자 전북항이었다. 길게 찢어져 살짝 위로 올라간 눈을 가진 그는 지금 창백하게 질린 얼굴에 그늘을 드리운 채, 묵묵히 전북야를 쏘아보고 있었다.

전남성으로부터 부대의 무장 해제를 명받았을 때 전북항은 일순 눈을 번뜩이며 입가를 씰룩이기도 했으나, 종국에는 한마디도 내뱉지 않았다.

한편, 운혼은 소맷자락 안에 손을 모으고서 무심히 그 광경을 지켜보고 있었다. 선제가 생전에 다방면으로 애를 써서 그녀를 황궁에 데려오며 한 부탁은 위기 시에 황제의 목숨을 지켜 달라는 것뿐, 나머지야 어찌 되든 알 바가 아니었다.

수만 호위대에 포위당해 느릿느릿 밖으로 향하는 일행의 모습은 위쪽에서 보자면 광활한 금빛 색채에 에워싸인 작은 점 같았다. 금빛 물결은 줄곧 점을 따라 움직이면서도 차마 일정 거리 이상 접근하지는 못했다.

서화궁을 빠져나오자 맹부요의 입에서 명령이 떨어졌다.

"말 대령해라! 어르신 다리 아프시다."

전북항이 수신호를 보내기 무섭게 호위병이 후다닥 움직여 잘빠진 말 여러 필을 맹씨 어르신 앞에 대령했다. 전북야가 어머니를 안고서 냉소하는 사이, 마찬가지로 입꼬리를 휘던 맹부요가 훌쩍 말 위에 올라탔다.

맹부요가 말에 오르는 순간, 전북항의 눈이 번뜩 빛났다. 그러나 그녀는 말 등에 궁둥이를 붙이기에 앞서 전남성부터 끌어올려 안장 위에 '쿵' 소리가 나게 앉혔다.

"끄악!"

찢어지는 비명과 함께 핏방울이 후드득 쏟아지자 지켜보던 전북항의 안색이 급격히 굳었다. 전남성이 온몸을 부들부들 떠는 동안, 장포 밑에서 가느다랗게 배어난 핏줄기가 바지통을 따라 흘러 흘러 지면으로 떨어져 내렸다. 고통으로 얼굴이 일그러진 전남성이 아우를 잡아 죽일 듯이 노려봤다.

그 눈빛에 전북항이 주춤 뒷걸음질 치며 말을 버벅거렸다.

"폐하······. 저는······."

"아이고, 폐하, 어디 찔리셨길래? 설마 거시기?"

말 위의 맹부요가 폭소를 터뜨렸다. 앞니가 깨져 나간 자리로 바람이 새는지라 듣기에도 영 불편했고, 눈탱이가 밤탱이인 탓에 보기에도 영 불편한 웃음이었다.

하지만 황궁 시위들은 그 흉한 몰골을 앞에 두고 가슴 밑바닥이 서늘해지는 걸 느끼고 있었다. 배짱 좋으면서도 치밀하고, 제멋대로인 듯하면서도 신중하고.

무서운 여인이 아닌가!

맹부요가 같잖다는 눈으로 전북항을 흘겨봤다.

"어르신 앞에서 술수를 부리려거든 가서 젖이나 더 먹고 오너라!"

바늘이 붙은 말안장이 그녀의 손을 떠나 전북항의 면전으로 날아갔다.

"네놈들 깔고 앉은 거랑 바꿔!"

말이 다시 준비되자 운혼도 한 마리를 골라서 올라탔다.

잠시 후, 시위들과 어림군을 뒤에 줄줄이 달고서 제2궁문을 통과하던 때였다. 앞쪽에서 폭발음이 울리더니 대규모 인원의 함성이 이어졌다. 말발굽 소리와 쩌렁쩌렁한 고함에 지면이 우르르 진동하는 가운데, 새빨간 화염이 하늘을 와락 삼키면서 일행의 얼굴마저 붉은빛으로 물들였다.

깜짝 놀라 고개를 든 일행은 겹겹 궁문을 지키던 수비병들이 저만치 앞에서부터 허겁지겁 안쪽으로 달려 들어오며 내지르는 소리를 들을 수 있었다.

"흑풍기가 쳐들어왔다!"

그 부르짖음에 응답이라도 하듯, 앞쪽에서 다시 한번 굉음이 터졌다. 육중한 궁문이 뇌탄을 맞은 소리인 듯했다. 이와 동시에 우레와도 같은 수천 명의 함성이 궁문 앞을 뒤흔들었다.

"돌격! 혼군을 처단하라!"

"반역이냐!"

전북항이 노성을 터뜨렸다. 횃불 아래 그의 얼굴은 창백하다 못해 새파랬다.

"겁도 없이 고작 3천 명으로 궁문을 뚫겠다? 3만 어림군과 도성 황영군皇營軍은 장식인 줄 아는가? 여봐라, 명을 전하라!"

"얼씨구, 천살국 황제가 언제 다른 사람으로 바뀌었대?"

전북항을 압살하는 목청으로 외친 맹부요가 능청스럽게 눈을 끔뻑거리며 전남성을 쳐다봤다.

"벌써 그 자리 내려오셨나? 아직? 아직 퇴위 전이면 저쪽은 왜 황제 역에 한껏 몰입 중이시고?"

치 떨리는 눈으로 그녀를 노려본 전남성이 시선을 돌려 전북항을 향해 얼음장 같은 눈빛을 쏘았다.

그 눈빛을 마주한 전북항은 심장이 오싹하게 얼어붙는 기분이었다. 제대로 미운털이 박히고 말았으니, 만약 오늘 형님이 목숨을 부지한다면 자신은 절대 좋은 꼴을 보지 못하겠구나 싶었다.

그는 대권을 한 손에 틀어쥔 형님 곁에서 허울뿐인 왕으로 사는 신세였다. 어림군도 명목상으로만 자기 휘하였지 실질적으로 그들을 움직이는 건 전남성이었고, 도성에 주둔 중인 황영군의 경우는 황제가 친필 명령서를 내리거나 삼대 재상이 동시에 허가를 내 주지 않으면 그 누구도 함부로 전투에 동원할 수가 없었다.

짧은 시간 동안 잽싸게 머리를 몇 바퀴 굴려 봤으나 딱히 이 상황을 타개할 방법을 찾지 못한 전북항은 결국 아무 말 없이 고개를 떨궜다.

이때 전북야가 앞쪽 성문을 지키고 있는 수비병을 향해 장검을 겨눴다.

"문을 열라!"

전남성이 조용히 손을 내젓자 궁문이 차례차례 열렸다. 문을 통과하는 일행 뒤쪽에서 어림군 수만 명이 하는 일은 실상 호송이나 다름없었다.

제일 바깥쪽 궁문이 열린 직후, 칼을 비껴들고 활시위에 화살을 먹인 흑풍기가 외성 수비병들을 도륙하는 모습이 눈에 들어왔다. 흑풍기는 인질로 잡힌 황제를 구출하고자 어림군 대다수가 황궁 안에 집결한 틈에 외성 성문에 남은 소규모 병력을 신나게 학살하는 중이었다. 문이 활짝 열린 지금까지도 바람처럼 질주하며 살육을 이어 가는 그들 덕에 황궁 앞 한백옥 광장에는 새빨간 혈화가 무더기로 피어나고 있었다.

일제히 고개를 돌린 흑풍기 병사들이 곤룡포 차림으로 끌려나오는 전남성을 보고는 환호성을 질렀다.

홀연 전북항이 차가운 목소리로 물었다.

"우리 쪽은 이미 무기를 버리고 저항을 포기했건만, 흑풍기를 계속 풀어 둬 약자를 능욕할 셈이오?"

그는 눈앞의 사내가 전북야인 줄은 상상도 못 하고 있었다. 인피면구로 완벽하게 변장한 데다가 지금껏 몇 마디 내뱉지도 않은 말마저 어투를 완전히 바꿨고, 무엇보다 형제 사이의 불화로 거의 만날 일이 없었기 때문이었다. 애초에 어지간한 지인보다도 못한 관계였던 것이다.

전씨 형제의 눈에 비친 맹부요와 전북야는 열왕의 원수를 갚을 겸 그 모친을 구출하러 온 수하들에 불과했다.

전북야가 코웃음을 쳤다.

"약자를 능욕이라. 너희 황족들은 잘하는 짓이면서 다른 사람은 안 된다는 건가?"

그사이 신속하게 대형을 갖춘 흑풍기가 전북야를 맞이하고자 궁문 안으로 달려 들어왔다. 말발굽에 앞서 거센 살기가 먼저 몰아닥쳤다. 문 안쪽으로 성큼 진입한 대오가 고삐를 당기자 '착' 소리와 함께 말들이 일사불란하게 멈춰 섰다.

이를 지켜보던 전남성과 전북항이 눈썹을 꿈틀 치켜세웠다.

이어서 말 두 필이 앞쪽으로 나왔다. 절륜한 기마술을 자랑하는 두 사람은 양쪽 다 새파란 소년들이었다. 그중 동작이 날쌔고 용맹한 쪽은 길들지 않은 살기를 물씬 풍겼고, 밤의 어둠과도 같은 눈동자를 가진 쪽은 앉은 자세임에도 눈에 확 들어올 만큼 늘씬한 자태가 옥석으로 빚어 놓은 한 그루 나무를 연상시켰다.

후자를 본 맹부요는 하마터면 '엇!' 하고 소리를 뱉을 뻔했다.

운흔! 운흔이 어떻게 여기 있지?

시선을 든 운흔이 경악에 찬 맹부요의 눈빛을 보고는 의아한 기색을 내비쳤다. 그가 역용을 하고 퉁퉁 부어터지기까지 한 맹부요의 얼굴을 바라보았다. 아무런 단서를 찾지 못하자 이번에는 그녀의 눈동자를 들여다봤다.

순간, 운흔의 눈이 반짝 빛났다.

그의 눈동자는 유성 꼬리의 불티가 아른대는 심연 같았다. 그 눈동자가 빛나는 모습은 온 하늘의 별빛을 유리병 안에 가득 모아 놓은 양, 눈부시도록 찬란한 아름다움이었다.

상대가 자신을 알아봤다고 판단한 맹부요가 반쪽짜리 앞니를 내놓고 나무랄 데 없는 미소를 지었다.

다시 한번 그녀의 얼굴을 뜯어본 뒤, 범접하기 어려운 서늘함을 풍기는 소년은 못 말리겠다는 표정을 지으며 전북야 쪽으로 걸어갔다. 소년이 팔을 뻗는 걸 보고 태비가 반사적으로 물러서려 하자 전북야가 그녀의 귓가에 속삭였다.

"형제입니다."

동작을 멈춘 태비가 운흔의 손에 순순히 몸을 맡기자 흑풍기 병사 한 무리가 다가와 그녀를 말에 태우더니 바람처럼 달려 자리를 떴다. 그 모습을 지켜보던 맹부요의 눈빛에 이채가 어렸다. 전북야가 거느린 세력이란, 매번 느끼지만 신기한 구석이 한둘이 아니었다.

저게 어딜 봐서 개털 왕야 휘하의 군대란 말인가.

흑풍기가 쓰는 무기가 하나같이 대륙 최고 수준인 것도 그 랬다. 상등품 쇠뇌, 질 좋은 가죽 갑옷에 그 귀하다는 뇌탄까지 갖췄다. 돈도 돈이거니와 어지간한 연줄 없이는 구경 자체가 불가능한 물건들이었다.

전남성이 줬을 리는 절대 없고, 전북야의 녹봉이야 개미 눈 곱만큼밖에 안 될 터인데 대체 저걸 다 어디서 구했을까?

신기한 점은 그뿐이 아니었다. 쥐 새끼 한 마리 마음대로 드 나들지 못하는 작금의 반도에 흔적도 없이 숨어든 솜씨며, 궁 에 사달이 나자마자 귀신같이 몰려온 속도며. 미리 약속이나 한 듯 태비를 데리고 떠나는 흑풍기를 보고 있자니 근거지를 또 성안 어디에 숨겨 뒀을지 궁금해지는 것이었다.

'세상에 다시 없을 변절자'라던 외조부가 은연중에 전북야에 게 남겨 준 역량은 과연 어디까지인 걸까?

하지만 지금은 그 궁금증을 해결할 때가 아니었다. 운흔의 걱정 어린 눈빛에 미소로 답한 맹부요가 십대 강자 운흔을 보 며 말했다.

"선배님, 도성에서 싸움판을 벌였다가는 백성들이 식겁할 텐 데, 성 밖으로 자리를 옮기는 게 어떨까요?"

운흔이 심드렁하게 고개를 끄덕이더니 달이 져 가는 하늘가 를 올려다봤다. 어쩐지 애수에 젖은 듯한 눈빛이었다.

이때 흑풍기 대오 사이에서 소칠이 불쑥 앞으로 나와 전북야 에게 귓속말 몇 마디를 전했다. 이야기를 듣고 난 전북야가 말하길.

"도성 서편 낙봉산落鳳山에 결투장으로 쓸 만한 공간이 있다는군."

소맷자락을 한데 모은 채 느긋하게 하늘을 바라보던 십대 강자 운흔이 다시 한번 고개를 까딱했다.

어차피 뛰어 봤자 이 손바닥 안이거늘, 어딘들 어떠하랴.

곧이어 흑풍기를 이끌고 철수하라는 명을 받은 부지휘관 소칠이 팔을 척 펼쳐 전북야의 앞을 가로막았다.

"안 됩니다. 그래도 몇 명은 따라가야죠."

전북야가 묵살하려는데 소년이 당당하게 토를 달았다.

"시신은 수습해 드려야 할 거 아닙니까."

풉, 맹부요가 웃음을 터뜨렸다.

말이 좋아 왕이지, 신세는 영 딱하시구먼.

맹부요가 킥킥거리고 있을 때 운흔이 옆으로 다가왔다. 그의 소맷부리 안에서 원보 대인이 꼬물꼬물 기어 나오는 게 아닌가.

이번에는 그녀가 딱해질 차례였다.

원보 대인은 술 깨라고 방에 놔두고 왔었는데 왜 여기서 등장한담. 아니, 그럼 다들 객잔에 들렀다가 온 거야?

능숙하게 어깨를 타고 올라온 원보 대인이 그녀의 얼굴을 척 붙들더니 깨진 앞니며 퉁퉁 부은 눈두덩이와 콧잔등을 세세히 살피고는 부러진 손가락까지 확인을 마쳤다. 그다음은 '나랑 주인님 말고 딴 작자가 얘 건드리는 꼴은 못 본다!'를 골자로 하는 원보 대인의 세계관이 대폭발했다.

홱 고개를 트는 동시에 전남성을 발견한 원보 대인이 즉각 놈을 흉수로 특정하고 '뒤 공중 돌아 180도 다리 찢기' 기술을 날렸다.

이로써 전남성의 낯짝에는 앞서 맹부요가 남긴 다섯 손가락의 윤곽과 함께 분홍빛 쥐 발바닥 무늬가 새로이 더해졌다. 두 무늬의 조화가 퍽 운치 있었다.

원보 대인은 체조 기술 시전만으로는 분이 안 풀리는지 아예 전남성의 상투 꼭대기에 올라앉아 구룡비취관에 박힌 보석을 으쌰으쌰 후벼 파기 시작했다. 귀하디귀한 비취며 옥석이 하나하나 제자리에서 떨어져 나와 옮겨진 곳은 맹부요의 소매 속이었다.

크게 위안을 얻은 맹부요가 뜨거운 눈물을 삼키며 원보 대인의 정수리를 토닥였다.

"갸륵한 것, 약값 챙길 줄도 알고……."

어느덧 낙봉산 근처였다. 말은 기슭에 두고 걸어서 산허리까지 올라가자 절벽 꼭대기에 판판하게 깎인 공터가 나타났다.

대결 장소를 본 십대 강자 운혼이 흡족한 기색을 내비쳤다.

"너희 묫자리로 딱 좋구나."

문득 맹부요 곁으로 다가붙은 전북야가 귀엣말을 했다.

"부요, 어떻게든 달이 뜰 때까지만 버티면 될 거다."

눈을 끔뻑끔뻑하던 맹부요가 하늘을 올려다봤다.

이제 막 날이 밝았는데 달 뜰 때까지?

장손무극, 종월, 전북야 세 사람이 힘을 합치고도 다 죽어 가는 대풍 하나를 못 당해 냈던 과거가 있지 않은가.

운흔은 십대 강자 내에서 대풍 바로 아래인 서열 6위. 이미 반병신이 된 둘이서 과연 그런 인물을 상대로 해가 질 때까지 버틸 수 있을까?

전북야가 덧붙였다.

"약점을 공략해야 한다……. 부요, 너무 기를 쓰고 덤비지는 말아라. 너는 내가 반드시 지켜 줄 테니."

전남성의 혈을 제압한 맹부요가 소칠을 향해 놈을 잘 지키고 있으라는 눈짓을 보낸 뒤 느긋한 투로 대꾸했다.

"끽해 봐야 하루 낮인데요, 뭐. 그쯤이야!"

그녀가 씩 웃으며 한 걸음 앞으로 나서자 곁에 있던 전북야도 따라나섰고, 내내 아무런 말이 없던 운흔 역시 성큼 한 발자국을 내디뎠다.

그 모습을 본 맹부요가 재깍 운흔을 밀쳐 내며 말했다.

"나대지 마, 저 밑으로 확 밀어 버린다."

"밀어."

운흔은 꿈쩍도 하지 않았다.

"다시 기어 올라올 테니까."

뒷목을 잡는 맹부요의 옆에서 전북야가 피식 웃음을 흘렸다.

"운 공자, 태연국에서 기연을 얻었다더니 아니나 다를까 실력이 일취월장한 티가 나는구려."

그러자 운흔이 어렴풋이 미소 지었다.

"맹 소저만큼 빠른 성취를 이루지는 못하였으나 소저와 어깨를 나란히 하고 싸울 정도는 되지 싶습니다."

맹부요와 **빤히** 시선을 맞춘 운흔의 심연 같은 눈동자 안에서 불티가 아른거렸다.

"그렇지 않나?"

맹부요는 콧등을 긁적이며 본인의 박복한 팔자를 한탄했다.

그래도 얜 좀 참한 줄 알았더니, 한마디도 안 지는 거 봐라.

그런데 그녀가 고개를 툭 떨군 찰나, 땅바닥에 쪼그리고 있던 원보 대인이 대뜸 한 발짝 앞으로 나서는 게 눈에 들어오질 않겠는가.

"⋯⋯."

고 콩알만 한 털 뭉치를 내려다보며, 맹부요는 언어 능력이란 것을 완전히 잃고 말았다.

말이 없기는 상대도 마찬가지. 녀석은 그녀를 깨끗이 무시한 채 옷 주머니에서 큼지막한 씨앗 하나를 꺼내 품에 안았다.

맹부요가 전북야를 쳐다보며 더듬더듬 말했다.

"설마⋯⋯. 저게 시, 신식 무기라도 된다든지?"

복잡미묘한 표정으로 녀석을 쳐다보던 전북야가 입을 열었다.

"적당히 해라, 쥐 새끼. 지금 장난하는 거 아니다."

하지만 원보 대인은 그 역시 말끔히 무시했다.

반응은 도리어 십대 강자 운흔 쪽에서 나왔으니, 맞은편에서 원보 대인을 응시하던 그녀가 내보인 것은 불쾌감도, 실소도 아닌, 아까와는 사뭇 다른 안광이었다.

"저건 어디서 났지?"

맹부요가 어깨를 으쓱했다.

"친구 거예요."

"어떤 친구?"

싸움보다는 원보 대인 쪽이 더 흥미를 끄는 건지, 운혼의 질문은 집요했다.

"그게 누군데?"

맹부요가 입꼬리를 당겨 올렸다.

"저부터 죽이세요. 그럼 알려 드릴라니까."

잠시 생각에 잠겼던 운혼이 한마디를 툭 내뱉었다.

"저걸 넘기면 결투는 없던 일로 해 줄게."

쿨럭, 맹부요가 기침을 토했다.

말도 안 돼, 원보 대인의 몸값이 이 정도라고? 진작 알았으면 경매라도 여는 건데.

그 제안에 원보 대인의 답변은 '카악, 퉤!' 하고 침을 한 번 뱉어 주는 것이었다.

운혼이 소맷자락을 여미며 나른하게 말했다.

"어때? 쥐 한 마리에 사람 목숨 셋. 세상에 이보다 남는 장사는 없을걸."

그녀의 시선이 세 사람을 쓱 훑었다.

"다들 만만치 않네. 젊은 세대 중에서는 손에 꼽히는 고수겠어. 나는 너희만 할 때 그 정도 수준을 못 찍었던 것 같은데. 하지만 어찌 됐든 지금 나랑 붙으면 결과는 죽음뿐이란다."

말투는 무심할지언정 그 안에 허투루 하는 소리는 단 한마디도 없다는 것쯤이야 맹부요도 잘 알았다.

십대 강자 운혼은 30년간 천하를 주름잡던 고수. 수십 년에 걸쳐 탄탄히 쌓아 올린, 극도로 정제된 진력은 말할 것도 없다. 자연력을 다루는 독문 공법과 무수한 싸움으로 단련되었을 노련함만 놓고 봐도 실전 경험이 부족한 풋내기들이 감히 덤빌 상대가 아니었다.

세 사람의 목숨……. 쥐 한 마리…….

무릎을 접고 앉은 맹부요가 빤히 시선을 보내자 원보 대인이 그녀 쪽으로 고개를 틀면서 까만 눈을 빛냈다.

맹부요가 녀석을 쓰다듬어 주며 침통하게 중얼거렸다.

"네가 이렇게 귀한 몸일 줄은 진짜 상상도 못 했다……."

곧이어 몸을 일으킨 맹부요가 '그럼 그렇지' 하는 표정인 운혼을 향해 빙긋 웃어 보였다.

"선배님……."

운혼의 눈썹이 느릿느릿 치켜세워졌다. 그녀가 원보 대인을 받아 들고자 손을 내밀었다.

"그냥 저나 죽이시죠."

선택이 쉽다고 그 이행 과정 역시 항상 쉬운 건 아니다. 어떤 경우, 선택의 대가는 '처절'이라는 단어로밖에 형용할 수 없는 것이 되곤 한다. 이를테면 목숨을 통째로 내던져야 한다든가.

운혼이 뜻밖의 말에 움찔한 찰나, 약빠른 맹부요가 지면을 박차고 포탄처럼 튀어 나갔다. 그녀가 허공을 가로지르는 사이, 어느덧 등장한 시천이 한 줄기 검은 번개가 되어 운혼의 정수리를 노렸다.

절정 고수 앞에서는 어떠한 초식도, 눈속임도, 화려한 재간도 의미를 잃는 법이었다. 오로지 속도, **빠름**을 넘어서는 **빠름**만이 중요했다. 최대한의 속도와 힘으로 어떻게든 상대의 몸에 칼날을 박아 넣는 게 관건이었다.

맹부요와 마찬가지로 군계일학의 무인인 두 남자는 그 진리에 더 통달한 인물들이었다. 그녀가 정면으로 치고 들어가는 찰나, 둘은 각자 좌우에서 몸을 날렸다.

한쪽은 폭풍과도 같은 맹렬함으로 구만리 창천을 가르는 벽력이 되었고, 다른 한쪽은 밤바람과도 같은 날렵함으로 삼천 길 산봉우리를 뒤흔드는 위용을 발했다.

격렬한 파공음이 울리는 동시에 바람에 휩쓸려 뒤로 밀려난 돌덩이들이 절벽 아래로 추락해 한참 만에야 지면과 충돌하는 소리가 올라왔다.

적막하던 산중이 순식간에 날카로운 반향으로 가득 차고, 층층이 퍼져 나간 메아리에 푸르스름한 산안개가 기지개를 켰다. 자욱한 운무 한가운데, 발군의 예기를 뿜어내는 세 사람 앞에서는 갓 떠오른 태양의 광채마저 그 찬연함을 잃고 아스라이 흩어지는 듯했다. 대자연의 풍운이 제아무리 격하게 휘몰아친들 인간의 한계치를 찍은 맹용을 흔들기에는 역부족이었다.

이때, 나른하게 미소 짓고 있던 십대 강자 운혼이 옷소매를 무심히 떨쳐 세 방향에서 날아든 공격을 한꺼번에 쳐 냈다. 어느새 세찬 기의 흐름을 온몸에 두른 그녀는 구름과 안개가 그러하듯 가물가물 종잡을 수 없는 형체가 되어 움직였다.

기척도 흔적도 없는 진기의 암류가 교묘한 각도와 비상식적인 방향에서 불쑥불쑥 발현되어 투명하지만 견고한 수정 장벽으로 화해 세 사람의 격렬하고도 변화무쌍한 공격을 모조리 막아 냈다.

퍽!

제일 먼저 달려들었던 맹부요가 첫 번째로 튕겨 나갔다.

촤앗!

전북야는 운혼의 지척까지 접근한 참이었다. 예리한 검풍이 상대의 옷자락을 서걱 잘라 낸 건 벌써 한 장 거리 밖에서의 일이었건만, 운혼의 몸을 코앞에 뒀을 즈음 그는 돌연 45도 각도로 눕혀지면서 뒤로 밀려났다.

바람에 나부끼는 깃발 같은 모양새로 전북야가 속절없이 밀리는 사이, 신발 뒤꿈치가 지면에 거칠게 쓸리면서 파바밧 불꽃이 튀었다. 그가 가까스로 후퇴를 멈춘 것은 뒤쪽에 서 있던 벼랑에 처박히고 나서였다.

슉!

원래 속도 면에서 맹부요보다 우월했던 운혼의 쾌검은 이제 너무 빨라 형체를 분간하기가 힘든 경지였다. 육안으로 포착할 수 있는 것은 검광이 남긴 몽롱한 궤적이 전부였고, 검 자체의 움직임을 따라잡기란 불가능한 일이었다.

그의 검초 중에서도 가장 압도적인 빠르기를 자랑하는 '분광 分光'이 검광의 장막을 뚫고 쏘아져 나가 상대의 얼굴을 향해 쇄도했다.

다음 순간, 손가락을 세워 드는 것 같던 여인이 홀연 운흔의 눈앞에서 사라졌다. 대신 그 자리에 남은 것은 구름뿐.

구름 속에서 언뜻 나긋해 보이지만 실상은 강철이나 다름없는 손이 뻗어 나와 운흔을 슬쩍 밀쳤다. 바로 그 찰나, 비단이 찢기는 소리가 났다. 운흔이 내지른 칼끝이 상대의 옷자락을 스친 결과였다.

두 사람은 그대로 서로를 비껴가는가 싶었으나, 불현듯 방향을 바꾼 운흔의 검이 팔뚝 밑면을 따라 뒤쪽으로 뻗어 나갔다. 하지만 상대는 이미 공격을 재개한 맹부요의 등 뒤로 이동한 후였다. 나른하게 입꼬리를 말아 올린 운흔이 맹부요를 운흔의 칼끝 쪽으로 떠밀었다.

운흔의 눈빛이 일순 당혹으로 물들었다. 그가 검을 거두느라 허둥대는 틈에 뒤에 있던 십대 강자의 입에서 홀연 바람이 뿜어져 나와 주변에 겹겹 운무를 일으켰다.

맹부요와 운흔은 눈앞조차 분간 가지 않는 안개에 갇혀 버렸다. 맹부요는 일단 운흔의 초식 전개에 방해가 되지 않기 위해 잽싸게 뒤로 비켜섰다. 그런데 발밑이 허공이었다.

어느 틈에 자리가 바뀌었던 걸까.

맹부요가 곧장 벼랑 아래로 쑥 꺼져 내려갔다.

황급히 허공을 가르고 벼랑으로 뛰어든 운흔이 맹부요를 잡아챘다. 낭떠러지 끄트머리에 엎어지는 순간, 뾰족한 암석 단면이 그의 팔꿈치를 깊숙이 그어 새빨갛게 배어난 피가 돌에 파인 결을 따라 흘러내려 맹부요의 얼굴 위로 방울방울 떨어졌다.

"꽉 잡아……."

암석 위에 엎드린 채 애타는 눈빛을 보내는 소년은 황망함 탓인지 손끝이 얼음장 같았다. 전북야도 절벽 쪽으로 달려왔다.

맹부요가 고개를 들어 두 사람을 향해 웃음을 보냈다. 얼굴에 묻은 핏방울을 쓱 훔쳐 낸 그녀가 운흔이 팔을 휘두르는 동작에 맞춰 위쪽으로 도약해 태양을 가릴 만큼 높게 솟구쳐 올랐다가 그대로 하강하며 칼날을 내리쳤다!

세찬 바람이 주변의 운무를 모조리 날려 버렸다. 이제 십대 강자 운흔은 온몸을 고스란히 노출한 상태였다.

자신의 머리 위로 무지개 같은 반원을 그리며 내리꽂히는 광채를 보고 운흔이 찬탄을 뱉었다.

"제법이구나!"

그녀가 어쩔 수 없이 뒤로 물러서던 때였다. 별안간 새하얀 빛이 눈앞을 휙 스쳤다. 틈을 노리고 있던 원보 대인이 적의 목을 물어뜯을 요량으로 번개처럼 뛰어오른 것이었다.

운흔이 실소를 흘렸다.

"하다 하다 요 녀석까지 나를 얕잡아 보다니."

운흔의 손가락에 맞고 톡 튕겨 나와 떼구루루 구르는 원보 대인을 맹부요가 얼른 주워 들었다.

전북야와 운흔이 다시금 공격을 펼쳤다. 십대 강자 운흔이 둘을 추어올렸다.

"호흡이 퍽 좋구나."

소매를 펄럭 떨친 그녀가 세 사람 사이를 종횡무진 누비기 시작했다. 상대편이 결코 만만치 않은 실력자들임을 확인했기에 그녀는 더 이상 시큰둥해하지 않았다. 무궁무진한 암류가 약동하는 기세 또한 점점 거칠어지고 있었다.

운혼은 두 남자의 신경이 상당 부분 맹부요에게 쏠려 있다는 걸 간파했다. 그래서 그녀는 일부러 중점적으로 맹부요를 공격했다. 그 때문에 전북야와 운혼의 협공은 본의 아니게 중도에 맥이 끊기기 일쑤였다.

하지만 십대 강자 운혼은 맹부요의 뚝심에 놀라는 중이었다. 분명히 온몸이 만신창이가 된 지 한참이었건만 맹부요는 자연력을 지배하는 절정 고수인 자신과 마찬가지로 무한히 샘솟는 진력에, 꺾일 줄 모르는 의지까지 보여 주고 있었다.

몇 번을 깨지고 패대기쳐져도 다음 합이 돌아오면 그녀는 반드시 싸움터 한복판으로 나섰다. 동료를 전장에 혼자 세우는 일은 절대 용납 못 한다는 듯이.

그 와중에 네 사람 사이를 헤집고 다니느라 바쁜 존재가 하나 또 있었다. 바로 원보 대인이었다.

초식의 허점을 귀신같이 잡아낼 줄 아는 녀석은 틈나는 대로 적의 요해를 매섭게 할퀴곤 했지만, 녀석에게 지대한 관심을 품은 운혼은 어떠한 도발에도 원보 대인에게 차마 살초를 쓰지 못했다. 그 덕분에 겁을 상실한 원보 대인은 갈수록 더 용맹한 돌격과 통쾌한 물어뜯기를 시전하고 있었다.

네 사람 더하기 쥐 한 마리의 싸움이 장장 한 시진을 넘어섰을 무렵. 원보 대인이 제일 먼저 백기를 들었다. 온몸이 상처투성이인 채 서로를 마주 본 셋은 동료의 창백한 낯빛과 불안정한 호흡을 느꼈다. 이대로 가다가는 적을 처리하기 전에 자신들이 먼저 죽겠다는 판단을 내렸다.

눈동자를 요리조리 굴리던 맹부요가 한쪽 손을 번쩍 들었다. 십대 강자 운혼이 막 전개하려던 초식을 접으며 눈을 둥그렇게 떴다.

"뭐지?"

"원보 기저귀 갈 시간인데요."

실로 당당한 말투였다.

"그냥 두면 치질 걸릴 걸요."

난데없이 팔려 나간 원보 대인이 눈을 희번득 치떴다.

아니, 시간을 끌려거든 좀 점잖은 걸 갖다 붙이든가. 이를테면 원보 대인 무용 연습 시간이어서요, 원보 대인 노래 잠깐 하시고 갈게요, 많잖아? 그걸 못 하나?

천하의 무뢰한에게서 설마 기저귀 소리가 나올 줄은 몰랐던 상대가 멍하니 있다가 반 박자 늦게 답했다.

"그러렴."

쥐 새끼를 받쳐 든 맹부요가 짐짓 기운이 남아도는 척 나머지 두 사람까지 붙잡아 바위 뒤로 향했다. 뒤편에 다다르자마자, 셋은 일제히 땅바닥에 널브러졌다.

온몸의 뼈마디가 다 아작 나는 것 같은 고통을 실감하며, 맹부요가 이를 악물고 말했다.

"전북야, 밤……, 밤까지는 도저히 무리예요……."

옆에서 숨을 헐떡이던 운혼이 입을 열었다.

"왜 굳이 밤인지?"

"짐작, 아니 어쩌면 희망에 불과할는지도 모르지만……. 오늘 밤에는 보름달이 뜰 테니……."

확신 없는 투로 중얼거리길 잠시, 전북야가 쓴웃음을 지었다.

"과연 운이 따라 줄지는 모르겠지만, 일단 버텨 보자고."

빠듯한 시간을 쪼개 셋은 운기조식과 상처 치료를 서둘렀다. 맹부요가 품 안에서 종월한테 받은 금창약을 꺼내 선뜻 두 사람에게 나눠 줬다.

"먹어 둬요, 먹어 둬. 죽고 나면 다 부질없으니까."

그동안 넋 놓고 바위 앞에 앉아 있던 십대 강자 운혼이 얼추 기저귀를 다 갈았겠다 싶은 시점에 셋을 불러냈다.

"이봐, 마저 해야지."

또 한 시진 남짓 싸움이 이어졌다.

세 사람이 번갈아 가며 자빠지고, 내던져지고, 걷어차이고, 나동그라지는 사이 얼룩덜룩한 핏자국이 공터를 빼곡하게 물들였다. 이번 회차의 전리품은 운혼의 소매 한 토막과 손톱 반 쪽, 흰머리 세 가닥이었다.

맹부요가 손을 들었다.

"원보 우유 먹여야……."

다음 회차에는 셋이서 도합 열여덟 군데 부상을 입고, 그 대가로 운혼의 팔뚝에 칼자국 하나를 남겼다. 전북야의 작품이었다.

맹부요가 또 손을 들었다.

"원보 쉬야 좀 시켜야……."

이어진 회차에서는 운흔이 공중에서 검을 내지르다 말고 덜컥 아래로 곤두박질치는 걸 맹부요가 가까스로 받아 냈다.

호되게 충돌한 둘이 한 덩어리가 되어 나자빠진 직후, 맹부요가 숨을 몰아쉬며 또다시 손을 들었다.

"원보 응가……."

그다음 회차가 어김없이 돌아오자 맹부요가 중얼거렸다.

"밤……, 밤이 와야……."

이때, 기어서라도 싸움터로 나가려는 그녀를 붙잡아 뒤로 끌어다 놓은 전북야가 검으로 땅을 짚고 비틀비틀 일어나더니 운흔을 향해 말했다.

"먼저…… 덤비시지……."

어느덧 황혼 녘이었다. 노을이 불타오르는 하늘은 단홍, 주황, 노랑, 초록으로 찬란했다. 새빨간 해가 짙푸른 산등성이 뒤편으로 뉘엿뉘엿 넘어갔다.

해가 한 눈금 떨어질 때마다 생의 희망은 한 눈금 차올랐고, 전북야의 눈은 반짝임을 더해 갔다. 반대로 운흔은 시간이 갈수록 불안해하는 기색이었다.

사실 파리한 얼굴빛으로 따지자면 십대 강자 운흔 역시 나머지 셋 못지않았다.

지난 30년간 천하에 적수가 없던 자신이 온종일 이어진 격전에서 전력을 다하고도 애송이 셋을 처치하지 못하다니.

어렴풋한 백색 기운이 맺힌 미간 아래, 운혼의 눈가에는 칙칙한 그늘이 드리워 있었다. 입가를 따라 흘러내리는 핏줄기를 다소 신경질적으로 훔쳐 낸 그녀가 하늘을 올려다보며 초조한 기색을 드러냈다.

지금까지의 나른하고 산만하던 분위기를 거짓말처럼 지워 낸 여인이 '흥' 하고 콧방귀를 뀌며 몸을 날렸다. 새하얀 손가락이 설피게 주먹을 쥐는가 싶더니 눈부신 빛과 함께 등장한 가 그녀의 손아귀에 들어왔다. 순백의 무지개처럼 찬란한 광채를 뿜는 여의는 폭풍 같은 파공음을 길게 끌면서 곧장 전북야의 가슴팍을 향해 돌진했다.

이에 맞서 전북야가 전력을 다해 주먹을 내질렀다. 양측이 '쿠궁' 하는 소리를 내며 정면충돌했다. 운혼은 한 걸음 뒤로 밀리면서 피를 토했고, 전북야는 끈 떨어진 연처럼 저만치 날아갔다.

그가 처박힌 곳은 맹부요에게서 얼마 떨어지지 않은 자갈 진 흙탕이었다. 곁에는 벌써 혼절해 버린 운혼이 쓰러져 있었고, 맹부요는 줄곧 거친 숨을 몰아쉬는 중이었다.

헐떡거리던 그녀가 마지막 남은 힘을 쥐어짜 전북야 쪽으로 바르작바르작 다가붙으며 물었다.

"눈앞이 핑핑 돌아서 분간이 안 가는데……, 해 떨어졌어요?"

가슴 한구석이 시큰해진 전북야가 손을 뻗어 그녀의 눈 위에 살며시 얹으며 말했다.

"이제 곧……."

"아직…… 아니구나……."

실망한 듯 보이던 맹부요가 금세 웃음을 머금더니 팔다리를 벌리고 바닥에 털썩 드러누워 중얼거렸다.

"우리 결국 못 버텨 냈네요……."

그녀의 입술 가장자리에 맺힌 핏자국을 손끝으로 가만가만 닦아 낸 전북야가 시선을 틀어 절벽 끄트머리에 선 십대 강자 운혼을 쳐다봤다. 적의 거친 호흡과 노기 띤 표정을 보며, 그가 홀연 웃음을 흘렸다. 평소의 밝고 호방한 너털웃음과는 사뭇 다른, 평온하고도 만족스러운 미소였다.

"부요, 내 평생에 제일 좋았던 순간을 꼽으라면 바로 지금이다. 너와 함께 싸우고, 함께 적을 베고, 함께 목숨을 내던지고, 그리하여…… 함께 죽을 수 있는 이 순간."

❀

살기등등한 전운이 감도는 반도와 달리 천 리 밖 중주는 꽃나무 무성한 태평세월이었다.

시간을 며칠 전으로 되돌려 보자.

천살 땅에 막 발을 들인 맹부요가 장한산맥 서자애 앞에서 햇살에 젖어 있었을 때, 그 햇살은 같은 시각 무극국 황궁 어서방에도 쏟아지고 있었다.

눈부시게 환한 실내, 황금이 상감된 바닥재의 반짝이는 표면이 서안 앞에 앉은 이의 훤칠한 그림자를 거울처럼 비추어 냈다.

출입문이 조심스럽게 열리더니 태감이 중서각中書閣에서 올린 상소문 요약본을 들고 들어와 황금색 서안 뒤편에 내려놓았다.

만만치 않은 두께의 상소문을 본 장손무극이 상체를 의자 등받이에 기대면서 아주 미세하게 미간을 찌푸렸다. 예전에는 나랏일을 보는 게 힘들다는 생각을 해 본 적이 없었으나, 지금 느끼기로 한 국가를 관리한다는 건 역시 바쁘고 성가신 일이었다.

옆에서 눈치를 살피던 태감이 살그머니 뒤로 물러나 창가의 대발을 걷어 올렸다. 가느다란 대오리 사이로 흘러든 햇살이 지면에 한 줄 한 줄 가지런한 시구를 새기는 모습을 지켜보던 장손무극이 홀연 입을 열었다.

"공주는 근래 어찌 지내느냐?"

"사찰을 돌며 법회에 참석하거나 고승들을 만나 보고 있사옵니다."

어느 공주를 말하는지 굳이 짚어 줄 필요는 없었다.

"한 번은 전하를 뵙고 싶다 하기에, 미리 분부받은 대로 자리를 비우셨다 아뢰었사옵나이다."

"음……. 공주의 출타가 길어지고 있으니 선기국 황후께서도 염려와 그리움이 크실 테지. 무극국 내에서 도적을 만난 적도 있다 했던가? 예부에 명해 선기국에 심심한 유감의 뜻을 전하도록 하라. 우리 호위 인력이 제때 마중을 나서지 못해 자칫 공주가 악인의 손에 해를 당할 뻔하였으니……. 나머지 내용은 예부에서 알아서 완성할 것이다."

태감이 즉시 허리를 굽혔다.

"예."

지면을 향하고 있는 그의 얼굴에 엷은 미소가 떠올랐다.

태자께서 결국은 참다 못해 공주를 내치시려는가.

선기국 황후라면 욕심 많기로 소문이 난 인물이고, 7국 전체에 명성이 자자한 불련 공주는 그 황후의 지위를 가장 든든히 떠받쳐 주는 주춧돌이다. 그런 딸이 위험에 처했다는 소식을 듣는다면 당장 사람을 보내 데려가려 할 것이 분명했다.

공주가 명산 고찰을 돌아본다는 빌미로 오주대륙을 신나게 누비고 다니던 시절도 이로써 끝을 고하겠구나.

예부에 명을 전하고자 돌아섰던 태감이 문득 무언가를 떠올리고는 다시 몸을 틀었다.

"전하, 황후마마께서 어찌 소식을 들었는지는 알 길이 없사오나 며칠 전에 불쑥 예부에 뜻을 전하길, 공주와 만날 자리를 마련해 달라 하셨사옵니다."

상소문을 살피던 장손무극이 멈칫했다. 자잘한 빛살에 묻힌 표정에는 변화가 없었으나 눈썹 끝이 살짝 들려 올라갔다.

잠시 후 그의 입에서 건조한 물음이 나왔다.

"그래서?"

"예부에서는 우선 태자 전하께 보고를 올리겠노라 답하였사옵니다."

태감의 손끝이 상소문을 가리켰다.

"그 안에 간략하게 언급이 있을 것이옵니다."

"음."

장손무극이 두루마리 사이를 뒤적여 찾아낸 문서를 한 번 훑어본 후 옆에 있던 금박 무늬 상자 안에 툭 집어넣었다.

"보류."

"그리 알겠사옵니다."

태감이 나간 직후, 서안 앞에 앉아 있기가 돌연 지겨워졌는지 장손무극이 상소 더미를 한쪽으로 밀어 버렸다.

그가 자리에서 일어났다. 활짝 열린 창문을 통해 농익은 봄바람이 불어 들어와 자단목 화분대 위 백란화 꽃잎을 간질이자, 청아하고도 그윽한 향기가 실내를 가득 채웠다.

바람 속에 선 장손무극은 저 멀리 어화원禦花園에서 궁녀 하나가 옆구리에 낀 바구니에 꽃송이를 따 넣는 모습을 바라보고 있었다. 한창때 소녀의 가녀린 몸태가 그의 시선 안에서 사르르 녹아 또 다른 이의 형상으로 화했다.

빙긋이 미소를 머금은 장손무극이 두툼하게 살찐 흰색 꽃잎 한 장을 살며시 당겨 잡고는 손톱 끝으로 누군가의 이름을 써넣었다.

그때 등 뒤에서 익숙한 박자의 신호음이 들려왔다. 꽃잎을 받쳐 든 손이 흠칫 허공에 굳었다.

장손무극은 돌아서는 대신.

"그래."

하고 짧은 대꾸만을 던졌다.

"천살에 변고가 생겼습니다. 열왕이 장한산맥에서 매복을 만나 행방이 묘연……."

그가 즉각 돌아섰다.

"그녀는?"

회색 옷을 입은 인물이 고개를 들어 태자의 눈빛을 보더니, 움찔 떨면서 한 발자국 뒤로 물러섰다. 이어진 그의 목소리는 아까보다 훨씬 작아져 있었다.

"저희가 알아본 바에 의하면 전남성이 심어 둔 매복병 수만이 장한산 골짜기를 지키고 있을 때 누군가 그 한복판으로 뛰어들었다가 이후 열왕과 함께 자취를 감추었다고 합니다. 그런데 그게⋯⋯."

사내는 차마 말을 잇지 못했다.

살며시 눈을 감았던 장손무극이 잠시 후 눈꺼풀을 들어 올리면서 담담히 말했다.

"이야기하라."

"정확히는 장한밀림으로 쫓겨 들어갔다는데, 한번 들어간 사람은 절대 살아 나오지 못하는지라 속칭 죽음의 숲으로 불리는 곳입니다. 위험을 무릅쓰고 안쪽으로 진입해서 골격만 남은 시체 한 구를 찾아냈습니다. 상태를 보아 하니 며칠 안 된 시신 같았기에 주변 지역을 더 탐색해 보려 했지만, 하루 만에 동료 셋을 잃는 바람에 중간에 돌아설 수밖에는⋯⋯."

최정상급 정예로만 구성된 무극국 상양 은위가 한 장소에서 하루 만에 대원 셋을 잃다니, 상양궁 역사에 전례가 없는 일이었다.

더 이상 입을 여는 사람도, 움직이는 사람도 없건만 실내 공기는 시시각각 싸늘하게 침잠하고 있었다. 누군가 거대한 얼음 덩어리로 숨 쉴 공간을 짓누르고 있기라도 한 듯, 질식감이 덮쳐 왔다. 압력을 못 이긴 폐부가 찢길 것 같은데도 도망칠 곳은 없는 기분. 허리를 굽히고 서 있는 회색 옷의 사내는 어느덧 이마 가득 땀방울을 매단 채였다.

장손무극이 아무런 반응도 없이 침묵을 지키고 있는 사이, 글자가 촘촘히 새겨진 백란화 꽃잎이 그의 손안에서 서서히, 소리 없이 말라붙기 시작했다. 손아귀에 잡힌 비췻빛 줄기가 한계를 넘은 각도까지 휘어졌다.

콰직!

# 사랑의 술래잡기

너와 함께 죽음을 맞는다면.

땅바닥에 누운 전북야의 옆으로는 넋이 절반쯤 나간 맹부요와 이미 혼절한 운혼이 널브러져 있었다. 원보 대인마저도 온몸이 땀으로 홀딱 젖어 똥배를 내민 채 씩씩거리고 있는 상태. 절벽 꼭대기의 거친 산바람에 휘말려 펄럭이는 옷자락은 피에 흠뻑 전 넝마 꼬락서니였다.

십대 강자 운혼이 느릿느릿 일행 쪽으로 다가왔다. 아주 묘한 시선으로 전북야를 굽어보다가 두려움을 모르는 그의 굳건한 눈동자를 들여다보길 잠시, 그녀가 담담히 입을 열었다.

"비록 겼을지언정 너희는 영광된 패자란다."

전북야가 긴 숨을 몰아쉬었다. 진심에서 우러나온 말이라는 것도, 저 말이 가진 무게가 얼마나 엄청난지도, 그는 명확히 알고 있었다.

십대 강자 중 서열 6위에 빛나는 운혼의 입에서 나온 평이었다. 이는 삽시간에 오주 전역으로 퍼져 나갈 것이며 세 사람을 작금의 젊은 고수 중 최고봉의 위치에 단단히 올려놓을 것이다.

지난 30년간 오주대륙에서 십대 강자를 상대로 일백 수를 겨룬 자는 단 한 명도 존재하지 않았다. 하물며 운혼은 서열 1위에서 5위까지가 강호에서 모습을 감춘 뒤로 실질적인 천하제일의 자리를 지켜 온 인물이다.

그런 전설과 맞붙어 하루를 꼬박 버텨 낸 3인이 여기 있으니. 운혼은 그들과 싸우는 동안 비할 데 없는 노련함과 오랜 세월 닦아 온 절정의 진기를 비롯해 가능한 모든 수단을 동원하고도, 종국에는 피를 보는 걸 면치 못했다. 그들 셋 모두 일대일 대결에서 운혼과 일백 수를 겨룰 실력은 되고도 남는다는 뜻이었다. 그간 전례가 없었으며 어쩌면 이후로도 다시는 없을 일, 충분히 긍지를 가져도 될 성과였다.

불굴의 기개에 걸맞게 시원시원 웃던 전북야가 명료한 발음으로 말했다.

"솔직히, 고맙다는 생각이 다 드는군."

십대 강자 운혼이 천천히 시선을 옮겨 전북야의 손을 내려다봤다.

맹부요를 꽉 붙잡은 피 묻은 그의 손가락이, 그녀의 부러진 새끼손을 조심조심 어루만지고 있었다. 가슴이 아파 견딜 수 없다는 듯이.

생의 마지막을 앞두고도 맹부요의 등에 손바닥을 붙이고 어떻게든 힘을 넣어 주려 애쓰는 그를 보는 운혼의 눈빛이 미세하게 흔들렸다. 그 와중에 무언가가 가슴 깊숙이 묻어 둔 비밀을 소리 없이 건드리기라도 한 양, 엷은 아픔이 그녀의 표정에 퍼져 나갔다.

운혼은 그 자리에 굳어 멍하니 넋을 놓았다.

땅거미가 지고 있었다. 금빛과 붉은빛이 섞인 석양이 회청색의 서산 뒤로 넘어가고 나자 하늘을 화려하게 물들였던 붉은빛은 서서히 희미해지고, 농도 짙은 푸름이 그 자리를 대신했다. 모두의 그림자가 주위에 내리기 시작한 어둠에 묻혀 흔적도 없이 지워졌다.

이제 곧 밤이 오고 달이 뜨리라. 조금만 있으면 곧.

마침내 운혼이 탄식을 뱉었다.

"맹세를 했단다……. 황위 계승자를 보호하고, 전씨 가문의 적은 살려 두지 않기로."

그녀가 운무에 휘감긴 손을 앞으로 뻗었다.

전북야는 그 모습을 보고서도 방어 동작을 취하기는커녕 아까처럼 맹부요의 등에 손바닥을 붙이고만 있었다. 상대가 살초를 전개하는 찰나에 맹부요를 멀리 밀쳐 낼 요량으로. 뒤쪽에서 병사들과 함께 대기 중인 소칠이 분명 그녀를 받아 낼 것이다.

운무가 가슴께까지 들이닥친 건 바로 다음 순간이었다!

나지막한 기합 소리와 함께, 전북야가 마지막 남은 진력을 모조리 쏟아 냈다. 자신을 죽이려는 운혼이 아니라 맹부요를 향해.

"소칠, 받아!"

잽싸게 지면을 박차고 나선 소칠은 떠밀려 날아오는 맹부요를 뻔히 보면서도 팔을 뻗지 않고, 대신 시선을 전방에 고정한 채 부하들에게 소리쳤다.

"너희가 받아!"

맹부요를 홱 지나친 그가 곧이어 한 일은 운혼을 향해 다짜고짜 창을 내지르는 것이었다.

그 광경에 입가를 일그러뜨린 전북야가 노성을 토했다.

"너, 이 빌어먹을 자식, 당장 못 꺼져!"

그러자 소칠이 고집스럽게 대꾸했다.

"왕야부터 살리고 꺼지겠습니다!"

좌로 한 번, 우로 한 번, 소칠이 닥치는 대로 창을 휘둘렀다.

어려서 부모를 여의고 세상으로부터 버려진 부랑아인 자신을 거두어 직접 무예까지 가르쳐 준 사람이 바로 전북야였다.

사실 소칠은 겉보기만큼 생각이 없지 않았다. 십대 강자 운혼은 어쨌건 여인의 몸, 타고난 체력에 한계가 있으리란 걸 그는 정확히 간파해 냈다. 하루 종일 내리 치고받고 했으니 지금쯤이면 진력이 달릴 터였다.

저런 고수를 상대하는 데는 초식이고 뭐고 다 필요 없다는 사실 역시 진즉 알고 있는 바였다. 지금은 무조건 힘으로 밀어붙이면서 물고 늘어지는 게 최선이었다.

창끝이 살벌하게 바람을 갈랐다. 그는 한 동작 한 동작을 젖

먹던 힘까지 다해 내뻗고 있었다. 벼랑 꼭대기의 바람 소리마 저 부서져 나갈 정도의 기세였다.

창을 지를 때마다 극한을 넘어선 움직임 탓에 근육이 버티 지 못하고 미세하게 찢어지는 소리가 들리는 것 같았다. 온몸 이 부들부들 떨리는 게 이러다 갑자기 힘이 다해 오금을 못 추 면 어쩌나 싶기도 했지만, 그럼에도 다음 동작에 돌입할라치면 그는 이전과 매한가지로 창끝에 전력을 실었다.

맹렬한 바람이 절벽 위 모래와 자갈을 휘말아 올리자, 미간 에 노기가 서린 운혼이 차갑게 말했다.

"이제 네까짓 녀석까지 덤비겠다?"

그녀가 옷소매를 떨치는 동시에 소칠이 무시무시한 힘에 밀 려 속절없이 날려갔다.

그러나 다음 순간, 허공에서 한쪽 팔을 뻗어 지면을 짚은 소 년이 원래 자리로 튕겨 돌아오더니 아무 일도 없었던 양 다시 창을 내질렀다.

운혼의 가느다란 일자 눈썹이 거의 수직에 가깝게 곤두섰다.

오늘 만난 것들은 하나같이 왜 저럴까? 물러설 줄도, 몸을 사릴 줄도, 도망칠 줄도 모르는 것들.

대체 왜? 제 몸뚱이며, 하나뿐인 목숨이며, 무조건 다 내던 지면서까지 저리 미련하게 구는 이유가 대체 뭐지?

그녀가 신경질적으로 팔을 휘두르면 그때마다 소칠은 저만 치 나동그라졌다. 운혼이 소칠을 단숨에 끝장내지 않는 건 단 지 그가 지나치게 하찮은 존재이기 때문이었다.

천하의 십대 강자가 고작 남의 종복 따위를 짓밟았다는 소문이 돌았다가는 체면이 땅에 떨어질 터.

지면에 얼룩덜룩하게 남은 핏자국 사이에 금방 소칠의 몫이 더해졌다. 그 와중에도 소칠은 소리 내 웃으면서 전북야의 앞을 결사적으로 가로막고 있었다.

체력 소모로 정신이 아득해지자 그는 바닥에서 모래를 한 움큼을 집어 자기 얼굴에다 대고 사정없이 문질렀다. 거친 모래 알갱이가 살갗에 남긴 쓰라림을 참으며, 얼굴에 배어난 핏물을 아무렇게나 훔쳐 낸 그가 곧바로 창을 휘두르며 적을 향해 짓쳐들어갔다.

높다랗게 세워 든 장창의 끝에는 비록 눈에 보이는 깃발은 달리지 않았으나, 이미 천지를 압도할 만큼 굳은 신념이 선혈을 먹으로 삼고 창천을 기폭으로 삼아 휘날리고 있었다.

전북야는 더 이상 할 수 있는 말이 없었다. 이제 녀석을 나무랄 기력조차 남지 않은 그는 그저 묵묵히 고개를 틀어 하늘가에 걸린 달을 올려다봤다.

마침내 달이 떴다. 보름밤의 만월이!

황금빛 둥근 달이 절벽 위에 걸리기까지는 목숨을 걸고 시간을 끌어 준 소칠의 분투가 있었다.

아스라이 물결치는 운해 한가운데 오롯이 올라앉은 명월.

오늘따라 휘영청 밝은 달빛이 짙푸른 산등성이를 환하게 비췄다. 머나먼 하늘 너머에서 달음질쳐 온 은빛 광채가 아득한 세상 끝에 닿기까지 걸린 시간은 찰나에 불과했다.

흠칫 고개를 튼 운혼이 하늘가의 만월을 발견하고는 표정을 살짝 굳혔다. 주변 소리에 귀를 기울이던 그녀가 예고도 없이 훌쩍 날아올랐다.

그녀가 허공으로 솟구친 직후, 빛이 쇠하는 듯하던 옥여의가 돌연 폭발적인 광채를 발하면서 소칠의 정수리를 향해 가차 없이 내리꽂혔다!

좌앗!

들려온 것은 두정골이 박살 나는 소리가 아니라 옥여의가 그물에 갇히면서 무언가 부드러운 물체에 맞닿는 소리였다.

눈부시게 황홀한 그물.

모두의 눈앞에서 티 없이 반지르르한 날실과 씨실이 가닥가닥 순은처럼 반짝이다가, 작은 떨림이라도 전해질라치면 환상적인 은빛 일렁임을 흩뿌렸다.

세상 가장 **빼어난** 악기로 10리 춘풍을 탈 적에 악공의 손끝에서 우아하게 휘어지는 현이 저러할까. 아니면 규방 안 나어린 가인의 섬섬옥수에서 가늘게 빚어져 나오는 비단실이 저러할까. 그것은 고요할 때는 옥빛 호수요, 나부낄 때는 맑은 달빛으로 화하는 물건이었다.

일찍이 미인의 청춘이 사그라짐을 안타까워했고, 한때의 번화함이 덧없이 시들매 탄식했으며, 옛 왕조에 번진 전란의 봉화를 비추었고, 애달픈 정인들의 이별을 지켜보았던 달빛.

세월 흘러 시절은 바뀌었으나 은빛 찬란한 월광만은 고금에 변치 않았으니, 누군가 그 월광을 가슴에 품었음은 기실 달 속에 계신 임의 탓이어라.

저 높은 곳에서 서늘하게 떨어지는 달빛 속에 그림자 하나가 서 있었다. 지극히 희미한 윤곽이어서 언뜻 봐서는 만월이 떨군 한 오라기 빛이라 착각할 법도 한 모습이었다.

인물은 월색과 똑같은 빛깔의 기다란 손가락으로 그물을 잡은 채, 위험할 만큼 유려한 호선을 품은 눈꼬리를 비스듬히 틀어 운혼을 쳐다보고 있었다.

남자의 입에서 나긋한 음성이 흘러나왔다.

"왜 나를 피하지?"

운혼의 낯빛이 한 번, 또 한 번 변했다.

남자가 등장하자마자 부리나케 뒤로 돌아선 운혼은 꿋꿋이 그를 외면 중이었지만, 빈손을 공연히 들었다 났다 하는 게 영 어찌할 바를 모르는 기색이었다. 두 번인가는 긴 회백색 머리카락을 옷깃 안으로 밀어 넣으려는 것 같더니, 절반쯤 집어넣다 말고 무슨 변덕이 났는지 후딱 팽개치고는 또 혼자서 쩔쩔맸다.

이렇듯 운혼의 자질구레한 일련의 동작도, 거부 의사가 분명한 자세도, 남자에게는 중요하지 않은 듯했다. 그는 유유히 걸음을 옮겨 운혼과의 거리를 좁혀 가고 있었다.

남자가 눈부신 광채와 함께 처음 등장했을 때, 그 광채를 단지 달빛 아래 서 있기 때문이라 해석했던 이들은 지금 막 옮겨진 몇 걸음을 통해서야 비로소 그의 진가를 확인할 수 있었다.

그의 온몸을 타고 흐르는 진기가 만들어 낸, 몽롱한 빛살.

걸음걸음 미려한 광휘를 몰고 다니는 남자는 그 자체로 달을 그대로 옮겨 놓은 기질의 소유자였던 것이다.

움직임에 따라 자잘하게 빛을 반사하는 은발, 무슨 표정을 짓든 너무도 황홀하게 아름다워 성별조차 구분하기가 힘든 얼굴. 실로 눈부시다고밖에 표현할 도리가 없는 미모였다.

이 순간 그의 입술이 그리고 있는 곡선은 초승달을 똑 닮았으니, 아스라이 높은 곳에 걸려 있어 도저히 손 닿을 수 없을 듯한 그 미소에서는 사뭇 이채로운 운치가 묻어 나왔다.

남자는 차가운 느낌을 주는 인물이었으나 눈빛만은 뜨거웠다. 특히 운혼을 바라볼 때면 그 눈동자는 불길에 휩싸여 기묘하게 타오르는 달이 되었다.

소칠을 한 손으로 쳐서 저 멀리 날려 버린 남자가 말했다.

"아운에게 탁한 기운을 묻혀서야 쓰나."

'아운'이라는 애칭에 운혼이 냅다 자리를 박차고 도망치려 하자, 그녀를 옭아맨 그물이 재깍 옥죄어졌다. 느릿느릿 그물을 끌어당겨 운혼을 한 걸음씩 자기 앞으로 데려오며, 남자가 서운한 투로 말을 붙였다.

"아운, 야속하게도 번번이 도망이라니. 보름밤에 유달리 예민해지는 감각이 아니었더라면 오늘도 아마 못 찾아냈겠지."

운혼은 등허리를 딱딱하게 경직시킨 채로 한사코 그를 돌아보지 않았다. 가녀린 어깨가 앞쪽으로 굽은 것이, 상대의 그물과 원망 섞인 넋두리로부터 벗어나고자 안간힘을 다하고 있는 모양새였다. 그 때문에 그녀는 남자의 입가에 걸린 묘한 웃음을 완전히 놓치고 있었다.

하루 종일 격전을 치르느라 이미 녹초가 된 그녀가 작정하고 덤비는 남자를 무슨 수로 이길까. 도저히 그물에서 빠져나갈 수가 없자 운혼이 벌컥 성을 냈다.

"월백, 계속 들러붙으면 목숨 내놓고 붙어 보자는 뜻으로 알겠어!"

"지난 38년간 그 소리만 도합 이백십칠 번째군."

월백의 시선이 운혼을 머리끝부터 발끝까지 거침없이 훑었다. '본다'는 개념보다는 '만진다'에 더 가까운 행위였다.

"그럼 어디 죽도록 한번 붙어 볼까?"

그가 은근하게 늘여 발음한 마지막 음절에는 듣는 사람을 코피 터뜨리기에 십상인 마성이 깃들어 있었다.

꿋꿋이 상대를 외면 중인 운혼마저도 목덜미가 발그레하게 달아오른 모습이었다. 어버버, 말을 더듬던 그녀는 결국 아무런 말도 입 밖으로 꺼내지 못했다.

아무런 말이 없기는 월백 역시 마찬가지였다. 운혼의 뒷모습을 지긋이 응시하고 있는 그에게서는 조금 전까지 시시덕거리며 농이나 치던 탕아의 흔적은 전혀 찾아볼 수 없었다. 지금 그의 눈동자를 물들여 가고 있는 것은 스산한 쓸쓸함이었다.

두 사람이 침묵의 대치를 이어 가는 가운데, 아까 내팽개쳐졌던 맹부요가 미약한 진기에 의지해 전북야의 곁으로 되돌아왔다. 월백에게 시선을 고정하고 숨을 헐떡헐떡 몰아쉬며, 그녀가 멍하니 중얼거렸다.

"저 사람 기다리던 거예요?"

전북야가 기나긴 안도의 한숨을 내쉬었다.

"드디어 나타나 줬군."

"아는 사이예요?"

"아니."

전북야의 입가에 다소 능글맞은 미소가 떠올랐다.

"월백이 운혼을 쫓아다닌 세월이 벌써 꽤 됐다는 소문만 들었다. 어째서인지는 몰라도 운혼이 죽어도 싫다고 이리저리 도망만 치는 통에, 한 번은 월백이 그녀가 방심한 틈을 타서 몸속에 일종의 길라잡이를 심었다더군. 그 뒤로는 달이 차고 기우는 주기에 따라 운혼의 위치를 감지할 수 있게 됐다는 거야."

"잠깐!"

들으면 들을수록 이건 아니다 싶은지라, 맹부요가 손바닥을 척 세우면서 말을 잘랐다.

"겨우 그걸 근거로 저 사람이 오늘 여기 나타나리라 확신한 거예요? 뭔가 변수라도 생겼으면요? 만약 너무 먼 데 있었으면? 아예 다른 나라에 머무는 중이었으면?"

전북야가 억울하다는 듯 대꾸했다.

"그래서 내가 분명 운이 따라 줘야 한다고……."

"우리한테 밤까지 버티라고 했던 게 월백이 '아마도' 올 것 같아서였다고요?"

공황 상태에 내몰린 맹부요가 마지막 한 가닥 희망에 기대 물었다.

"일단 오긴 왔는데, 그럼 우리 도와주는 건 확실해요?"

"글쎄다."

전북야가 있는 그대로 답했다.

"워낙 변덕스러운 기분파라서. 그 기분을 좌지우지하는 건 운혼이니……. 어쩌면 도와줄 수도 있고, 아니면 운혼보다 한 발 빨리 우리의 목을 날릴 수도 있고."

맹부요의 얼굴에 먹구름이 드리웠다.

운혼이 어떻게 나오느냐에 달렸다고? 그럼 이미 망한 거 아니야? 저거, 저거, 까칠하게 구는 거 봐. 조만간 이백십팔 번째로 차이게 생겼구먼. 그 말인즉슨 이제 곧 모가지 날아갈 일만 남았다는 거?

"누구 덕분에 다 죽게 생겼네!"

맹부요가 통곡을 했다.

"사람 물 먹여도 유분수지!"

"부요."

전북야가 그녀의 손을 감아쥐었다.

"이렇게라도 안 했으면 아마 우리는 반나절이나 겨우 버티는 게 고작이었을 거다. 이미 한참 전에 죽어 없어졌겠지."

조용히 있던 맹부요가 잠시 후 코를 한 번 훌쩍이고는 씩 웃으며 전북야의 어깨를 툭툭 쳤다.

"그래요, 희망이 있어야 버틸 뚝심도 생기는 거니까."

그 엉망진창으로 일그러진 미소를 바라보는 전북야의 눈빛에 한 줄기 음영이 스쳤다.

사실 세상에는 희망 주는 이가 없다 한들 끝까지 포기가 안 되는 일 또한 있으니, 그에게는 눈앞의 여인이 바로 그러했다.

그러나 맹부요는 그의 눈빛을 미처 감지하지 못한 채 두 남녀만 뚫어져라 바라보았다. 그러다가 그녀가 눈동자를 데구루루 굴리더니 갑자기 팔꿈치로 전북야를 툭 쳤다.

맹부요가 흥미진진한 목소리로 물었다.

"근데 월백은 남자예요, 여자예요? 쯧쯧, 반반인가?"

거미줄만큼 가느다란 속삭임을 어찌 들었는지, 잠깐 시선을 틀면서 빙긋 웃은 월백이 나긋한 투로 말했다.

"몸으로 확인시켜 주랴?"

땅바닥에 엎드린 자세인 맹부요가 얼굴을 붉히기는커녕 미인을 향해 뻔뻔스러우리만치 빤한 시선을 보냈다.

"월백 선배님, 조언 하나 해 드리고 싶은데, 들어 보실래요?"

월백은 그물을 끌어당기면서 운혼의 뒷모습만을 집요하게 바라보고 있었다. 누가 봐도 둘의 외모는 천양지차이건만, 월백의 눈에는 운혼이 절세가인으로 보이기라도 하는 모양이었다.

"음?"

그에게서 무심한 대꾸가 나오자 맹부요가 짐짓 숙연한 투로 말을 받았다.

"그런데 그게 맨입으로 해 드리기에는 너무 결정적인 조언이라서요."

월백이 비로소 고개를 틀어 그녀와 제대로 시선을 맞췄다.

"과연 약아빠진 계집이로구나. 살려 준다는 약속이라도 받아

내겠다? 그러마. 단, 그 조언이 쓸모 있는 것이라는 가정하에."

싱긋 웃은 그가 한 자 한 자 느릿느릿 덧붙였다.

"만약 헛소리를 지껄이면…… 셋 중에 네 목숨이 제일 먼저 날아갈 거다."

"그러시죠."

맹부요가 말리는 전북야의 손을 홱 뿌리쳤다.

돌연 운혼이 뒤를 돌아보며 쏘아붙였다.

"월백, 네가 뭐라고 남의 일에 끼어드는 거지?"

"지난 38년간 네 뒤를 쫓아다닌 사람으로서. 그리고 네 마음을 얻고자 바친 38년 세월을 이 어린 것들 앞에서 숨김없이 인정한 사내의 자격으로."

월백은 화난 기색이 아니었지만, 그의 입에서 나오는 말은 구절구절이 각을 세워 갈아 낸 금강석과도 같았다. 그와 눈이 마주친 순간 꿀 먹은 벙어리가 되어 버리고만 운혼은 재깍 또 고개를 틀었다.

한편, 전북야는 꿈지럭꿈지럭 몸을 일으키는 맹부요를 버둥거리며 잡으려고 노력 중이었다.

"부요, 위험한 짓은 그만둬! 다른 방법이 있을 거다!"

맹부요가 대뜸 소리쳤다.

"쥐 새끼, 출격!"

그러자 원보 대인이 폴짝 뛰어올라 푸짐한 몸통으로 전북야의 입을 틀어막았다.

전북야는 원보 대인을 '퉤, 퉤!' 하며 뱉어 낸 후, 맹부요를 붙잡을 생각에 팔꿈치로 바닥을 짚고 일어나려고 했다. 그러나 운혼과의 마지막 격돌이 남긴 여파가 너무 컸던 탓에, 가까스로 몸을 반쯤 일으키다 말고 '쿵' 소리와 함께 도로 엎어지고 말았다. 밑에 있던 원보 대인은 하마터면 비명횡사할 뻔했다.

오로지 앞을 향해 눈길을 고정한 맹부요가 칼을 지팡이 삼아 짚으면서 한 걸음 한 걸음 월백에게로 다가갔다. 아리따운 사내가 이내 그녀 쪽으로 고개를 돌렸다. 손에는 여전히 그물을 틀어쥔 채였다.

가까이서 마주한 월백은 그야말로 세월을 완전히 비껴간 얼굴을 하고 있었다. 성휘의 경우 멀찍이 떨어져 있을 때는 매혹적일지언정 막상 가까이서 보면 나이가 드러났지만, 이쪽은 전혀 그런 감이 없었다.

하늘에 걸린 달만큼이나 매끈하게 빛나는 그의 피부를 보노라니 맹부요는 급기야 질투에 휩싸이고 말았다.

무슨 사내가 세상 혼자 사는 미모에 나이도 안 먹어? 이래서야 어디 서러워서 여자 해 먹겠냐고.

슬쩍 눈길을 돌렸더니 목각 인형처럼 굳어 선 운혼의 모습이 보였다. 월백의 화려한 은발에는 감히 대보지조차 못할 회백색 머리카락을 손에 감아쥐고서, 그녀는 홀로 말이 없었다. 초조함을 이기지 못하고 머리카락을 배배 꼬는 손가락 사이에서 이따금 백발이 툭툭 끊겨 나가는 게 눈에 들어왔다.

맹부요가 회심의 미소를 지었다. 추측이 틀리지 않았다는 확신이 들었다.

곧이어 월백에게로 천천히 다가선 그녀가 나지막이 귓속말을 건넸다.

"제가 알려 드릴게요, 여자 다루는 법."

앞 문장은 들릴락 말락 희미하게, 마지막에 이르러서는 운혼에게까지 들릴 만큼 또렷한 발음으로. 맹부요가 곁눈질로 운혼의 어깨가 움찔하는 걸 확인했다.

귓속말을 듣고 난 월백이 미심쩍다는 눈길을 보냈다.

"네가? 아직 이도 제대로 안 난 꼬마 계집애가 뭘 알아서?"

맹부요가 반쪽짜리 앞니를 내보이며 나무랄 데 없는 웃음을 지어 보였다.

"이는 숫자가 아니라 얼마나 예쁘게 났는가로 말하는 거랍니다. 여자 꼬시는 기술이 나이가 아니라 천부적인 자질에서 나오듯이요."

맹부요가 워낙에 바짝 다가붙었기 때문에 둘은 거의 어깨가 스칠 만큼 가까이 서 있었다. 월백은 나름 생각에 빠져 있느라 크게 신경을 쓰지 않는 듯했지만, 반대로 운혼은 슬금슬금 자꾸 이쪽을 힐끗거리는 중이었다.

간사하게 입꼬리를 말아 올린 맹부요가 월백을 끌어당겼다.

"선배님, 우리 저쪽에 가서 천천히 이야기 나누죠."

"안 돼, 운혼을 놓친다."

월백은 한사코 그물을 놓으려 하지 않았다.

"제가 장담하는데 절대 도망 안 가요."

맹부요가 그의 귓가에다 대고 속닥거렸다.

"운혼 선배님 마음이 어떤지 알고 싶으시죠? 그럼 따라오라니까요!"

얼굴은 시퍼렇게 멍들어 부어터졌어도 미소만큼은 어지간한 요녀 뺨치게 간드러진 맹부요였다. 달빛 아래에서 야명주처럼 반짝이는 눈동자를 가만히 들여다보던 월백이 마침내 그물을 느슨하게 풀면서 말했다.

"만약 운혼이 도망치면 네 숨통을 끊어 놓겠다."

"좋을 대로 하세요."

맹부요의 웃음에서 자신감이 묻어났다.

아니나 다를까, 운혼은 그물에서 풀려나고도 도망치지 않았다. 월백에게 등을 보이고 선 그녀가 큰 소리로 외쳤다.

"저것들 처리하기 전까지는 아무 데도 못 가!"

"예, 예."

맹부요가 피식 웃었다.

"월백 선배님이랑 알콩달콩 담소부터 마치고요. 그때는 볶아 먹든 삶아 먹든 마음대로 하셔도 됩니다."

옷소매 아래에 있는 운혼의 손아귀에 질끈 힘이 들어가자 창백한 손등에 핏줄이 파르스름하게 솟았다. 그녀는 더 이상 한마디도 하지 않고 고개를 홱 틀어 버렸다.

그 뒷모습을 흘깃 쳐다본 월백이 잠시 생각에 잠기는 듯하더니 이내 맹부요를 따라 바위 뒤쪽으로 자리를 옮겼다.

"운혼이 줄행랑을 놓지 않은 건 이백십칠 번째 만에 처음이구나."

풀 줄기를 꼬나물고 바위 뒤편에 쪼그리고 앉은 맹부요가 대뜸 쓴소리부터 내뱉었다.

"선배님, 이거 욕은 아닌데요, 진짜 똥멍청이가 따로 없네요."

월백의 고개가 즉각 그녀 쪽으로 돌아갔다.

"흐음?"

그가 콧소리를 내자 달빛이 살벌하게 얼어붙었다.

"운혼 선배가 왜 계속 튕기는지 아세요?"

맹부요가 그 살벌한 달빛을 어느 창가, 붉은 비단 휘장 위에 살며시 내려앉은 월색으로 바꾸어 놓는 데는 단지 말 한마디면 충분했다.

"열등감이라고요, 열등감!"

"열등감?"

연배 지긋한 미남자께서 당혹스럽다는 양 중얼거렸다.

"뭐가 부족해서?"

맹부요가 하늘에다 대고 한숨을 푹 내쉬었다.

이쪽은 운혼보다 더한 물건이네.

"이리 붙어 봐요!"

그녀가 월백을 끌어당기면서 땅바닥에 괸 물웅덩이를 가리켰다.

"본인이 좀 보라고요. 나이는 하나도 안 먹었지, 예쁘기는 또 질투 나게 예쁘지."

일렁이는 물결 속 그림자를 내려다보던 월백이 미처 몰랐다는 양 말했다.

"음? 그런 것 같기도 하고. 아아, 거울을 안 본 지가 하도 오래돼서."

한 대 쥐어박고 싶은 충동을 가까스로 억누른 맹부요가 계속해서 계몽 사업에 박차를 가했다.

"본인이야 세상 혼자 사는 미모로 천년만년 청춘이지만, 저쪽은요? 저쪽은 어떤데요? 머리는 벌써 하얗게 센 데다 용모도 그냥저냥이잖아요."

"그게 어찌 날 밀어내는 이유가 될 수 있지?"

월백이 대꾸했다.

"미모가 내 죄는 아닌 것을."

"무공도 선배님이 한 수 위인 것 같던데요? 서열 정할 때는 봐주신 거 맞죠?"

월백이 짧은 침묵 끝에 입을 열었다.

"나한테 지고는 못 배긴단 말이다."

진짜 바보냐.

맹부요가 눈을 흘겼다.

여자가 하는 소리를 곧이곧대로 믿다니, 봐주는 게 오히려 더 속상하다고!

"평소에 말 가려서 하고 그런 편 아니시죠? 특히 여자들이랑 진한 농지거리하는 거 즐기시고."

"그걸 어찌 알고?"

월백이 손에 들린 그물을 천천히 정돈하며 말했다.

"사실 운혼 말고 다른 사람은 딱히 여자로도 안 보이는지라."

"답답한 양반이시네!"

맹부요가 속이 터진다는 투로 타박을 줬다.

"본인 눈에는 여자로 안 보일지 몰라도 운혼 선배님한테는 다르다고요!"

"무슨?"

"외모만 놓고 봐도 자괴감 들었을 텐데, 서열까지 양보했을 때는 혹시 상대할 가치도 없다고 저러나, 하는 생각이 안 들었 겠느냐고요. 얼굴 잘났겠다, 여기저기 끼 부리고 다니겠다, 여 자들이 줄줄이 달라붙었을 게 뻔하구먼. 남녀 간에 내외할 줄 이라고는 손톱만큼도 모르니, 지켜보는 운혼 선배님은 기분이 어땠겠어요?"

월백은 벼락이라도 맞은 표정이었다. 달빛 아래에 멍하니 굳 어 있던 미남자가 완벽한 각도로 뻗은 눈썹을 찌푸리며 중얼거 렸다.

"그 긴 세월을 헛짓이나 해 왔단 말인가?"

맹부요는 그를 쳐다보며 절정 고수라는 자들도 참 짠하다는 생각을 했다.

오로지 무공 수련에만 매달리느라 마음 수련에는 실패한 사 람들이다. 게다가 오랫동안 최정점의 자리에만 있다 보니 정작 인간사 뻔한 진리에는 눈이 멀고 말았다.

존경보다는 두려움과 회피의 대상에 더 가까운 신분 탓에, 사랑하는 법도 모르면서 사랑의 늪에 갇혀 버린 두 남녀는 그 긴 세월 동안 바른말 한마디 해 줄 이를 만나지 못했던 것이다.

"가만, 그러니까 네 말은."

월백이 팔을 뻗어 맹부요를 덥석 틀어잡았다.

"내가 싫어서 싫은 게 아니라 감히 좋아할 수가 없는 거다?"

"그거죠!"

맹부요가 퍽 호탕한 모양새로 상대의 어깨를 두드렸다.

"너무 세지, 너무 아름답지, 너무 자유로운 영혼이지. 그러다 보니까 영 못 미더웠던 거예요. 괜히 마음 줬다가 나중에 더 큰 상처만 입느니 차라리 끝까지 밀어내기로 한 거죠. 그러면 얼굴이라도 몇 번 더 볼 수 있을 테니."

음흉하게 웃던 그녀가 월백의 귓가에 속삭였다.

"만약 그게 아니었으면 애초에 어디 가서 찾지도 못했지, 꼬리를 번번이 왜 잡혔겠어요."

그녀를 비스듬히 흘겨보던 월백이 잠시 후 한마디를 내뱉었다.

"나이도 어린 것이 말하는 건 꾼이군."

맹부요가 까불까불 웃어 보였다.

"무슨 또 그런 과찬의 말씀을."

이어서 슬그머니 바위 너머를 살핀 맹부요가 운혼의 초조한 반응을 다시금 확인하고는 입꼬리를 끌어 올렸다.

"저거 봐요, 질투하네, 질투해⋯⋯."

이때 월백이 느닷없이 질문을 던졌다.

"보아하니 저쪽 사내 녀석 둘도 너한테 마음이 있는 듯하던데, 나하고 짐짓 다정하게 붙어 있는 모습을 보고도 어찌 질투

하는 기색이 없는 게지?"

일순 움찔한 맹부요가 눈썹을 꿈틀 치켜세웠다.

"친구끼리 무슨 질투를 해요."

월백의 입술 사이로 나긋한 웃음이 새어 나왔다.

"정녕 나를 백치로 보았더냐?"

맹부요가 그를 향해 눈을 희번득 흘겼다.

"믿음! 믿음이라고 알기나 하십니까요? 지금 두 선배님 사이
에 없는 게 바로 그거라고요."

"믿음이라……."

무언가 곱씹던 월백이 홀연 이야기를 시작했다.

"사실 운혼과는 어려서부터 같이 자란 사이다. 38년 전부터
내 마음속에는 운혼이 있었고, 그녀 역시 알고 있으리라 생각
했지. 세밑이 오면 혼담을 넣으리라 마음먹었던 그해, 운혼이
한가을 무렵에 이름 모를 병을 한 번 앓고 나더니 머리카락이
하얗게 세고 말았다. 당시 강호를 떠돌고 있던 나는 기별을 받
자마자 곧장 고향으로 향했으나 도중에 숙적을 만나 곤란한 지
경에 처했고, 그때 나타나 목숨을 구해 준 이가 바로 무은이었
다. 내 고향이 궁금하다기에 그럼 데려가 주마 했지. 그날 나와
함께 운혼의 집을 찾은 무은이 문을 밀어 열었을 때, 운혼은 마
침 거울을 보고 있었다. 하지만 그 거울은 그녀가 우리 쪽을 돌
아보는 찰나, 바닥에 떨어져 산산이 조각나고 말았지……."

맹부요가 묵묵히 몸을 틀어 저만치에서 불안하게 발을 구르
고 있는 운혼을 바라봤다.

처음 만났을 때부터 살짝 넋이 나간 듯하던 눈빛, 틈만 나면 머리카락을 잡아 뜯던 손버릇, 유별나게 괴팍한 성정, 십대 강자의 신분임에도 자신을 세상 제일 기구한 팔자라 칭하면서 '홍안지기'라는 단어에 아픔을 드러내던 모습…….

38년 전, 한창 싱그러울 나이의 여인이 하루아침에 백발이 되어 버린 그해.

모든 걸 놔 버리고 싶을 만큼 절망했을 그녀는, 자신과 달리 어디 한 군데 나무랄 데 없는 자태의 여인을 대동하고 나타난 정인을 보고 대체 무슨 심정이었을까. 그 순간의 아픔이 얼마나 깊었기에 38년이 지난 지금까지도 고통에서 헤어나지 못하는 걸까.

결국은 그녀 또한 정념에 묶여 홀로 앓다가 차마 용기 내지 못하고 도망치기를 택한, 가련한 이에 불과하였구나.

맹부요는 운혼이 그랬듯, 아스라한 미소를 머금었다. 그것은 먼지 쌓인 세월의 틈바구니에서 꺼낸, 낡은 종이 내음이 밴 이야기가 그녀의 입가에 불어넣은 깨달음의 웃음이었다.

월백의 곁으로 바짝 다가붙은 그녀가 조용히 물었다.

"운혼 선배님의 진심, 알고 싶지 않으세요?"

"음?"

"지금 갑니다!"

주먹이 바람을 가르고 날아가는 동시에, 머리채를 산발한 맹부요가 쩌렁쩌렁하게 소리쳤다.

"기어이 내 목숨을 끊어야겠다면 같이 죽자!"

벼랑을 등지고 있던 월백은 근거리에서 격렬한 바람과 함께 몰아닥친 주먹을 미처 피하지 못하고 밑으로 추락했다.

번뜩, 회색 그림자가 절벽 가장자리를 스쳤다. 원래부터 그 자리에 있던 존재라도 되는 양, 월백의 추락과 거의 동시에 벌어진 일이었다.

인간의 한계를 넘어선 속도로 날아온 운혼이 곧장 절벽 아래로 몸을 던졌다. 그 누구에게도, 흉수인 맹부요에게조차 눈길을 주지 않고 오로지 다급한 외침을 토하며.

"월……."

다시 올라올 여지 따위는 남겨 두지 않은, 미련 없는 동작이었다.

그런 운혼을 맞이한 것은 오랫동안 그녀를 기다려 온 이의 품. 절벽 아래에서 마치 달빛과도 같은 남자가 한 손에 은색 광휘를 틀어쥔 채로 두 팔을 활짝 벌리고 있었다. 38년을 그리워 했던 포옹을 준비하며.

회색 머리카락의 여자가 역시나 일말의 망설임조차 없이 뛰어내려 자신의 품에 사뿐히 안긴 순간, 남자가 왈칵 눈시울을 붉혔다. 그는 손에 틀어쥐고 있던 광휘를 풀어 은빛 그물이 두 사람의 몸 아래에서 유유히 흔들리도록 내버려 두었다.

여인을 단단히 감싸 안고 턱으로 그녀의 머리카락을 섬세하게, 다정다감하게, 조심스럽게 쓸던 남자가 이내 나지막한 소리로 말했다. 산중 운무에 잠긴 달빛처럼 온화한 음성에는 유혹적인 웃음기 대신 무거운 애달픔이 배어 있었다.

"아운, 그렇게 나를 불러 주길 38년이나 기다렸어."

남자의 품에 안기는 동시에 어찌 된 상황인지를 알아챈 운혼은 놔 달라고 발버둥을 치려다가, 한 번도 들어 본 적 없는 말투에 그만 가슴이 저릿하게 내려앉고 말았다.

그의 품에 얼굴을 묻자 희미한 남자의 향기가 그녀의 온몸을 에워쌌다. 익숙하고도 낯선, 그녀 역시 38년간 잃고 살아야 했던 향내였다.

새카만 절벽 앞 유백색 운무 속, 비스듬히 누워 서로를 그러안고 말이 없는 남녀 위로 서늘한 달빛이 고요하게 쏟아지고 있었다. 월백의 품속에서 수줍음, 기쁨, 쓰라림 사이를 배회하느라 자신이 지금 어디 있는지조차 혼란스러워지던 참인 운혼은 다음 순간 문득 그의 말소리를 들었다.

"이 겉가죽 또한 말썽이었던가……."

월백이 몸을 살짝 움직이는 게 느껴졌다.

운혼은 그가 무엇을 하려는지 전혀 알지 못했다. 다만 이 순간의 따스함이 무엇보다 귀했기에, 조용히 그의 품에 안겨 있고자 했다.

달빛이 저와 똑 닮은 남자를 비추는 가운데, 가볍게 숨을 들이켠 그가 입 안에서 무언가를 토해 냈다.

그것은 약동하는 은빛 광채였다.

광채가 입에서 빠져나온 직후, 그의 윤기 흐르던 은발이 서서히 빛을 잃어 가더니 얼마 안 가 운혼의 머리카락보다도 더 푸석해 보이는 회백색으로 변했다.

성별을 가늠하기 힘들 만큼 싱그러운 미색을 뽐내던 얼굴에
도 하나둘 세월의 흔적이 새겨졌다. 어느덧 눈가와 입가에 자
리 잡은 주름은 그를 순식간에 20년은 늙어 보이게 했다.

싱긋 웃음 지은 그가 몸을 일으키더니 가뿐하게 벼랑 위로
올라섰다. 내내 그의 품에 단단히 안겨 있던 운혼은 그 자세가
부끄러웠는지 아까처럼 또 속이 꼬여서는 등을 내보이고 돌아
섰다.

"앗!"

돌연 비명 소리를 뱉은 맹부요가 눈 깜짝할 사이에 나이 들
어 버린 월백의 얼굴과 색이 바랜 머리카락을 가리키며, 아연
실색해 말을 더듬었다.

"어……. 어어……."

빙긋 웃어 보인 월백이 홀연 소매를 떨치자 그의 손바닥 안
에서 빛나던 은색 광채가 맹부요를 향해 날아갔다.

"우리 사문에서만 나는 보배이자, 50년 이상의 수련을 거쳐
극도로 정제된 진기를 지닌 고수가 아니고서야 얻을 수 없는
물건이다. 그간 내 용모가 변치 않았던 것도 이 덕분이었지만,
이제는 쓸모가 없어졌으니 네게 인심 한번 쓰기로 하자꾸나."

맹부요의 손안에 들어오면서 광채가 사뭇 사그라든 그것은
작고 동글동글한 형태에 사리처럼 반투명한 질감을 가진 물체
였다. 손바닥을 내려다보는 그녀의 눈빛에 망설임이 서렸다.

사례치고는 너무 과한 거 아닌가?

이때, 뒤늦게 고개를 들어 월백의 얼굴을 본 운혼이 외마디

신음과 함께 눈물을 펑펑 쏟아 냈다. 그녀는 한참이나 아무런 말도 못 하고 눈물 맺힌 눈으로 월백만 하염없이 응시했다.

비록 그의 미소는 여전히 매혹적이었고, 세월의 흔적도 그의 아름다움을 해치지는 못하였으나, 그가 그녀를 위해 38년간 변함없던 용모를 포기한 것은 분명 사실이었다. 그녀의 눈 안에 담긴 아픔을 비로소 온전히 읽어 냈기에, 월백은 자신의 모든 것을 기꺼이 내려놓고자 한 것이다.

"운혼 선배님, 살면서 이렇게 진심으로 나를 아껴 주는 사람을 만나기란 정말 쉽지 않아요."

불쑥 운을 뗀 맹부요가 바위 위에 올라선 두 사람을 보며 차분히 말을 이었다.

"월백 선배님은 이미 증명하셨어요. 세상에 운혼 선배님보다 중요한 건 없음을. 그러니 선배님도 무의미한 자격지심 같은 건 그만 내려놓으시고 상대를 믿는 법을 배우세요."

고개를 틀어 맹부요를 빤히 쳐다보던 운혼이 잠시 후, 졌다는 듯 웃음 지었다.

"고맙다는 말을 해야 할지, 아니면 한바탕 퍼부어 줘야 할지 모르겠구나."

"죽이지만 않으신다면야 뭐든지요."

맹부요가 어깨를 으쓱했다.

"어쨌든 전남성은 내가 데려가야겠어, 맹세는 맹세니까. 그리고 천살 황실과는 이제 관계를 정리하고 앞으로 전씨 가문 일에는 일절 관여하지 않겠다."

운혼이 손가락을 튕겨 자그마한 상자 하나를 날려 보냈다.

"역시 고맙다고 하는 게 맞지 싶네. 그건 소소하지만 선물이야. 벌써 수십 년 전에 손에 들어온 물건인데, 도무지 용도를 알 수가 없더구나. 너와 인연이 있다면 횡재한 셈이 되겠지."

맹부요는 싱글벙글 상자를 받아 들었다. 오늘 고생은 좀 했어도 수입 하나는 진짜 짭짤하구나 싶었다.

마지막으로 싱긋 웃음을 보낸 월백이 운혼의 손을 잡고 전남성을 달랑 챙겨서 날아올랐다. 그들의 뒷모습이 달빛과 별빛 속으로, 구름의 산맥과 안개의 바다 너머로 멀어져 갔다.

맹부요는 절벽 꼭대기에 선 채 조금 전 평온하고 충만하던 월백의 미소를 되새겼다. 그것은 첫 만남의 순간을 뛰어넘는 아름다움이었다.

그녀가 뒤로 돌아서자 일행의 모습이 눈에 들어왔다.

비틀비틀 몸을 일으키는 전북야, 천천히 눈꺼풀을 들어 올리는 운혼, 얼굴에 피를 잔뜩 묻히고서 히죽 웃는 소칠, 그새 또 열매 하나를 주섬주섬 꺼내 갉아 먹는 원보 대인.

달빛 환하고 바람 맑은데 운무 걷혀 흩어지니, 이 또한 고생 끝에 얻은 충만함이어라.

🪷

맹부요, 전북야, 운혼은 낙봉산 절벽에서 내려오자마자 반도성 서편의 한 저택으로 안내됐다. 회복을 목적으로 당도한 그

곳은 언뜻 성안의 여타 민가와 다르지 않은 모습이었다. 그러나 기관 장치와 비밀 통로가 빼곡히 들어찬 내부는 놀랍도록 넓고도 복잡한 구조였다.

바로 그 저택 지하에서 맹부요는 '세상에 다시 없을 변절자'라던 주 태사가 멀리 앞날을 내다보고 주도면밀하게 깔아 놓은 포석을 직접 확인할 수 있었다.

금나라 말 혼란기 내내 수많은 조정 중신과 능력 있는 인재들의 보호막이 되어 주고, 나라의 멸망이 기정사실화되자 영원토록 치욕스러운 낙인을 지고 가야 할 걸 알면서도 태위의 권한으로 자진 투항해 성문을 열었던 주 태사.

그가 일생을 바쳐 무수한 문객을 자기 지붕 아래로 불러들이고 주변에 은혜를 베풀었던 것은, 하나뿐인 후대에게 그 누구도 범접하지 못할 힘과 부를 남겨 주기 위함이었다.

그는 자신의 목숨을 노리는 마수를 이미 인지한 상황에서도 전북야를 왕으로 봉해 도성에서 멀리 내보내 줄 것을 끝까지 간청했다.

하필 척박한 갈아사막을 영지로 추천한 배경에는 어느 박식한 학자로부터 들은 이야기가 있었다. 모래 폭풍이 덮치기 전의 갈아사막은 본디 풍요로운 대륙이었으며, 사막 깊숙한 곳에 묻혀 있는 옛 왕조의 유적에는 수를 헤아릴 수 없을 정도로 어마어마한 보물이 존재한다는 것이었다.

그리하여 멸망한 왕조의 보물은 훗날 흑풍기가 쓰는 최상급 무기의 공급원이 되었다.

황제의 입김이 닿지 않는 갈아사막은 전북야가 병력을 키우기에 최적의 장소였다. 드넓은 사막 한복판에서 잉태된 역량은 결코 흑풍기만이 아니었다.

조정에 보고되는 변경 수비군 숫자에 살짝 손을 대는 등의 방법으로 축적한 정예병 수만을 비롯해, 거금을 들여 마라족 진영에서 빼내 온 용사들 역시 전북야 휘하 군대의 일원이었다.

그의 외조부는 자진 투항을 통해 보장받은 태사직을 십분 활용해 문무백관 다수의 목숨을 지켜 냈다. 비록 그들 중 상당수는 실권을 잃었고, 또 일부는 왕조 교체에 순응해 절개를 꺾었지만, 그래도 적지 않은 인물들이 정계에서 부침을 거듭한 끝에 지금은 각자 영역에서 굳건한 세력을 구축한 상태였다.

이런 인물들은 과거사에 얽힌 감사의 마음을 속내 깊숙이 묻어 둔 채 살아가면서, 그 비범한 원로께서 베풀어 주신 은혜에 언젠가 보답할 기회만을 기다리고 있었다.

폭풍우를 앞두고 팔방 구름장이 들끓으니, 잠들어 있던 교룡이 고개를 쳐들매 이제 그 거동이 천지를 뒤흔들어 놓을 참이었다.

밀실에서 한동안 몸을 추스른 뒤, 어느 햇빛 찬란한 아침 드디어 어둠 밖으로 걸어 나온 전북야가 자신을 향해 미소 짓고 있는 맹부요를 보며 말했다.

"부요, 이제 길을 나서련다."

"그래요."

하고 짧게 답한 맹부요가 그를 차분히 응시했다.

그간 치료를 받는 중에도 전북야는 틈만 나면 사람들을 만났다. 어디서 튀어나왔는지 모를 막료들과 머리를 맞대고 밤낮없이 작전을 세운다, 노선을 짠다, 바쁘던 그였다. 전북야가 마침내 부상을 떨쳐 낸 오늘, 맹부요는 말하지 않아도 이별을 직감하고 있었다.

　그녀의 빛나는 눈동자를 들여다보는 사이, 전북야의 마음속에는 무엇이든 해낼 수 있을 것 같은 호기와 함께 애끓는 이별의 아쉬움이 차올랐다.

　피와 불꽃을 뚫고 걸어야 할 여정이다. 그 여정이 끝나고 다시 돌아왔을 때도 과연 모든 것이 지금 그대로일까?

　하지만, 같이 가자는 그 한마디를, 전북야는 결국 입 밖으로 꺼내지 못했다. 그건 너무 이기적인 짓이었다.

　자신이 이제부터 할 일은 이 땅과 이 땅 위의 황조를 뒤엎는 것. 이미 그녀를 난세에 던져 넣었으면서 더 이상의 위험을 강요할 수는 없었다.

　자신 때문에 그녀의 뼈마디가 부러지고 이가 깨져 나갔을 때, 그는 가슴 깊숙이에서 혈맥이 끊어지는 고통을 겪었다. 피를 울컥울컥 뱉어 내는 그 상처는 결코 아물지도, 무감해지지도 않을 터였다.

　천천히 품 안으로 들어간 전북야의 손끝에 자그마한 비단 주머니가 닿았다. 주머니의 내용물은 반쪽짜리 앞니. 그날 서화궁 내전에서 몰래 주워 품 안에 넣어 둔 것이었다.

　맹부요와 신표를 교환할 기회 같은 건 평생 얻지 못한대도,

이게 있으면 그래도 그녀의 일부를 가진 셈이니까.

전북야에게 그것은 일생 고이 간직해 뒀다가 훗날 자신의 주검과 함께 화장해 달라 부탁할 물건이었다.

전북야가 말했다.

"부요. 종월에게 사람을 보내 뒀으니 그가 이쪽으로 넘어와서 상처를 돌봐 줄 거다. 그리고 흑풍기를 네게 남겨……."

"아뇨!"

맹부요의 거절은 단호했다.

"데려가요. 지금 도성에 가지고 있는 세력만으로는 황영군과 경군을 상대하기 역부족인 거 알아요. 그래서 어머니부터 갈아로 모신 다음, 그쪽에 있는 정예병과 각지에서 모일 세력들을 합쳐서 다 함께 쳐들어오려는 거잖아요. 갈아까지 가려면 반드시 호위 병력이 필요할 거예요. 마음 같아서는 내가 직접 호송해 주고 싶지만, 지금은 따로 중요한 일이 있어요. 그러니까 우리 각자 자기 할 일을 하기로 해요. 상대방 걱정 같은 건 접어 두고."

활짝 웃음 짓는 그녀의 얼굴에서 두 눈망울이 반짝반짝 빛을 발했다. 중요한 일이 있다는 건 정말이었다.

진무대회.

그 비무 현장에는 황제 전남성도 친히 참석하게 되어 있다. 대회의 우승자는 전남성이 직접 내리는 포상을 받고 천살국 병권 일부를 손에 넣는다.

그녀는 진무대회에서 우승을 차지해 경군을 장악한 뒤 전남성을 제거할 심산이었다. 전북야가 반도성 목전까지 왔을 때 자기 손으로 성문을 열어 주기 위하여!

그러한 결심들이 그녀의 작은 얼굴에 찬란한 광채를 드리우고 있었다.

그녀를 지긋이 응시하던 전북야는 그 눈부신 얼굴을 향해 손을 뻗으려다가 도중에 멈칫 팔을 물리고는, 대신 시원스럽게 소리 내 웃었다.

"부요, 천살 황궁에서 다시 만나기로 하자!"

전북야를 보낸 후, 맹부요는 밤낮없이 지옥 훈련에 돌입했다. 해야 할 일이 많았다. 운혼과의 싸움으로 진력이 한층 상승한 김에 대풍의 내력도 하루빨리 몸속 기운에 융화시켜야 했고, 월백에게서 받은 진기의 정수精髓가 자신에게 적합한지도 확인이 필요했다.

더하여 그녀는 바쁜 와중에도 운혼이 준 상자의 정체를 고민해 봤다. 손바닥만 한 크기에 새카만 색깔, 틈 비슷한 부분이 눈에 띄어야 열어 보든 할 텐데 애초에 그마저도 없는 데다가 재질이 무엇인지도 확실치 않았다.

한동안 골머리를 앓던 끝에 상자는 일단 그냥 놔두기로 했다. 기약 없는 인연의 도래를 기다리며.

한편, 운혼은 반도에 그대로 남았다. 애초에 진무대회 참가를 목적으로 왔기 때문이었다.

태연국에서 상연이 떨어져 나간 뒤, 운씨 가문은 황실을 보위한 공을 인정받아 태연의 신흥 실세로 떠올랐다. 그러니 태연국 대표로 운흔이 대회에 참가하는 건 지극히 자연스러운 일이었다.

태연 황궁에서 난리가 터졌던 당시, 맹부요가 내빼는 바람에 다친 몸으로 혼자 덜렁 남겨진 운흔을 보살펴 준 사람이 바로 전북야였다. 그 일을 계기로 전북야와 친분을 맺은 운흔은 반도에 온 김에 흑풍기 쪽으로 연락을 취했다가 전북야가 위험하다는 소식을 들었고, 이에 지체 없이 도우러 나섰던 것이었다.

지금 그는 전북야가 떠나면서 남긴 부탁에 따라 맹부요의 곁을 성실히 지키는 중이었다.

아란주가 반도성에 당도한 때는 전북야가 떠난 바로 다음 날이었다. 나름 죽을힘을 다해 쫓아와 놓고도 결국 한발 늦고만 아란주는 한바탕 대성통곡을 마치고 얼른 또 길을 나서려다가 맹부요에게 덥석 붙잡혔다.

맹부요의 계산인즉슨, 요 꼬맹이가 떠들썩하게 뒤를 쫓아다녔다가는 전북야의 행적이 만천하에 알려지지 않겠느냐는 것이었다.

맹부요가 현란한 혀 놀림으로 아란주의 무공을 사정없이 치켜세웠고, 급기야 자기가 없으면 진무대회의 의의가 크게 퇴색하리라 믿게 된 아란주는 얌전히 반도에 남아 대회 날을 기다리기로 마음을 바꿨다. 여기서 자신이 1등을 먹고 가면 아바마

마와 어마마마께 자랑할 거리가 톡톡히 생기는 거니까.

이날 맹부요는 훈련이 슬슬 지겨워지던 참이었다. 결국 그녀는 아란주를 데리고, 운흔은 질질 끌고서 은근슬쩍 바깥 구경을 나가고 말았다.

진무대회를 앞둔 반도에는 호전적 분위기가 짙게 들어차 있었다. 길거리는 검과 도를 찬 강호인들이, 찻집과 주루는 각국에서 온 무인들이 접수한 가운데, 별것 아닌 일로 시비가 붙어 칼을 빼 든 자들이 여기저기서 대회 예행연습에 한창이었다.

셋은 취부귀로 향해 지난번에 앉았던 바로 그 탁자에 자리를 잡았다. 언제나처럼 고주망태가 된 화 공공이 매번 그렇듯 어수룩한 젊은이한테 걸려 넘어져서는 역시나 돈을 뜯어내는 모습에 아란주가 깔깔 웃음을 터뜨렸다.

맹부요도 웃는 표정을 짓기는 했지만, 정작 눈빛에 깃든 것은 쓸쓸함이었다. 술을 좋아하지도 않으면서 오로지 전북야를 위해 술독에 빠져 보낸 세월이 무려 20년이라 했던가.

맹부요가 걸음을 부축해 주는 척 접근해 비밀문서가 담긴 납환[20]을 건넨 건 화 공공이 출입문을 나서기 직전의 일이었다. 고개를 들어 그녀의 얼굴을 쳐다본 화 공공이 조용히 납환을 받아 들었다.

자리로 돌아온 맹부요가 아란주와 벌주 놀이를 하는데, 옆자리 손님이 하는 소리가 귀에 꽂혔다.

---

20  작은 공을 납으로 둘러싼 것.

"이번 대회로 말할 것 같으면, 솔직히 다른 나라들이 참가자를 보내는 건 다 쓸데없는 짓이라니까. 어차피 망신만 당하지. 우리 상연국 비익쌍검比翼雙劍을 보라고. 그 젊은 나이에 벌써 현원종玄元宗 장문이겠다, 뇌동결로 천하에 이름을 떨치고 있겠다, 세상 누가 당해 내겠어?"

"비익쌍검이 출전한다는 거, 확실해?"

다른 사람이 물었다.

"연 장문도 그렇고 부인도 정무로 바빠서 짬이 없다고 들었는데."

"사형은 꼭 올 거야."

말을 받은 건 품새가 영 시건방진 소년이었다.

"만에 하나 사형이 짬을 못 내더라도 대신 내가 있잖아? 사형한테 직접 지도받으면서 뇌동결은 진작 빠삭하게 익혔다니까."

비위 맞추기에 바쁜 이들이 주위에서 맞장구를 쏟아 냈다. 그 덕분에 한껏 기가 산 소년이 고개를 뻣뻣이 세우고서 주루 안을 쓱 둘러보았다. 손님들이 하나둘 소년의 눈길을 피해 고개를 떨궜다.

소년은 벌써 며칠째 이곳에서 비무를 벌이면서 무패 행진을 이어 가고 있는 인물이었다. 실력이 따라 주는 게 사실이니 아무리 오만방자하게 굴어도 할 말이 없을 수밖에.

이때 한쪽에서 웃음소리가 터져 나왔다.

"비익쌍검? 그건 또 뭐래?"

탁자에 엎드려 배를 잡던 맹부요가 아란주를 향해 큰 소리로 물었다.

"그 날개 '익' 자가 정확히 무슨 날개일까나? 오리 한 쌍? 백로 한 쌍? 아니면 한 쌍의 박쥐쯤 되시나?"

그 말에 아란주가 천연덕스럽게 눈을 끔뻑거렸다.

"닭 날개 아닌가?"

탁자를 두드리고 걸상을 치면서 박장대소하는 두 사람 옆에서, 쥐 죽은 듯 침묵을 지키는 중인 손님들이 불쌍해서 어쩌냐는 눈길을 보냈다.

뇌동결을 계승한 인물을 건드리다니, 주제도 모르는 놈. 넌 이제 뼈도 못 추리겠구나.

그 와중에도 맹부요는 낄낄대며 눈물을 훔쳤다.

"골 때린다, 닭 날개 쌍검이래⋯⋯."

이때, 홀연 싸늘한 빛이 번뜩하더니 그녀의 코앞에 칼끝이 겨눠졌다.

"감히 우리 연 사형을 모욕해? 네놈이 죽고 싶은 게로구나!"

# 그냥 아프게 해 줘

"호오?"

그 날카로운 살기가 전혀 느껴지지 않는 양, 맹부요가 웃음 띤 얼굴로 물었다.

"너희 연 사형이 누군데? 난 어째 들어 본 기억이 없네?"

웅성거림이 장내를 휩쓸고 지났다.

저놈이 진짜 겁대가리를 상실했나, 아니면 백치 흉내라도 내는 건가.

최근 급속히 명성을 얻기 시작한 상연쌍벽上淵雙璧은 둘 다 명문 귀족가 출신에, 무림 제일가는 천생배필로 평가받는 한 쌍이었다.

둘 중에서도 특히 연경진은 태연 삼대 검파 중 하나인 현원 종의 신임 장문이거늘, 지금껏 못 들어 봤을 리가?

맹부요의 해맑은 웃음을 찔끔한 반응으로 해석하고 기고만 장해진 소년이 코웃음을 쳤다.

"그야 하찮은 네놈이 세상 물정에 어두워서겠지. 작금 천하에 우리 상연쌍벽을 모르는 사람이 있나? 연 사형과 배 사저를 모욕하는 것은 곧 현원종 전체를 적으로 돌린다는 뜻이지만, 우리가 넓은 아량으로 용서해 줄 테니 거기 꿇어앉아 절이나 한번 해 보아라."

픕!

씹다 만 오돌뼈가 입에서 튀어나와 소년의 얼굴에 명중해 번드르르한 기름 자국을 남겼다. 맹부요가 상대의 시건방에 보내는 가장 직관적인 답변이었다.

이어서 그녀가 아란주와 운흔을 보고 싱글싱글하며 말했다.

"나가자, 기분 좋은 날 쌈박질하기 싫어."

연경진이라는 이름이 나오고부터 줄곧 말이 없던 운흔이 자리에서 일어서는 순간, 어두운 그늘이 그의 눈동자를 스쳐 지났다.

"거기 서!"

오돌뼈로 얼굴을 얻어맞고 돌이 됐던 소년이 그제야 제정신을 차렸다.

감히 현원종이라는 이름을 앞에 두고 이런 오만불손을 행하는 자가 있을 줄이야!

좌중의 시선 속에서 화가 머리끝까지 치밀어 오른 소년이 대뜸 맹부요의 등을 향해 칼을 내질렀다. 극도로 맹렬한 검세와

칼의 움직임에 따라 희미하게 우르릉거리는 뇌성. 소년이 손목을 힘 있게 꺾는 동시에 눈부신 검광이 꽃을 피우자 주루 안이 탄성으로 가득 찼다.

손님 하나가 외쳤다.

"뇌동결! 역시 천하에서 손꼽히는 절정의 무공심법은 달라!"

마음 씀씀이 고운 몇몇은 이렇게 소리치기도 했다.

"위험해, 도망치시오!"

함성이 시끌벅적한 가운데, 사나운 검광이 삽시간에 맹부요의 등 바로 뒤에 당도했다. 바람이 찢기는 소리가 어마어마한 게, 그대로 몸통을 꿰뚫어 버릴 기세였다.

그러나 맹부요는 아무것도 보이지도, 들리지도 않는 양 정면을 향해 걸음을 옮기고 있을 뿐이었다.

구경꾼 몇 사람의 입에서 한숨이 흘러나오기 시작한 지 1초, 갑자기 숨을 딱 멈춘 이들의 눈이 천천히 휘둥그레졌다. 바람 소리가 멎은 저 앞쪽에서 마치 꽃이 시들듯, 검광이 순식간에 사그라들어 버린 것이다.

강철을 두드려 만든 장검은 어느새 맹부요의 손아귀에 붙잡혀 있었다. 그 와중에도 그녀는 손에 붙든 게 검이 아니라 진흙덩어리라도 되는 양 태연자약하기만 했다.

실내를 통과하는 맞바람에 긴 머리카락을 휘날리며 칼끝 쪽으로 얼굴을 가져간 그녀가 근시안인 사람처럼 검신을 뚫어져라 응시하다가 손으로 가볍게 훑어 내렸다. 그러자 강철 장검이 그녀의 손안에서 얇고 판판하게 펴져 쭉 당겨지더니 급기야

가느다란 철사로 화했다.

철사를 둘둘 말아 동물 형태를 만들어 낸 맹부요가 눈을 가느다랗게 뜨고 완성작을 훑어보았다. 그러고는 흡족한 기색으로 고개를 끄덕였다.

일제히 '헉' 하고 숨을 들이켜는 구경꾼들 사이에서, 일부 눈 좋은 이들은 방금 목격한 장면을 어렴풋하게나마 되새기고 있었다. 검광이 거의 등에 닿기 직전까지 갔을 때 저자가 홀연 검푸른 소맷자락을 떨치자 육안으로는 포착조차 힘들 정도로 빠른 잔영이 스쳤고, 다음 순간 칼끝이 이미 손아귀에 잡혀 있지 않았던가.

대체 얼마나 강력한 동체 시력과 내력을 갖추어야만 뇌동결의 심법을 근간으로 하는 쾌검을 단번에 잡아챌 수 있는 걸까?

저리 새파란 절정 고수가 대관절 어느 틈에 강호에 모습을 드러냈단 말인가?

아까까지만 해도 열심히 떠들어 대던 상연 무인들은 그새 다들 꿀 먹은 벙어리가 됐고, 몇몇은 당혹한 표정으로 서로서로 눈치를 살피고 있었다.

근래 현원종이 워낙 상승세이기도 했고, 거기에 새 장문의 절세 무공 뇌동결까지 있으니 진무대회 우승은 떼어 놓은 당상이라고 생각했건만, 제자들 중 가장 위세가 당당하던 인물이 이 자리에서 언뜻 평범해 보이는 소년의 손에 무참하게 박살날 줄이야.

한편, 나머지 손님들은 한껏 들뜬 참이었다. 긴장감이라고는 전혀 없으리라 점쳐졌던 올해 대회가 예상과 달리 퍽 재미있어 질 것 같다는 생각에서였다.

그사이 맹부요에게 검을 붙들린 소년은 제자리에 뻣뻣이 굳은 채, 상대가 태연하게 철사를 꼬아 형태를 만드는 모습을 도저히 믿기지 않는다는 듯 노려보고 있었다.

완성된 똥개 한 쌍을 손바닥 위에 올려놓고 무게를 가늠해 본 맹부요가 그걸 소년의 품으로 던지며 무심히 말했다.

"하여튼 현원파 놈들은 뒤에서 칼 꽂는 짓 말고는 할 줄 아는 게 없다니까. 부탁인데 다음번에는 그럴싸하게 좀 놀아 봐라. 그리고 그 개들은 너희 장문한테 갖다줘. 혼인 축하 선물인 셈 치고."

그렇게 말한 맹부요가 손을 탁탁 털며 돌아선 직후였다. 등 뒤에서 수치와 분노에 찬 포효가 쩌렁쩌렁 울리더니, 곧바로 '촤앗' 하는 소리가 이어졌다. 소년의 소맷부리에서 가느다란 침이 무리 지어 튀어나와 세 사람을 덮친 것이다.

하지만 맹부요는 눈길조차 주지 않았다. 옆에서 아란주가 '흥' 하며 나서려고 하자 그마저도 저지했다.

그때, 일행의 제일 뒤쪽에서 걷고 있던 운흔이 옷소매를 휘두르자 강철판 같은 소맷자락에 부닥친 세침이 소리 없이 바닥으로 쏟아져 내렸다. 침의 끄트머리에 푸른빛이 도는 걸 보니 맹독을 먹인 게 분명했다.

말없이 고개를 튼 운흔이 뒤에서 재차 기습을 가하려던 소년을 싸늘하게 노려봤다. 불티 어른거리는 눈동자가 발하는 한

기에 압도당한 소년은 부르르 진저리를 치면서 저도 모르게 한 걸음 뒤로 물러서고 말았다.

바로 그 한 걸음을 물리는 동시에 소년은 조금 전까지만 해도 출입구에 서 있던 맹부요가 어느새 기척도 없이 자기 등 뒤에 와 있음을 깨달았다. 기겁한 소년이 즉각 그 자리를 벗어나려 했지만, 때는 이미 늦어 버린 후였다.

등 뒤에서 맹부요가 차갑게 말했다.

"좋게 타일러서 안 들으면 더 확실한 교훈을 주는 수밖에."

팔을 들어 올린 그녀가 손가락을 털듯이 가볍게 움직였다. 동작 자체는 빠르지 않았으나 소년은 상대의 손놀림에서 단 한 치의 빈틈도 찾아내지 못했다.

어느 방향으로 도망치든 그 직후에 이어질 변초를 피하지는 못하리라는 예감이 들었다. 겁에 질려 눈을 부릅뜬 소년은 오싹한 냉기가 창졸간에 가슴 밑바닥까지 스미는 느낌을 받았다.

촤앗.

미세한 파열음과 함께 핏물이 허공으로 솟구치더니.

"으아악!"

하는 비명이 이어졌다. 맹부요의 손가락이 소년의 견갑골을 꿰뚫은 것이었다.

손을 거둬들인 그녀가 어깨를 붙잡고 뒹구는 소년을 내려다보며 싸늘하게 말했다.

"나한테 한 짓에 대한 벌로는 과할지 몰라도, 네놈은 그냥 건방지기만 한 게 아니야. 죄 없는 사람한테 칼질하는 걸 보면 심보 자체가 글러 먹었어. 네놈이 무공을 쓰면 나중에는 더 많은 사람이 화를 당할 테니 이 몸이 귀찮아도 미리 처리하는 거다."

새빨간 먹으로 그린 화폭을 펼쳐 놓은 양 온통 핏빛으로 물든 지면을 밟고 선 채, 맹부요가 담담하게 내뱉은 말 속에는 은근한 살기가 배어 있었다.

구경꾼들이 일제히 숨을 죽인 지금, 주루 안은 바늘 하나 떨어지는 소리도 귀에 들릴 만큼 고요했다.

맹부요에게 눈을 떼지 못하던 손님들은 그가 무공을 전개하는 순간 폭발한 살기가 주변을 일거에 압살하는 걸 보고서야 비로소 깨달을 수 있었다. 겉으로는 평범해 보이기는 이 소년이 실상은 시체의 산과 피의 바다, 백골 더미 사이를 뚫고 여기까지 온 노련한 싸움꾼이었음을.

아까 큰소리를 치던 상연 무인들은 이미 슬그머니 자리를 뜬 뒤였고, 그나마 남아 있던 소년의 일행이 잔뜩 겁먹은 기색으로 다가와 그를 일으켜 세웠다. 소년은 고통을 못 이기고 바닥을 뒹굴면서도, 기개만은 대단하여 신음 한 번을 흘리지 않았다.

땀에 젖어 누렇게 뜬 얼굴로 맹부요를 잡아먹을 듯 쏘아보던 그가 이를 악물고는 갈라진 목소리를 내뱉었다.

"현원종은…… 그 존엄에 도전하는 자를…… 용납하지 않는다. 이름을…… 대라. 오늘 일은…… 연 장문께서 반드시…… 그대로 갚아 주실 테니!"

이름을 대라!

맹부요는 비스듬히 고개를 들어 주루 밖에 쏟아지고 있는 햇살을 바라봤다. 그 찬란한 광채가 물결처럼 번지면서 떠오른 것은 지난날 억수같이 퍼붓는 빗속에서 소년이 보내던 따스한 미소, 현원산에서 헤어지던 날 밤 자신이 베어 낸 소맷자락, 장 문씩이나 되어서는 연무장에서 기습을 가하던 임현원, 산속 동굴에서 자신을 낭떠러지로 떠밀던 배원……

비록 다 지났다고는 하나, 정체를 숨기고 살던 시절을 대표 하는 장면들이었다.

그 시절 맹부요는 모두에게 무시당하는 무명소졸이었으며, 연인에게 버림받은 폐물이었고, 현원검파 전체가 똘똘 뭉쳐 핍박하던 대상이었다.

그러나 세월의 세찬 흐름 속에 운명 또한 모습을 바꾸어 바야흐로 그 시절 비루하고 쓸모없던 추녀의 이름을 현원종 전체에, 나아가 온 천하에 똑똑히 알릴 때가 온 것이다.

맹부요가 웃음을 터뜨렸다. 환하고, 시원스럽게. 그러더니 소년을 내려다보며 또랑또랑한 소리로 말했다.

"연경진한테 전해. 나 맹부요, 도전을 받아들인다고. 그리하여 너희 현원종의 존엄이란 것을 자근자근 짓밟아 주겠노라고. 무림 역사에서 현원이라는 이름이 영영 지워지길 바라지 않는다면 당장 짐 싸서 천살을 떠나는 편이 좋을 거라고도 말이야!"

저택으로 돌아온 맹부요를 제일 먼저 반긴 것은 호위대를 이

끌고 도착한 철성이었다. 이어서 대청으로 들어서자 이번에는 느긋하게 앉아 차를 마시고 있는 인물이 눈에 들어왔다.

눈처럼 깨끗한 백의에 정결한 분위기. 본인 전용 찻잎을 본인 전용 찻잔에 우려내 음미 중인 그의 주변 석 자 반경 이내에는 사람은 고사하고 파리 새끼 한 마리도 보이지 않았다.

종월.

그 얼굴을 본 맹부요가 반사적으로 돌아 나가려 발길을 트는데, 독설남이 무심히 하는 소리가 들렸다.

"한동안 안 봤다고 그새 도화살을 더 키워 놨을 줄이야. 맹장군 주변에는 사내가 끊이는 법이 없구려."

운혼이 눈썹을 까딱 끌어 올렸다. 그의 눈 안에 발끈한 기색이 스치자 맹부요가 얼른 소맷자락을 끌어당기며 속닥거렸다.

"원래 저러니까 신경 쓰지 마. 그래도 의원이랍시고 쓸모는 있거든."

뒤로 돌아선 그녀가 헤실헤실 웃으며 대꾸했다.

"그러니까 말이에요. 보다시피 그쪽까지 와서 머릿수를 채워 주잖아요?"

천천히 차를 한 모금 넘긴 종월이 말했다.

"나야 그래도 의원이라 쓸모나 있지."

멋쩍게 실실 웃으며, 맹부요가 그의 면전에서 괜스레 어슬렁거리기 시작했다. 그녀가 애써 보여 주는 앞니를 꿋꿋이 모른 척한 채 차만 홀짝거리던 종월이 새삼 이제야 발견했다는 양 반응을 보인 건 한참이 지난 뒤였다.

"흐음? 새로운 치장법이오? 세속을 초월한 선인의 풍모라 할까, 앞니 하나를 홍일점 삼아 구현해 낸 반벽강산半壁江山의 풍광이라니."

그러자 맹부요가 반쪽짜리 앞니를 만지작거리며 한숨을 뱉었다.

"이런 걸 개성이라고 하죠……."

종 의원은 독설을 던질 만큼 다 던지고서야 맹부요를 내실로 데려가 부러진 이를 살피고, 바깥에 이야기해 필요한 재료를 준비시켰다.

이 시대에 의치를 해 넣는다는 건 고도로 숙련된 기술자들만이 할 수 있는 일이었지만, 타고나길 손끝이 여문 종월에게는 그리 어려운 작업이 아니었다.

백색 주석, 은박, 수은을 섞은 '수은금'으로 현대의 의치에 해당하는 물건을 만들어 낸 그가 은색 의치는 미관을 해칠 것을 우려해 옥석을 정교하게 깎아 제작한 외피까지 덧씌웠다.

맹부요는 진짜와 거의 구분이 되지 않는 이를 손에 들고 찬탄을 금치 못했다.

대체 이런 물건은 어떻게 만들어 내는 거야.

다음은 발치 차례였다. 반쪽짜리를 때우느니 차라리 하나를 새로 심는 게 쉽기에 아예 이를 뽑아 버리기로 한 것이다. 그 때문에 아란주와 운흔, 원보 대인은 밖에서 돼지 멱따는 소리를 듣고 있어야만 했다.

"끄아아! 아야야! 으아악!"

아란주가 시큰둥한 눈으로 운흔을 쳐다보며 말했다.

"몸이 다 너덜너덜해지고도 찌푸린 표정 한 번 안 짓던 사람이 이 하나 뽑는 거 가지고 무슨 난리람."

맹부요의 행동 양식을 정의 내리는 데 실패한 것은 운흔도 마찬가지였다. 의문 섞인 두 사람의 눈길이 가장 오래 그녀와 함께 지낸 원보 대인에게로 향했다.

그러나 열매 하나를 끌어안고 열심히 갉아 먹는 중인 원보 대인은 머저리들의 질문에 답할 가치를 전혀 느끼지 못했다.

목숨 걸고 싸울 때야 징징대 봤자 들어 줄 사람도 없는데 뭐 하러 그러겠냐. 아프다는 소리도 지금처럼 받아 줄 사람이 있을 때나 하는 거란다.

그날 저녁, 맹부요는 상처 입은 잇몸을 달래야겠다며 만한전석으로 몸보신을 시켜 달라 요구했다.

하지만 그에 대한 종월의 답변은 쌀쌀했다.

"이가 자리를 잡기 전까지는 미음 말고는 금지요."

맹부요야 우거지상으로 미음을 넘기며 한탄을 하든 말든, 본인 약주머니에 든 약재나 세고 앉아 있던 종월이 문득 한숨을 흘렸다.

"왜 그래요?"

맹부요의 물음에 종월이 나지막하게 대꾸했다.

"해독약에 들어갈 약재가 이제 딱 하나 모자라오."

"진짜요?"

그녀가 반색한 것도 잠시, 얼마 안 가 산통 깨지는 소리가 들려왔다.

 "알아본 바로 마지막 약재를 구할 수 있는 곳은 궁창 장청 신전이 유일하다고 하오만, 나는 출입하지 못하는 곳이오."

 시무룩하게 눈이 풀려 미음이 코로 들어가는 줄도 모르던 맹부요가 땅이 꺼져라 한숨을 내쉬었다. 전생에 장청 신전하고 인연이 있긴 있었던 모양이다. 이래저래 얽히고 꼬인 상황들이 종국에는 모두 그곳을 가리키는 걸 보면.

 문득 월백에게서 받은 선물을 떠올린 그녀가 구슬을 종월 앞에 꺼내 놨다. 구슬을 보자마자 안색이 변한 종월이 전후 사정을 듣고 나서 탄식을 뱉었다.

 "사람이 선하면 박명하고, 복은 되레 못된 놈이 받는다더니, 옛말 틀린 거 하나 없군."

 방금 그 말은 못 들은 셈 치기로 한 맹부요가 한껏 들떠 물었다.

 "좋은 거예요?"

 종월이 건네받은 구슬을 조심스럽게 반으로 쪼갠 뒤 눈연꽃과 함께 술 항아리에 넣어 그늘에 놓아두고는 말했다.

 "한밤중에 복용하고 체내에서 기운을 삼 주천周天 돌리되, 앞으로 운기조식은 항상 깊은 밤, 달이 가장 밝을 때 해야 할 거요. 그러면 무공이 진일보할 뿐만 아니라 평생에 걸쳐 덕 볼 일이 끊이지 않을 것이니."

 맹부요가 저거 혹시 날름 뺏기는 건 아니겠지 하는 눈으로 구슬 반쪽을 쳐다보며 물었다.

"나머지 반은요?"

"그렇게 많은 양은 아직 감당할 수 없소. 반은 남겨 두시오."

종월이 답했다.

"훗날 두 단계 위 경지에 이르렀을 때 사용하면 효과를 배로 볼 테니."

무언가를 골똘히 생각하던 맹부요가 품속을 뒤져 운혼에게서 받은 상자를 꺼냈다.

"돌팔이 선생, 번번이 신세 지면서 치료비를 치른 적은 없는 것 같아서요. 이거 받아요."

"알긴 아는군."

습관적으로 한마디를 툭 쏘아붙인 종월이 상자를 넘겨받아 살펴보더니 역시나 뚜껑을 열 방도를 찾지 못한 듯 말했다.

"잘하면 약품으로 표면을 녹여서 틈을 만들어 볼 수도 있을 것 같소. 일단 가지고 있다가 정 안 되거든 돌려주기로 하지."

휘휘 손사래를 친 맹부요가 연신 하품을 하며 수면 태세에 돌입할 때까지, 종월은 어째 단정하게 앉은 자리에서 일어설 기미가 없었다.

창밖 버드나무가 드리운 그늘에 잠겨 묘한 웃음기를 내비치던 그가 잠시 후 홀연 입을 열었다.

"선기국 국경 지대를 거쳐 오는 길에 불련 공주를 맞이하러 나온 황실 행렬을 만났소."

일순 가슴이 덜컥한 맹부요가 이내 눈을 가늘게 뜨고 물었다.

"그게 나랑 무슨 상관인데요?"

종월이 눈동자를 반짝 빛내더니 한 줄기 미소를 머금었다.

"불련 공주가 누구인지부터 묻지 않는 걸 보아 하니 역시 만나 봤군."

말이 헛나간 맹부요가 과장되게 하품을 했다.

"길에서 우연히요. 사람 참 특이하더라고요. 인생관, 세계관, 도덕관, 뭐 하나 평범한 게 없어서 감히 관심 가질 엄두도 안 납디다."

"관심이 있든 없든 간에 피하지는 못할 텐데."

종월이 느긋하게 말을 이었다.

"귀국길에 급작스럽게 부처로부터 계시를 받았다더군. 조만간 천살국에 성스러운 불자가 날 거라고 말이오. 그러자 연꽃을 머금고 태어났기로 잘 알려진 성녀께서는 경건한 신앙심의 발현으로 그 불자를 직접 만나 보기로 했다지."

"어음. 부처님도 좀 안됐네요. 그 여자 편의에 따라 여기저기 팔려 다니는 처량한 신세, 그거 언제쯤이나 벗어나려나."

종월이 그녀를 의미심장하게 바라보던 끝에 말했다.

"그쪽한테는 별로 흥미로운 소식이 아닌 것 같군. 그럼 난 이만 가 보겠소."

그가 유유히 밖으로 사라진 후, 눈을 감고 정좌한 자세로 이불 귀퉁이를 잘근잘근 씹던 맹부요가 얼마 못 가 옆쪽 조그마한 침상에 있는 원보 대인을 향해 소곤거렸다.

"어이, 쥐 새끼. 그때 장한밀림에서 하려던 말이 대체 뭐냐?"

침상에 편히 드러누운 원보 대인은 그녀를 완전히 무시하고서, 꼰 다리만 느긋하게 까딱까딱 흔들었다.

그러게 말할 때 들을 것이지, 아까운 털만 네 가닥씩이나 버리게 만들더니! 지금은 알려 달래도 안 알려 줄 거다!

어차피 조만간 한자리에 모일 거, 얼굴 맞대고 알아서들 결판 보시든가, 으하하하하…….

묵은 체중이 싹 내려간 쥐 새끼가 기분 좋게 잠이 들었다.

하지만 침상 위에 쪼그리고 앉은 누군가의 눈동자는 어둠을 배경으로 탐조등 두 개를 켜 놓은 것처럼 형형한 빛을 발하고 있었다.

❋

이튿날, 맹부요는 대회 접수를 위해 천살 무공사武功司로 향했다. 진무대회에 참가하고자 하는 각국 무인이라면 누구나 거쳐야 하는 필수 절차였다.

자신이 명부에 작성한 이름을 앞에 두고 접수 담당 관원이 한참이나 눈을 떼지 못하자 그녀는 슬슬 이 인간이 뭔가 눈치챈 거 아닌가 초조해지기 시작했다.

그녀가 불안해졌을 즈음 관원이 입을 열었다.

"맹부요? 무극국 영의장군 맹부요?"

그 소리가 떨어지자마자 실내에 있던 관원들이 다 같이 우르르 몰려들더니 뭐 신기한 물건이라도 보듯 맹부요를 훑어보며 질문을 쏟아 냈다.

"무극국의 전설이라는, 바로 그 맹부요 장군이십니까?"

"혈혈단신으로 융군 주둔지에 쳐들어가 장수 일곱을 벴다는?"

"그렇게 애써서 요성을 지켜 내고도 성문 앞에서 자결할 지경까지 몰렸었다면서요?"

"무극국 덕왕의 반란군이 무너진 것도 맹 장군이 군영에 잠입해 외부와 공조한 덕분이라던데?"

"그 손으로 직접 덕왕을 죽였다면서요?"

"숨이 끊어지기 전에 덕왕이 '맹부요와 같은 시대에 난 것이 원통하도다!' 하고 외쳤다는 게 정말입니까?"

"무극 태자가 친히 상양궁에 연회석을 마련해 초대할 만큼 총애받는다면서요?"

뒤로 갈수록 용하다 못해 황당무계해지는 이야기를 듣고 있던 맹부요가 어안이 벙벙해 중얼거렸다.

"그 대단하신 분이 대체 누구래요? 난 아닌 것 같은데?"

하찮은 인물로 사는 데 익숙한 맹부요에게 하룻밤 사이 유명인이 된 기분은 실로 버거웠다. 사람들의 호기심 어린 눈빛도 그렇고, 뒤에서 다른 참가자들이 보내는 부러움 겸 질투의 시선에 등이 따갑기도 하고. 견디다 못한 그녀가 서둘러 밖으로 나가는 쪽을 택했다.

몇 걸음을 채 떼기도 전에 뒤편에서 내실의 발이 펄럭 걷히더니 누군가의 냉랭한 목소리가 들려왔다.

"황실에 열심히 비벼 대서 겨우 벼락출세한 천민 따위가 뭐나 된다고, 천살국 관원이라는 자들이 위엄 떨어지게 뭣들 하는 게야!"

익숙한 목소리에 뒤를 돌아본 맹부요가 동공을 바늘 끝처럼 좁혔다.

고능풍, 천살지금의 우두머리 아니신가.

폭우가 쏟아지던 장한산의 밤이 즉시 눈앞에 펼쳐졌다. 귓전을 때리는 빗소리가 생생히 들리고, 화살이 풍기는 희미한 쇠 냄새가 코끝을 스치는 듯했다.

그녀와 전북야를 장한밀림으로 몰아넣었던 게 바로 저자가 이끄는 천살지금이었다. 그 때문에 저승 문턱을 넘나들면서 어떠한 일들을 겪었던가.

자기 혼자 함정에서 나오겠답시고 부하의 몸뚱이를 발판으로 삼을 만큼 지독했던 놈, 그런 놈이 설마 아직도 잘살고 있었을 줄이야. 저놈도 진무대회에 출전하는 건가?

맹부요가 환한 웃음을 입가에 걸고서 고능풍에게 허리를 숙이며 말했다.

"고 통령 맞으시지요? 그간 존함은 익히 들어 왔습니다, 뵙게 되어 영광입니다!"

고능풍이 그녀를 비스듬히 흘겨봤다.

"날 아나?"

네놈 제삿날이 얼마 안 남았다는 것도 안단다.

맹부요가 미소 지으며 답했다.

"그럼요. 용맹함과 결단력, 필요한 바는 반드시 이루고야 마는 분으로 예전부터 명성이 자자하시던걸요!"

"분위기 파악은 꽤 하시는군."

고능풍이 그녀를 흘깃 보더니 말했다.

"진무대회에서 목숨은 살려 드리리다."

"이리 감사할 데가 있나요!"

맹부요가 다시금 허리를 숙였다.

진짜 고마워서 어쩌냐. 나는 네놈을 살려 둘 생각이 없는데 내 목숨은 남겨 주겠다니. 캬, 군자로다!

허리를 접은 자세 그대로 건물을 나선 맹부요는 지나치게 성실히 굽신거리다가 그만 맞은편에서 오는 사람을 못 보고 들이받아 버렸다. 얼른 길을 비켜 준 상대가 가볍게 공수 자세를 취하며 말했다.

"조심하십시오."

온화한 음색, 점잖은 거동.

흠칫 몸을 굳혔던 맹부요가 이내 빙긋이 웃더니 나지막한 소리로 대답했다.

"그쪽도 조심하시오."

시야 한구석에 붉은빛 옷자락이 걸렸다. 금실로 수놓인 난새가 기품 넘치면서도 화려했다. 색채만으로도 이미 눈이 부시건만 허리띠에 주렁주렁 매달린 금빛 수술까지, 요란해도 저렇게 요란할 수가 있을까 싶었다.

옷자락을 발견한 직후 잽싸게 시선을 위로 옮긴 맹부요는 진홍색 면사가 잘 있음을 확인하고 나서야 흡족한 양 눈길을 다른 쪽으로 돌렸다.

이때, 옆쪽에서 몇몇 사람들이 방금 그녀와 부딪힌 상대에게 인사를 건넸다. 사근사근한 호의와 가시 돋친 반감이 공존하는 장면이었다.

"연 장문 내외도 오셨군요. 올해 진무대회는 볼거리가 풍성하겠습니다!"

그러자 누군가 까칠한 투로 말했다.

"그러게나 말입니다. 근래 아주 위풍이 넘치십니다. 상연 열여덟 개 문파를 휩쓸며 비할 데 없는 명성과 위엄을 떨치신 분이, 이제는 진무대회 우승까지 노리시는 겝니까?"

또 다른 인물이 말을 보탰다.

"천살국 고능풍 통령, 무극국 곽평융 장군, 헌원국 헌원윤軒轅昀 공자, 부풍국 아란주 공주, 태연국 무흔검, 선기국 군왕 화언華彦……. 거기에 신흥 강자 상연쌍벽까지 가세했으니 1위 경쟁이 흥미진진할 테지요!"

그저 미소만 머금고 있던 대화의 주인공이 두 손을 가슴께에서 맞잡고서 겸허히 예를 표했다.

"천만의 말씀이십니다. 어찌 그런 과찬을."

곁에서 운혼이 콧방귀를 뀌자 맹부요가 그를 잡아당기며 빠르게 걸음을 내딛기 시작했다.

다음 순간, 한창 답례 인사에 바쁘던 남자가 돌연 그녀를 향해 돌아서서 탐색의 눈초리를 보냈다. 하지만 맹부요는 그사이 덕망 높으신 장문인 부부를 뒤로한 채 성큼성큼 출입문을 빠져나간 뒤였다.

그날 저녁상을 앞에 둔 맹부요가 젓가락을 물고 골똘히 생각에 잠겨 있다가 종월에게 자문을 구했다.

"어떡하면 좋아요? 그새 천살에서까지 유명인이 된 줄은 까맣게 몰랐다니까요? 이래서야 마음 놓고 일이나 벌이겠느냐고요. 전남성도 조정에 남의 나라 장군을 들이려고는 안 할 텐데."

종월은 오로지 식사 행위 자체에만 집중하는 중이었다. 그가 집어다 먹는 것은 자기 바로 앞쪽에 놓인 음식뿐. 거기에 다른 사람이 젓가락을 뻗는 짓은 일절 금지였으며, 누가 밥 먹으면서 주절주절 말 붙이는 짓은 더 질색이었다.

하지만 일관성 있게 몰염치한 맹부요는 언제나 그랬듯 그의 낯빛에 전혀 개의치 않고 제 할 말을 다 하고 있었다. 조만간 그녀의 침으로 더럽혀질 밥그릇의 운명을 예감한 종월이 얼른 자기 그릇을 한쪽으로 치우며 대꾸했다.

"그야 무극과 척을 지면 해결될 일이오."

맹부요가 어리벙벙한 표정으로 물었다.

"척을 지라니, 어떻게요?"

"장손무극한테 맡기시오. 허우대만 멀쩡했지 머리는 텅 비어서 무극국의 대우에 불만을 품고 천살에서 떡고물이나 얻어먹어 볼까 하는 소인. 전남성이 그쪽을 딱 그렇게 보게 해 줄 방법을 천 가지 정도는 꿰고 있는 자가 바로 장손무극이니."

웬일로 종월의 말이 길어지고 있었다.

"단, 무조건 우승부터 하는 게 먼저요. 그래야 쓸 만한 인물이 없는 천살에서 탐을 낼 테지."

"흐음."

닭 다리를 입에 물고서 붓과 종이를 가져온 맹부요가 서신을 적어 내려갔다.

"존경하는 태자 전하, 전남성이 저를 허우대만 멀쩡했지 머리는 텅 비어서 무극국의 대우에 불만을 품고 천살에서 떡고물이나 얻어먹어 볼까 하는 소인으로 생각하도록 한번 힘 좀 써 주십사……."

쉼표 없이 읽다가 콱 숨이나 막혀 죽어 버려라.

"올해 우승은 쉽지 않을 거다."

운흔의 말이었다. 그는 고기에는 손도 대지 않고, 그나마 먹는 채소 요리에서도 마늘과 생강을 하나하나 골라내고 있었다.

"눈치 못 챘나? 연경진 부부, 어딘지 심상치가 않던데."

대꾸는 하지 않았으나 한눈에 낌새를 챈 건 맹부요 역시 마찬가지였다.

연경진은 그새 무공만 일취월장한 게 아니라 내공까지 뭔가 달라져 있었다. 뇌동결 때문이라기보다는 모종의 사파 무공을 따로 익힌 느낌이었다. 눈 밑에 푸르스름하게 그늘이 드리운 것도 그랬다.

배원 쪽은, 비록 얼굴을 못 봤지만, 맹부요가 기억하기로 그녀의 무공은 전북야가 이미 폐한 바 있었다. 그런데 오늘 걸음걸이를 봐서는 멀쩡한 사람 같은 것이, 대체 뭐가 뭔지 모를 일이었다.

게다가 당시 태연 황궁에서 엉뚱한 데 정신이 팔린 연경진이 정혼자는 죽든 말든 나 몰라라 하는 통에 분을 못 이기고 피까지 토했던 배원이 끝내 그와 혼인을 했다니.

그런 일을 겪고도 용서가 될 만큼 맹목적으로 사랑했던 건가? 아니면 세상에 연경진 말고는 사내가 없는 줄 알 정도로 못난 여자였던 건가?

머리에 쥐가 나도록 고뇌하길 잠시, 어디까지나 정상인에 속하는 자신이 연경진 부부 같은 부류를 이해하기란 역부족이라는 결론을 얻은 맹부요는 생각을 관두기로 했다. 그녀가 운흔을 향해 히죽 웃으며 다른 질문을 던졌다.

"네가 무흔검 맞지? 이름 좋네. 비익인지 뭐시기인지 그거에 비하면 훨씬 멋있다. 전북야가 하는 소리 들으니까 기연을 얻었다는 것 같은데, 무슨 기연?"

"태연이 둘로 갈라지고 나서 군대를 이끌고 상연과 전투를 치르던 때였다."

운흔이 간략하게 설명을 시작했다.

"긴 추격전 끝에 부하들과 헤어져 홀로 산속을 헤매다가 발바닥에 종기가 있는 도인 한 분을 만났지. 노인장을 업고 산골짜기를 빠져나와 막 헤어지려는데, 내 등을 툭툭 치며 '심성도 바르고 근골도 훌륭하구나. 이 늙은이가 선물 하나 주마.' 하시더군. 그 순간에는 큰 의미를 두지 않았지만, 나중에 보니 등에 검법과 내공 수련법이 적혀 있었어. 고작 세 가지에 지나지 않는 검초가 얼마나 무궁무진하게 응용되는지, 아직도 완벽히 내 것으로 만들지는 못한 상태고."

맹부요가 '푸웁' 하고 닭 다리를 뿜어내 원보 대인의 눈총을 산 직후, 일찌감치 밥그릇을 들고 한쪽으로 피해 있던 종월이 집사를 불러 분부했다.

"이 난장판에서는 도저히 밥이 안 넘어가니 앞으로 내 식사는 방에 따로 차려 주시게."

맹부요는 지금 거기에 신경 쓸 여유가 없었다. 운흔의 소매를 덥석 붙잡은 그녀가 캐물었다.

"꾀죄죄한 도사 행색으로 다니는 노인네? 딱 봐도 비루하게 생긴? 머리에는 부스럼, 발바닥에는 고름, 온몸에는 이가 득실득실, 맞지?"

곰곰이 머릿속을 뒤지던 운흔이 답했다.

"이는 잘 모르겠는데."

어쨌든 비루하게 생긴 노인네이긴 했다는 소리였다.

한숨을 푹 내쉬면서 닭 다리를 한쪽으로 던진 맹부요가 초점 없는 눈을 천장에 고정한 채로 중얼거렸다.

"또 누구 신세를 망치려고……."

운흔의 시선이 그녀에게로 향했다.

"아는 분이야?"

"알다마다. 알아도 너무 잘 알지!"

이를 갈면서 대꾸한 맹부요가 곧이어 운흔을 툭툭 두들겼다.

"운이 좋다면 좋은 거고 나쁘다면 나쁜 건데, 여하튼, 혹여라도 나중에 다시 마주치게 되면 꼭 도망쳐. 심심하면 절름발이에 미치광이 흉내 내면서 길 가는 사람 꼬드기는 인간이거든. 하는 양이 그 노인네 눈에 차면야 행운이지만, 그 반대의 경우는 재앙이지. 매번 운이 좋을 수만은 없을 테니까 피하는 게 상책이야."

그녀를 바라보는 운흔의 눈동자 안에서 한순간 별빛 같은 광채가 반짝였다.

"나한테는 은인이다. 그분이 아니었으면 내가 무슨 수로 너를 넘보……, 아니, 네 경지를 넘볼 수가 있었겠어."

중간에 흠칫 긴장했다가 말을 끝까지 듣고 마음을 놓은 맹부요가 싱글벙글 웃으며 운흔의 어깨를 팡팡 쳤다.

"어휴, 무슨 소리야! 같은 편끼리 싸울 일이 뭐가 있다고 경지는."

조금 전의 별빛보다 한층 깊이 있는 무언가가 운흔의 눈을 스쳐 간 후, 그가 입을 열었다.

"맹부요, 연 장문 부부 앞에서는 절대 방심하지 마라. 아무래도 수상하니까."

"응."

의자 위에 웅크리고 앉은 맹부요가 소매를 걷어붙였다.

"한 놈이든 쌍으로든 한번 덤벼 보라고 해! 단번에 작살내 주겠어!"

예정대로 개최된 진무대회는 총 4차전까지 있었다.

1차 예선전에서 마흔 명을 선발해 2차전에 올려 보내고, 거기서 다시 스무 명이 3차전에 진출, 마지막 4차전에서는 제비뽑기로 상대를 정해 순위가 갈릴 때까지 싸우는 식이었다.

1차전은 인원이 많은 관계로 반도성 서편 상산商山 경원사慶元寺에 마련된 연무대에서 진행하고, 2차와 3차는 황궁 앞 광장에서, 최종적으로 4차는 궁궐 안 정의대전에서 치러질 예정이었다.

맹부요는 제 실력의 3할만 발휘하고도 1, 2차를 가뿐하게 통과했다.

각국 대표로 온 고수들 역시 그사이 경기를 치렀다. 연경진 부부와는 다른 조에 배정된 탓에 직접 붙을 기회를 얻지는 못했지만, 맹부요는 대신 특별히 짬을 내 둘의 비무를 참관했다.

아니나 다를까, 두 사람은 예전과는 차원이 다른 무공을 구사했고, 내력 쪽으로도 이채로운 면을 보였다. 검법을 전개할 때마다 뇌성만이 아니라 희미한 안개도 함께 생겨나는데, 무슨 공법인지는 알아볼 수가 없었다.

1, 2차전을 거치면서 맹부요는 단숨에 자신의 존재감을 세상에 알렸다. 본래 고능풍, 곽평융, 헌원윤, 아란주, 운흔, 연경진에게만 쏠려 있던 시선들이 이제는 그녀에게도 한 번씩 관심을 기울이고 있었다.

다만 의도적으로 실력을 감춘 채 2차전에서 17, 18위쯤으로 호흡을 조절한 그녀였기에, 세인들의 평가는 '무극국에서 온 소년 장군이 꽤 쓸 만하다, 어린 나이에 상당한 성취를 이뤘다.'

정도에서 더 나아가지 못했다.

　눈치가 좋은 극소수를 제외한 나머지 관중들은 아직 그녀를 앞의 몇몇 고수들과 같은 반열로 생각하지 않았고, 머릿속에서 '진무대회 1위 후보'라는 단어와 연관 짓는다는 건 더더욱이 있을 수 없는 일이었다.

　2차전을 마친 맹부요가 사흘 뒤 있을 3차전을 기약하며 비무장을 떠나는 길, 경기 구경을 나온 천살국 귀족 아가씨들이 한껏 들떠서 저들끼리 소곤거리는 소리가 귀에 들어왔다.

　"마지막 경기는 꼭 보러 가야 하는데…….

　"내 말이. 그런데 황궁 정전正殿에서 한다잖아. 무슨 수로 초대장을 손에 넣겠어."

　"방법을 찾아야지! 이런 기회가 또 오겠니? 지금이 아니면 또 언제 그 얼굴을 보겠느냐고."

　"원래는 짬을 못 낸다고 했다가 갑자기 마음을 바꿔서 초청에 응했다더라. 오주대륙 진무대회에서는 항상 각국 황족이 심판을 봤잖아. 태연 국주랑 부풍 대족장도 심판직을 맡았었는데 그분은 한 번도 모습을 드러낸 적이 없었지…….

　"아웅, 안 되겠어! 얼른 집에 가서 무슨 수든 내 봐야지. 고모할머님이 대장大長 공주랑 아는 사이니까 거기 가서 떼라도 써 봐야겠다."

　"잠깐만, 나도 같이…….

　총총히 멀어져 가는 아가씨들을 보면서, 턱을 쳐든 채로 고개를 절레절레 저은 맹부요가 피식 웃음을 흘렸다.

어느 시대나 오빠 부대는 다 똑같구먼. 그나저나 대체 얼마나 대단한 분이시길래 청춘 소녀들의 마음을 저리 흔들어 놓으셨나.

다른 조에서 경기를 치른 운혼과 아란주를 찾아서 같이 집에 갈까 하는 참인데 등 뒤에서 부름이 들려왔다.

"부요."

걸음을 멈춘 맹부요가 숨을 '흐읍' 들이켰다.

와, 사람이 싫어지면 그 목소리를 듣는 것도 이렇게 혐오스러워지는 건가?

혹시 모를 상황에 대비해 진기부터 끌어올린 뒤에 돌아선 그녀가 눈썹을 까딱 치켜세웠다.

"연 장문, 그쪽 사제가 드디어 내 말을 전했는가 봅니다?"

등 뒤 백양나무 아래, 연경진이 서 있었다.

특유의 온화한 분위기도, 훤칠하고 미목수려한 자태도 여전했다. 얼굴빛이 다소 어두워지고 조금 야위기는 했지만, 그 덕분인지 오히려 청초한 맛이 생긴 듯했다. 맑은 가운데 서늘함이 깃든 운혼의 기운과 비교하자면 어딘가 부자연스러운 청초함이긴 해도, 어쨌든 그가 출중한 미남이라는 것만은 사실이었다.

고시古詩 중에 말 탄 미남자가 다리 곁에 멈추어 서니 누각 안의 여인 모두가 그 모습을 흠모해 마지않더라는 시구가 있지 않던가. 지금 나무 아래 선 연경진을 힐끔거리며 지나가는 주변 여자들의 시선이 딱 그러했다.

맹부요를 지긋이 바라보는 그의 눈동자 안에는 미처 억누르지 못한 아픔이 담겨 있었다. 눈앞의 여인은 비록 소년처럼 차려입었으나 꼿꼿하고 자신 넘치는 모습은 변장하기 전 그대로였다.

당당하되 교만하지 않으며, 비범한 영채를 지닌 여인.

과거 본모습을 숨기고 살던 때는 다듬어지지 않은 원석에 불과했다면, 먼지를 털어 낸 지금의 그녀는 찬란하게 뿜어져 나오는 광채로 세상을 환히 밝히고 있었다.

연경진이 숨을 깊게 들이마셨다. 밀려 들어오는 호흡을 따라 아픔이 몸속 깊숙이 퍼져 나가는 것 같았다.

부요. 한때는 그의 것이었으나 놓쳐 버리고 만 여인.

그때의 실수는 날카로운 칼날이 되어 하루하루 그의 살을 저며 냈고, 피 흘리는 시간 내내 그는 후회하고 또 후회했다.

어쩌자고 그녀를 버렸을까? 배원과 혼인하겠다는 이야기를 왜 그녀 앞에서 곧이곧대로 내뱉었을까? 일단 숨겼다면 돌이킬 기회가 있었을지도 모르는데…….

그날 현원산에서의 대화를 나눈 직후, 그는 가능하다면 자신이 한 말을 주워 담고 싶었다. 당시 그는 부요를 잘 알지 못했다. 언뜻 유연한 모습 이면에 내재한 강인함을, 가슴속에 자리한 불굴의 긍지를 알지 못했다. 그래서 한마디 말로 일생의 한을 새겼다.

그래도, 그래도 어쩌면 아직은 기회가 있지 않을까…….

말로 무마할 수 있는 잘못이 아니라면 다른 수단을 동원해서라도…….

가벼이 말아 쥔 손가락 사이에서 땀이 배어 나오는 걸 느끼며, 연경진이 온화하게 미소 지었다.

"부요, 사제가 아직 어려서 뭘 모르고 저지른 짓이야. 녀석한테는 단단히 벌을 줬으니 도전 같은 건 이만 없던 일로 하자. 내가 널 상대로 칼을 들 일은 절대로 없으⋯⋯."

"그 칼, 나는 들어."

맹부요가 냉담하게 대꾸했다.

"그쪽에서 먼저 굽히고 들어왔고 아랫사람 단속도 잘하겠다고 그러니까 나도 현원종을 아예 끝장낼 명분은 없어졌는데, 그래도 넌 나랑 연무대에서 만나야 할 거다!"

돌아서는 그녀의 뒤에서 연경진이 씁쓸한 투로 말했다.

"부요, 얼굴 보고 이야기하기도 싫을 만큼 내가 미운 거야?"

"그럴 리가, 미운 게 아니라."

맹부요가 도로 연경진이 있는 쪽을 보면서 손가락을 좌우로 까딱까딱 흔들자, 그의 눈빛에 기쁨이 스쳤다.

하지만 그녀의 말은 아직 끝난 게 아니었다.

"싫어하는 거야. 말 섞고 있자면 토할 것 같거든."

이쯤 상대해 줬으면 됐다 싶어 그녀가 성큼성큼 자리를 뜨는데, 연경진이 등 뒤에서 기습적으로 말했다.

"부요, 나한테 한 번만 더 기회를 줘. 그리고⋯⋯ 너 자신한테도 기회를 주고."

그러나 맹부요는 뒤도 돌아보지 않고 단호히 고개를 저었다.

"연 장문, 사리사욕에 눈이 먼 자에게 기회 같은 건 사치입니다만."

침묵 속에 들쑥날쑥한 숨소리만이 울리고 있었다. 아마도 연경진이 공격에 앞서 호흡을 조절 중인 듯했다.

맹부요가 피식 웃으며 마저 걸음을 옮겼다.

덤벼 보시겠다? 오냐, 그럼 오늘이 바로 배원 과부 되는 날이다.

빠르게 앞으로 향하던 그녀는 다음 순간, 뭔가 이질적인 느낌에 휩싸였다.

분명 연무장 부근이 아니었던가. 조금 전까지만 해도 행인들이 지나다녔는데 언제 이렇게 주변이 휑해졌지?

흐릿한 안개 속에서 주변 풍경이 일렁이며 모습을 바꾸고 있었다. 산안개가 밀려 내려오는 건지, 파르스름한 안개가 면사포처럼 몽롱하게 주위를 뒤덮어 가는 중이었다.

겹겹 안개가 봄누에가 뱉어 낸 비단실처럼 얽히고설켜 호흡을, 손발을, 의식을, 혈행을 서서히 옭아맸다. 맹부요는 자신의 심장 박동이 점점 느려지는 걸 듣고 있었다. 늙은 소가 끄는 수레가 더디게 굴러가듯 피가 혈관 안에서 꾸물대는 사이, 노곤하게 힘이 풀린 팔다리가 축 늘어졌다.

가슴이 덜컥 내려앉은 그녀가 즉시 몸속을 점검해 봤지만, 독에 당한 기미는 포착되지 않았다. 지금 주위를 둘러싸고 있는 안개는 독성 물질이라기보다는 어떤 무공이 만들어 낸 현상에 가까워 보였다. 소리도 기척도 없이, 귀신처럼 목표물의 신체를 제압하고 심지어는 자연마저 쥐락펴락하는 무공.

연경진에게 이런 능력이 있었을 리가?

하물며 그에 대해서라면 한순간도 경계를 푼 적이 없었다. 뒤돌아선 자세에서도 그녀는 상대의 움직임을 탐지하는 데 모든 신경을 쏟았다. 연경진이 몰래 손을 쓸 기회는 전무했다는 뜻이었다.

대관절 이게 어떻게 된 일이지?

이때 안개 속에서 누군가 낄낄거리는 소리가 들려왔다. 거북스러울 정도로 탁하게 쉰 음성. 길게 자란 손톱으로 석판 표면을 긁을 때 나는 마찰음을 들은 양 소름이 끼쳤다.

곧이어 맹부요가 소리 없이 다가온 연경진의 품 안으로 쓰러졌다. 나부끼는 바람결과 희뿌연 안개 한가운데서 조금 전의 그 탁한 음성이 껄껄 웃음소리를 내더니 말했다.

"나의 귀한 제자야, 바라는 바를 이루어 줬으니 이제 무엇으로 보답할 테냐?"

맹부요를 품에 안은 연경진이 안개 속을 향해 허리를 굽히며 작게 대답했다.

"뜻대로 하십시오."

고개를 숙인 그가 맹부요를 지긋이 응시했다.

길고도 농밀한 속눈썹을 고요히 늘어뜨린 채 평온에 젖은 표정. 지금 그의 팔에 얌전히 안긴 맹부요는 예의 냉담하고 매몰찬 모습이 아니었으며, 더는 그를 향해 발톱을 세우고 덤벼들지도 않았다.

이렇게 가까이서 그녀를 보듬어 안아 보기를 그 오랜 시간 얼마나 목마르게 바랐던가. 그간 얼마나 무수한 밤을 처량한 고독 속에 보내면서 몇 번이나 그녀의 환영을 향해 팔을 뻗었는지 몰랐다. 그때마다 품에 안을 수 있었던 것은 차디찬 허공뿐.

연경진의 입가에 미소가 떠올랐다. 만족감과 아픔이 혼재하는 미소였다.

시종일관 맹부요의 뺨 위를 맴도는 손길은 한없이 세심했고, 그녀를 안은 자세는 부드럽고도 조심스러웠으나, 이 순간 그의 눈 안에 담긴 것은 굳은 결심이었다.

연경진이 나지막이 읊조렸다.

"부요, 네가 그랬었지. 어떤 실수는 칼날이 긋고 지난 자국처럼 처음에는 아무렇지 않다가 뒤늦게야 아프고 피가 나기도 하는 법이라고……. 그럼, 그냥 아프게 해 줘. 이대로 엇갈려 잊히는 것보다는 그 편이 나으니까."

# 악귀에게 몸을 바치다

안개가 완전히 걷혔을 즈음 주변 풍경은 어느덧 산속 외진 평지로 바뀌어 있었다. 저만치 우거진 나무 사이에 마차 한 대가 세워져 있는 게 보였다.

안개가 옅어지면서 누런 옷을 입은 노인 하나가 비쩍 마른 모습을 드러냈다. 그냥 마른 정도가 아니라 뼈대 위에 거죽만 한 꺼풀 씌워 놓은 것 같은 체격이었다.

툭 불거져 나온 광대뼈 위에서 번뜩이는 갈색 눈동자는 흡사 뱀의 그것을 연상케 했고, 정면에 있는 사람을 응시할 때도 빗뜬 것처럼 보이는 눈매는 음험한 기운에 절어 뭐라 말할 수 없이 불쾌한 느낌을 줬다.

맹부요를 훑어보며 낄낄거리던 노인이 말했다.

"계집들이란……. 흉해서 봐 줄 수가 없다니까."

억지웃음을 지으면서 슬쩍 고개를 떨군 연경진이 맹부요를 안은 채 서둘러 마차로 향했다. 마차에 오른 그가 막 자리를 잡은 직후, 바람처럼 쫓아온 노인이 옆자리에 바싹 붙어 앉더니 그의 허벅지에 손을 쓱 올렸다.

연경진이 흠칫 굳는 걸 감지한 노인이 그를 쳐다보며 음침하게 물었다.

"왜, 계집이 손에 들어왔다고 스승은 이제 내치려느냐? 네가 분명 뭐라고 했었지? 이럴 줄 알았으면 그 계집, 진작 죽여 버렸을 거다."

"당치 않은 말씀이십니다."

퍼뜩 고개를 든 연경진이 미소를 지어 보였다.

"그럴 리가 있겠습니까? 그저 마부가 보면 어쩌나 싶어……."

뒤로 갈수록 연경진의 목소리가 작아졌고, 그의 몸은 점점 노인 쪽으로 다가붙었다.

그러자 노인이 흡족하게 웃으며 제자의 손등을 토닥였다. 급기야는 그 손을 자기 손아귀 안에 가두고서 슬금슬금 만지작거리기 시작했다.

"옳지, 착하구나……. 이 스승이 널 얼마나 아끼는지 보아라. 네가 저 계집을 원한다니 내키지 않음에도 결국은 품에 안겨 주지 않았느냐. 보답은 무엇으로 할 생각이지?"

보답이라는 말이 나온 것도 이로써 두 번째. 이번에는 연경진도 대충 얼버무릴 수가 없었다.

마지못해 입꼬리를 끌어 올린 그가 눈을 내리깔고서 답했다.

"스승님은 저를 다시 태어나게 해 주신 분이니…… 제 모든 것은 곧 스승님의 것입니다……."

답이 아주 흡족했는지 누런 옷의 노인이 낄낄거리며 웃음을 흘렸다. 곧이어 자기 얼굴을 연경진의 귓가에 바싹 갖다 붙인 그가 소곤거렸다.

"밤에……, 밤에 보자꾸나……. 요 귀여운 것."

연경진의 얼굴을 어루만지며 좋아 죽던 노인이 말을 이었다.

"계집 냄새가 역해서 지금은 먼저 가 봐야겠구나."

연경진이 몸을 살짝 일으켜 허리를 굽혔다.

"예, 그리하시지요."

황색 옷의 노인이 안개가 흩어지듯 모습을 감춘 후, 경직되어 있던 어깨에서 겨우 힘을 푼 연경진은 노인이 사라져 간 방향을 멍하니 쳐다보다 말고 갑자기 손수건을 꺼내 얼굴을 미친 듯이 문질러 닦기 시작했다. 동작에 힘이 너무 들어간 탓에 급기야는 살갗이 벗겨져 피가 배어났다.

홧홧한 통증을 느끼고서야 과했다는 걸 깨달은 양 흠칫 수건을 내려놓은 그가 자기 얼굴을 더듬었다. 그러고는 생각에 잠기길 잠시, 이내 품속에서 생기산生肌散을 꺼내 상처에 꼼꼼하게 펴 발랐다.

흔적을 남겨서는 안 된다. 그 의심 많은 늙은이한테 들키기라도 했다가는 또 추궁에 추궁이 이어질 테고, 그다음에는…….

약을 바르던 손놀림이 점차 느려지고 그의 낯빛이 하얗게 질려 갔다. 호흡이 가빠지고 있었다.

기억하고 싶지 않은, 차마 직시할 용기가 나지 않는 장면들이 뇌리로 밀려들었다. 그 핏기 없는 창백함과 그 진한 선홍색, 썩은 내가 풍기는 숨결과 집요하게 자세를 바꾸며 엉겨 붙던 몸뚱이, 환하고 아름다운 낮과 죽고 싶을 만큼 고통스러운 밤 사이에서 몸부림쳐야 했던 나날들.

솟구쳐 오르는 기억에 치받힐 때마다 오장육부가 한 번, 또 한 번 뒤흔들리면서 견디기 힘든 고통이 몰려왔다.

마차 창문에 걸린 발을 통과하면서 자잘하게 부서진 햇살이 넋을 놓고 앉아 있는 연경진의 창백한 얼굴 위에 덧씌워졌다. 얼룩덜룩한 음영에 이목구비 윤곽이 모호하게 지워진 채로, 마침내 그가 느릿느릿 팔을 뻗어 평온히 잠든 맹부요의 얼굴에 손을 가져다 댔다.

끝이 살짝 들린 눈썹, 닫힌 눈꺼풀 아래로 길게 드리운 속눈썹, 선이 유려한 입술.

오랫동안 그리워했던 이의 용모를 구석구석 빠짐없이 마음에 새기려는 양, 그의 손끝이 섬세하고도 정성스럽게 맹부요의 얼굴을 어루만졌다.

부요, 너는 알고 있을까.

네가 오주 7국 곳곳을 누비는 동안, 무극국에서 혁혁한 공을 세우는 동안, 찬란한 빛을 뿌리면서 대륙 전체가 주목하는 무대에 올라 천하에 이름을 떨치는 동안, 누군가는 너의 행보를 따라잡기 위해, 어떻게든 너를 얻기 위해…… 모든 것을 버렸음을.

스스로 나락에 몸을 던져 악귀의 제물이 됨으로써 영영 구원받지 못할 처지로 전락했음을.

마차가 흔들리면서 창에 걸린 대발이 '차르륵차르륵' 소리를 냈다. 선명한 초록빛 대오리를 보며, 연경진은 숲의 녹음을 떠올렸다. 깨끗하고 정결한, 자연의 물과 흙에서 태어나 햇빛과 비이슬을 먹으며 자란.

허나, 이제 자신은 죽는 날까지 그 깨끗함과 정결함을 가져 보지 못할 터였다.

연경진의 입가에 희미한 웃음기가 돌기 시작했다.

젊은 장문인, 무적의 뇌동결, 상연의 일인자, 빛나는 명성……. 그토록 찬란한 업적과 수식어 뒤에 감춰진 희생과 몸부림을 아는 이, 과연 있으려나.

연경진이 웃었다. 무엇도 거리끼지 않고 소리 없이, 그러나 미친 듯이 웃어 젖혔다.

그 산산이 조각난 웃음 사이로 하나둘 굴러 내린 눈물방울이 맹부요의 뺨에 떨어졌다.

❁

진무대회 참가자들에게는 단체 숙소가 제공됐다. 하지만 연경진은 그곳이 아닌 항왕 전북항의 별장에 묵고 있었다.

전북항과 현원검파는 교분이 꽤 돈독한 사이였다. 연경진이 신임 장문직을 맡으면서 현원종으로 이름을 바꾼 현원검파는 현재 부부가 공동으로 관리 중이었다.

예전부터 각국 귀족 출신 무인들과 두루 친분을 맺어 온 전북항에게 연 장문 내외는 당연히 가까이 둬야 할 대상이었다.

뒷문을 통해 별장으로 들어간 연경진은 곧장 물품을 보관해 두는 지하 창고로 향하다가 밑으로 내려가기 전, 근처에 있던 하인에게 질문을 던졌다.

"부인께서는 어디 계시느냐?"

어린 하인이 답했다.

"비무를 마치고 오셨다가 왕비마마께서 꽃구경을 청하시어 그쪽에 가 계십니다."

그리고 덧붙이기를.

"아까 상桑씨 어르신께서 찾으셨습니다. 귀가하거든 처소로 오라고요."

흠칫 손을 굳혔던 연경진이 이내.

"알겠다."

하고는 지하실로 내려갔다.

어두컴컴한 지하실 안은 바깥에서 보는 것과 달리 의자며 탁자, 침상과 휘장까지 가구가 완벽하게 갖추어져 있었다.

맹부요를 침상에 내려놓고 비수를 빼서 던진 연경진이 소매 안에서 거무스름한 쇠사슬을 꺼내 그녀의 손목을 침상 기둥에 결박했다. 그러고는 미련이 남는 듯 그녀에게서 눈을 떼지 못하다가 한참 후에야 이를 악물고 밖으로 나갔다.

촛불 그림자가 불그레하게 일렁이는 앞채에서는 황색 옷의 노인이 홀로 술잔을 기울이는 중이었다. 술을 몇 모금 넘기다 말고 창밖을 흘깃 내다보는 그의 눈 안에서는 음심이 들끓고 있었다.

빠른 걸음으로 앞채에 당도한 연경진은 창문에 어른거리는 그림자를 보고 우뚝 멈춰 섰다가 잠시 후, '쿵' 하고 발을 구르고는 문을 열고 들어갔다.

적막한 어둠 한복판에 달이 높이 걸리고, 숲을 느릿하게 꿰뚫고 지나는 바람에 나뭇잎들이 나지막이 울었다. 밤빛에 갇힌 채 서로 뒤엉켜 신음하는 소리인 양.

반쯤 마른 연잎으로 덮인 연못에서는 이따금 진주 같은 물방울이 푸른 잎사귀의 반드르르한 결을 타고 미끄러져 수면 한복판으로 굴러 내렸다.

비스듬히 늘어진 휘장 뒤편에서 억눌린 헐떡임이 새어 나오고 있었다. 흐트러진 이부자리 사이에서 움직이는 손은 뼈마디가 앙상했다. 손의 주인이 내뱉는 탁한 숨에서는 썩은 내가, 만년의 노구가 풍기는 역한 냄새가 났다.

평소에는 잘 견뎌 온 냄새이건만, 그녀가 지척에 있어 오늘따라 제 신세가 더 처참하고 수치스럽게 느껴져서였을까. 연경진이 역겨움을 이기지 못하고 몸을 슬쩍 뒤로 물렸다.

겨우 손톱만큼 물러났을 뿐인데도 노인은 낌새를 채고서 움찔 동작을 멈췄다. 말라비틀어진 손이 허공에 굳어 있길 잠시, 그가 음산하게 말했다.

"아무래도 널 도와주는 게 아니었지 싶구나."

"스승님!"

연경진은 당혹했다.

"그런 게 아닙니다! 다만…… 몸이 조금 좋지 않아서……."

"그러하더냐."

노인이 싸늘한 눈빛을 보냈다.

"몸이 불편하거든 이만 쉬어라."

옷을 챙겨 입기 시작한 노인에게서 눈을 돌리고 있던 연경진이 잠시 후 말했다.

"이 밤에…… 어딜 가십니까?"

그러자 노인이 그를 향해 고개를 틀며 묘한 웃음을 지었다.

"좋다 말았으니 따로 풀 곳을 찾아야지."

낯빛이 급격하게 변한 연경진이 벌떡 일어나 앉더니 무릎걸음으로 침상 가장자리까지 가서 노인의 옷자락을 부여잡았다.

"스승님……, 저는 이제 괜찮아졌습니다……. 그, 그러지 마시고……."

"무슨 생각을 하는 게냐?"

황색 옷의 노인이 자상하게 웃으며 연경진에게 이불을 덮어 줬다.

"푹 쉬어라. 다른 사람이면 몰라도 내 귀한 제자가 몸살이라도 나서야 곤란하지. 진무대회 결승전에는 무은, 성휘, 운혼, 월백의 제자들이 모두 출전할 테니 이 스승을 위해서라도 분발해야 한다. 그 시절 한 끗 차이로 무은과 성휘에게 밀려서 십대 강자 맨 끄트머리로 떨어지고 만 게 수십 년이 지난 지금까지도 얼마나 분한지, 그 한을 풀어 줄 사람은 이제 너뿐이다!"

"절대로…… 기대를 저버리지 않을 것입니다."

고개를 떨군 연경진이 씁쓸하게 답했다.

"암, 그래야지!"

침상 위에 붙박여 껄껄 웃어 젖히며 밖으로 나가는 노인, 연살의 뒷모습을 지켜보는 연경진의 손아귀 안에서 이불이 서서히 구겨졌다.

───

연살은 날듯이 걸음을 옮겨 지하실로 향했다. 문 앞을 지키던 자들은 감히 그에게 한마디도 토를 달지 못하고 고개를 숙이며 길을 텄다.

아래로 내려간 그는 침상 앞에 서서 여전히 잠들어 있는 맹부요를 내려다보다가 잠시 후 기괴한 웃음을 지었다. 맹부요를 조용히 응시하는 동안 그의 눈동자 안에서는 황색 광채가 번뜩였고, 몸 주위에 서서히 일기 시작한 연회색 안개가 얼마 안 가 전신을 희미하게 감쌌다.

"이렇게 생긴 계집이란 말이지?"

연살이 중얼거렸다.

"좀 젊다는 것 빼고는 별거 없구먼."

낄낄 냉소를 흘리던 그가 말했다.

"너만 죽어 주면 녀석의 마음이 잡힐 거다."

그가 손을 뻗었다. 짐승의 발톱을 연상케 하는 손톱은 누런 색으로, 가장자리는 시커멓게 색이 죽어 있었다. 가느다란 안개에 둘둘 휘감긴 손끝이 곧장 맹부요의 목을 향해 다가갔다.

실내의 서늘한 어둠 속으로 안개가 빠르게 퍼져 나가면서 섬뜩한 살기가 번졌다.

스윽.

맹부요의 목에 닿기 일보 직전, 손가락이 우뚝 굳었다. 숨 막히는 침묵이 순식간에 주위를 잠식한 가운데, 해골처럼 바싹 마른 얼굴에 딱히 다른 표정을 띠우지도, 그렇다고 뒤를 돌아보지도 않은 연살이 느릿느릿 읊조렸다.

"역시나 따라왔구나……."

언뜻 여유로운 말투 속에서 형용하기 힘든 실망감이 배어 나왔다. 뒤를 쫓아온 연경진이 그 소리에 낯빛을 굳히더니 털썩 바닥에 꿇어앉아 다급히 고했다.

"스승님, 잘못을 했다면 벌은 제가 받겠습니다. 그녀는……, 그녀는 아무 상관이 없습니다."

"답답한 녀석!"

뒤로 돌아선 연살이 냉랭한 시선을 보냈다.

"네게서 이미 마음이 뜬 걸 보고도 모르겠느냐? 이런들 무슨 의미가 있어서?"

"스승님……. 저 때문에 상처 입은 여인입니다……."

연경진이 고개를 떨궜다.

"제가 버렸습니다. 제가 자존심에 상처를 남겼습니다. 사랑 아니면 증오로 감정이 명확히 갈리는 여인이니 저를 미워하는 것은 당연합니다. 하지만 모든 걸 찬찬히 해명한다면 아마…… 용서해 줄 것입니다."

무겁게 가라앉은 눈으로 그를 쳐다보던 연살이 말했다.

"미련하구나, 미련해! 그렇게 후회할 짓은 애초에 왜 했더냐?"

두 팔로 바닥을 짚은 연경진의 야윈 등이 부들부들 떨렸다. 그가 작은 소리로 대꾸했다.

"옳은 말씀입니다. 저지르자마자 후회했습니다. 놓을 수 있을 줄 알았으나, 손을 떼는 순간 곧바로 실수였다는 걸 절감하겠더군요."

"경진, 내 앞에서 그런 소리를 하다니. 이 스승이 노할 게 두렵지 않으냐?"

손을 거둬들인 연살이 날 선 눈으로 연경진을 응시했다.

"잠깐 가지고 놀 생각인 줄 알았거늘, 이제 보니 빠져도 단단히 빠졌구나. 경진, 너는 내 사람이다. 이 연살의 사람이 감히 딴마음을 품어?"

"스승님!"

연경진이 번쩍 고개를 들면서 소리쳤다.

연살의 뱀 같은 눈 안에 싸늘한 빛이 번뜩였다. 곧이어 그가 연경진을 노려보며 냉랭하게 말했다.

"경진, 언짢구나. 언짢아!"

그러자 연경진이 와들와들 떨며 바닥을 기어가 연살의 다리를 부둥켜안았다.

"스승님! 잘못했습니다……. 제발, 제발……."

아무런 표정 없이 그를 내려다보던 연살이 침중한 목소리로
말했다.

"내 너를 아끼는 것은 사실이나 그렇다고 뭐든 다 받아 줬다
가는 점점 더 버르장머리 없이 날뛰겠지."

낄낄거리기 시작한 연살이 돌연 손을 뻗어 맹부요를 가리
켰다.

"저 계집이 갖고 싶다지 않았더냐? 내 한 번만 더 응석을 받
아 주마. 가서 올라타라. 오늘 밤 실컷 즐긴 후에 죽여 버려!"

"스승님!"

"이 이상은 나도 양보 못 한다! 계집이야 어차피 살만 한 번
섞으면 네 소유가 되는 게 아니냐. 소원 풀고 나거든 그때부터
는 허튼 생각 말고 오로지 나만 봐야 할 게다. 만약 네가 정 못
하겠다면……."

연살이 코웃음을 쳤다.

"어쩔 수 없지. 그다지 내키지는 않는다만 이 몸이 친히 처녀
를 떼 준 후에 저승으로 보내는 수밖에."

다시금 적막이 찾아든 실내에는 들쑥날쑥한 숨소리만이 울
리고 있었다. 길고 묵직한 호흡은 연살, 느리고 평온한 호흡은
자기 운명이 남의 손에 어떻게 재단됐는지 꿈에도 모르는 맹부
요, 가쁘고 불안한 호흡은 선택에 직면한 연경진의 것이었다.

"나는 인내심이 별로 없다. 향 반 토막이 탈 만큼의 시간을
줄 테니 그 안에 결정하여라."

연살이 소매를 떨치자 적동 향로에 꽂혀 막 타들어 가기 시작한 향들이 일제히 반으로 뚝 꺾였다.

음습한 지하실 한가운데 선 연살은 몸에서 피어오르는 안개 탓에 한층 더 유령처럼 보였다. 뒷짐을 진 채 냉소를 머금고 있는 그가 숨을 내쉴 때마다 실내를 밝히고 있는 불빛이 불안정하게 일렁였다.

향이 토해 내는 연기는 세 줄. 향로 안에서 명멸하는 붉은 점은 음흉하게 깜빡거리는 악귀의 눈과도 같았다.

바닥에 꿇어앉은 연경진은 손으로 벽돌 표면을 잡아 뜯듯 움켜쥐고서 반 토막짜리 향을 노려보고 있었다. 그의 이마를 타고 흥건하게 굴러 내린 땀방울이 땅에 떨어지면서 '투둑' 하는 소리를 냈다.

향이 짧아질수록 연살의 입가에 맺힌 냉소는 짙어져 갔다.

돌연 이를 꽉 깨문 연경진이 바닥에서 몸을 일으키더니 맹부요 쪽으로 다가갔다. 연살은 흡족한 웃음을 지으며 한 걸음 뒤로 물러나 의자에 다리를 꼬고 앉았다.

침상 앞에 멈춰 선 연경진이 천천히 상체를 숙였다.

비록 역용을 한 모습이긴 했지만 소녀의 얼굴에 흐르는 윤곽은 여전히 빼어났다. 살짝씩 들썩이는 가슴과 차분한 호흡. 평온하게 잠든 소녀는 아주 잔잔하고도 아름다운 꿈을 꾸는 듯한 모습이었다.

연경진은 초대받지 못한 수정 장벽 너머의 연회를 보듯, 또는 한 획 한 획에 실린 태평성세의 멋들어진 풍치가 감상하는 이를 공연히 가슴 뛰게 하는 옛사람의 그림을 보듯, 그렇게 맹부요를 응시하고 있었다. 그것은 눈부신 아름다움으로 자신의 마음을 송두리째 빼앗아 갔으되, 영영 손에 잡히지는 않을 무언가를 바라보는 눈이었다.

연경진이 말없이, 천천히, 맹부요의 뺨을, 목덜미를, 손목을 어루만졌다.

등 뒤에서 연살의 차가운 목소리가 날아들었다.

"날 샐 때까지 그러고 있을 셈이냐?"

그 소리에 동작을 멈춘 연경진이 이내 몸을 세우고서 옷을 벗기 시작했다. 연경진이 하는 양을 지켜보며 입가에 웃음기를 띠우고 있던 연살이 다음 순간, 돌연 굳어진 얼굴로 일갈했다.

"위험해!"

곧이어 도약해 솟구쳐 오른 그의 손끝에서 안개가 뿜어져 나왔다!

펑!

침상 위에는 조금 전까지 조용히 잠든 모습이던 맹부요가 어느새 벌떡 일어나 있었다.

고개를 번쩍 세우고 분노의 눈빛을 폭발시킨 그녀가 기둥에 결박된 쪽 팔을 무지막지한 힘으로 휘둘렀다. 곧바로 침상 기둥과 머리 판 절반이 바닥에서 들려 올라갔다. 그 뒤 침상 기둥이 자비 없는 살기와 함께 허공을 날아가며 낸 위협적인 바람 소리가 귓가를 울렸다!

콰광! 촤앗!

그녀가 침상 기둥을 날리는 찰나, 연살의 손끝에서 터져 나온 안개가 같은 지점에 당도했다. 두 개의 힘이 맞부딪치며 굉음이 울린 직후, 또 한 번 요란한 파열음이 나면서 허리통 굵기의 기둥이 산산이 부서져 가루로 화했다. 그 자리에 있던 이들은 키 높이까지 치솟았다가 우수수 먼지를 흩뿌리면서 쏟아져 내린 나무 가루를 무더기로 뒤집어썼다.

연경진이 옷을 벗던 침상 앞은 두 개의 거대한 힘이 정확히 격돌하는 위치였다. 그를 죽이려는 힘과 구하려는 힘, 미처 피할 틈도 없이 둘 사이에 끼어 버린 연경진은 울컥 피를 토하면서 뒤로 쓰러졌다.

침상 기둥에 동여매 뒀던 쇠사슬의 한쪽 끝은 이제 풀렸지만, 나머지 한쪽은 여전히 맹부요의 손목에 묶여 있었다. 맹부요가 발밑을 박차고 오르면서 쇠사슬을 휘둘렀다. 은빛 광채를 번뜩이며 뻗어 나간 사슬이 노리는 것은 연경진의 머리통.

그러자 이미 침상 근처까지 접근해 있던 연살이 기절한 연경진을 재빨리 붙잡아 뒤쪽으로 던지고서 자신은 전방으로 몸을 날려 맹부요의 앞을 막아섰다.

침상을 밟고 선 맹부요가 쇠사슬을 휘두르며 차갑게 내뱉었다.

"토 나오는 새끼들!"

연살의 뱀 같은 눈 깊숙이에서 푸르스름한 광채가 명멸하는 듯했다. 맹부요를 노려보던 그가 상대보다 한층 차가운 목소리로 말했다.

"죽고 싶어 환장을 한 게로구나!"

그사이 침상에서 성큼 내려선 맹부요가 자신의 비수를 집어 손바닥에 올려놓고는 대꾸했다.

"연살 맞지? 운치 있는 이름이 아깝네. 고자 '엄閹' 자를 써서 엄살이라고 부르는 편이 어울리겠는데."

"어린것이 배짱 하나는 좋구나."

연살이 예의 그 거슬리는 소리로 낄낄거렸다.

"시체는 멀쩡하게 남겨 주마!"

"늙다리가 졸렬하네."

맹부요가 마주 웃었다.

"넝마로 만들어 주마!"

서로에게 한동안 웃음을 보내던 두 사람이 어느 순간 급작스럽게 격돌했다.

한쪽은 안개, 다른 한쪽은 광풍!

연살의 몸은 어느덧 엷은 노란빛 안개의 띠로 화해 있었다. 어두침침한 지하실 안에서 유연하게 나부끼는 안개의 띠는 언뜻 나긋하고 차분해 보이기만 했으나, 그 띠가 훑고 지나간 자리에서는 탁자와 의자에 소리 없이 금이 가고 휘장이 조각조각 찢겨 나갔다. 심지어는 벽면에 발린 회반죽까지 떨어져 나올 지경이었다. 사람이 그곳에 휘말리면 어떤 꼴을 당할지야 불 보듯 뻔했다.

연살은 손동작 하나 없이 오로지 호흡만을 이용해 안개의 띠를 자유자재로 조종하면서 차원이 다른 기민함을 보여 주고 있었다.

그런가 하면, 맹부요의 몸은 흉포한 기세 뒤에 그보다 더 막대한 힘을 숨긴 바람이었다.

무릇 자연에서 짙은 안개를 흩어 버리는 힘이 무엇이던가? 바로 바람이다!

그녀가 머리부터 발끝까지 자신의 몸을 완전히 연살의 공격에 내던질 기세로 덤벼들었다. 그 움직임이 불러일으킨 바람은 벽면에서 떨어진 회반죽을 날려 버렸을 뿐 아니라 의자와 탁자도 요란하게 내팽개쳤다.

짓쳐들어가는 속도가 어마어마했던 탓에 신발 뒤축이 지면과 마찰하면서 '끼익' 하는 소리가 났다. 그 소리가 그치기도 전, 맹부요는 이미 안개를 뚫고 연살의 코앞에 당도해 있었다.

새카만 검광이 구중천 층층 구름 사이의 번개처럼 번뜩 빛나더니 그대로 연살의 가슴팍을 덮쳤다.

"허어?"

하고 놀란 연살이 말했다.

"네가 바로 대풍의……."

말이 이어지던 중간에 비수 끝이 빠르게 떨듯 움직이기 시작하면서 은빛 광휘를 뿌리자 마치 실내에 환한 달이 떠오른 듯, 지하실 구석구석에 온유한 월광이 그득히 들어찼다.

그 광경에 눈을 부릅뜬 연살이 날카롭게 갈라진 소리로 외쳤다.

"아니, 너는 월백의……."

연이어 두 차례나 기함을 한 연살이 급하게 경계 태세에 돌입했다. 그사이 예상을 훌쩍 뛰어넘는 속도로 짓쳐들어온 상대의 비수가 어느덧 목전에 당도해 있었다.

연살이 잽싸게 피한다고 피한 찰나, 귓가에 '좌앗' 하는 소리가 들리더니 앞섶이 길게 뜯겨 나갔다. 이어서 상대의 깔깔거리는 웃음소리가 날아들었다.

맹부요는 웃는 와중에도 움직임을 멈추기는커녕 허리를 틀면서 번개처럼 물러나 연경진에게 접근해 아까 침상 위에서와 똑같은 자세로 쇠사슬을 휘둘렀다. 그때까지도 충격에서 완전히 헤어 나오지 못한 연살은 한창 싸우다 말고 갑자기 연경진을 죽이겠다고 달려가는 맹부요의 행태에 의아함을 느끼면서도 반사적으로 몸을 날렸다.

그러나 맹부요의 이번 공격은 신줏단지 모시듯 하는 제자를 건드리면 연살이 가만 있지 않을 걸 계산하고 펼친 허초에 불과했다. 손아귀를 떠난 쇠사슬이 연경진의 몸 앞에서 은빛 궤적을 그리는 사이, 그녀는 벌써 출입구 근처까지 가 있었다.

저런 변태랑 목숨 걸고 붙어서 뭐 하냐, 일단 줄행랑이다!

맹부요는 조금 전 연경진을 향해 돌진하면서 딱히 효능이랄 건 없는 분말을 흩뿌렸다.

그 분말의 정체로 말하자면 원보 대인이 근래 푹 빠져 있는 일종의 꽃가루로, 최근 들어 향료에 꽂혀 늘 이런저런 향내를 풀풀 풍기고 다니는 대인께서 그녀의 소맷부리 안에 남겨 둔 것이었다.

허공을 가로지르며 소맷단을 찢어 연경진의 온몸에 꽃가루를 들이부은 것은, 사실 품속을 뒤져 독약을 찾아낼 만한 여유가 없던 상황에서 발휘해 낸 기지였다.

부랴부랴 달려오다가 가루를 보고 안색이 급변한 연살이 다급히 연경진의 맥부터 잡았고, 그 틈에 지하실에서 튀어 나간 맹부요는 입구를 지키고 있던 현원종 제자 둘을 걷어차 절명시킨 뒤 곧장 밖으로 내달렸다.

그러다가 마주 오던 누군가의 품으로 와락 뛰어드는 꼴이 되고 말았으니. 귀티 흐르는 모란 향이 코끝으로 훅 밀려드는 것과 동시에 반드르르 매끄러운 공단이 이마에 쓸렸다.

어디서 어떻게 다시 마주칠지 모르는 게 사람 인연이라더니만.

맹부요는 상대의 향내 짙은 품에 파묻힌 채로 고개도 들지 않고 칼을 내질렀다.

쑤걱!

새카만 광채가 번뜩했다가 매몰된 직후, 옷고름처럼 길게 뿜어져 나온 선혈이 어둠 한복판을 수놓았다.

배원이 옆구리 아래쪽을 부여잡고서 비틀거리며 뒤로 물러났다. 붉은빛의 옷이 피로 흠뻑 젖은 모습이었다.

맹부요가 아쉬움에 고개를 설레설레 내둘렀다. 무방비 상태에서 칼을 맞고도 순간적으로 몸을 틀어 급소는 피한 걸 보면 실력이 늘기는 늘었구나 싶었다. 그 때문에 회심의 일격이 수포로 돌아가지 않았는가.

비록 원하는 바를 달성하지는 못했지만, 맹부요는 미련 없이 땅을 박차고 올랐다. 그러고는 배원의 정수리를 중간 발판 삼아 도약해 후원을 단숨에 가로질러 담장을 뛰어넘었다.

침상에서 벌떡 일어나는 것부터 시작해 연경진을 공격하고, 연살과 싸우고, 연경진을 다시 한번 습격하는 척했다가 틈을 봐서 지하실을 탈출하고, 우연히 마주친 배원에게 기습을 시도했다가 실패하고 도망치기까지, 그 모든 과정이 거의 한순간에 벌어졌다. 보통 사람이 눈을 몇 번 깜빡거릴 정도의 시간이 흘렀을 즈음, 맹부요는 이미 항왕부 별장을 빠져나온 뒤였다.

여기서부터 긴 골목 몇 개만 지나면 인구가 밀집된 번화가가 나온다. 그녀가 빛의 속도로 골목을 통과했다.

어둡고 비좁은 골목 안, 옷자락이 바람을 몰고 펄럭이며 밤의 암흑과 안개를 가르던 끝에 저만치 번화가가 보이기 시작했다. 밤중에도 환히 불이 밝은 저곳, 중앙 대로까지만 나가면 연살이 아무리 미친놈이어도 행인들이 빤히 보는 데서 살인극을 벌이지는 못할 터였다.

그런데 이때, 전방에 드리운 안개가 돌연 짙어졌다. 아니, 그것은 안개라기보다는 묵직하게 꿈틀거리는 황회색 연기에 가까운 물질이었다.

우뚝 멈춰 선 맹부요가 몸을 틀어 진행 방향을 바꿨다. 그러나 그쪽 길도 짙은 안개에 잠겨 있기는 마찬가지였다.

역시나 연살이 뒤쫓아 온 것이다.

이미 한 번 당해 봤기에, 그가 얼마나 괴이한 수법을 쓰는지는 맹부요도 잘 알았다. 아마 목표물이 눈치채지 못하는 사이에 경맥을 틀어막는 종류인 것 같았다.

아까 연경진을 상대할 때처럼 제자리에 가만히 있는 건 위험했다. 전신의 진기를 끌어올린 맹부요가 사방을 가득 메운 안개 속을 날듯이 휘젓고 다니면서 돌파구를 찾기 시작했다.

곧이어 겹겹 연기 너머 거리를 가늠할 수 없는 어딘가에서 연살의 음성이 날아들었다.

"대단한 계집애로구나!"

물결처럼 쉼 없이 너울거리는 목소리의 출처를 명확히 짚어내기란 맹부요로서도 불가능한 일이었다.

"대풍과 월백의 진기를 가지고 있는 데다가 정체불명의 정상급 무공까지 익혔군. 대체 네 사부는 누구냐?"

"내가 대답할 이유가 있나?"

맹부요가 픽 웃었다.

"그쪽이 내 자식새끼도 아니고, 궁금하다는 거 하나하나 알려 줘야 할 의무가 있느냐고."

안개가 한 번 크게 요동쳤다가 가라앉았다. 화가 난 누군가가 콧김을 뿜은 결과인 듯했다.

그때 눈을 반짝 빛낸 맹부요가 즉시 몸을 날렸다.

연살이 호흡을 이용해 안개를 조종한다는 사실쯤이야 진작부터 알고 있었다. 그렇다면 그의 약점을 들춰낼 방법은 바로 성질을 긁는 것이겠기에 최대한 표독스럽게 굴어 본 참이었다. 어차피 노인네도 이쪽을 살려 둘 생각은 없는 것 같고.

그녀의 몸이 허공을 가로지르는 사이, 조금 전 안개가 내보인 빈틈을 향해 비수가 먼저 꽂혀 들어갔다!

"교활한 것!"

안개가 걷히면서 연살이 모습을 드러냈다. 그가 소매를 휘두르자 맹부요가 강력한 힘에 치여 순식간에 석 장 밖으로 밀려났다.

그런데 그 뒤로 밀리는 동작이라는 것이 지나치리만치 매끄러웠다. 달빛을 밟고 바람에 올라탄 양, 나부끼는 구름 또는 흐르는 물줄기인 양, 반듯한 직선을 그리며 후퇴하던 그녀가 뒤쪽을 미처 살피지 못한 듯 '쾅앙' 하고 등으로 벽을 들이받았다.

그 결과 돌이 와르르 무너지는 소리와 함께 벽에 구멍이 뚫렸고, 맹부요의 몸이 곧장 구멍 안으로 사라졌다.

구멍 뒤편은 아른거리는 불빛과 길게 늘어진 주렴으로 채워진 공간이었다.

밤중에 느닷없이 벽에 구멍이 난 탓에, 봄날의 부용화가 흐드러진 붉은 휘장 안쪽의 원앙 한 쌍이 퍽 놀란 모양이었다. 물론 말이 원앙이지, 실상은 야합 중인 음남탕녀에 불과했지만.

고개를 뒤로 쓱 돌렸다가 침상 위에서 허둥지둥 일어난 남녀가 맨몸으로 서로 부둥켜안고 비명을 지르는 장면을 목격한 맹부요는 우선 주요 부위부터 유심히 훑어본 후에, 시선을 틀어 실내를 빠르게 살폈다.

그 즉시 알아낸 사실은 자신이 기루 안에 들어와 있다는 것. 맹부요의 입꼬리가 자동으로 히죽 찢어졌다.

"이거 미안해서 어쩌나! 하던 거 하쇼, 마저들 해!"

품에 손을 넣어 환약 하나를 꺼낸 그녀가 약을 침상 쪽으로 튕겨 보내며 말했다.

"나 때문에 식겁해서 흐물흐물해진 거 아닌가 몰라. 거, 신룡장양환神龍壯陽丸은 심심한 유감의 뜻이외다."

그러고 나서 퍼뜩 고개를 들어 그새 쫓아온 연살을 향해 씩 웃어 보인 맹부요가 다시금 포탄처럼 뒤쪽으로 몸을 날렸다.

맹부요의 쾌속 후퇴는 멈출 줄 모르고 계속됐다.

주렴, 방문, 난간을 차례로 뚫고 대청에 당도하기까지 그녀의 궤적을 따라 진주알이 쏟아지고, 문짝이 박살 나고, 난간이 부러지고, 꽃병이 깨지는 소리가 와장창, 우지끈, 요란하게 이어졌다.

그 사이사이로 사람들이 기겁해 내지르는 비명, 다급하게 도망치는 발소리, 길 건너편에서 우르르 몰려든 인파가 무슨 일인지 묻는 소리까지 가세해 도성 중앙 대로변은 창졸간에 난장판이 됐으니.

정확히, 맹부요가 바라던 바였다.

그간 수차례 십대 강자와 맞붙어 본 경험을 바탕으로, 맹부요는 그들의 무공이 어디에 바탕을 두고 있는지를 서서히 파악해 가던 참이었다.

자연법칙을 자유자재로 주무르면서 자연의 힘을 본인의 진기 및 수련법과 결합해 독보적인 '자연 진력'을 구축해 낸 고수들. 그런 연유로 십대 강자는 제각기 본인에게 유리한 주변 환경을 만날수록 더 강력한 힘을 발휘했다.

예컨대 연살의 무공 같은 경우는 황혼 직전 산안개가 스멀스멀 피어오르는 시간대에 위력이 최고조에 이르게 되어 있었고, 그래서 아까 낮에는 허를 찔릴 수밖에 없었던 것이다.

역으로 말하면 세속의 혼탁한 기운이 꽉 들어찬, 시가지처럼 자연과 거리가 먼 환경에서는 연살의 무공이 제힘을 발휘하기가 어렵다는 뜻이었다. 게다가 그게 기루라면 더욱이 금상첨화 아니겠는가.

하하, 이렇게 또 운이 따라 줄 줄이야!

맹부요는 득의양양한 웃음을 입가에 매단 채로 주위를 우당탕 때려 부수면서, 거머리처럼 따라붙는 연살을 번화가 중심으로 유인했다.

옷자락을 걷어 올리고서 그녀를 바짝 뒤쫓고 있는 연살은 화가 머리 꼭대기까지 치민 상태였다. 저 시건방진 계집을 기필코 일 장에 결딴내고야 말겠노라며 집요한 추격전을 이어 가길 한참, 연살은 언제부터인가 자신의 뒤를 밟고 있는 검은 그림자들을 인지했다. 하지만 지금은 고작 피라미들에게 한눈을 팔 때가 아니었다.

저 정신 나간 계집부터 해치우는 게 먼저지!

아직 밤이 깊지 않은 시간이었다. 휘황한 등불 아래 사람 그림자와 꽃 그림자가 뒤섞여 물결처럼 밀려다니는 저잣거리에는 진무대회를 마친 김에 여인네 치마폭에 싸여 술이나 한잔할 요량으로 밤마실을 나온 강호인들이 적잖이 포진해 있었다.

먼저 맹부요의 번개 같은 질주를 지켜보며 그 속도와 힘에 입이 쩍 벌어졌던 강호인들의 앞에, 곧이어 연기와도 같은 모습으로 그 뒤를 집요하게 쫓는 황색 옷의 노인이 등장했다.

그러자 개중 견문 넓은 몇몇이 화들짝 놀라 소리쳤다.

"연살!"

군중 사이에 경악에 찬 웅성거림이 번졌다. 그도 그럴 것이 오주대륙에서 십대 강자는 벌써 오래전부터 신적인 존재로 떠받들어져 왔고, 일반 무림인들은 물론, 난다 긴다 하는 대형 문파들도 어지간해서는 그 얼굴을 볼 꿈도 못 꾸기 때문이었다.

한데, 그런 십대 강자 중의 한 명인 연살이 난데없이 천살국 저잣거리 기루에 나타나 웬 어린애를 쫓고 있는 것이다. 그것도 잡아 죽이고 싶은데 능력이 안 되는 듯한 모양새로.

입을 헤벌린 사람들이 다 같이 고개를 갸웃했다.

검은 회오리바람처럼 휘돌면서 사방을 때려 부수고 다니는 맹부요, 그리고 회색 안개에 휩싸인 채 짙은 잔영을 길게 끌면서 그 뒤를 추격하는 연살. 번화가 한복판에서 싸움을 벌이는 절정 고수라니, 눈으로 보면서도 도저히 믿기지 않는 광경에 행인들은 너 나 할 것 없이 넋을 잃은 지 한참이었다.

이때, 맹부요가 느닷없이 뒤로 돌아섰다. 지금껏 질주해 온 속도도 대단했지만 돌아서는 동작은 더 빨랐으니, 무시무시한 돌진에 급작스럽게 제동을 건 그녀가 관성을 완전히 무시하고 가뿐히 몸을 틀어 두 주먹을 내질렀다.

주먹이 나가자 폭발과도 같은 돌풍이 휘몰아쳤다!

꿍음이 울렸다. 권풍이 목표물을 향해 쇄도하면서 만들어 낸 파공음이었다. 대청 사면의 등롱 아래에 늘어져 있던 수술이 맹렬한 권풍에 휩쓸려 일제히 꼿꼿하게 곤두섰다. 벽면에 붙어 있던 서화 속 미인은 기류에 휘말려 소리 없이 우그러지면서 순식간에 노파로 변했다.

간 크게도 싸움 구경 한번 제대로 해 보겠답시고 저만치 구석에 몸을 숨겼던 기루 손님들은 손에 들린 찻잔을 완전히 잊고 있다가 얼굴에 뜨거운 물을 뒤집어썼다. 잔 안의 찻물이 어느새 넘쳐 나온 결과였다.

그사이 맹부요의 주먹은 어느새 연살의 가슴 바로 앞에 당도해 있었다!

피식 냉소한 연살이 삐삐 말라비틀어진 손을 뻗었다. 손안에 들린 것은 어울리지 않게 고상한 모양새의 부채였다.

그의 부채가 가슴 앞에 가로놓이는 찰나, 짙은 안개가 울컥 피어올라 목표물 지척까지 갔던 맹부요의 주먹은 진행이 막히고 말았다.

연살이 입꼬리를 비틀어 올리며 '무기까지 꺼내게 만들다니 그래도 가상하구나.' 따위의 진부한 대사를 지껄이려던 때였다. 맹부요가 자신을 쳐다보며 씩 웃는 모습이 눈에 들어왔다.

불길한 예감에 휩싸인 연살이 움찔 몸을 떨었다. 저 표독한 물건이 저렇게 웃는다는 건 절대로 좋은 징조가 아니었다.

그가 반사적으로 부채를 휘두르려던 순간, 부채의 반대 면에 맞닿아 있던 주먹이 덜컥 움직이더니 손가락 사이에서 새카만 칼날이 튀어나왔다.

칼날은 검었으나 칼날이 뿜는 빛은 새하얬다. 푸른 바다에서 질주해 온 양, 높은 하늘에서 내리꽂힌 양, 달빛과도 같은 광채가 삽시간에 폭발해 주위를 아득하고도 찬란하게 밝혔다.

주먹의 위치는 이미 명치 바로 앞. 손가락 사이에서 튀어나온 칼날이 부채를 뚫고 연살의 가슴팍으로 소리 없이 파고들었다.

급히 물러나려던 연살의 귓가에 누군가 뒤쪽에서 낮게 내지르는 소리가 들렸다.

"집결!"

그와 동시에 강철 벽같이 거대한 힘이 후퇴하려는 그의 발걸음을 막아 세웠다.

시선을 뒤로 돌린 연살은 아까부터 쫓아오던 흑의인들이 일렬로 늘어서서 각자 앞사람의 등판을 손으로 떠받치고 있는 광경을 목격했다. 맨 앞에 선 자의 쇠처럼 굳건한 손바닥이 그를 맹부요가 든 비수 쪽으로 힘껏 떠밀고 있었다.

연살은 격분했다.

한 시대의 정점에서 군림했던 자신이 고작 애송이 몇의 손에 이 지경까지 내몰리다니.

후퇴를 깨끗이 포기한 그가 대신에 부채를 접어 휘둘렀다. 겹겹 거친 파도가 해안을 때리듯, 무한한 분노를 품은 안개가 맹부요를 향해 맹렬하게 휘몰아쳐 갔다.

그러나 은침처럼 예리하게 응집된 월광이 흐릿하게 퍼져 있는 안개를 직선으로 뚫어 버렸다.

안개와 월광이 맞부닥치자 피가 튀었다!

연회색 연기와 담백색 달빛이 분명한 경계를 이루면서 충돌한 순간, 두 색채 사이에 한 쌍의 혈화가 피어났다. 환한 등불 아래에서 그 붉음이 기괴하리만치 선명하게 보였다.

두 개의 형체가 제각기 나가떨어졌다.

연살의 가슴팍에서 선혈이 뿜어져 나왔다. 맹부요의 자비 없는 일검이 기어코 그의 심맥에 박힌 것이다.

한편, 맹부요는 비수로 지면을 짚은 채 다 죽어 가는 꼴로 숨을 헐떡거리고 있었다. 내쉬는 호흡마다 핏방울이 섞여 나왔다. 변태 노인네가 시전한 분노의 일격은 역시 장난이 아니었다. 그걸 정면으로 받아 낸 그녀는 지금 온몸의 뼈마디가 다 내려앉기 직전이었다.

바닥에 쭈그리고 앉은 그녀를 향해 군중들이 우르르 몰려들 기미를 보였다. 십대 강자와 대등한 싸움을 펼친 소년 절정 고수를 조금이라도 더 자세히 보고 싶어서였다.

그런데 바로 이때, 빠른 걸음으로 등장한 두 사람이 있었다. 그중 하나가 다짜고짜 검을 뽑아 비껴들자 싸늘한 검기가 석장 밖까지 위세를 떨쳤고, 질겁한 구경꾼들은 허둥지둥 뒤로 물러설 수밖에 없었다.

차분하게 뒷짐을 지고 나타난 나머지 한 명은 걸음걸이만 봐서는 그저 느긋한 모양새였으나, 반경 석 자 이내에 있던 사람들은 기맥이 콱 틀어막히는 동시에 몹시 불편한 감각이 온몸을 엄습해 오는 걸 느끼며 뒷걸음질을 치고 말았다.

인파가 자못 협조적으로 흩어지고 나자 두 쌍의 손이 동시에 맹부요를 일으켜 세웠다.

"너……. 하아!"

둘 중 한쪽이 흘린 소리에 나머지 하나도 입을 열었다.

"한나절 못 본 사이에 새 취미가 생겼나 보오. 기루에서 쌈박질하는 걸 즐기는 줄은 몰랐군."

고개를 든 맹부요가 초조한 표정의 운흔, 그리고 언뜻 담담한 얼굴이나 웬일로 옷자락에 먼지가 붙은 종월을 보고는 배시시 웃음 지었다.

피로 벌겋게 물들어 썩 보기 좋진 않은 그녀의 입술을 응시하던 운흔이 눈에 번뜩이는 날을 세우더니 저만치에 있는 연살을 향해 손에 들린 검을 겨눴다.

연살은 가슴을 부여잡고서 원한 서린 눈빛으로 맹부요를 한번 노려보고는 소매를 홱 떨쳤다. 그러자 악취가 섞인 회색 짙은 안개가 뭉텅이로 피어올랐고, 급히 뒤로 물러섰던 이들의 눈에서 안개가 걷혔을 즈음 그는 선명한 핏자국만 남긴 채 모습을 감춘 뒤였다.

구경꾼들이 다시금 몰려들려고 하자 종월이 서둘러 그녀를 부축해 자리를 피했다.

천하의 종월이 땀과 흙먼지로 꼬질꼬질한 데다가 피범벅이기까지 한 사람을 내치지 않다니. 지금 아니면 또 언제 이자를 더럽혀 보리.

파렴치한 맹부요는 기회를 놓치지 않고 자기 몸의 흙먼지를 그의 몸에 신나게 비벼 댔다. 종월은 애써 참고 있는 기색이 역력했다. 그렇게 참고 또 참다가, 어느 순간 그가 우뚝 걸음을 멈췄다.

드디어 폭발하는구나 생각하고 반사적으로 비켜났던 맹부요는 다음 순간, 종월의 시선이 맞은편 건물 처마 아래의 소년에게 고정되어 있음을 눈치챘다.

교교한 달빛이 처마 아래에 그려 낸 그림자는 부분마다 농도가 제각각이었다. 그 음영 속에서 언뜻언뜻 드러나 보이는 소년의 용모는 퍽 청아하고도 수려한 윤곽을 가지고 있는 듯했고, 키는 다소 작아 보였으나 비율이 균형 잡힌 덕에 전체적으로 날렵한 느낌을 줬다.

영롱하게 반짝이는 눈동자, 하지만 복잡한 표정. 지금 소년이 빤히 응시하고 있는 대상은 오늘 밤 난리의 주인공인 맹부요가 아니라 그 옆의 종월이었다.

소년이 입을 열었다.

"오래간만에 뵙습니다. 그간 무탈하셨는지요?"

그 즉시 평소처럼 사람 거리감 느끼게 하는 표정으로 돌아온 종월이 무심히 대꾸했다.

"헌원 공자 덕분에 무탈하오."

그러고는 몸을 틀어 살짝 거칠다 싶게 맹부요를 잡아챘다.

"뭘 미적거리고 있소. 상처 치료는 안 받을 건가?"

맹부요로서는 원통한 상황이었다.

아니, 자기가 미적거렸지 내가 그랬나?

멀뚱히 서서 안부 인사나 주거니 받거니 할 때는 언제고, 이제 와서 애먼 사람 잡기야? 뻔뻔하다, 진짜!

가만, 헌원 공자? 혹시 헌원윤? 헌원윤이면 2차전에서 1위 한 사람 아니야? 월백의 제자라던.

종월이랑은 무슨 사이길래?

소년이 아직 묵묵히 그 자리에 서서 멀어져 가는 두 사람에게 시선을 보내고 있음을 감지한 맹부요가 종월의 팔에 끼인 채로 바둥바둥 고개를 틀어 뒤를 돌아봤다.

순간, 달빛과 별빛을 머리에 이고 선 소년의 눈 안에서 무언가가 반짝 빛나는 게 보였다.

맹부요는 굳어 버리고 말았다.

그건 눈물이었다.

십대 강자 연살이 반도 시가지에서 누군가와 막상막하의 싸움을 벌이다가 급기야는 줄행랑을 치다!

이번 진무대회 기간을 통틀어 가장 충격적이라 할 수 있을 소식이 바람 같은 속도로 반도성 전체를 휩쓸었다. 대회 참가자들은 지난밤 검푸른 옷을 입고 있던 정체불명의 소년을 찾아내고자 갖은 애를 썼지만 실패했다.

저잣거리가 너무 붐볐던 데다가 실제 맞붙어 싸운 시간은 아주 잠깐에 불과했고, 더군다나 양쪽 모두 움직임이 워낙 빨랐기에 맹부요의 얼굴을 제대로 본 사람은 아무도 없었기 때문이었다.

강력한 대회 우승 후보들을 하나하나 줄 세우다 못해 나중에는 연경진까지 거론됐으나, 다들 맹부요라는 이름은 미처 떠올리지 못했다.

그 시각, 반도성을 발칵 뒤집어 놓은 신예 고수께서는 침상에 축 늘어져서 돌팔이 의원 종월의 처치를 받으며 죽는소리를 내고 있었다.

그녀가 입은 건 분명 내상이건만, 돌팔이 의원은 머리카락 굵기 정도밖에 안 되는 상처 하나를 굳이 찾아내 자못 심각한 투로 진단을 내렸다.

"세심히 돌봐야 하는 부상이오. 먹는 약과 바르는 약을 함께 쓰되, 빠른 약효를 보려면 안마가 필요하겠소."

그 소리에 자발적으로 나선 원보 대인이 설탕 국물과 과즙이 치덕치덕한 앞발로 혼신의 '안마'를 시작한 직후, 녀석을 한 방에 후려쳐 날려 버린 맹부요가 소리쳤다.

"자기 기분 안 좋다고 왜 나를 잡아요!"

탕약 그릇을 내려놓은 종월이 허리를 세우더니 쌩하니 밖으로 나가 버린 건 그녀의 말이 끝나기도 전에 일어난 일이었다. 나란히 침상 위에 쪼그리고 앉은 둘이 그의 뒷모습을 보며 멍해 있길 잠시, 맹부요가 앞발을 입에 문 원보 대인을 쿡쿡 찔렀다.

"어이, 쥐 새끼. 저거 혹시 '그날' 아니냐?"

그러나 원보 대인은 풍부한 경험을 바탕으로 단호히 고개를 가로저었다.

개인적인 판단으로 보건대, 저 정도면 그냥 '그날'이 아니라 '사바세계 종말의 날'쯤 될 거다.

종월이 나가고 나자 이번에는 운흔이 들어왔다. 운흔 역시 문간에 서 있으면서 종월의 평소답지 않은 행동을 모두 지켜봤지만, 맹부요처럼 궁금한 게 많지 않은 그는 다만 약사발을 들어 건넸을 뿐이었다.

"식는다."

억울한 와중에도 찍소리 않고 사발을 비우는 그녀를 빤히 지켜보며, 운흔이 말했다.

"오후에 비무 끝나고 갑자기 사라져서 한참 찾았어. 연경진이 쓰는 숙소로 갔다가 항왕부 호위들하고 한판 붙을 뻔했는데, 그때 마침 네가 안에서 튀어나오더군. 대체 어떻게 된 거야?"

피식 웃은 맹부요가 간략하게 자초지종을 설명했다.

연살에게 제압당한 뒤에도 사실 그녀는 의식을 완전히 잃은 상태가 아니었다. 본격적으로 정신이 돌아오기 시작한 건 연경진이 그녀를 지하실에 결박했을 때였다.

아마 하늘에 뜬 달 때문인 것 같았다. 갑자기 체내에 광채가 차오르는 느낌이 들더니 밀물과 썰물의 흐름이 교차하듯 빛이 세차게 넘실거리면서 막힌 경맥을 하나하나 뚫었고, 연살이 지하실에 나타났을 즈음에는 거의 정상으로 되돌아오기 직전이었다.

그리고 마지막 한 곳은 연경진이 들어와 옥신각신하는 사이에 회복되었다. 그 덕분에 연살에게 한 방을 먹일 수 있었던 것이다.

조용히 듣고 난 운흔이 한숨을 내쉬었다.

"또 다쳤으니 3차전이 문제군."

잠시 후, 뭔가 생각에 잠긴 듯하던 그가 느닷없이 맹부요의 손목 맥소를 향해 손을 뻗었다.

맹부요가 즉각 팔을 움츠리면서 경계의 눈초리를 보냈다.

"뭐야."

그런데 입을 꾹 다문 상대의 표정을 보니 퍼뜩 스치는 생각이 있었다.

"3차전 대비해서 내공이라도 나눠 주려고? 제정신이야? 비무에서 고수랑 붙게 되면 너는 어쩌게?"

운흔이 가볍게 대꾸했다.

"기권하면 그만이다."

"여기서 기권해 버리면, 태연에 돌아가서 후폭풍은 어떻게 감당할 건데?"

맹부요는 그런 운흔을 응시하며 그의 의뭉스러운 양부를 떠올렸다.

진무대회에서 중도 기권한다 치자, 그럼 운흔은 앞으로 어떤 취급을 받게 될까?

나지막이 한숨을 흘린 그녀가 운흔을 툭툭 치며 말했다.

"괜찮을 테니까 걱정하지 마."

그러고는 웃음 섞인 말투로 덧붙였다.

"연경진이 걸릴 수도 있잖아. 마침 그쪽도 다쳤으니 그럼 딱 좋겠네."

그 말을 끝으로, 맹부요는 침묵에 잠겼다. 지하실에서 눈을 감은 채로 느꼈던 연경진의 손길을 떠올린 탓이었다.

얼굴을 거쳐 조심스럽게 목으로 내려온 손이, 그녀가 행동을 개시하려던 찰나 손목에 와 닿더니 쇠사슬의 연결 고리를 슬쩍 풀어 주지 않았던가.

그때…… 연경진은 과연 뭘 의도했던 걸까?

어째서…… 그녀를 벗기는 대신 그는 자기가 먼저 옷을 벗었던 걸까?

그리고 무공을 얻기 위해 그 구역질 나는 늙은이와 정말로 그런 관계를 맺은 걸까……?

맹부요가 탄식을 뱉으면서 눈꺼풀 위를 손으로 덮었다. 더는 생각하고 싶지 않았다. 의도가 뭐였든, 자길 풀어 줄 생각이었든 아니든, 그간 뭘 얼마나 희생했든지 간에 연살에게 납치를 부탁했다는 사실 하나만으로도 연경진은 이미 용서받을 수 없는 죄인이었으니까.

사랑은 상대에게 날개를 달아 주는 것이지 억지로 상대를 소유하는 것이 아니건만, 안타깝게도 그걸 영원히 깨닫지 못하는 이도 있었다.

지금껏 맹부요의 밝은 얼굴만 봐 온 운흔은 생각에 잠긴 그녀의 표정이 어두워지자 순간적으로 당황했다. 뭔가 가벼운 화제로 분위기를 풀어야 할 것만 같은 기분.

잠시 고민하던 그가 이내 피식 웃으면서 운을 뗐다.

"아, 황궁 비무에서 심판을 볼 인물이 천살국 변경에 도착했다는데, 황명을 받은 예부 관원이 마중을 나갔다가 꽤 재미있는 구경을 했다는 이야기가 있더라고."

〈부요황후〉 5권에서 계속